#Politik

Differenzierende Ausgabe

Band 1

Bearbeitet von
Aaron Breitenstein
Dörthe Hecht
Nikola Huzarski
Sandra Kirsamer
Katrin Lörcher
Petra Reiter-Mayer

UpdateCodes
Aktualisierung von Grafiken, Statistiken und Tabellen

Mit digitalen Aufgabenkästen
Digitale Hilfen für Operatoren und Methoden, Zusatzmaterialien, interaktive Anwendungen (Quizze, Rankings, Abstimmungen, ...)

Erklärfilm
73000-521

Baden-Württemberg

C.C.BUCHNER

#Politik – Baden-Württemberg

Unterrichtswerk für Gemeinschaftskunde – differenzierende Ausgabe

Band 1

Jahrgangsstufen 7/8

Bearbeitet von Aaron Breitenstein, Dörthe Hecht, Nikola Huzarski,
Sandra Kirsamer, Katrin Lörcher, Petra Reiter-Mayer

Zu diesem Lehrwerk sind erhältlich:

- Digitales Lehrermaterial **click & teach** Einzellizenz, Bestell-Nr. 700831
- Digitales Lehrermaterial **click & teach** Box (Karte mit Freischaltcode), ISBN 978-3-661-70083-0

Weitere Materialien finden Sie unter www.ccbuchner.de

Dieser Titel ist auch als digitale Ausgabe **click & study** unter www.ccbuchner.de erhältlich.

1. Auflage, 1. Druck 2023
Dieses Werk folgt der reformierten Rechtschreibung und Zeichensetzung.
Ausnahmen bilden Texte, bei denen künstlerische, philologische oder lizenzrechtliche Gründe einer Änderung entgegenstehen.

Redaktion: Stephanie Gebhardt
Layout, Satz und Illustrationen: Wildner + Designer GmbH, Fürth
Druck und Bindung: Firmengruppe Appl, aprinta Druck, Wemding

www.ccbuchner.de

ISBN 978-3-661-**70081**-6

Liebe Schülerinnen und Schüler,

Gemeinschaftskunde als Unterrichtsfach ist ab diesem Schuljahr neu für euch. Ihr könnt gespannt sein, mit welchen Themen ihr euch in diesem Fach beschäftigen werdet. Sie betreffen euch direkt, euren Alltag und eure Freizeit:

Wie könnt ihr in Schule und Gemeinde mitbestimmen? Wie löst man Konflikte? (Wie) Beeinflussen euch (digitale) Medien? Was bedeutet Familie für euch und die Gesellschaft? (Wie) Bestimmt Recht euer Leben? Welche Vor- und Nachteile hat Migration für euer Leben in Deutschland?

Langeweile ist also überhaupt nicht angesagt. Wir haben uns bemüht, dieses Buch so spannend und attraktiv wie möglich zu gestalten und hoffen, euer Interesse zu wecken. Wie genau ihr das Buch benutzen könnt, ist auf den folgenden Seiten „Zur Arbeit mit dem Buch" erklärt.

Viel Erfolg wünschen
das Autorenteam und der Verlag

Zur Arbeit mit dem Buch

1 Auftaktdoppelseite

Jedes Kapitel beginnt mit einer **Auftaktdoppelseite**. Material und offene Aufgaben ermöglichen euch eine erste Annäherung an die Inhalte des neuen Kapitels. Dabei könnt ihr auch zeigen, was ihr schon über das Thema wisst. Außerdem hilft euch ein kleiner Einführungstext, einen Überblick zu bekommen. Über welches Wissen und Können ihr am Ende des Kapitels verfügt, könnt ihr ebenfalls nachlesen.

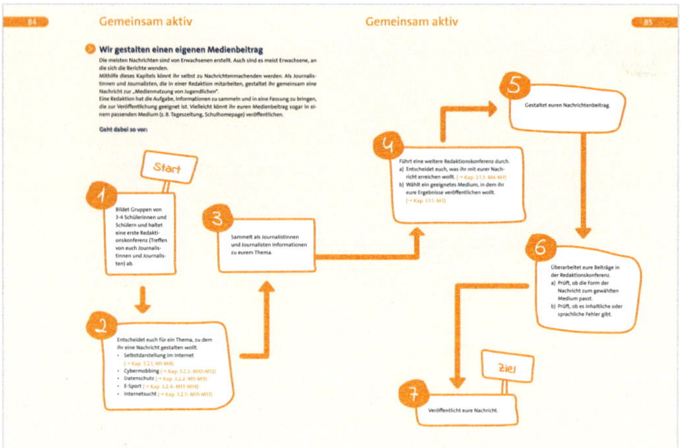

2 Gemeinsam aktiv

Auf den ersten beiden Seiten im Kapitel wird euch immer ein Weg vorgestellt, über den ihr weitgehend selbstständig das Kapitel bearbeiten könnt („Gemeinsam aktiv“)! Dazu müsst ihr euch projektartig mit den Materialien und Inhalten des Kapitels auseinandersetzen und abschließend ein Produkt dazu erstellen.

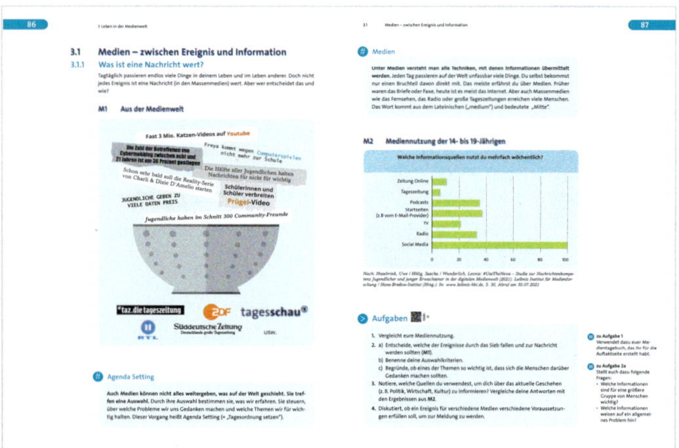

3 Aufbau der Unterkapitel

Die Inhalte des Kapitels könnt ihr euch in der Regel auf Doppelseiten erarbeiten. Das Thema wird in der Überschrift und wenige Zeilen darunter erläutert.

Die **Materialien** sind immer mit „M“ gekennzeichnet und durchnummeriert.

Am Ende jedes Unterkapitels ist ein **Aufgabenblock** platziert. Die Aufgaben zeigen euch, wie ihr mit den Materialien arbeiten könnt.

4 Grundbegriffe und Grundwissen

Die wichtigsten Begriffe eines Themas werden in blauen Kästen als **Grundbegriffe** erklärt und mit einem # gekennzeichnet: Die Kernaussage findet ihr in 1-2 Sätzen in kräftiger Schrift gleich zu Anfang. Details, Beispiele oder Fachbegriffe stehen im zweiten Teil der Kästen.
Das ebenfalls blaue **Grundwissen** schließt jedes Kapitel ab. Hier werden die wesentlichen Inhalte zusammengefasst. Ihr könnt zur Nacharbeit oder zur Vorbereitung einer mündlichen oder schriftlichen Prüfung das Wichtigste nachlesen.

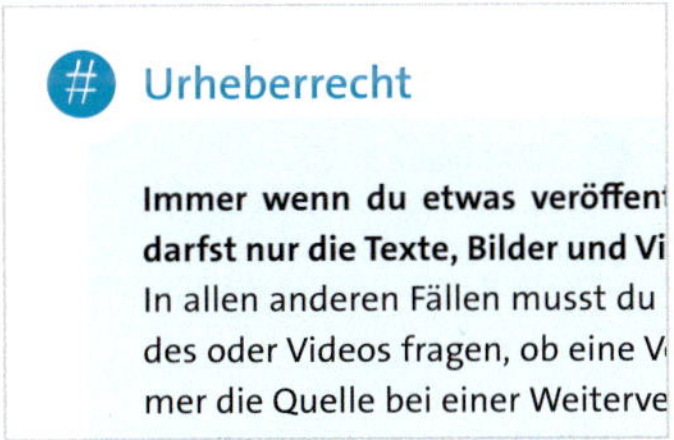

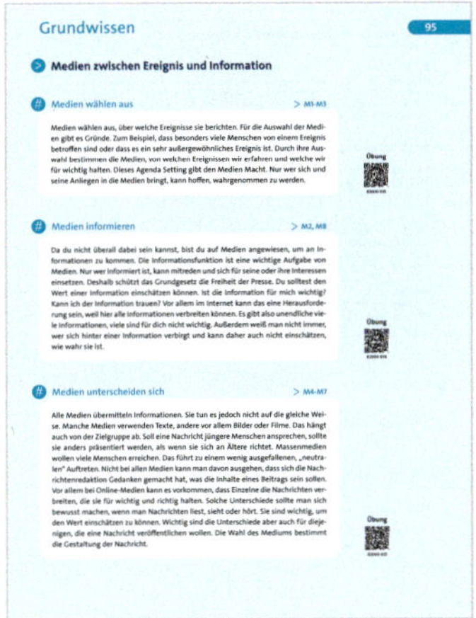

5 Methodentraining

Im Gemeinschaftskundeunterricht sollt ihr aber nicht einfach Fakten auswendig lernen und wiedergeben. Ihr sollt aktiv und kritisch an der Demokratie teilhaben können. Dafür müsst ihr Zusammenhänge verstehen und beurteilen lernen. Das Rüstzeug dafür sind bestimmte Fähigkeiten und Fertigkeiten – man nennt sie auch Kompetenzen.
Im Buch gibt es dafür spezielle **Methodenseiten**. Schritt für Schritt lernt ihr dort, wie man z. B. Karikaturen analysiert, eine Befragung durchführt und wie ihr zu einem begründeten Urteil kommt.

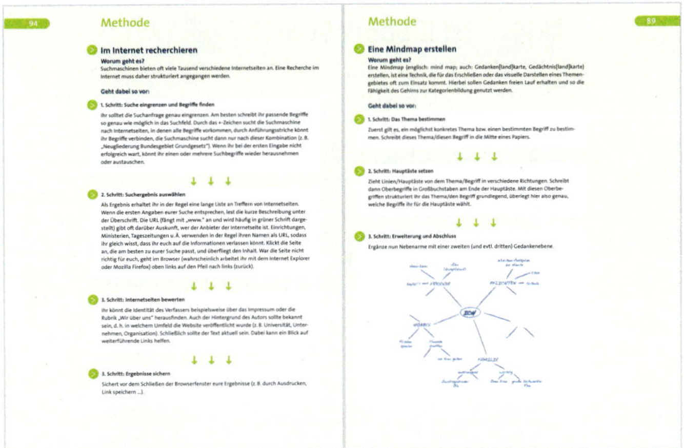

6 Kapitelabschluss

Die Doppelseite **Selbsteinschätzung – Training** schließt ein Großkapitel ab. Hier könnt ihr euch selbst überprüfen und zeigen, ob ihr die erlernten Kompetenzen in einer konkreten Situation sinnvoll anwenden könnt.

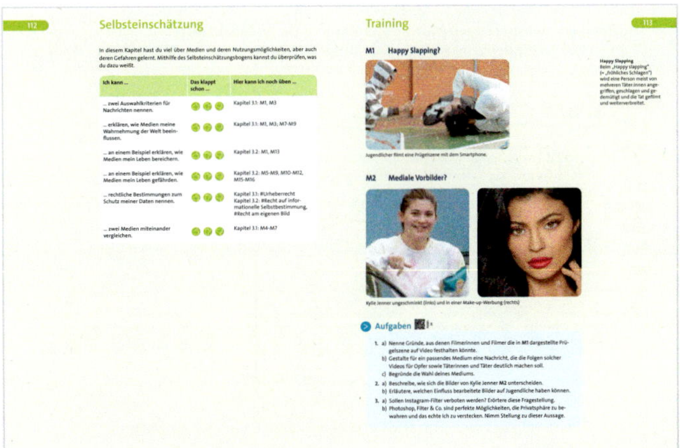

F zu Aufgabe 1
Verschafft euch auch auf YouTube einen Eindruck von der Stimmung auf E-Sport-Events.

H zu Aufgabe 3
Unterteile das Sportlichsein in verschiedene Kategorien, z. B. körperlich und geistig.

7 Differenzierung

Nicht jeder arbeitet und lernt gleich schnell. Wir bieten euch Hilfen und Zusatzangebote auf mehreren Ebenen an:

H- und F-Aufgaben:
Hilfe- und Fordern-Aufgaben findest du direkt neben dem Aufgabenkasten im Buch. Die Symbole H und F bieten euch dabei Orientierung: Steht man z. B. „auf dem Schlauch", hilft der Hinweis H weiter. Hat man eine Aufgabe viel schneller erledigt als andere, stehen unter F zusätzliche Aufgaben und Herausforderungen bereit.

M14 Ist E-Sport Sport? 70081-145

Aufgaben 70081-32

1. Beschreibe das Bild (**M13**).
2. Sollte E-Sport als Sport anerkannt werden? Disk

8 Hilfen und Zusatzangebote zu den Materialien:

Bei ausgewählten Materialien findet ihr weitere Hilfen und/oder Zusatzangebote. Sie können über den QR-Code 70081-01 neben der Materialüberschrift angesteuert werden.

Weitere Hilfen und Zusatzmaterialien:
Darüber hinaus sind die digitalen Aufgabenkästen mit weiterem Material und Aufgaben angereichert.

73000-552

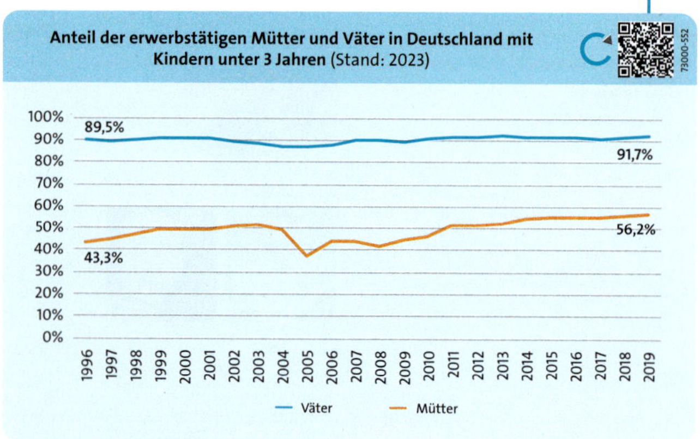

©C.C. Buchner Verlag, aktuelle Daten nach: DESTATIS Mikrozensus (Datenerhebung: 2022; Grafikerstellung: 2023)

9 UpdateCodes

Zahlreiche Grafiken, Statistiken und Tabellen aus dem Buch werden regelmäßig aktualisiert und stehen kostenfrei und in identischem Design digital zur Verfügung. Das Update-Icon neben dem QR-Code in der Kopfzeile der Grafik weist auf den Aktualisierungsservice hin. Scanne einfach den QR-Code im Schulbuch oder gib den Mediencode auf www.ccbuchner.de/Medien in die Suchleiste ein.

10 Digitale Aufgabenkästen

Jeder Aufgabenkasten hat einen „digitalen Zwilling“. Mit Hilfe der QR- und Mediencodes in den Kopfzeilen der Aufgabenkästen können alle Aufgaben digital abgerufen werden. Diese digitalen Aufgaben sind identisch mit den jeweiligen Aufgaben im Schulbuch, bieten aber zahlreiche Erweiterungen, wie z. B.

- Erklärungen und Formulierungshilfen zu den gängigsten Operatoren,
- Verlinkungen zu Methodenkarten,
- passgenaue Differenzierungsmaterialien und
- digitale interaktive Anwendungen.

11 Digitales Operatorentraining

In den digitalen Aufgabenkästen werden die wichtigsten Operatoren jeweils mit einer Operatorenkarte verlinkt. Dieses Operatorentraining hilft euch, die Operatoren besser zu verstehen und zu unterscheiden. Strukturierungs- und Formulierungshilfen zu den einzelnen Operatoren unterstützen euch bei der Bearbeitung der einzelnen Aufgaben. Dadurch könnt ihr schnell einsehen, was genau von euch bei den jeweiligen Operatoren erwartet wird.

12 Allgemeine Hinweise

- Das Schulbuch bietet weitere **Zusatzkapitel**, die eine vertiefte Behandlung des jeweiligen Themenbereichs ermöglichen. Die Zusatzkapitel können auch als QR-Code bei den jeweiligen dazugehörigen Unterkapiteln abgerufen werden.
- Über **QR-Codes** könnt ihr in verschiedenen Kapiteln Erklärvideos, vertiefende Materialien, interaktive Übungen und Anwendungen direkt ansteuern. Diese können außerdem über die Eingabe der Mediencodes, z. B. 70081-01 im Suchfeld auf www.ccbuchner.de/Medien abgerufen werden.
- Als Ausdruck einer **geschlechtergerechten Sprache** wird im gesamten Schulbuch nach Möglichkeit der Genderdoppelpunkt verwendet (z. B.: Schüler:innen). Damit die Lesbarkeit nicht beeinträchtigt wird, werden an einigen Stellen ebenso Paarformulierungen wie Schülerinnen und Schüler oder neutrale Formen wie „Lehrkraft“ gebraucht. Selbstverständlich sind auch in diesen Fällen Personen jeglichen Geschlechts gemeint.
- Das **Methodenglossar** am Ende des Buches bietet euch wichtige Methoden, um die Aufgaben besser bearbeiten zu können.
- **Materialien ohne Quellenangaben** sind von den Bearbeiterinnen und Bearbeitern verfasst.
- Sofern bei Materialien aus dem Internet kein Verfasserdatum ermittelt werden konnte, wird das „Abrufdatum“ genannt.

Inhaltsverzeichnis

Service-Anhang

Methoden im Überblick

Der Fliegende Teppich – ein Kooperationsspiel

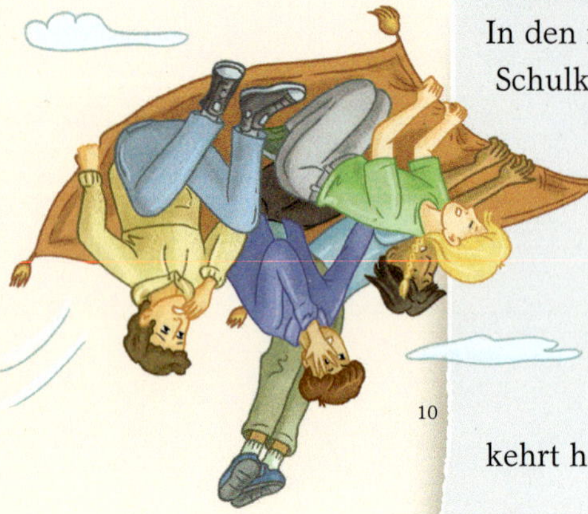

EILMELDUNG

Schulklasse „schwebt" in akuter Gefahr

In den frühen Morgenstunden ist eine Schulklasse innerhalb des deutschen Luftraumes in Not geraten. Augenzeugen zufolge haben die Schüler:innen zwei fliegende Teppiche, die ihnen von ihrer Lehrkraft zur Verfügung gestellt worden waren, versehentlich verkehrt herum bestiegen.

Die Folgen dieses tragischen Missgeschickes sind noch nicht absehbar. Teppichexpert:innen sind jedoch der Ansicht, dass den Jugendlichen nichts anderes übrigbleiben wird als ihre Teppiche schnellstmöglich unter ihren Füßen zu wenden, ohne dabei in Panik zu geraten oder gar eine:n Klassenkamerad:in zu verlieren.

Nach einer Idee von T. Waldner

Geht dabei so vor:

Start

1 Beschreibt die Problemlage, in der sich die Klasse befindet.

2 Bildet zwei Gruppen und versucht das Problem selbst zu lösen.

a) **Gruppe 1:** Versucht den zur Verfügung gestellten Teppich (circa $5 m^2$) innerhalb von 10 Minuten zu wenden, ohne dabei eine:n Mitschüler:in zu verlieren. Schüler:innen, die den Boden mit einem Fuß berühren, müssen den Teppich verlassen.

b) **Gruppe 2:** Beobachtet das Vorgehen von Gruppe 1 (ohne Hilfestellung) und gebt anschließend Feedback:
   - Wurde eine gemeinsame Strategie verfolgt? Wenn ja, welche?
   - Was hat gut geklappt? Und warum?
   - Wurde der Teppich erfolgreich gewendet? Wenn ja, wie?
   - Wo gab es Probleme? Und warum?

3

Tauscht anschließend die Rollen und führt das Spiel erneut durch. Gruppe 2 versucht nun das Problem zu lösen. Gruppe 1 gibt Feedback.

4

Vergleicht die Problemlösungsstrategien der beiden Gruppen und erklärt die Erfolge bzw. Misserfolge. Falls ihr noch Zeit habt, kann jede Gruppe einen zweiten Versuch durchführen und die gemeinsam erarbeitete Erfolgsstrategie anwenden.

5

Sammelt in Kleingruppen Probleme, die ihr bereits „im echten Leben“ als Klasse gemeinsam lösen musstet.

Ziel

6

Welche Strategien aus dem „Teppichspiel“ können euch in Zukunft bei der Lösung von Problemen innerhalb der Klasse behilflich sein?

Gemeinschaftskunde – ein neues Fach

Egal, ob bei der Planung eines Klassenausflugs, bei der Schlichtung eines Streits oder beim gemeinsamen Spielen: Als Klassengemeinschaft seid ihr regelmäßig mit Problemen konfrontiert, die es zu lösen gilt. Doch es geht nicht nur euch so. Fallen dir auch noch andere Gemeinschaften ein? Und welchen davon gehörst du an?

M1 Gemeinschaft(skunde) ist überall!

Gemeinschaftskunde

In Gemeinschaftskunde beschäftigen wir uns damit, wie Menschen in unterschiedlichen Gemeinschaften zusammenleben und Probleme gemeinsam lösen.
Welche Konflikte entstehen dabei? Welche Regeln sollen für alle gelten? Und vor allem: Wie könnt ihr selbst über diese Regeln mitbestimmen? Um all das geht es im Fach Gemeinschaftskunde.

Aufgaben

70081-01

1. Nennt und beschreibt die Gemeinschaften, die auf den Bildern dargestellt sind (**M1**).
2. a) Nennt weitere Gemeinschaften, die ihr kennt.
   b) Tauscht euch darüber aus, welchen Gemeinschaften ihr selbst angehört.
3. a) Gestalte nach dem Vorbild von **M1** ein Schaubild, aus dem hervorgeht, welchen Gemeinschaften du angehörst.
   b) Erweitere dein Schaubild anschließend um jene Gemeinschaften, die im Leben deiner Mitschüler:innen eine wichtige Rolle spielen.

F zu Aufgabe 3
Recherchiert im Internet unter www.tagesschau.de, über welches Problem im Moment besonders viel diskutiert oder berichtet wird. Welche Gemeinschaften aus deinem Schaubild sind von diesem Problem besonders betroffen? Begründe deine Einschätzung.

Aufbruch in ein neues Land – Was werft ihr über Bord?

Stellt euch vor, ihr seid auf dem Weg zu einem neuen Kontinent. Da dort noch keine Menschen wohnen, ist es eure Aufgabe, ein neues Land aufzubauen. An Bord habt ihr einige Dinge, die euch dabei helfen sollen.

1. Nachdem das Schiff ausgelaufen ist, ist die Reise zunächst sehr angenehm.

2. Ganz plötzlich kommt ein Sturm auf. Um das Schiff zu retten, müsst ihr drei Dinge über Bord werfen. Sammelt die aussortierten Dinge auf einer Liste.

3. Wenn ihr den Hurrikan überleben wollt, müsst ihr noch drei Dinge über Bord werfen! Nichts wegwerfen, was ihr in dem neuen Land zum Überleben braucht! Notiert diese drei Dinge mit einer anderen Farbe auf eurer Liste.

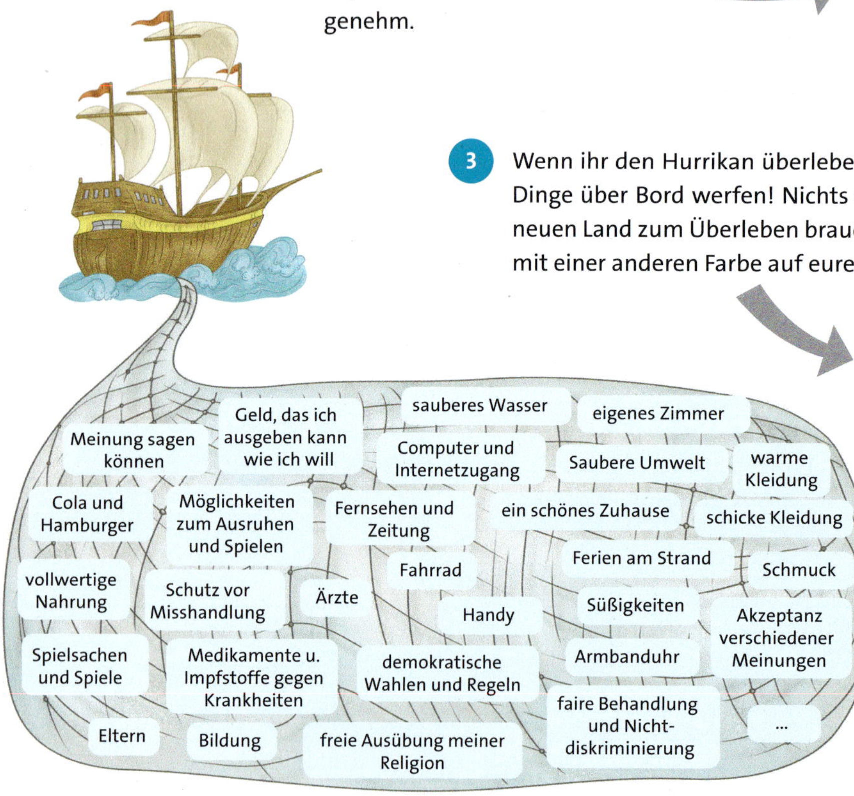

4. Das war knapp! Aber ihr seid fast auf unserem neuen Kontinent angekommen. Alle sind sehr gespannt. Ihr müsst das Schiff noch leichter machen! Werft noch drei Dinge weg. Notiert auch diese drei Dinge mit einer dritten Farbe auf eurer Liste.

5.

Endlich! Ihr seid auf der Insel angekommen. Notiert eure verbliebenen Dinge. Seid ihr mit dem Ergebnis zufrieden?

Was weißt du schon?

70081-02

1. Bildet Gruppen von 4-6 Schülerinnen und Schülern.
2. Jede Gruppe erhält die aufgeführten Dinge, die sie in ein neues Land mitnehmen. Diese Liste kann um drei weitere Dinge ergänzt werden, die die Gruppe außerdem auf jeden Fall mitnehmen möchte.
3. Spielt das Spiel.
4. Vergleicht eure Ergebnisse in der Klasse. Sprecht darüber, ob ihr alles habt, um im neuen Land zu überleben und euch gut zu entwickeln. Reflektiert auch euren Entscheidungsprozess.

Arbeitsblatt:
Was werft ihr über Bord?

70081-91

1

#Kinderrechte

In diesem Kapitel setzt du dich damit auseinander, wie es den Kindern auf der Welt geht. Dazu analysierst du die Situation von Kindern in ausgewählten Ländern und beantwortest die Frage, welche Rechte es für Kinder schon gibt und ob du mit der Situation der Kinderrechte weltweit zufrieden bist.
Immer wieder werden Rechte und Kinderrechte besonders herausgefordert, wie z. B. während eines Krieges oder der Corona-Pandemie. Du nimmst die Corona-Pandemie zum Anlass, um darüber nachzudenken, welche Rücksicht Politiker:innen bei ihren Entscheidungen auf Kinderrechte nehmen sollten.
Kinderrechte zu schützen ist aber nicht nur eine Aufgabe für Politiker:innen, sondern auch für dich: Du lernst Projekte kennen, in denen Kinder und ihre Rechte geschützt werden und du lernst, was du selbst für die Einhaltung der Kinderrechte tun kannst.

Was lernst du in diesem Kapitel?

- ... welche rechtlichen Bestimmungen Kinder schützen.
- ... wie benachteiligte Kinder in verschiedenen Teilen der Welt leben.
- ... inwiefern Kinderrechte verletzt werden.
- ... welche Möglichkeiten es zum Schutz von Kinderrechten gibt.
- ... wie die Rechte von Kindern verwirklicht werden können.
- ... was du selbst für die Einhaltung der Kinderrechte tun kannst.

Eine Zukunftswerkstatt zu Kinderrechten durchführen

Die Zukunftswerkstatt ist eine Methode, bei der sich die Beteiligten überlegen, wie die Zukunft aussehen sollte. Diskutiert in einer Zukunftswerkstatt, wie es derzeit um die Kinderrechte bestellt ist und entwickelt Ideen, wie diese besser verwirklicht werden können.

Geht dabei so vor:

Start

1

Arbeitet euch in das Thema ein: Bearbeitet dazu alle die Aufgaben 1-3 in Kapitel 1.1. Weitere Informationen zum Thema findet ihr auch im Internet unter:

- *www.tdh.de*
- *www.welthungerhilfe.de*
- *www.unicef.de* oder
- *www.frieden-fragen.de*

2

Besorgt wichtige Materialien für die Herstellung von Plakaten (z. B. Plakate, Stifte, Bilder, ...).

3

Teilt eure Klasse in 6 Gruppen ein. Jede Gruppe behandelt ein Problem: Warum kann es mit den Kinderrechten nicht so weitergehen wie bisher? Bezieht euch auch auf euer konkretes Thema!

Gruppe 1
Wieso gibt es arme Kinder in einem reichen Land?
(→ Kapitel 1.2: M2, M3)

Gruppe 2
Wieso kann man Kinder verkaufen?
(→ Kapitel 1.2: M4, M5)

Gruppe 3
Wieso müssen Kinder arbeiten?
(→ Kapitel 1.2: M6, M7)

Gruppe 4
Wieso kämpfen Kinder im Krieg?
(→ Kapitel 1.2: M8, M9)

Gruppe 5
Wieso müssen Kinder hungern?
(→ Kapitel 1.2: M10, M11)

Gruppe 6
Wieso leben Kinder auf der Straße?
(→ Kapitel 1.2: M12, M13)

4

Entwickelt in euren Gruppen Ideen von einer wünschenswerten Zukunft: Was wünscht ihr euch für die Zukunft der Kinderrechte hinsichtlich eures Themas? Dafür könnt ihr Texte schreiben, Bilder malen oder Collagen gestalten. Seid kreativ!

5

Präsentiert eure Ergebnisse in einem Galeriespaziergang (→ Kapitel 1.1: Methode).

6

Bildet dann neue Gruppen, so dass in jeder Gruppe ein:e Vertreter:in aus den Gruppen 1-6 zu finden ist. Diskutiert eure Ergebnisse und überlegt euch, wie eure Wünsche verwirklicht werden können. Entwerft dazu einen Aktionsplan. Visualisiert euer Ergebnis und präsentiert es der Klasse.

7

Denkt gemeinsam über eure Arbeit nach und überlegt, was ihr bei der nächsten Arbeit in dieser Form besser machen könnt. Sprecht auch darüber, wie ihr euch während der Arbeit gefühlt habt.

1.1 Welche Rechte haben Kinder?

Fußball spielen, sich mit Freunden treffen, genug zu Essen und Trinken haben – Dinge, die für uns eigentlich selbstverständlich sind. Doch nicht alle Kinder auf der Welt können unbeschwert Kind sein. Für Kinder wurden deshalb besondere Rechte festgelegt.

M1 Kind sein?

Kinder beim Straßenbau

Durstige Kinder vor mit Brackwasser gefüllter Wassertonne

Kleiner Junge mit Maschinenpistole

Spielende Kinder auf der Müllhalde

Mädchen mit Schild

Menschenrechte

Jeder Mensch besitzt Menschenrechte.
Dabei ist es völlig egal, zu welchem Volk, Staat, Geschlecht oder Religion er gehört. Diese Menschenrechte können einem nicht genommen werden, es sind sogenannte „unveräußerliche" Rechte. In Deutschland werden die Menschenrechte in der Verfassung garantiert.

Verfassung
Die wichtigsten Regeln für Bürger:innen und Staat schreibt man in die Verfassung. Die Verfassung in Deutschland heißt Grundgesetz (GG).

M2 Was sind Kinderrechte?

70081-120

Jeder Mensch auf der Welt hat Rechte. Sie wurden von den Vereinten Nationen in der allgemeinen Erklärung der Menschenrechte zusammengefasst. Selbstverständlich gelten diese Rechte auch für Kinder. Allerdings leben Kinder in einer besonderen Situation, die sich zum Teil erheblich von derjenigen der meisten Erwachsenen unterscheidet. Zum Beispiel hängt ihr Überleben für sie als Baby oder Kleinkind davon ab, wie gut sich ihre Eltern oder andere Fürsorgende um sie kümmern. […] Deshalb beschlossen die Vereinten Nationen 1989 die Kinderrechtskonvention, die heute von fast allen Staaten auf der Welt anerkannt ist. Nach der UN-Kinderrechtskonvention haben alle Kinder auf der Welt dieselben Rechte. Das heißt, dass Unterschiede zum Beispiel in der Herkunft, Sprache, Hautfarbe und dem Geschlecht überhaupt keine Rolle spielen dürfen! Ein Kind ist im Sinn der Kinderrechtskonvention ein Mensch, der jünger ist als 18 Jahre. Obwohl die Kinderrechte für alle Kinder gelten, können längst nicht alle Kinder sie auch wahrnehmen.

Plan International Deutschland e. V.: Kinderrechte einfach erklärt. In: www.plan.de, Abruf am 15.09.2022

Erklärfilm zu Kinderrechten

70081-92

M3 Wie steht es um die Kinderrechte in der Welt?

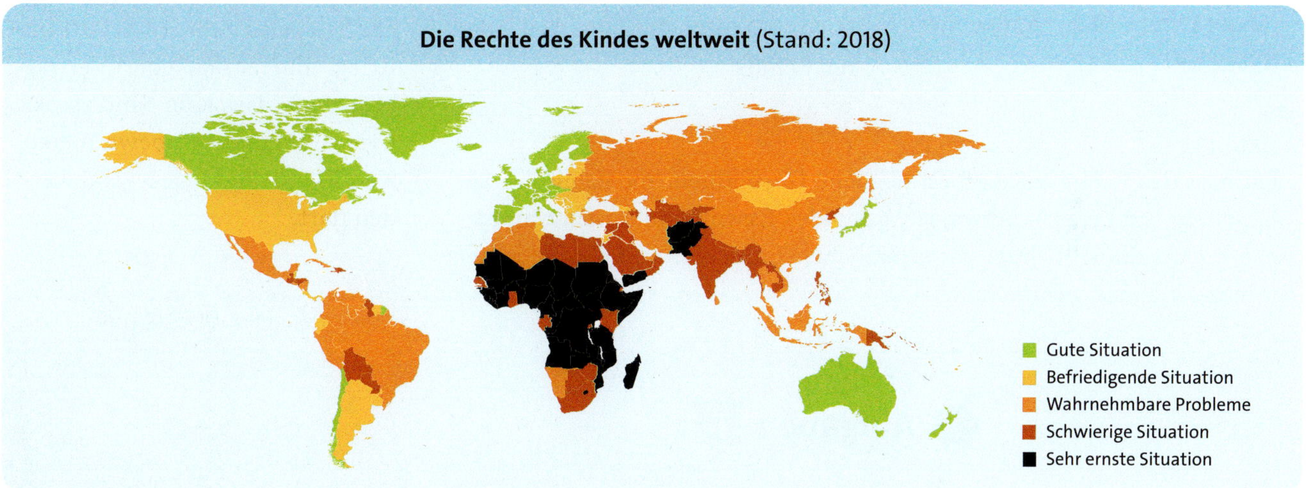

Nach: ©Humanium, 2022

Kinderrechtskonvention

Damit Kinder besonders geschützt werden, haben fast alle Staaten der Welt 1989 weltweit gültige Rechte für Kinder verfasst: die UN-Kinderrechtskonvention.
Das ist eine Vereinbarung über die Rechte der Kinder. Bei den Vereinten Nationen überprüft ein Ausschuss, ob die Kinderrechte eingehalten werden. Die UN-Kinderrechtskonvention lässt sich in vier Gruppen einteilen: das Recht auf Leben und persönliche Entwicklung, die Gleichbehandlung, das Wohl des Kindes und die Beteiligung.

M4 Auszug aus der Kinderrechtskonvention

Art. 6
Du hast das Recht zu leben und Dich bestmöglich zu entwickeln.

Art. 16
Du hast das Recht auf eine Privatsphäre. Niemand darf ungefragt Deine Briefe lesen, Dein Zimmer durchsuchen oder ähnliches tun. Niemand darf Dich beschämen oder beleidigen.

Art. 19
Du hast das Recht auf Schutz, damit Du weder körperlich noch seelisch misshandelt, missbraucht oder vernachlässigt wirst.

Art. 28
Du hast das Recht auf eine gute Schulbildung. Die Grundbildung soll nichts kosten. Du sollst dabei unterstützt werden, den besten Schul- und Ausbildungsabschluss zu machen, den Du schaffen kannst. Der Staat muss dafür sorgen, dass alle Kinder in die Schule gehen und kein Kind dort schlecht behandelt wird.

Art. 30
Jedes Kind hat das Recht, eine eigene Kultur, Sprache und Religion zu leben, egal, ob das alle Menschen in seinem Land so tun oder nicht. Minderheiten und Ureinwohner benötigen dafür besonderen Schutz.

Art. 24
Du hast das Recht auf die bestmögliche Gesundheit, medizinische Behandlung, sauberes Trinkwasser, gesundes Essen, eine saubere und sichere Umgebung, Schutz vor schädlichen Bräuchen und das Recht zu lernen, wie man gesund lebt.

Art. 31
Du hast das Recht auf Freizeit, zu spielen, Dich zu erholen und Dich künstlerisch zu betätigen.

Art. 32
Der Staat muss Altersgrenzen für die Arbeit von Kindern erlassen. Er muss Dich vor Arbeit schützen, die schlecht für Deine Gesundheit oder Deine Schulbildung ist. Falls Du eine erlaubte Arbeit machst, hast Du das Recht auf Sicherheit am Arbeitsplatz und auf faire Bezahlung.

Art. 38
Du hast das Recht auf Schutz im Krieg. Ein zusätzlicher Vertrag bestimmt, dass kein Kind zu aktiver Teilnahme an bewaffneten Konflikten herangezogen werden darf.

www.unicef.de, Abruf am 14.11.2022

Aufgaben

70081-03

1. Beschreibe die Bilder (**M1**).
2. Erkläre mit eigenen Worten, was ein Kinderrecht ist (**M2**).
3. Ordne die Bilder aus **M1** den Kinderrechten aus **M4** zu. Beschreibe, welches Recht jeweils verletzt wird.
4. Wähle drei Kinderrechte (**M4**) aus, die du für besonders wichtig erachtest. Begründe deine Wahl.
5. Gestaltet in Partnerarbeit ein Plakat, auf dem ihr die von euch ausgewählten Kinderrechte grafisch darstellt. Präsentiert die Plakate in einem Galeriespaziergang (**M4, Methode**).
6. Beschreibt in Partnerarbeit mithilfe der Karte (**M3**) die Situation der Kinderrechte weltweit. Beurteilt den aktuellen Stand.

H zu Aufgabe 4
Begründet eure Auswahl mit Dingen, die Kinder unbedingt zum Leben brauchen.

H zu Aufgabe 6
Erstellt für jeden Kontinent eine Zusammenfassung über die Situation der Kinderrechte. Fasst dann zusammen, ob die Kinderrechte in der Welt mehrheitlich beachtet werden oder nicht.

Eine Karte beschreiben

Worum geht es?

Karten vermitteln uns – wie zum Beispiel auch Statistiken – Informationen über bestimmte Sachverhalte. Je nachdem, wie sie das tun, unterscheidet man verschiedene Kartentypen. Das Fach Gemeinschaftskunde arbeitet häufig mit thematischen Karten. Eine thematische Karte verbildlicht ein bestimmtes Thema. Um eine Karte verstehen zu können, muss man sie genau beschreiben.

Geht dabei so vor:

1. Schritt: Darstellungsform bestimmen

Kläre mithilfe des Titels der Karte, worum es darin geht. Vergewissere dich, unter welcher Fragestellung die Karte ausgewertet werden soll.

Die Karte „So steht es um den Weltfrieden" stellt im internationalen Vergleich dar, wie friedlich Länder und Gebiete 2022 sind.

2. Schritt: Sich in der Kartenlegende informieren

Erfasse das Thema genauer mit der Kartenlegende. In dieser werden alle wichtigen Farben und Zeichen erläutert.

Die Kartenlegende teilt die Länder in sechs Kategorien ein. In Ländern, die blau gefärbt sind, ist es besonders friedlich. Länder, die orange oder rot gefärbt sind, sind nicht friedlich. Über grau gefärbte Länder können keine Angaben gemacht werden.

Nach: © Statista 2022

↓ ↓ ↓

3. Schritt: Den Karteninhalt beschreiben

Beschreibe nun den Karteninhalt genau: Wo (z. B. auf welchem Kontinent) findet sich welche Besonderheit?

Auf dem europäischen Kontinent sind die meisten Länder, wie auch Deutschland, hell- bzw. dunkelblau gefärbt. Das bedeutet, dass diese Länder besonders friedlich sind. Der Weltfriedensindex auf dem amerikanischen Kontinent ist in großen Teilen gelb bzw. orange eingefärbt, die Situation ist demnach in einigen Ländern weniger friedlich. Kanada, Chile und Uruguay erreichen eine hell- bzw. dunkelblaue Einfärbung und können als friedlich bezeichnet werden, wohingegen Mexiko, Venezuela, Brasilien und Kolumbien weniger friedlich sind.

↓ ↓ ↓

4. Schritt: Den Karteninhalt erklären

Versuche mithilfe deines Vorwissens und der Karte die Zusammenhänge zu erklären.

In Ländern wie in Deutschland oder Kanada lebt die Bevölkerung sehr friedlich. Diese Staaten beteiligen sich auch weniger an Kriegen und innerhalb des Staates gibt es nicht so viele gewalttätige Verbrechen. In Indien, das orange eingefärbt ist, lebt die Bevölkerung nicht so friedlich zusammen, so kommt es beispielsweise immer wieder zu Überfällen und Vergewaltigungen.

Präsentation in einem Galeriespaziergang

Worum geht es?

In einem Galeriespaziergang könnt ihr an den ausgestellten Ergebnissen vorbeispazieren, diese betrachten und auch Fragen dazu stellen.

Geht dabei so vor:

1. Schritt: Bilder nummerieren und Gruppensprecher:in wählen

Nummeriert eure Bilder, damit ihr sie in der Auswertungsphase gut auseinanderhalten könnt.
Wählt dazu eine:n Gruppensprecher:in, der/die in der Nähe von eurem Bild steht und bei Bedarf Fragen beantworten kann. Wechselt euch ab, damit jeder auch die anderen Ergebnisse anschauen kann.

↓ ↓ ↓

2. Schritt: Zeit verabreden

Verabredet eine Zeit, z. B. 20 Minuten, die ihr für euren Galeriespaziergang nutzen wollt. Haltet diese verabredete Zeit unbedingt ein, damit ihr anschließend gemeinsam ein Auswertungsgespräch führen könnt.

↓ ↓ ↓

3. Schritt: Eindrücke notieren

Damit ihr im Anschluss an euren Galeriespaziergang nicht alles vergessen habt, ist es sinnvoll, sich ein paar Notizen zu machen (siehe QR-Code). Ihr könnt weitere Kriterien ergänzen.

↓ ↓ ↓

4. Schritt: Bilder ausstellen und beurteilen

Hängt nun eure Bilder im Klassenzimmer oder zum Beispiel im Flur eurer Schule aus. Ihr solltet den Platz so wählen, dass er frei zugänglich ist, d. h. jeder sollte sich problemlos davorstellen und die Bilder betrachten können. Der Galeriespaziergang kann beginnen. Nun könnt ihr auf der Basis der eigenen Notizen entscheiden, welche(s) Poster in Bezug auf die Aufgabenstellung besonders gut gelungen ist bzw. sind. Bedenkt, dass einem Urteil immer eine sachliche Begründung zugrunde liegen sollte.

1.2 Anspruch und Wirklichkeit der Kinderrechte

1.2.1 Eine Reise zu den Kindern in der Welt

Die Kinder dieser Welt leben unter ganz unterschiedlichen Bedingungen. Wir wollen ein paar Länder auf einer Reise um die Welt kennenlernen und sehen, wie die Kinder dort leben.

M1 Unsere Reiseroute

1 Ausgangspunkt unserer Reise ist die Begegnung mit Cindy in Deutschland. Auch in einem reichen Land wie Deutschland gibt es viele Menschen, die arm sind. Sie leiden zwar nicht an Hunger, sind aber von vielen Dingen des Lebens ausgeschlossen.

2 Von Deutschland aus geht die Reise weiter nach Nepal. Im kleinen Himalayastaat werden jährlich junge Mädchen aufgrund der großen Armut ihrer Eltern verkauft. Wir erfahren in diesem Abschnitt, was Urmila ertragen muss.

3 In Indien lernen wir Amal kennen. Da seine Eltern sehr arm sind, kann er keine Schule besuchen, sondern muss arbeiten gehen, damit die Familie die Miete bezahlen kann.

4 Nun verlassen wir Asien und reisen auf den afrikanischen Kontinent. Dort leben viele Kinder unter schwierigen Bedingungen. Martina lebt im Kongo. Dort herrscht seit vielen Jahren Krieg. Martina wird seit einigen Jahren dazu gezwungen, als Kindersoldatin an diesem Krieg teilzunehmen.

5 In manchen afrikanischen Ländern müssen Kinder jeden Abend hungrig ins Bett gehen, wie z. B. Mihag, der in Somalia geboren wurde und kaum Überlebenschancen hat.

6 Als letzte Station reisen wir zu José nach Bolivien. Dort werdet ihr erfahren, warum er und andere Kinder auf der Straße leben müssen.

Aufgaben

70081-04

1. Teilt eure Klasse in 6 Gruppen ein. Jede Gruppe bearbeitet jeweils eines der Themen auf den Folgeseiten.
2. Stellt eure Ergebnisse auf einem Plakat dar.
3. Präsentiert eure Ergebnisse der Klasse in einem Galeriespaziergang.

1.2.2 Wieso gibt es arme Kinder in einem reichen Land?

Deutschland ist im Vergleich zu anderen Ländern ein sehr reiches Land. Aber das bedeutet nicht, dass alle Kinder unter den gleichen Bedingungen aufwachsen. Wie leben Kinder, die in Deutschland als arm gelten?

M2 Cindy: Armes Kind im reichen Land

70081-121

Cindy

Wenn Freundinnen davon erzählen, was sie zu Weihnachten geschenkt bekommen, schweigt die 14-Jährige. Natürlich hat Cindy Wünsche. Ein schönes Zimmer hätte sie gern, mit Möbeln, die zueinander passen, die nicht aus dem Laden für Bedürftige stammen und nur ein paar Euro gekostet haben. [...]

Cindys Eltern sind beide Hartz-IV-Empfänger. Deshalb hat das Mädchen schon früh aufgehört, an den Weihnachtsmann zu glauben. Denn die Familie spricht schon Monate vorher darüber, wo man ein bisschen sparen kann und was man sich dafür zum Fest leisten kann. Cindy ist kein Einzelfall. Einer [...] Studie des Kinderhilfswerks [2007] zufolge leben über 2,5 Millionen Kinder in Deutschland unter der Armutsgrenze. [...]

Wenn man Cindy fragt, ob sie sich arm fühlt, muss das Mädchen nicht lange überlegen. Nein, arm sei sie nicht. „Wenn man arm ist, muss man auf der Straße leben, schmutzige Sachen tragen und sich ständig Geld borgen", sagt sie. Aber dann erzählt sie doch, wie sie an der Grundschule [...] gemobbt wurde. Weil ihre Pullis und Hosen meist aus der Kleiderkammer stammten, ihre Schulbücher gebraucht waren und sie nachmittags immer in das christliche Jugendzentrum „Die Arche" in Hellersdorf geht, um dort kostenlos zu essen. [...]

Cindy geht fast jeden Tag in die „Arche". Nicht nur zum Essen, sondern weil es dort etwas gibt, das sie sonst nie machen könnte. Dienstags ist immer Kinderparty, manchmal gehen die Betreuer mit den Kindern schwimmen oder in den Zoo. Auch kostenlose Nachhilfe bekommt Cindy dort, seit es in Englisch so schlecht läuft. [...]

Das Schlimmste an der Kinderarmut ist nicht nur das fehlende Geld, sagen die Experten. Es ist die soziale Verwahrlosung, die bei vielen Hartz-IV-Familien mit der Armut einhergeht. Neulich hat ein Vierjähriger auf die Frage eines „Arche"-Mitarbeiters, was er einmal werden wolle, geantwortet: „Hartz IV". Claudia Ruschke ist stolz darauf, dass ihre Tochter regelmäßig in die Schule geht. Dadurch hat Cindy eine echte Chance, dass sie einmal selbst für ihren Lebensunterhalt aufkommen kann.

Hollstein, Miriam: Armes Kind im reichen Land. In: www.welt.de, Abruf am 24.11.2022

„Die Arche“
christlicher Verein, der sich gegen Kinderarmut engagiert

Hartz IV
Ehemaliger umgangssprachlicher Begriff für das Arbeitslosengeld II. Seit 2023 erhalten erwerbsunfähige Personen das Bürgergeld zur Grundsicherung.

Kinder beim gemeinsamen Frühstück in der „Arche“.

Absolute und relative Armut

Von **absoluter Armut** spricht man, wenn einer Person weniger als **1,90 US-Dollar pro Tag** (Stand: 2021) zur Verfügung stehen.
Von **relativer Armut** spricht man, wenn das Einkommen **weniger als 60 % des Durchschnittseinkommens** in einem Land beträgt.

Mittleres Einkommen
Das mittlere Einkommen (= Medianeinkommen) ist das Einkommen, das eine Person erhält, die sich beim Durchzählen genau in der Mitte der beobachteten Gruppe befindet. Bei drei Personen wäre dies die Person 2, bei 101 Personen die Person 51.

M3 Kinderarmut in Deutschland

70081-122

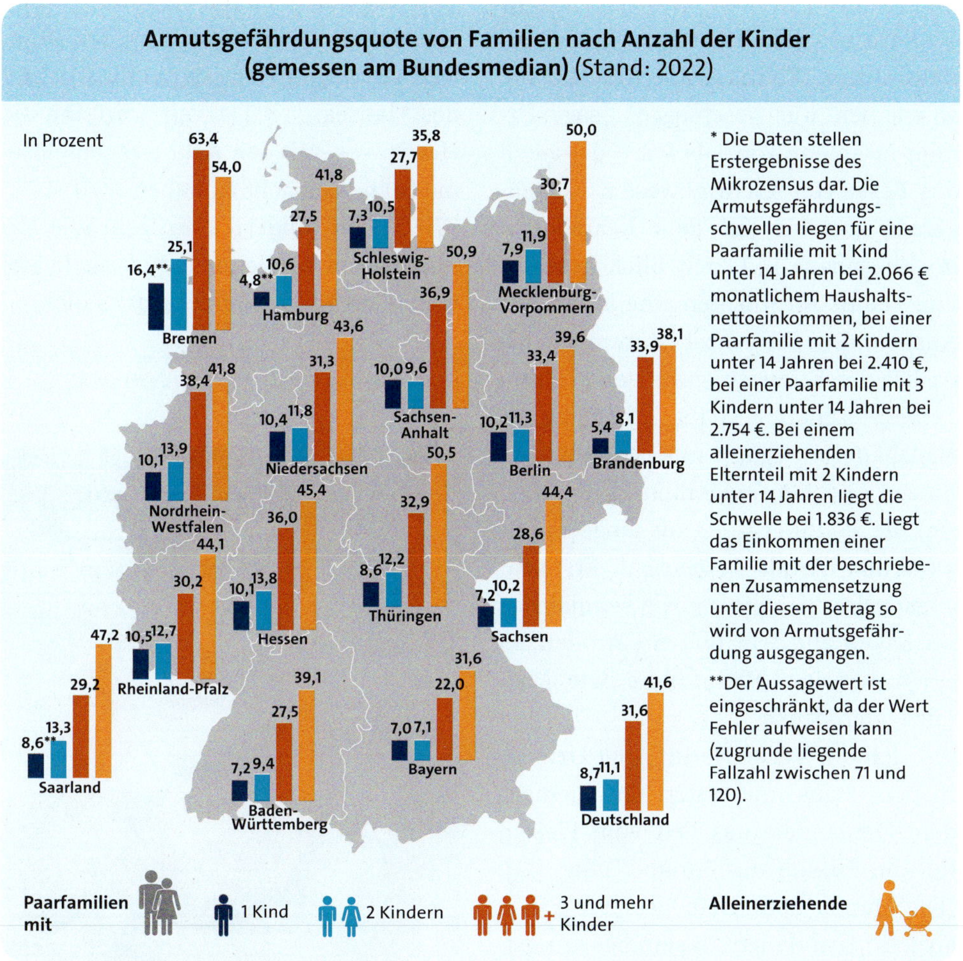

Nach: Bertelsmann Stiftung, 2022

> Aufgaben

70081-05

1. Cindy lebt als armes Kind in Deutschland. Nennt, was ihr fehlt (**M2**).
2. Arbeitet aus der Karte heraus, welche Regionen in Deutschland am stärksten von Kinderarmut betroffen sind (**M3**).
3. „Arm ist nicht gleich arm". Erläutert diese Aussage.

H zu Aufgabe 3
Beziehe in deine Überlegungen ein, dass alle Länder der Erde Kinderhandel nicht gut finden und es verboten ist.

F zu Aufgabe 3
Recherchiere, wie viel Geld ein/eine Empfänger:in des Bürgergeldes monatlich bekommt. Finde auch heraus, wie viel eine Familie mit zwei Kindern bekommt.

1.2.3 (Wieso) Kann man Kinder verkaufen?

Früher gab es den Sklavenhandel: Menschen wurden gefangen und als Arbeitskräfte verkauft. Eigentlich darf es das heute nicht mehr geben. Und trotzdem gibt es Kinder, die verkauft werden. Wie kann das sein?

M4 Urmila: Der Handel mit Kindern

70081-123

Urmila

Katmandu
Hauptstadt des Himalaya-Staates Nepal

Leibeigenschaft
Abhängigkeit von einem Vorgesetzten; Leibeigene arbeiten bei ihm, dürfen aber keine freien Entscheidungen treffen, wie z. B. ihren Wohnort wählen oder ohne Zustimmung heiraten. In Europa gab es die Leibeigenschaft vom Mittelalter bis in die Neuzeit.

Urmilas [...] Eltern verkaufen sie 1997 per Handschlag in das weit entfernte Katmandu [...] für umgerechnet 15 bis 30 Euro pro Jahr im Dienst einer einflussreichen Politikerin. „Am Anfang wurde ich nur geschlagen", sagt Urmila in einem Ton, als wäre das noch das Beste von allem gewesen. Kerzengerade sitzt sie auf dem Lehmboden im Elternhaus [...], den Blick gesenkt, ihre Hände zerpflücken eine Blüte. Die Anspannung und Angst ist immer noch da bei der Erinnerung an sieben Jahre Leibeigenschaft. [...] Ihr Arbeitstag als Haushälterin beginnt morgens um vier. Putzen, kochen, waschen. Ihre Herrin, die Politikerin, ist oft lange unterwegs und Urmila eingesperrt. Erst spät abends darf sich die damals Zehnjährige ins Laken auf dem Boden einrollen, in einem winzigen Raum ohne Bett, Matratze oder Decke.

[...] „Ich bin Vegetarierin", sagt Urmila. In dem Haus interessiert das niemanden. Oft landete das Fett vom Fleisch für die Hunde auf ihrem Teller [...]: „Die Hunde hatten ein besseres Essen als ich." Urmila lebt in ständiger Angst. Oft droht die Herrin, die Polizei habe auf Mädchen wie sie ein Auge. Noch heute bekommt Urmila Panikattacken, wenn sie an jenen Tag denkt, als Maskierte das Haus überfielen und mit Bargeld und Schmuck flüchteten. Die Männer hielten ihr eine Waffe an den Kopf, weil sie vermuteten, sie sei die Tochter des Hauses. [...] Danach warf ihr die Herrin vor, mit den Räubern gemeinsame Sache gemacht zu haben.

Wie vielen Kindern es so geht wie Urmila ist unklar, denn eine offizielle Statisitk zum Kinderhandel gibt es nicht.

Klemm, Markus: Verkauft von den eigenen Eltern. In: www.spiegel-online.de, Abruf am 24.11.2022

Urmila wurde als junges Mädchen in die Leibeigenschaft verkauft.

M5 Kinderhandel weltweit

70081-124

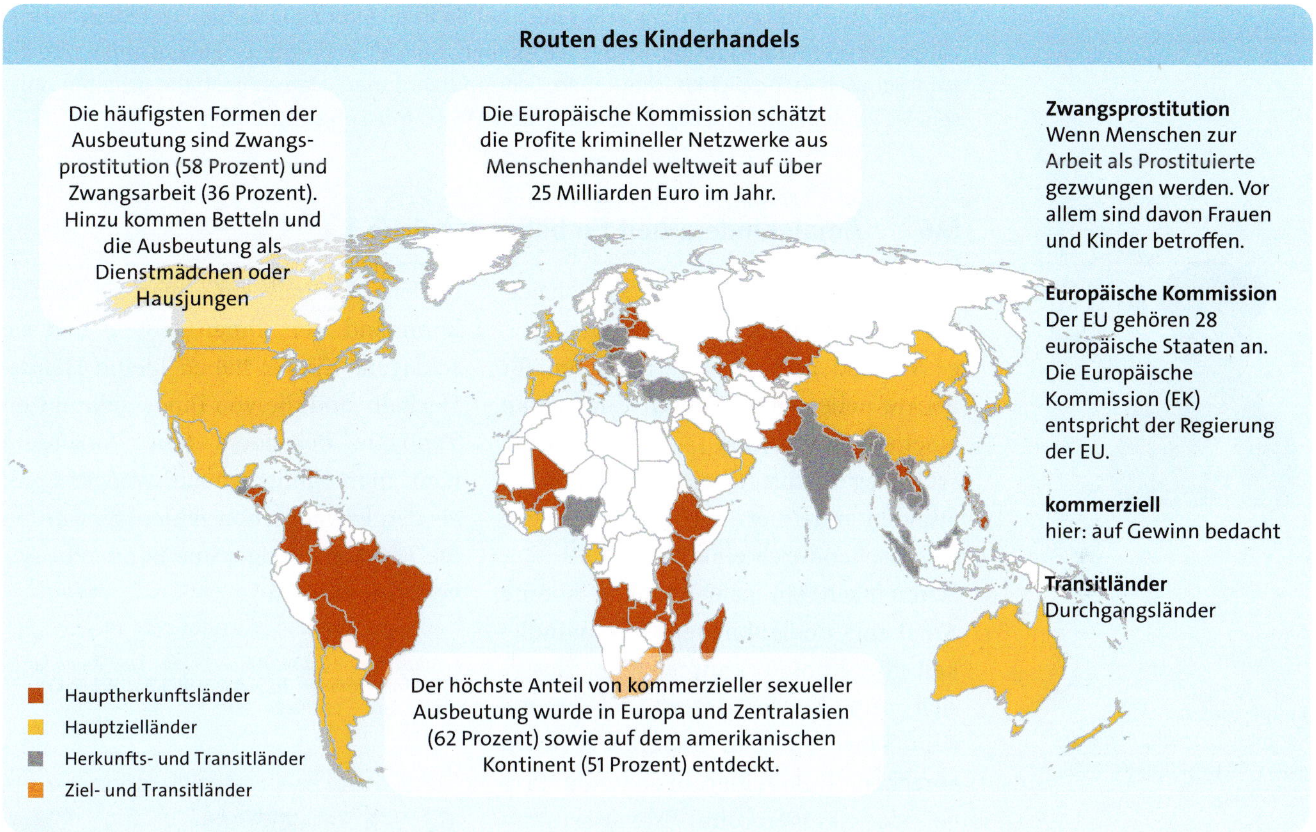

Nach: ©Terre des Hommes, 2007

Kinderhandel

Kinderhandel ist weltweit verboten und meint jeglichen Handel mit unter 18-Jährigen Menschen zum Zweck ihrer Ausbeutung und Adoption.
Dies geschieht zumeist durch die Androhung oder Anwendung von Gewalt oder anderen Formen der Nötigung, durch Entführung, Betrug, Täuschung, Missbrauch von Macht oder Ausnutzung besonderer Hilflosigkeit. Vielfach werden Kinder ihren Eltern einfach „abgekauft".

> Aufgaben

70081-06

1. Urmila wurde von ihren Eltern verkauft. Beschreibt die Bedingungen, unter denen sie dann leben musste (**M4**).
2. Arbeitet aus der Karte **M5** heraus, in welchen Regionen Kinder am stärksten von Kinderhandel betroffen sind und wohin sie gebracht werden.
3. Offizielle, aktuelle Zahlen zum Kinderhandel gibt es kaum. Erläutert diese Aussage.

H zu Aufgabe 3
Beziehe in deine Überlegungen ein, dass alle Länder der Erde Kinderhandel nicht gut finden und es verboten ist.

1.2.4 Wieso müssen Kinder arbeiten?

Manche Kinder tragen Zeitungen aus oder helfen ihren Eltern. Sie können trotzdem normal zur Schule gehen und ihren Hobbys nachgehen. Auf der Welt gibt es aber auch Kinder, die zum Beispiel als Teppichknüpfer:innen, Schuhputzer:innen, Hausangestellte arbeiten müssen. Sie können dann nicht zur Schule gehen. Wieso müssen sie arbeiten?

M6 Amal: Kinderarbeit für billige Teppiche

70081-125

Amal

Garn
Nähfaden

Knüpfrahmen
Rahmen aus Holz, in dem Teppiche geknüpft werden

Amal musste nach sehr komplizierten Mustern dünne, verschiedenfarbige Wollfäden an das Garn knoten. Er hockte neben vier anderen Kindern an einem Knüpfrahmen [...]. Morgens um sechs begann der Arbeitstag, nach zwölf Stunden endete er. Nur manchmal gab es zwischendurch eine Pause.

Schon nach ein paar Wochen konnte Amal mit unglaublicher Geschwindigkeit die Knoten knüpfen. Er musste sich sehr konzentrieren und konnte kein Wort mit den anderen Kindern sprechen. [...] Fehler bedeuteten Prügel oder weniger Lohn. Es war sehr anstrengend, ganz ruhig vor dem Teppich zu sitzen und immer nur dieselben Bewegungen machen zu müssen.

Gefährlich war die Arbeit auch. Den ganzen Tag über atmeten die Kinder den Wollstaub ein und mussten ständig husten und niesen.

Abends war Amal immer furchtbar müde. Er schlief auf dem Boden [...] auf einer Matte zwischen den Knüpfrahmen. Nie kam er raus an die frische Luft. Er sehnte sich danach, im Freien herumzutoben und mit den anderen Kindern zu spielen. Amal dachte oft darüber nach, warum er und mit ihm ungefähr 20.000 Kinder im Norden von Indien zu dieser Arbeit gezwungen werden. Für Kinder ist es oft sehr schwer, sich zu wehren und ihre Rechte einzufordern. Deshalb kann man sie herumkommandieren, ihnen drohen und sie schlagen. Kinder haben kleine Hände. Deshalb sind die von ihnen geknüpften Teppiche besonders fein. Außerdem kann man Kindern noch weniger Lohn als den Erwachsenen zahlen. So werden die Teppiche billiger und können besser verkauft werden [...].

Schultz, Marie-Luise: Amals großer Tag: Keine harte Kinderarbeit mehr. In: www.helles-koepfchen.de, Abruf am 25.11.2022

Kinder beim Knüpfen von Teppichen

Kinderarbeit

Unter Kinderarbeit versteht man laut UN-Definition Arbeiten, für die Kinder zu jung sind oder die gefährlich oder ausbeuterisch sind, die die körperliche und/oder seelische Entwicklung schädigen oder die Kinder vom Schulbesuch abhalten.

M7 Wo Kinder arbeiten müssen

70081-126

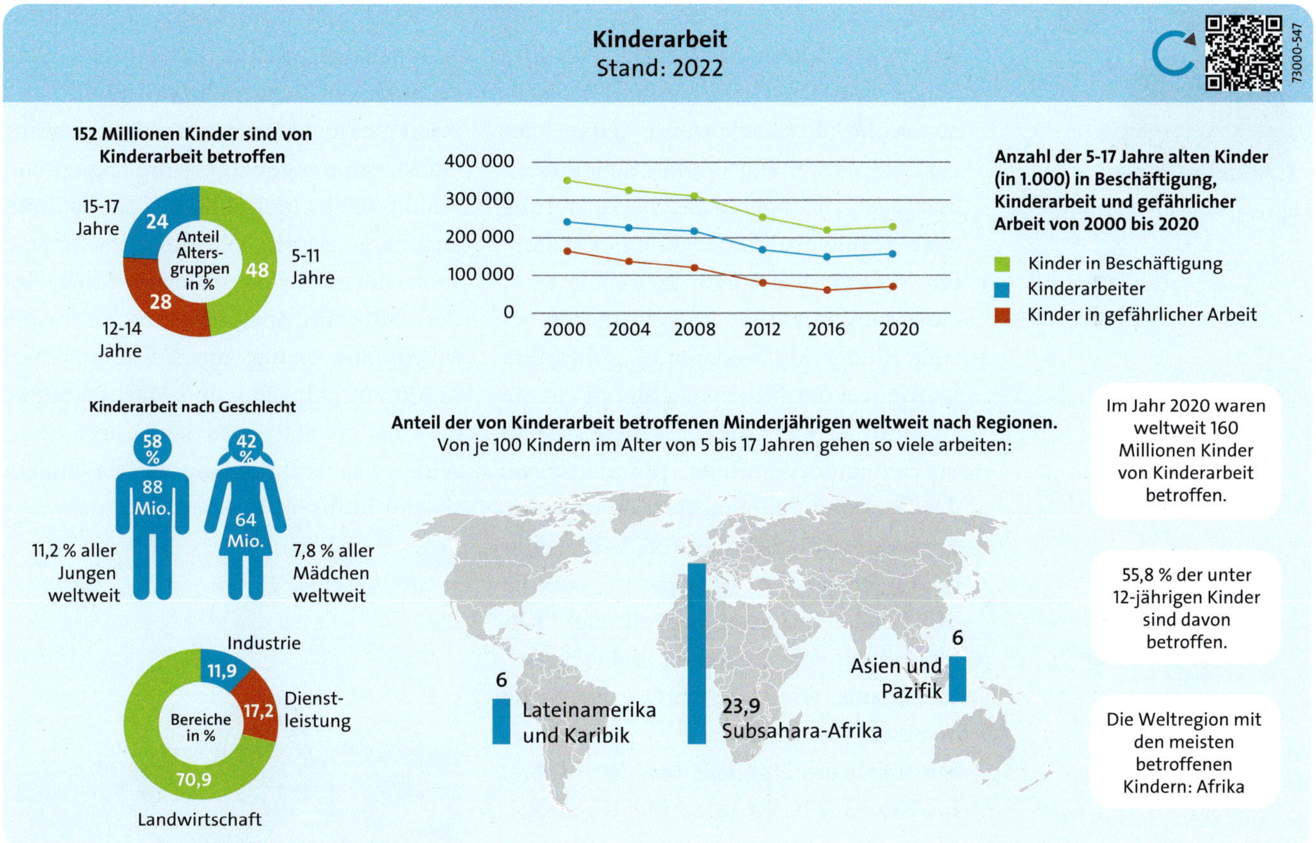

©C.C. Buchner Verlag, aktuelle Daten nach: UNICEF 2021; ILO, 2021

> Aufgaben

70081-07

1. Amal wird zum Arbeiten gezwungen. Beschreibt die Bedingungen, unter denen er arbeiten muss (**M6**).
2. Arbeitet aus der Grafik heraus, wie viele Kinder arbeiten müssen und in welchen Regionen Kinder davon betroffen sind (**M7**).
3. Nutzt die Statistik, um Alter und Geschlecht der Kinder zu erfahren, die arbeiten müssen (**M7**).
4. „Kinderarbeit schont die Geldbeutel der Europäer". Erläutert diese Aussage.

F zu Aufgabe 1
Findet heraus, welches Kinderrecht in diesem Fallbeispiel nicht verwirklicht wird.
Erstellt ein Standbild, in dem ihr die Missachtung eures Kinderrechts darstellt. Macht dann ein Standbild, auf dem deutlich wird, dass euer Kinderrecht eingehalten wird.

H zu Aufgabe 4
Kinder arbeiten für ein Fünftel dessen, was ein indischer Näher verdienen würde.

1.2.5 Wieso kämpfen Kinder im Krieg?

Mindestens 20 Kriege gibt es aktuell weltweit. Kinder sind wie Erwachsene auch Opfer dieser Kriege. Aber wieso müssen sie manchmal in Kriegen kämpfen?

M8 Martina: Kämpfen statt lernen

70081-127

Martina

Es ist kalt hier im Kongo, auf 2.000 Metern Höhe. Masisi heißt die Region, die östlich von Goma liegt. Es sieht aus wie in den Schweizer Voralpen: Sanfte Hügel, saftiges Grün, überall Holsteiner Kühe. Idyllisch. Und genau hier sind 27 Rebellengruppen beheimatet, die gegen die kongolesische Regierung oder wahlweise untereinander kämpfen. So unterschiedlich ihre Ziele sind, eines verbindet sie: Sie rekrutieren gezielt Kinder als Soldaten. […] Martina wurde von der Miliz verschleppt, als sie 13 Jahre alt war. Als die Milizionäre in ihr Heimatdorf einfielen, plünderten sie das Dorf und nahmen Martina und eine Freundin mit. Sie mussten Lebensmittel, Kochtöpfe und alles andere, was die Milizionäre für wichtig befunden hatten, tragen. Die Mädchen wehrten sich nicht, sonst wären sie an Ort und Stelle erschossen worden.

Martina wusste genau, was ihr blühte: Im Kongo gibt es tausende Kindersoldaten. Zuerst war sie nur fürs Putzen und Waschen zuständig, doch manchmal, sagt sie, wurde sie auch mitgeschickt, um bei Plünderungen in Dörfern mitzumachen. Zweimal wurde sie vergewaltigt – ein Schicksal, das den meisten weiblichen Kindersoldaten widerfährt. Zum Glück, sagt sie, sei sie nicht schwanger geworden. Dann hätte sie nicht mehr fliehen können, weil sie an Kind und Vergewaltiger gebunden gewesen wäre. Und ihre Familie hätte sie auch gar nicht mehr akzeptiert.

Nach einigen Monaten drückte man ihr ein Maschinengewehr in die Hand, man wollte sie zu einer vollwertigen Soldatin ausbilden. Martina lernte zu schießen, sie lernte zu zielen, sie lernte Krieg. Anderthalb Jahre später vertrauten ihr die Milizionäre genug, um sie alleine zum Markt zu schicken – und Martina nutzte die Chance. Statt zurückzukehren, marschierte sie stundenlang, bis sie endlich wieder in ihrem Heimatdorf ankam.

Bühler, Alexander: Kämpfen statt lernen. in: www.caritas-international.de, Abruf am 25.11.2022

Rebell
(von lat. rebellis, „aufständisch")
jemand, der an einem Aufstand beteiligt ist

rekrutieren
hier: verpflichten

Miliz
militärisch organisierte Gruppe

Junges Mädchen mit Maschinengewehr

M9 In welchen Ländern werden Kindersoldat:innen eingesetzt?

Einsatz von Kindersoldat:innen weltweit
Stand: 2021

73000-548

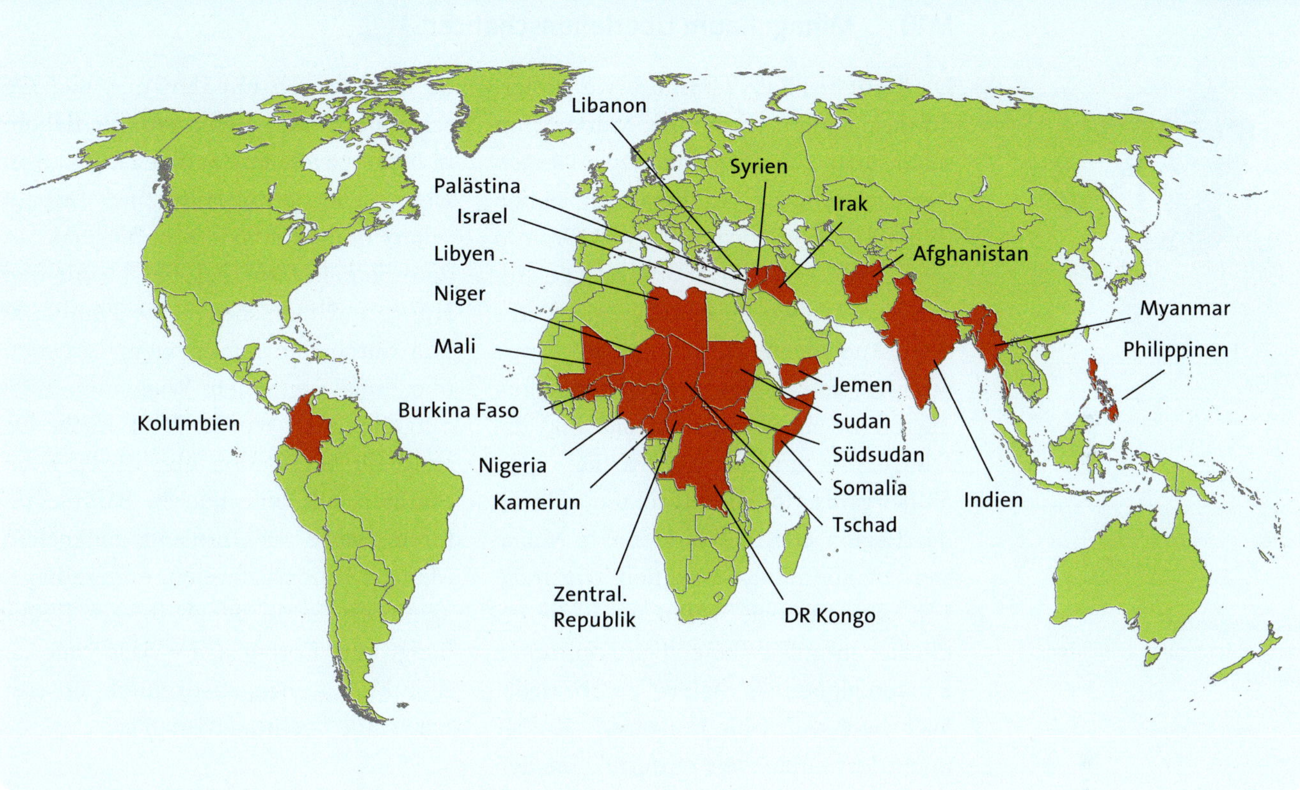

©C.C. Buchner Verlag, aktuelle Daten nach: Berichte des UN-Generalsekretärs, 2021

Kindersoldat:innen

Kindersoldat:innen sind Kinder, die an einem Krieg teilnehmen.
Als Kindersoldat:innen gelten laut der UN-Kinderrechtskonvention alle Kriegsteilnehmer:innen unter 15 Jahren, die direkt an Feindseligkeiten beteiligt sind.

> Aufgaben

70081-08

1. Martina lebt als Kindersoldatin im Kongo. Beschreibt die Bedingungen, unter denen sie leben muss (**M8**).
2. Arbeitet aus der Karte heraus, in welchen Regionen der Erde Kindersoldat:innen eingesetzt werden (**M9**).
3. „Kindersoldat:innen sind Täter:innen und Opfer." Erläutert diese Aussage.

H zu Aufgabe 3
Beziehe in deine Überlegungen ein, dass alle Länder der Erde Kinderhandel nicht gut finden und es verboten ist.

H zu Aufgabe 3
Beschreibe, wie Kinder Soldat:innen werden.

1.2.6 Wieso müssen Kinder hungern?

Weltweit gibt es genügend zu Essen, doch die Nahrungsmittel sind auf der Welt ungleich verteilt. Wie geht es Kindern, wenn sie zu wenig zu essen haben?

M10 Mihag: Kaum Überlebenschancen

70081-128

Mihag

Die Haut des Babys knittert wie papierdünnes Leder, wenn die Mutter ihm sacht über die eingefallenen Wangen streicht. Mihag Gedi Farah ist sieben Monate alt und wiegt mit 3.400 Gramm so viel wie ein Neugeborenes. Die Augen des Jungen starren übergroß aus dem knochigen Gesicht, jede Rippe zeichnet sich ab, die Ärmchen gleichen dürren Zweigen. So sieht sie aus, die Hungersnot am Horn von Afrika.

Hilfsorganisationen befürchten, dass in der Region 800 000 Kinder wie Mihag sterben könnten. So schnell wie möglich versuchen sie, Nahrung in die gefährlichen und bislang abgeschnittenen Dürreregionen Somalias zu bringen. Wer weiß, wie viele hungernde Kinder noch dort sind, weit entfernt von den Ärzten und Helfern und ihren Nährlösungen im Flüchtlingslager Dadaab in Kenia. Mihags Überlebenschance schätzt die Krankenschwester Sirat Amine auf 50:50. Ein Kind seines Alters müsste drei Mal so viel wiegen. Seine Mutter Asiah Dagane wedelt ihm mit einem Zipfel ihres Kopftuchs die Fliegen aus dem Gesicht und versucht, den schwach vor sich hin jammernden Jungen zu trösten. „Es geht mir nicht gut", sagt sie leise. „Mein Baby ist krank. In meinem Kopf bin ich auch krank." Der Winzling mit dem Greisengesicht ist das jüngste von sieben Kindern. Dagane machte sich mit ihm und vier Geschwistern nach Kenia auf, als daheim in Kismayo alle ihre Schafe eingegangen waren, wie sie mit Hilfe eines Dolmetschers berichtet. Wie zehntausende andere Somalier auf der Flucht vor dem Hungertod marschierte die Familie zu Fuß durch den Staub, wenn sie nicht manchmal von einem Wagen ein Stück mitgenommen wurde. Nun wacht Dagane auf der Station über ihren Sohn, inmitten all der anderen Mütter mit ihren Babys an Infusionsschläuchen. Manche Kinder schreien, andere liegen apathisch da. In der Mitte des Raums hängt eine Korbwaage – dass viele der Kleinkinder lebensbedrohlich unterernährt sind, sieht man auch so.

Walter, Stephanie: Das Gesicht der Hungersnot am Horn von Afrika. In: www.ein-herz-fuer-kinder.de, Abruf am 25.11.2022

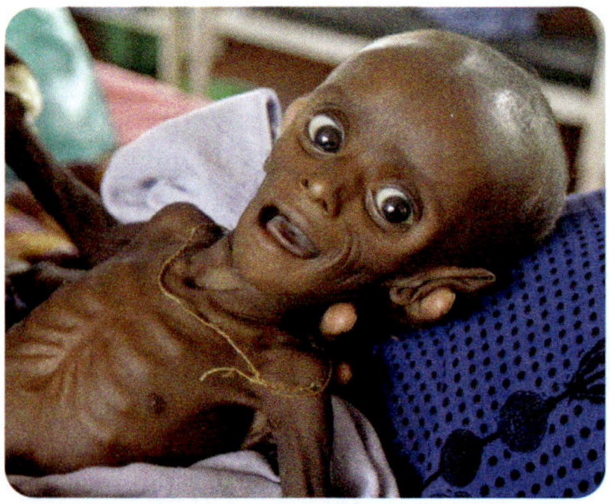

Unterernährtes Baby

Greisengesicht
das Gesicht eines sehr alten Menschen

Dolmetscher
Übersetzer

Infusionsschlauch
Schlauch, mit dessen Hilfe flüssige Stoffe direkt in die Adern von Menschen geleitet werden

apathisch
teilnahmslos, gleichgültig

M11 Wie ist die aktuelle Lage laut Welthunger-Index?

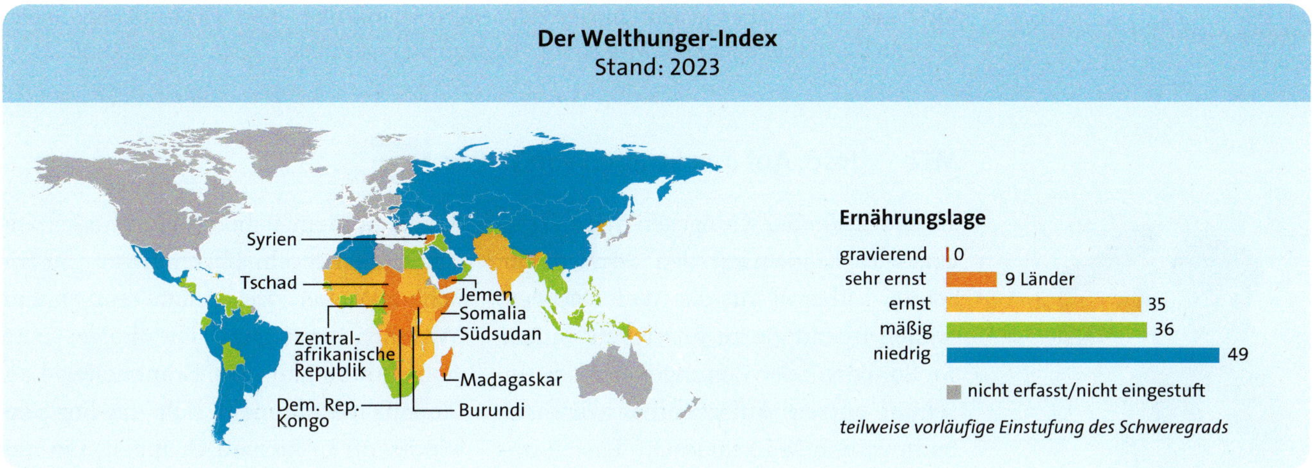

Nach: dpa 103225

Welthunger-Index

Der Welthunger-Index (WHI, auf Englisch: Global Hunger Index, GHI) misst und vergleicht jährlich die Ausprägung von verschiedenen Hungerindikatoren wie Unterernährung und Kindersterblichkeit in der Welt, verschiedenen Regionen und einzelnen Ländern.

Er soll zu einer stärkeren Wahrnehmung und einem besseren Verständnis des Kampfes gegen den Hunger führen [...]. Die Indikatoren des Welthunger-Index sind:

- Unterernährung: der Anteil der Bevölkerung, dessen Kalorienbedarf nicht gedeckt ist.
- Wachstumsverzögerung bei Kindern: der Anteil von Kindern unter fünf Jahren mit einer zu geringen Größe in Bezug auf das jeweilige Alter, ein Beleg für chronische Unterernährung.
- Auszehrung bei Kindern: der Anteil von Kindern unter fünf Jahren mit einem zu niedrigen Gewicht in Bezug auf die jeweilige Größe, ein Beleg für akute Unterernährung.
- Kindersterblichkeit: der Anteil der Kinder, die vor ihrem fünften Geburtstag sterben, was zum Teil das fatale Zusammenwirken von mangelnder Nährstoffversorgung und einem ungesunden Umfeld widerspiegelt.

www.welthungerhilfe.de, Abruf am 25.11.2022

Aufgaben

70081-09

1. Mihag bekommt zu wenig Nahrung. Beschreibt die Bedingungen, unter denen er leben muss (**M10**).
2. Arbeitet aus der Karte heraus, in welchen Regionen der Erde Kinder am stärksten von Hunger betroffen sind (**M11**).
3. „Hunger ist das größte lösbare Problem weltweit". Erläutert diese Aussage.

F zu Aufgabe 1
Erstellt ein Standbild, in dem ihr die Missachtung eures Kinderrechts darstellt. Macht dann ein Standbild, auf dem deutlich wird, dass euer Kinderrecht eingehalten wird.

H zu Aufgabe 3
In westlichen Ländern werden täglich tonnenweise Lebensmittel weggeworfen.

1.2.7 Wieso leben Kinder auf der Straße?

Nicht alle Kinder leben in Wohnungen oder Häusern, manche leben in Hütten oder haben gar kein Dach über dem Kopf. Wie kommt es dazu und wie ist das Leben auf der Straße?

M12 José: Auf den Straßen von La Paz

70081-129

José

So wie José oder Gung leben Hunderttausende Kinder auf den Straßen der Städte – überall auf der Welt. Sie versuchen irgendwie zu überleben: indem sie Bonbons oder Zeitungen verkaufen, Schuhe putzen, Autoscheiben waschen, Lumpen und Müll sammeln, Lasten tragen, betteln oder stehlen.

Die genaue Zahl der Straßenkinder ist schwer zu ermitteln [...]. Manche leben völlig auf der Straße und haben jeglichen Kontakt zu ihren Eltern und Verwandten verloren, sind oft wegen Hunger und Misshandlung von dort oder aus Heimen geflohen. [...]

Andere kehren nachts nach Hause, zu einem Elternteil, zu Verwandten oder wo sie sonst gerade Unterschlupf finden können, zurück. Aber alle haben ihren Lebensmittelpunkt auf der Straße [...]. Dort verdienen sie nicht nur Geld; hier wird auch gelacht, geweint, gestritten und gespielt. Für viele ist die Straße zum Zuhause geworden. Sie erleben ein Gefühl von Freiheit, erlernen Durchsetzungsvermögen und Selbstbewusstsein. Auf der anderen Seite verursacht die täglich erlebte Gewalt der Straße bei den Kindern Misstrauen, Scheu, Unsicherheit, Hass und Gewalt.

Werde ich heute satt? Wie kann ich mir heute etwas zu essen besorgen? Das sind die Fragen, die sie sich jeden Tag aufs Neue stellen. Wer sich nur schlecht ernähren kann, wird schneller krank. Zudem haben viele Straßenkinder keinen regelmäßigen Zugang zu frischem Wasser, das sie zum Trinken und Waschen benötigen. Die Folge: eine hohe Anfälligkeit für Krankheiten [...]. Abends versammeln sich die Straßenkinder oft in kleinen Gruppen, um auf dem Bürgersteig, in Baustellen, Grünanlagen und Geschäftseingängen, vor Lagerhallen, Fabriken oder Kirchen ihr Lager aufzuschlagen. Oft sind sie nachts davon bedroht, von Banden oder durch die Polizei überfallen, beraubt, verprügelt und verjagt zu werden.

Viele Straßenkinder schließen sich zu Banden zusammen, in denen klar geregelt ist, wer das Sagen hat. Auseinandersetzungen und Schlägereien in der Gruppe sind an der Tagesordnung. Andererseits helfen sich die Gruppenmitglieder untereinander [...].

© Terre des Hommes: Auf den Straßen von La Paz In: www.tdh.de, 17.01.2016

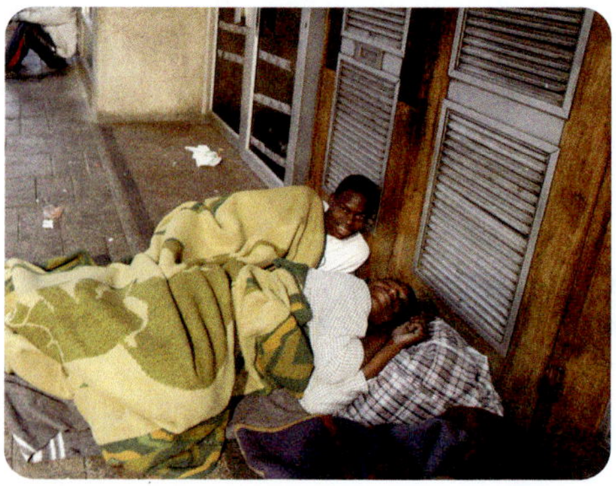

Straßenkinder

M13 Die Lage der Straßenkinder weltweit

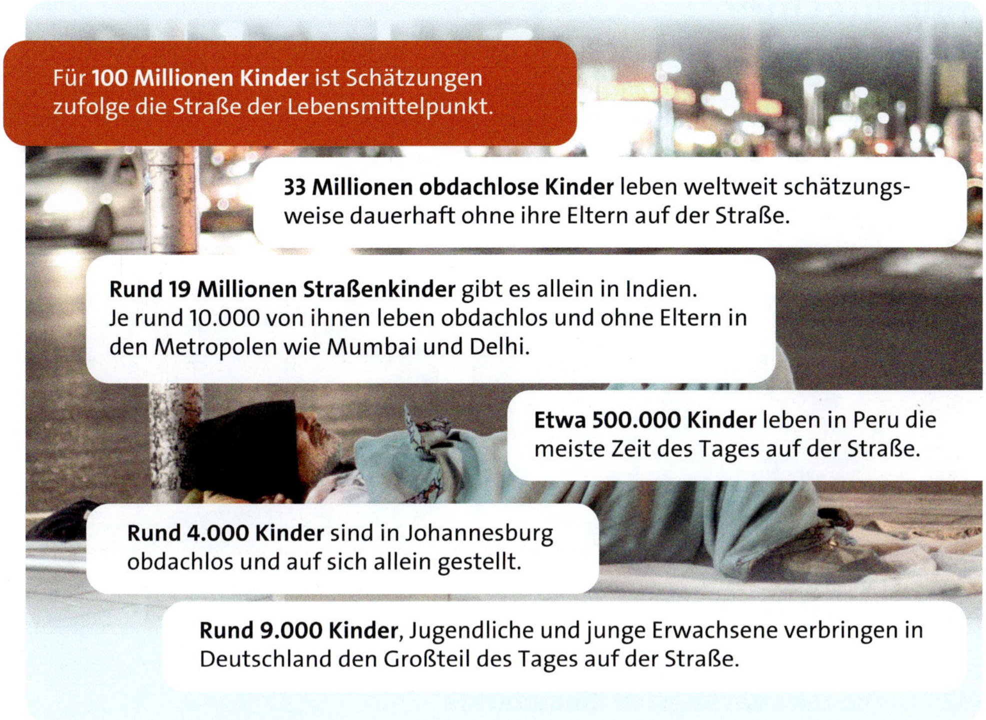

Zahlen nach: www.tdh.de, Abruf am 19.09.2022

Straßenkinder

Straßenkinder sind Kinder, für die die Straße der Lebensmittelpunkt ist, wo sie die meiste Zeit des Tages – in der Regel zum Geldverdienen, aber auch in Banden oder Cliquen – verbringen.
Dazu zählen Kinder, die jeglichen Kontakt zur Familie abgebrochen haben und dauerhaft auf der Straße leben. Als Straßenkinder gelten auch Kinder, die gemeinsam mit ihrer ebenfalls obdachlosen Familie auf der Straße leben. Allerdings ist der Übergang häufig fließend, etwa bei Kindern, die nur zum Schlafen nach Hause gehen. Gemeinsam haben alle, dass sie den größten Teil des Tages auf der Straße verbringen. Die meisten von ihnen leiden Hunger, gehen nicht zur Schule und bekommen keinerlei medizinische Versorgung.

© Terre des Hommes: Straßenkinder. In: www.tdh.de, Abruf am 22.11.2022

Aufgaben

70081-10

1. José lebt wie viele andere Kinder auf der Straße. Beschreibt die Bedingungen, unter denen er leben muss (**M12**).
2. Arbeitet aus der Grafik heraus, wie viele Kinder als Straßenkinder leben (**M13**).
3. „Für Straßenkinder ist es nicht einfach, Regeln zu akzeptieren“. Erläutert diese Aussage.

H zu Aufgabe 3
Denkt daran, dass viele Kinder aus Familien kommen, in denen Konflikte mit Gewalt gelöst werden. Stellt euch auch die Frage, wer den Jugendlichen auf der Straße Regeln vorgibt.

1.3 Die Corona-Pandemie: Auswirkungen auf die Kinderrechte?

Seit dem Frühjahr 2020 wird die Welt vom Corona-Virus begleitet. Volle Intensivstationen in den Krankenhäusern, Einschränkungen des öffentlichen Lebens, Schulschließungen und vieles mehr – dies alles war vor dem Ausbruch der Pandemie undenkbar. Auch Kinder und Jugendliche waren stark betroffen.

M1 Ich vermisse ...

Stille Demo für Kinderrechte in Stuttgart am Internationalen Tag der Kinderrechte

Familien demonstrieren für die Öffnung von Kitas und Schulen.

Kinder demonstrieren unter dem Motto „Kein Lockdown für Kinderrechte“.

M2 Die zehn wichtigsten Kinderrechte

- Bildung
- Schutz im Krieg und auf der Flucht
- Gleichheit
- Gesundheit und elterliche Fürsorge
- Besondere Fürsorge und Förderung bei Behinderung
- Zugang zu Medien
- Freie Meinungsäußerung und Beteiligung
- Schutz der Privatsphäre und Würde
- Schutz vor Gewalt
- Spiel und Freizeit

M3 Auswirkungen der Pandemie auf Kinder in Deutschland

70081-130

„Home-Schooling“ während der Corona-Pandemie

Digitales Lernen ist in der „home school“ gerade das Gebot der Stunde. Manche Schulen, Lehrer/-innen und Schüler/-innen sind darauf gut vorbereitet und verfügen über die technischen Möglichkeiten sowie das entsprechende Know-how, die diese Lernform voraussetzt. Bei anderen jungen Menschen ist das nicht der Fall. Gerade sozial benachteiligte Kinder und Jugendliche verfügen nicht immer über die notwendige Ausstattung wie ihre bessergestellten Altersgenossen/-innen. Auch sind die Möglichkeiten von Eltern, ihre Kinder beim (Fern-)Lernen zu unterstützen, sehr unterschiedlich verteilt: Während einige mit Zeit und dem entsprechenden Wissen ihre Kinder unterstützen, müssen sich andere akut um andere Dinge kümmern und sind vielleicht selbst mit der Situation überfordert. [...]
Kinder haben ein Recht auf körperliche Unversehrtheit und Schutz vor Gewalt. Nicht für jedes Kind bietet das eigene Zuhause jedoch ein geborgenes und sicheres Umfeld. Gerade für bereits belastete Familien stellt die momentane Situation eine besondere Herausforderung dar. [...]
Spiel, Freizeit und Erholung finden für viele Kinder als regelmäßige Aktivitäten außerhalb der eigenen vier Wände statt. In der aktuellen Corona-Krise sind diese jetzt sehr stark eingeschränkt bzw. kaum mehr möglich. [...] Diejenigen, die technisch keinen oder nur einen eingeschränkten Zugriff haben, brauchen alternative Zugangsmöglichkeiten. [...]
Was sich allerdings weder mit Büchern noch mit Online-Kursen ersetzen lässt, ist die Bewegung an der frischen Luft. [...]
Die aktuellen Maßnahmen zur Eindämmung der Corona-Pandemie – Schließungen von Schulen, Kitas und Freizeiteinrichtungen, Kontaktsperren und Regelungen zur Heim- und Kurzarbeit – führen dazu, dass Familien derzeit weitestgehend isoliert sind und viel Zeit miteinander in ihren Wohnungen verbringen (müssen).

Pfütze, Luise: Kinderrechte in Zeiten von Corona. In: www.sos-kinderdorf.de, Abruf am 16.09.2022

M4 Auswirkungen der Pandemie auf Kinder weltweit

70081-131

Waren die Fortschritte bei den Kinderrechten vor Corona schon schleppend, so drohen jetzt dramatische Rückschritte. Globale Lieferketten brechen zusammen.

Millionen Eltern haben über Nacht ihre Arbeit verloren und stehen buchstäblich auf der Straße. 130 Millionen Menschen werden so in diesem Jahr in Hunger und extreme Armut zurückgeworfen. So entsteht enormer Druck auf Familien, Kinder müssen arbeiten, damit die Familien überleben.

Kontaktbeschränkungen und Schulschließungen verstärken den Teufelskreis aus Armut und Kinderarbeit: Im November 2020 sind laut Unicef 570 Millionen Mädchen und Jungen von Schulschließungen betroffen – das sind ein Drittel aller Schüler weltweit! Die Kinder verlieren so oft die einzige regelmäßige Mahlzeit am Tag. Und Kinder, die jetzt nicht zur Schule können, kehren häufig nie wieder zurück. Sie finden so später keine guten Jobs und ihre Kinder müssen wiederum arbeiten.

Experten schlagen daher Alarm: Durch Corona werden in Afrika und Südasien jeden Monat 10.000 Kinder zusätzlich verhungern. In vielen Länder kann den Kleinsten immer weniger mit Routineimpfungen und ambulanten Behandlungen von Infektionskrankheiten geholfen werden.

Müller, Gerd: Corona bedroht die Kinderrechte. In: www.welt.de, 20.11.2020

M5 Schulschließungen weltweit

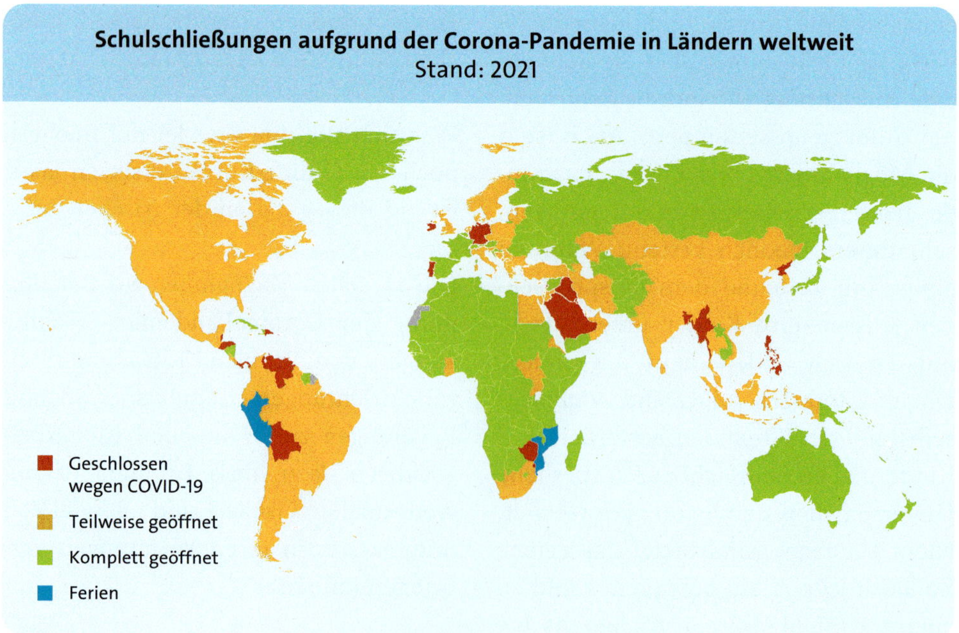

Nach: © Statista, 2021

Ein Partnerpuzzle durchführen

Worum geht es?

Diese Unterrichtsmethode ist eine arbeitsteilige Form der Partnerarbeit. Am einfachsten lässt sie sich durchführen, wenn die Schülerinnen und Schüler zu viert an Gruppentischen zusammensitzen. Aber auch bei einer frontalen Sitzordnung lässt sie sich mit der entsprechenden Vorbereitung anwenden. Sie eignet sich vor allem dann für die Aneignung von Wissen, wenn es zwei gleichwertige Themengebiete gibt, die nicht aufeinander aufbauen.

Geht dabei so vor:

1. Schritt: Erarbeitung der Inhalte in Einzelarbeit

Im ersten Schritt erarbeitest du dir selbst ein Thema und machst dir dazu Notizen.

Einzelarbeit:
Thema aneignen

2. Schritt: Austausch der Expert:innen für ein Thema

Dein Ergebnis vergleichst du dann mit einem/r Mitschüler:in, der/die dasselbe Thema bearbeitet hat.

Partnerarbeit:
am gleichen Thema

3. Schritt: Vermittlung eures Themas in Partnerarbeit

Im dritten Schritt informierst du eine/n Mitschüler:in, die keine Expert:innen sind, über das Ergebnis und bekommst ihre/seine Informationen.

Partnerarbeit:
Austausch über verschiedene Themen

Aufgaben

70081-11

1. Beschreibt in Kleingruppen, was ihr während der Corona-Pandemie und den Schulschließungen am meisten vermisst habt (**M1**).
2. Nennt Kinderrechte, die in der Pandemie eine besondere Rolle gespielt haben. Stellt die Rechte einander gegenüber (**M2**).
3. Beschreibt die Auswirkungen der Pandemie auf die Situation der Kinderrechte in Deutschland und weltweit. Führt dazu ein Partnerpuzzle durch (**M3-M4**).
4. Analysiert die Karte **M5**, indem ihr herausarbeitet, in welchen Regionen der Welt die Schulen Anfang 2021 von Schließungen betroffen waren.
5. Entwickelt Forderungen an die Politik, wie mit Kinderrechten in Krisenzeiten, wie z. B. einer Pandemie, umgegangen werden sollte.

F zu Aufgabe 1
Bezieht in eure Überlegungen auch Kinder ein, die in einer anderen Lebenssituation sind (z. B. in einem ärmeren Land leben, kein eigenes Zimmer haben).

H zu Aufgabe 2
Auf der einen Seite wurden Rechte genommen, um andere Rechte einhalten zu können. Denkt dabei auch daran, dass es auch darum ging, Kinder und Jugendliche zu schützen.

1.4 Was kann für die Einhaltung der Kinderrechte getan werden?

Kinderrechte werden nicht immer und überall eingehalten. Um auf die Kinderrechte aufmerksam zu machen und für ihre Einhaltung einzutreten, haben Organisationen und Unternehmen Ideen entwickelt. Einige Beispiele seht ihr hier.

Fonds
hier: Geldmittel, Geldanlage

Das Foto wurde aufgenommen auf dem Weltspieltagfest des MachMitMuseums Berlin, einer Kontaktstelle des Deutschen Kinderhilfswerkes e. V.

Der Weltspieltag ist ein weltweiter Aktionstag, der für alle Kinder landesweite Spielaktionen anbietet, um dem natürlichen Grundbedürfnis von Kindern, dem freien Spiel, nachzukommen.

M1 NGOs für Kinderrechte

a) Deutsches Kinderhilfswerk e.V.

Das **Deutsche Kinderhilfswerk** ist eine NGO, die sich seit mehr als 50 Jahren dafür einsetzt, dass die Lebensbedingungen von Kindern in Deutschland verbessert werden.
Das Deutsche Kinderhilfswerk engagiert sich unter anderem dafür, dass die Kinderarmut in Deutschland überwunden wird. Dafür gibt es den Kindernothilfefonds, über den von Armut betroffene Familien Einzelfallhilfe beantragen können, wenn staatliche Stellen zu langsam sind oder keine Unterstützung gewähren, zum Beispiel für Lernmaterialien, Kinderkleidung oder Ausstattung für das Kinderzimmer. Außerdem unterstützt das Deutsche Kinderhilfswerk Vereine wie die Kindertafeln, Kinderhäuser und Projekte, die sich besonders um Kinder aus finanziell benachteiligten Familien kümmern.

b) Humanium

Humanium setzt sich dafür ein, dass die Verletzungen der Kinderrechte in der Welt beendet werden und die Eigenständigkeit von mittellosen Menschen erreichen möchte. Dafür werden weltweit Kinderhilfsprojekte durchgeführt. Ein Beispiel ist das Projekt „Kinder haben ein Recht auf Gesundheit“, welches in einem sehr armen Ort in Bolivien umgesetzt wird. Durch das Sozialprojekt erhalten erkrankte Kinder im Krankenhaus ausreichend Medikamente. Ein anderes Beispiel ist das Projekt zum biologischen Landbau in Uganda. Hier erhalten Jugendliche eine Ausbildung in der Landwirtschaft, was Familien größere Einnahmen ermöglicht und sie unterstützt, der Armut zu entkommen.

NGO (Nichtregierungsorganisation)

Eine NGO ist ein nichtstaatlicher Interessenverband, der unabhängig von staatlicher Förderung arbeitet. Ihr Ziel ist es, ihre Anliegen bekannt zu machen und darauf hinzuwirken, dass sich bestimmte Dinge in der Gesellschaft oder in der Politik verändern.

M2 Unternehmen für Kinderrechte

70081-132

Auch Unternehmen zeigen soziale Verantwortung und setzen sich dafür ein, dass die Kinderrechte eingehalten bzw. die Situation von Kindern verbessert werden.

Die Unternehmen Deutsche Post, real und Ikea verkaufen beispielsweise jährlich die Postkarten von Unicef, der Kinderhilfsorganisation der Vereinten Nationen. Durch den Erlös der Karten werden die Projekte von Unicef finanziell unterstützt.

Die adidas Gruppe engagiert sich in vielen Ländern auf der ganzen Welt, insbesondere in Sportprojekten. Ein Bereich des Engagements ist für Flüchtlinge, indem Hilfsorganisationen finanziell unterstützt und Geld- und Sachspenden bereitgestellt werden. Das Projekt kickfair verfolgt die Vision, Chancengleichheit für alle Jugendlichen zu erreichen. Dabei sollen die persönlichen und beruflichen Stärken von jedem Einzelnen gefördert werden. Adidas fördert das Projekt finanziell, aber auch durch die Bereitstellung von Materialien, Kleidung und Trikots sowie durch das Engagement von Mitarbeiterinnen und Mitarbeitern.

M3 Du als Konsument: Dein Kauf macht den Unterschied

70081-133

Auch du kannst beim Einkaufen mitentscheiden, ob Waren, mit denen skrupellose Hersteller auf Kosten von Kindern viel Geld verdienen, bei uns verkauft werden. [..]

Will man Ausbeutung, schlechte Löhne und harte Kinderarbeit nicht unterstützen, sollte man auf das Fair-Trade-Siegel achten. Produkte, die mit diesem Siegel gekennzeichnet sind, wurden unter fairen Arbeitsbedingungen hergestellt. So können schon die Eltern ein Einkommen erzielen, das ihnen erlaubt, ihre Kinder in die Schule statt zur Arbeit zu schicken. In Dorfgemeinschaften können dann auch mehr Schulen und Gesundheitsstationen gebaut werden. Ebenso ein Siegel der Gepa zeichnet fair gehandelte aus. Das Hand-in-Hand-Siegel kennzeichnet Lebensmittel, die fair gehandelt und biologisch angebaut wurden. [...]

Teppiche, die ohne verbotene Kinderarbeit hergestellt wurden, erhalten das Rugmark- oder das Care&Fair-Siegel. [...] Für Kleidung gibt es leider kein einheitliches und verbindliches Siegel, das eine faire Herstellung kennzeichnet. Vor allem billige Klamotten, aber manchmal eben auch teure Marken-Sachen, können unter sehr schlechten Bedingungen und mithilfe von Kinderarbeit angefertigt worden sein.

Helles Köpfchen / Cosmos Media UG: Hart schuften statt lernen. In: www.helles-koepfchen.de, Abruf am 16.09.2022

Produktsiegel gegen Kinderarbeit

Fairtrade
Dieses Siegel steht für öko-faire Partnerschaft. Es kennzeichnet fair gehandelte Produkte aus umweltverträglicher Produktion.

Rugmark
Teppiche und Textilien ohne illegale Kinderarbeit zeichnet seit zehn Jahren das Rugmark-Label aus.

Care&Fair
Teppiche, die nicht durch ausbeuterische Kinderarbeit, sondern zu fairen Arbeitsbedingungen hergestellt wurden, tragen dieses Siegel.

GEPA
Dieses Siegel findet man auf verschiedenen Lebensmitteln, wie zum Beispiel Kaffee, Kakao, Schokolade, Honig, Zucker und Getränken.

M4 Straße der Kinderrechte

In einigen Städten Deutschlands gibt es „Straßen der Kinderrechte". In diesen Straßen vermitteln verschiedene Stationen Informationen über die Kinderrechte. So gibt es in Nürnberg zum Beispiel Gleichheitsfiguren, die sich auf Artikel 2 „Achtung der Kinderrechte, Diskriminierungsverbot" beziehen.

Skulptur zu Artikel 12 „Berücksichtigung des Kindeswillens"

Bildungsskulptur-Weltkugel mit Bücherbank, Artikel 28 „Recht auf Bildung, Schulbesuch und Berufsausbildung"

Aufgaben

70081-12

1. a) Findet euch in Dreiergruppen zusammen und teilt die Texte **M1-M3** untereinander auf.
   b) Lest die Texte und beantwortet folgende Fragen
      - In welchen Bereichen engagieren sich die Projekte?
      - Warum engagieren sich die Projekte?
   c) Stellt euer Ergebnis in der Klasse vor. Diskutiert und beurteilt das Engagement der Akteure.
2. Recherchiert weitere Beispiele für das Engagement von NGOs, Unternehmen und Verbrauchern zum Schutz der Kinderrechte.
3. Überlegt, was ihr selbst für die Einhaltung der Kinderrechte tun könnt.
4. Erstellt in eurem Wohnort oder eurer Schule eine Straße der Kinderrechte (**M4**). Teilt euch dafür in Gruppen ein und wählt jeweils ein Kinderrecht aus. Vielleicht könnt ihr das auch fächerübergreifend mit dem Kunstunterricht umsetzen.

H **zu Aufgabe 3**
Überlege, was du an deinem täglichen Ablauf ändern kannst, z. B. wenn du in den Supermarkt gehst.

Wie können Kinder geschützt werden?

Kinderrechtskonvention

> Kapitel 1.1, M1-M4

Kinder sind schwächer als Erwachsene und brauchen deshalb besonderen Schutz. Die Kinderrechtskonvention der Vereinten Nationen sichert Kindern allgemeine Rechte und verpflichtet jeden einzelnen Staat, die besonderen Bedürfnisse von Kindern zu berücksichtigen und sie vor Gefährdungen wie Armut, Gewalt und Missbrauch zu schützen.

Übung

82000-922

Die Kinderrechte in der Welt

> Kapitel 1.2, M1-M13

In Deutschland müssen Kinder in der Regel nicht hungern, jedoch gibt es auch unter den in Deutschland lebenden Kindern arme Kinder. Sie sind von vielen Möglichkeiten, am Leben teilzunehmen, ausgeschlossen. Dabei spricht man von relativer Armut. Insbesondere in Asien, Lateinamerika und Afrika werden Kinder aufgrund von großer Armut der Eltern verkauft. Sie werden dann zur Prostitution oder zum Arbeiten (z.B. in Haushalten) gezwungen. Auch viele andere Kinder müssen aufgrund der Armut ihrer Eltern arbeiten. Mit ihren kleinen Händen sind Kinder ideal geeignet, um z.B. Teppiche zu knüpfen.
Kinder können sich nicht gut wehren, deshalb ist es leicht, sie auszubeuten. In Ländern, in denen es Kriege und Aufstände gibt, werden Kinder häufig mit Gewalt dazu gezwungen, mitzukämpfen. Da man ihnen Drogen gibt, können sie sich nicht mehr gut wehren. Obwohl es genügend Lebensmittel auf der Welt gibt, sterben täglich Kinder, weil sie nicht genügend zum Essen bekommen. Oft kommen sie schon krank zur Welt, weil die Versorgung der Mutter in der Schwangerschaft schlecht war. Hunderttausende Kinder leben weltweit auf der Straße. Manche von ihnen sind vor gewalttätigen Eltern abgehauen, andere haben ihre Eltern verloren oder sich ein besseres Leben auf der Straße erhofft. Um sich ein bisschen Geld zu verdienen, arbeiten sie z.B. als Schuhputzer:innen.

Übung

82000-923

Einhaltung der Kinderrechte

> Kapitel 1.4, M1-M3

In vielen Ländern der Erde werden die Kinderrechte derzeit noch nicht so eingehalten, wie es eigentlich sein sollte. Deshalb haben sich Hilfsorganisationen gegründet, die betroffenen Kindern helfen möchten, wie z.B. der Kindernothilfefonds.

Übung

82000-924

Selbsteinschätzung

Nachdem du das Thema Kinderrechte bearbeitet hast, kannst du hier dein neu gelerntes Wissen selbst einschätzen. Dort, wo du noch Lücken hast, kannst du die Inhalte nochmals wiederholen.

Ich kann ...	Das klappt schon ...	Hier kann ich noch üben ...
... erklären, was Kinderrechte sind und Beispiele nennen.		Kapitel 1.1: M2-M4
... erklären, was die Kinderrechtskonvention ist.		Kapitel 1.1: M4 #Kinderrechtskonvention
... eine Karte beschreiben.		Kapitel 1.1: Methode
... die Lebenssituation von benachteiligten Kindern in unterschiedlichen Teilen der Welt erläutern.		Kapitel 1.1: M3 Kapitel 1.2: M1-M13
... Möglichkeiten beschreiben, was ich selbst für die Einhaltung der Kinderrechte tun kann.		Kapitel 1.4: M1-M4

M1 Kreuzworträtsel zum Thema Kinderrechte

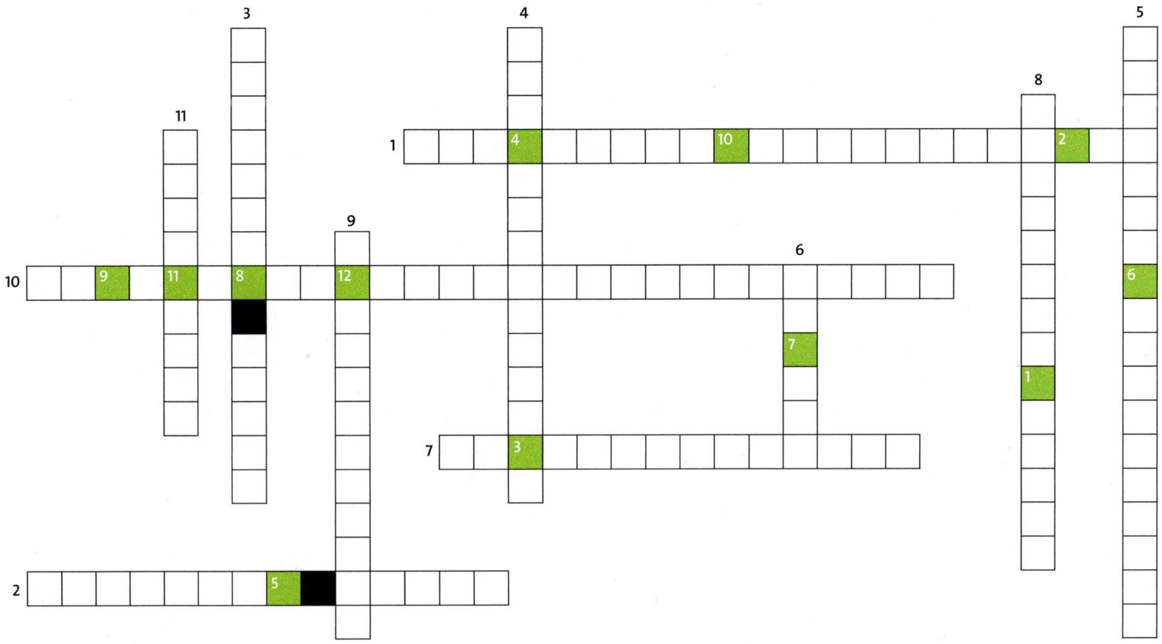

1. Das Dokument, in dem die Rechte der Kinder niedergeschrieben sind.
2. Davon spricht man, wenn eine Person weniger als 1,25 US-$ am Tag zur Verfügung hat.
3. Davon spricht man, wenn das Einkommen einer Person weniger als 50 % des Durchschnittseinkommens in einem Land beträgt.
4. Dort sind Kinder in Deutschland am stärksten von Armut betroffen.
5. Häufigste Form der Ausbeutung von Kindern.
6. Dort müssen die meisten Kinder arbeiten.
7. So nennt man Kinder, die in Kriegen und Aufständen kämpfen müssen.
8. 100 Millionen Kinder werden weltweit so bezeichnet.
9. Das findet am 28. Mai statt.
10. Eine Organisation, die ohne staatliche Förderung arbeitet.
11. Produkte mit diesem Siegel wurden unter gerechten Arbeitsbedingungen hergestellt.

Lösung:

1	2	3	4	5	6	7	8	9	10	11	12

Kreuzworträtsel Kinderrechte

70081-93

Aufgabe

70081-13

Löst das Kreuzworträtsel, indem ihr die Fragen 1-11 beantwortet (**M1**).

Kinder mit Fahrrädern

Jugendband

Jungen beim Fußballspielen

Schüler:innen beim Lernen

Prügelszene unter Jugendlichen

Mädchen im Jugendzimmer

Was weißt du schon?

70081-14

Die Bilder zeigen euch verschiedene Situationen aus dem Alltag von Jugendlichen. Lasst euch von den Bildern und euren eigenen Erlebnissen dazu anregen, die folgenden Satzanfänge zu beenden:

- In meiner Freizeit ist für mich am wichtigsten, dass ich ...
- Jugendliche brauchen ihre Freunde, weil ...
- Freundschaften sind manchmal kompliziert, weil ...
- Manchmal haben Jugendliche es schwer, weil ...
- Wenn es unter meinen Freunden Streit gibt, dann liegt das oft daran, dass ...

Zusammenleben in sozialen Gruppen

2

Menschen sind soziale Wesen, die im Allgemeinen auf Dauer nicht gerne alleine sind und leben – unabhängig von ihrem Alter. Jeder Mensch schließt sich unterschiedlichen sozialen Gruppen an. Dort stillen wir unser Bedürfnis nach Zugehörigkeit, Bestätigung und Unterstützung.

Für Jugendliche nimmt die Bedeutung der eigenen Familie als Gruppe ab, während die Zugehörigkeit zu Gleichaltrige an Bedeutung gewinnt. Mit dieser Gruppe teilt ihr viele Erfahrungen und Problem des Alltags, habt oft gleiche Interessen und ähnliche Sorgen. Nachdenken über sich selbst, Anecken beim Erwachsenwerden, Ärger in der Freundesclique – für euch haben solche Probleme oft eine große Bedeutung im Alltag. In diesem Kapitel kannst du dich damit auseinandersetzen, welche Bedeutung soziale Gruppen für Jugendliche haben, wie im sozialen Miteinander Konflikte entstehen und wie solche Konflikte gelöst oder entschärft werden können.

Was lernst du in diesem Kapitel?

- ... welche Erwartungen im Freundeskreis, in der Schule und in der Familie an Jugendliche gerichtet werden.
- ... was soziale Rollen sind.
- ... wie Konflikte in einer sozialen Gruppe von Jugendlichen entstehen.
- ... wie Konflikte unter Jugendlichen gelöst werden können.

Gemeinsam aktiv

Ein Rollenspiel gestalten und auswerten

Sicher hast du auch schon einmal diese oder eine ähnliche Situation erlebt:

In einem Rollenspiel könnt ihr gemeinsam in Kleingruppen erarbeiten, was Konflikte sind, wie sie entstehen sowie üben, wie man solche Konflikte zwischen den Freundinnen und Freunden lösen kann.

Geht dabei so vor:

Start

1 Beschreibt das Bild. Überlegt euch, wie hier ein Streit entstehen und welche Ursachen der Streit haben könnte.

2 Erarbeitet euch, wie Jugendliche sich selbst einschätzen können, was soziale Rollen sind und wie es zu Rollenkonflikten kommen kann. (→ Kapitel 2.1: M2, M3, M5, M8, M10)

3 Stellt dar, welche Bedeutung Gruppen für Jugendliche haben. Prüft, ob für euch die positiven oder negativen Seiten von Gruppen überwiegen. (→ Kapitel 2.2: M2, M4, Kompetenz Urteilen)

4

Macht eine Umfrage in der Klasse, wer sich vorstellen könnte, in einem Internat zu leben (→ Kapitel 2.2: M3). Erstellt ein Ranking mit den Top 5 der Gründe dafür und dagegen. Gestaltet ein Plakat mit den Ergebnissen.

5

Stellt euch in Partnerarbeit eure Erlebnisse der Corona-Zeit vor (→ Kapitel 2.2: M5-M7). Schreibt einen Zeitungsartikel über die Zeit eures Partners bzw. eurer Partnerin. Achtet dabei darauf, dass nur die Informationen enthalten sind, die ihr auch persönlich dafür freigeben würdet.

Ziel

6

Untersucht dann, warum es in der Freundschaftsclique von Franzi, Janni, Muhrat und Florian zu einem Streit/Konflikt kommt und gestaltet in Kleingruppen Rollenspiele, um den Konflikt zu lösen. (→ Kapitel 2.3: M1-M3, #Was ist ein Konflikt? – ein Modell)

2.1 Sich selbst kennen und soziale Rollen einnehmen

2.1.1 Ich sein ... – wer bin ich eigentlich?

Wer bin ich eigentlich? Was kann ich? Wie bin ich zu dem geworden, der ich bin? Mag ich mich und mögen mich die anderen? Welchen Platz habe ich in unserer Gesellschaft? Hast du dich das auch schon gefragt?

M1 Wie ich bin

Der Sänger Cro ist in Aalen und Stuttgart zur Schule gegangen. Er macht erfolgreich Rap- und Popmusik und tritt öffentlich nur mit einer Panda-Maske auf.

Manchmal denk ich, wie's wohl wär
Wenn ich nich' wär, wer ich bin
Aber kein Mensch steht mir so gut wie ich
Deshalb bleib ich wie ich bin!
Ich setz' die Maske ab und lauf' durch den Club, doch
Keiner schaut, kein Applaus, keiner guckt, denn
Hier bin ich Carlo und keiner wirft den Arm hoch
Und keiner sagt mir Hallo, jap, denn keiner hat 'ne Ahnung
[...]
Und plötzlich merk' ich, diese Welt is' nix für mich
Setz' die Maske ins Gesicht, geh' auf die Bühne
Und bin ich! Yeah!

Carlo Waibel, Wie ich bin, Affenpublishing GbR bei Universal Music Publishing GmbH, Edition Hustle Heart bei Freibank Musikverlags- und Vermarktungs GmbH, Peripherique Publishing M. Krings

M2 Ich will ich sein – aber wer bin ich eigentlich?

70081-134

Reicht ein Blick auf den Personalausweis aus, um herauszufinden, wer ich bin? Zumindest stehen dort Name, Anschrift, Geburtstag und -ort, Körpergröße und Augenfarbe und auch ein Passfoto ist dabei. Aber reicht das aus, um zu sagen, wer man ist? Gehört zum Ich nicht noch etwas mehr? Zum Beispiel die Beziehung zu anderen Menschen, zu den Eltern und Geschwistern, Freunden und Freundinnen, zu den Mitschülerinnen und Mitschülern, zu den Mitmenschen ganz allgemein? Gehört zur Persönlichkeit nicht auch das, was mir wichtig ist, oder mein Verhältnis zu den Dingen, wie Natur, Technik, Musik und Kunst oder zur Gesellschaft? Gehört dazu nicht auch die Antwort auf die Frage, wie ich zu mir selbst stehe oder was ich mit meinem Leben will?
Jeder Mensch wünscht sich, als eigenständige Persönlichkeit wahrgenommen zu werden. Die Einzigartigkeit ist uns wichtig, aber auch das Gemeinsame, was uns mit anderen verbindet. Seinen Weg zu finden, ist nicht einfach und benötigt viel Zeit. Die Suche nach der eigenen Identität ist ein lebenslanger Prozess, der von der Gesellschaft, aber auch von vielen Zufällen beeinflusst werden kann.

M3 Zwei Seiten einer Medaille

Wir haben alle unsere Stärken und Schwächen. Aber was sind Schwächen oder Stärken? Sind manche Stärken nicht auch Schwächen oder umgekehrt?

Ich kann mich gut konzentrieren.

Ich bin oft genau.

Ich kann sehr konsequent sein.

Ich arbeite sehr schnell.

Ich bin zuverlässig.

Ich kann einen starken Willen haben.

Ich bin sozial engagiert.

Ich kann fleißig sein.

Ich gebe oft anderen die Schuld, wenn etwas schiefgeht.

Ich helfe gerne anderen Menschen.

Ich vertraue niemandem etwas an.

Ich kann schlecht etwas für mich behalten.

Ich bin sportlich.

Ich bin verschwiegen.

Ich habe einen Dickkopf.

Ich kann ein Instrument spielen.

Ich brauche viel Sicherheit.

Ich bin ausdauernd.

Ich bin ordentlich.

Ich bin gerne freundlich zu anderen.

Ich gehe offen auf andere Menschen zu.

Eigenschaft	positiv	negativ
„Ich bin misstrauisch.“	Ich traue nicht sofort jedem und betrachte erst vorsichtig, bevor ich mich auf etwas einlasse. So bleiben mir Enttäuschungen erspart.	Manchmal ist es gar nicht nötig, misstrauisch zu sein. Eine positive Einstellung und Vertrauen sind wichtig, um neue Freundschaften zu schließen. Da kann zu viel Misstrauen auch stören.
„Ich habe einen Dickkopf.“	...	...

Michi
- *freundlich*
- *immer lustig*
- ...
- ....

Sandro
- *kann gut zuhören*
- *ist hilfsbereit*
- ...
- ...

Ich-Identität

Jeder Mensch ist etwas Besonderes und hat ein eigenes Ich.
Unter Ich-Identität versteht man die Gewissheit eines Menschen, er selbst und unverwechselbar zu sein und sich von anderen zu unterscheiden.

Soziale Identität

Menschen gehören unterschiedlichen Gruppen an. Auch das gibt Menschen bestimmte Eigenschaften.
Mit sozialer Identität bezeichnet man die Eigenschaften, die man dadurch hat, dass man Teil einer Gruppe ist – deswegen finden Menschen auch meist ihre eigene Gruppe, also ihren eigenen Freundeskreis oder ihren eigenen Verein, sympathischer als andere Gruppen.

M4 Das bin ich!

*Ihr habt jetzt viel darüber erfahren, wie der Sänger Cro sich selbst sieht (**M1**), welche Faktoren Menschen helfen können, sich selbst zu definieren (**M2**) und ihr habt versucht, eure Stärken und Schwächen zu beleuchten (**M3**). Nutzt diese Informationen und die Vorarbeit und gestaltet ein „Ich"-Männchen:*

1. Übertragt das abgebildete Strichmännchen auf ein weißes DIN A3-Blatt.
2. Gestaltet aus dem anonymen Strichmännchen ein „Ich"-Männchen, indem ihr eure Interessen, Hobbies, Stärken, Talente, Freunde, Familie, etc. farbig ergänzt.
3. Gebt euch im Anschluss in kleinen Gruppen Feedback zu euren „Ich"-Männchen und übernehmt weitere Ideen der anderen Gruppenmitglieder.

Aufgaben

70081-15

1. a) Sammele mithilfe von **M1** Ideen für einen eigenen Songtext zu der Überschrift „Wer ich bin".
   b) Gebt euch als Partner gegenseitig Feedback, was an euren Texten gut gelungen ist.
   c) Der Sänger Cro trägt eine Panda-Maske (**M1**). Würdest du eine Maske wählen für einen großen Auftritt? Wenn ja, welche Maske würdest du dir aussuchen? Begründe deine Entscheidung.
2. Gestalte für dich selbst Medaillen mit Vorder- und Rückseite (**M3**).
3. Diskutiert in der Klasse, ob ihr eine Ausstellung zum Thema „Identität" organisieren möchtet, in der ihr eure „Ich"-Männchen präsentiert oder ob sie eurer Meinung nach nicht für die Öffentlichkeit gedacht sind (**M4**).
4. a) In den sozialen Medien begegnet euch zunehmend der Begriff „Diversität". Bewertet die Idee, im Schulbuch bei der Frage „Wer bin ich?" zusätzlich Material zum Thema Diversität abzudrucken.
   b) Gestaltet im Anschluss daran eine E-Mail an einen Schulbuchverlag, in der ihr eure persönliche Meinung darstellt.

H zu Aufgabe 2
Versuche dabei jeweils für eine positive Eigenschaft auch die mögliche negative Seite dieser Eigenschaft zu benennen und umgekehrt.

F zu Aufgabe 3
Mit Gipsbinden könnt ihr echte Masken eures Gesichts anfertigen. Die getrockneten Masken könnt ihr mit Farben und Deko-Elementen so gestalten, wie ihr gerne auf andere wirken möchtet. Präsentiert der Klasse eure Masken.

Eine Powerpoint-Präsentation erstellen und halten

Worum geht es?

Eine digitale Präsentation zu erstellen ist eine wichtige Kompetenz, die du immer wieder anwenden kannst: Egal, ob in der Schule für ein Referat oder später im Berufsleben. Doch wie erstellst du eine gute und übersichtliche Präsentation, die Themen und Inhalte professionell veranschaulicht?

Geht dabei so vor:

1. Schritt: Vorbereitungen treffen

- Wähle und öffne ein Programm, mit dem du die Präsentation erstellen möchtest.
- Wähle ein passendes Layout für die Präsentation.
  Entscheide, ob das Thema ein schlichtes oder farbenfrohes Layout benötigt. Du kannst schlicht gestaltete Folien später noch mit Fotos aufwerten.

2. Schritt: Texte verfassen und in die Präsentation einfügen

- Schreibe dir die wichtigsten Aspekte aus deinen Informationstexten heraus.
- Gliedere den Inhalt in eine sinnvolle Reihenfolge.
- Füge die Texte in die Präsentation ein. Jetzt kannst du damit beginnen, die Folien mit Texten zu füllen. Unterscheide zwischen Überschriften und Textbausteinen.
  Tipp: Formuliere eine aussagekräftige und prägnante Überschrift, die das Thema treffend wiedergibt. Formuliere die Textbausteine kurz und übersichtlich. Vollständige Sätze sind für die Zuhörer schwierig zu erfassen.

3. Schritt: Präsentation gestalten

- Schrift ändern. Achte darauf, dass die Schriftart und die Schriftgröße gut lesbar sind. Verwende eine Schriftfarbe, die einen guten Kontrast zum Hintergrund bietet.
- grafische Elemente und Bilder einfügen
- weitere Folien einfügen

Tipps zur Gestaltung der Präsentation

70081-94

4. Schritt: Präsentation üben und halten

- Für eine gelungene Präsentation solltest du vorher deinen Vortrag üben. Erstelle dazu Notizzettel auf Karteikarten, oder nutze die Notiz-Funktion in der Software. Stelle dich dazu zu Hause vor einen Spiegel und sprich den Text laut. Lerne einige Formulierungen auswendig, um frei sprechen zu können. Achte auf eine angemessene und aufrechte Körperhaltung. Behalte Augenkontakt mit deinen Zuhörern.
- Wähle eine Folienvariante und starte deine Präsentation.

2.1.2 Was wollen die alle von mir? In sozialen Rollen leben

Jugendliche verhalten sich nicht immer gleich: manchmal macht es einen Unterschied, ob du gerade Freund/Freundin bist oder Sohn/Tochter, denn wir nehmen verschiedene soziale Rollen ein. Und das bringt manchmal ganz schöne Schwierigkeiten mit sich ...

M5 Was wollen denn nur alle von mir?

70081-135

Alisa besucht die 8. Klasse einer Realschule. In der letzten Zeit hat sie große Probleme mit dem Aufstehen. Auch heute muss ihre Mutter sie drei Mal wecken, bis sie endlich aus dem Bett kommt. Katzenwäsche und ohne Frühstück zum Bus.

Normalerweise schafft sie es in der letzten Minute - nur heute nicht. Als sie auf den nächsten Bus wartet, denkt sie sich schon einmal eine Entschuldigung aus. Wecker kaputt, Mutter verschlafen.

Aber Herr Becker, der Deutschlehrer, den sie heute in der ersten Stunde haben, macht ein ziemliches Theater, als Alisa mit einer Viertelstunde Verspätung die Klassentür öffnet. Er erwartet absolute Pünktlichkeit.

Alisas Freundin Lisa hat schon sehnsüchtig gewartet, um von dem Film zu erzählen, den sie gestern im Kino gesehen hat. Eigentlich will Alisa aber lieber aufpassen und sich am Unterricht beteiligen, um Herrn Becker wieder milde zu stimmen. Nach sechs anstrengenden Unterrichtsstunden geht es wieder nach Hause. Weil Alisa auf Lisa wartet, verpasst sie an diesem Tag den Bus ein zweites Mal. Zuhause sitzen ihre Mutter und ihre Geschwister schon am Mittagstisch und warten. Als Alisa sich hinsetzen will, klingelt das Handy. Marie will sich am Nachmittag mit ihr verabreden.

Die Mutter ist sauer, weil sie Telefonieren beim Essen nicht duldet. Ihre Mutter erinnert sie daran, dass die Familie heute zum Geburtstag ihrer Patentante eingeladen ist. Am Abend soll sie auf die jüngeren Geschwister aufpassen, weil sich ihre Mutter mit einer Freundin verabredet hat. Ausgerechnet heute hat aber der Schwimmverein ein Sondertraining für den Wettkampf am kommenden Sonntag angesetzt. „Was wollen denn bloß alle von mir?", denkt Alisa.

M6 Die Kreise meines Lebens

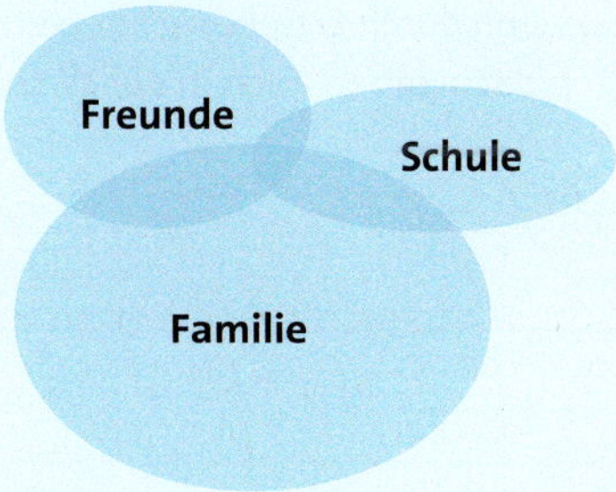

1. Überlegt euch, welche unterschiedlichen Bereiche es in eurem Leben gibt (z. B. Familie, Schule, Freundeskreis aus dem Fußballverein, bestimmte Hobbies wie Musikverein oder Turnverein etc.).
2. Jeder Bereich bekommt einen eigenen Kreis. Überlegt euch, wie sich die Bereiche überschneiden und erstellt ein Schaubild mit den entsprechenden Schnittmengen.
3. Wenn ihr die Kreise ausschneidet, dann könnt ihr sie um euer „Ich-" Männchen aus **M4** gruppieren und auf einem DIN A3-Plakat festkleben.

Soziale Rollen

Die soziale Rolle beschreibt unser eigenes Verhältnis zur Gesellschaft.
Mit der Geburt betreten wir die „Bühne der Gesellschaft". Nach und nach lernen wir, diesen oder jenen „Part" und damit unterschiedliche Rollen zu spielen. [...] Jeder erwartet von uns, dass wir unseren Text kennen. Jeder erwartet von uns etwas anderes. Die Rollen, die wir einnehmen, können ganz unterschiedlich sein. So sind wir Sohn oder Tochter, Freund oder Freundin, Mitglied im Chor oder Torwart der Schulauswahl, Schülerin oder Schüler, freiwilliger Feuerwehrmann, Pfadfinderin usw. Aber nicht immer erfüllen wir auch die Erwartungen, die an uns formuliert werden, und so kann es dann zu einem Rollenkonflikt kommen.

Nach: Henecka, Hans Peter: Grundkurs Soziologie, 10. Aufl., UVK Konstanz/München 2015, S. 102 f.

> Aufgaben

70081-16

1. a) Beschreibe die Situation von Alisa (**M5**).
   b) Listet gemeinsam auf, welche Konflikte sich für Alisa ergeben haben. Bildet Gruppen und ordnet jeder Gruppe einen Konflikt zu. Diskutiert in der Gruppe, wie Alisa sich verhalten soll.
   c) Formuliert in der Gruppe eine kurze Textnachricht, in der ihr Alisa einen Ratschlag gebt, was ihr an Alisas Stelle jetzt tun würdet.
2. a) Stelle die Bereiche deines Lebens als Kreise mit entsprechenden Schnittmengen dar (**M6**).
   b) Diskutiert, welche Erwartungen die jeweiligen Kreise an euch haben.
   c) Beschreibt einen möglichen Rollenkonflikt, der sich aus den unterschiedlichen Bereichen ergeben kann.
3. Erkläre mithilfe des Begriffskärtchens den Unterschied zwischen einer sozialen Rolle und der Rolle eines Schauspielers in einem Film.

H zu Aufgabe 1a
- Was könnten die einzelnen Menschen zu Alisa sagen?
- Und was könnte Alisa durch den Kopf gehen?

F zu Aufgabe 2a
Stelle durch unterschiedliche Größen der Kreise dar, wieviel Raum sie in deinem Leben einnehmen.
Stelle außerdem jeden Kreis aus Kuchendiagramm dar, in welchem du die positiven Anteile grün und die negativen Anteile rot markierst. Neutrale Anteile werden nicht eingefärbt.

2.1.3 Junge sein – Mädchen sein – auch nur eine soziale Rolle?!

Hast du gewusst, dass Rosa vor 100 Jahren für die Baby-Ausstattung als Jungenfarbe galt? Man dachte, die Farbe Rosa sei kräftiger als Blau – aber sind Jungen denn wirklich „kräftiger“ als Mädchen? Was sind angeborene Unterschiede, was sind durch Erziehung angelernte Unterschiede zwischen den Geschlechtern? Die Meinungen dazu gehen auch in der Wissenschaft auseinander.

M7 Typisch Junge – typisch Mädchen?

Alle kleinen Jungen spielen gerne mit Autos.

Jungs lackieren sich gerne die Fußnägel.

Die Jugendteams im Frauenfußball können kaum noch Mädchen aufnehmen – so viele wollen Fußball spielen.

Mädchen interessieren sich mehr für Technik, weil sie ein besseres Vorstellungsvermögen haben.

Jungen sollten nach 20 Uhr nicht mehr alleine unterwegs sein.

Mädchen essen grundsätzlich gerne Äpfel.

M8 Lernen Jungen und Mädchen unterschiedlich?

70081-136

Egal, ob Mädchen oder Junge – die Gesetze des Lernens sind universell […]. Gleichwohl unterscheiden sich die Ergebnisse schulischen Lernens zwischen den Geschlechtern:

In […] Testverfahren zeigen Mädchen im sprachlichen Bereich höhere Kompetenzen als Jungen, die wiederum den Mädchen – wenn auch nicht in allen Studien – in den MINT-Fächern überlegen sind. Gemessen an ihren tatsächlichen Kompetenzen schätzen Mädchen sich selbst als weniger gut ein als Jungen. Diese Diskrepanz ist in den MINT-Fächern besonders deutlich. Haben sie die Wahl – zum Beispiel bei Leistungskursen –, entscheiden sich Mädchen wahrscheinlicher für sprachliche und Jungen eher für MINT-Domänen. Mädchen bekommen bessere Noten als Jungen, auch gemessen an ihren tatsächlichen Kompetenzen. Das ist der Grund dafür, dass sie an niedrigen Schulformen unter- und an höheren überrepräsentiert sind und höhere Bildungszertifikate erlangen. Diese Unterschiede zeigen sich, obwohl Mädchen und Jungen im Mittel gleich intelligent sind.

Hannover, Bettina: Geschlechterunterschiede – lernen Mädchen und Jungen unterschiedlich? In: www.deutsches-schulportal.de, 02.07.2020

universell
allgemein, hier: für alle gleich

Diskrepanz
Widerspruch

MINT-Fächer
Mathematik, Informatik, Naturwissenschaft, Technik

M9 Was ist dein Lieblingsfach in der Schule?

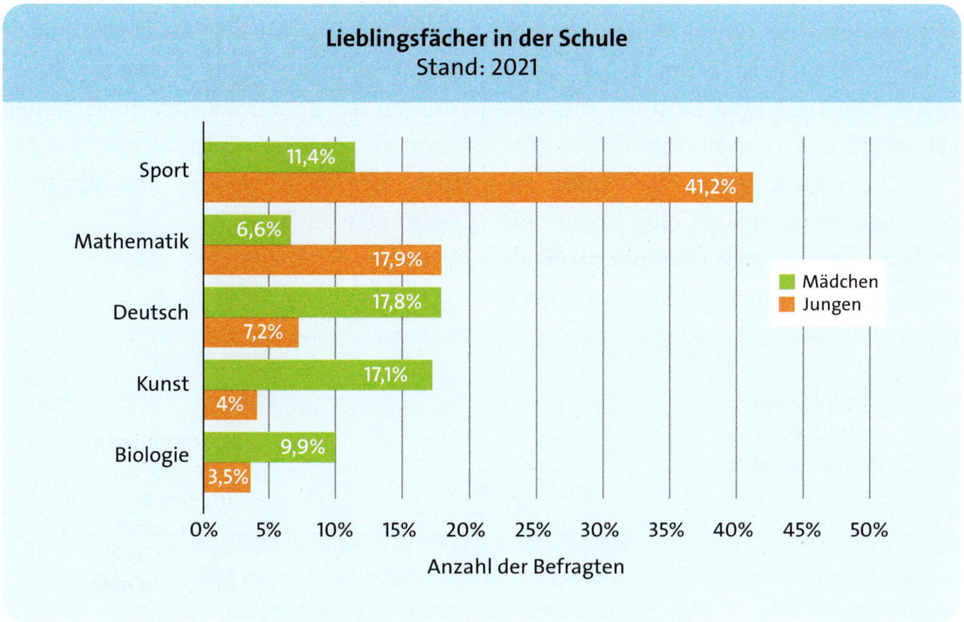

©C.C. Buchner Verlag, aktuelle Daten nach: Destatis 2021

M10 Der Erfolg von Mädchen und Jungen in der Schule – die Erklärung

70081-137

In sozialen Interaktionen erwerben Kinder Geschlechtsstereotype, das heißt Vorstellungen, wie männliche und weibliche Personen - angeblich - sind oder sein sollten. Kinder wollen diesen Stereotypen entsprechen: Besonders im Vor- und Grundschulalter beschäftigen sie sich bevorzugt mit Dingen, von denen sie glauben, sie „passten" zu ihrem Geschlecht. Damit ist die Grundlage gelegt für geschlechtsabhängige Selbsteinschätzungen und Präferenzen in der Schule, die dann zu Geschlechtsunterschieden in Kompetenzen führen. [...] Mädchen handeln früher und wahrscheinlicher selbstgesteuert als Jungen. Selbststeuerung bedeutet, dass die betreffende Person sich eigene Ziele setzt (zum Beispiel: „Ich will eine gute Note schreiben"), Pläne zur Zielerreichung entwickelt („Ich lerne täglich bis zur Prüfung eine halbe Stunde") und auf der Grundlage einer Selbstbeobachtung die Zielannäherung überwacht („Ich lasse mich abfragen, um gezielt nachzuarbeiten"). Ein Mangel an Selbststeuerung geht nicht nur mit schlechten Schulnoten einher, sondern wird auch für aggressives Problemverhalten verantwortlich gemacht, das bei Jungen häufiger beobachtet wird als bei Mädchen: Hier wird ein Ärger-Impuls spontan in Verhalten übersetzt, ohne eigene Ziele und mögliche Konsequenzen abzuwägen. Die geringere Selbststeuerungskompetenz der Jungen kann also erklären, warum Mädchen bessere Noten bekommen und häufiger auf höhere Schulformen empfohlen werden, auf denen nicht nur selbstgesteuertes Lernen, sondern auch angepasstes Sozialverhalten erwartet wird.

Eine Schule, in der Mädchen und Jungen uneingeschränkt von Geschlechtsstereotypen ihre individuellen Kompetenzen entwickeln können, erfordert Lehrkräfte und eine Leitung, die wissenschaftliche Erkenntnisse zu Geschlechtsunterschieden in ihrem beruflichen Handeln berücksichtigen: Sie wissen, dass Geschlechtsunterschiede maßgeblich durch Geschlechtsstereotype erzeugt werden und dass Lernende ermuntert werden müssen, auch Interessen und Aktivitäten nachzugehen, die nicht „typisch für ihr Geschlecht" sind. Dafür kann auch das zeitweise Unterrichten in monoedukativen Gruppen sinnvoll sein, wie zum Beispiel im naturwissenschaftlichen Anfangsunterricht oder im Sport.

Hannover, Bettina: Geschlechterunterschiede – lernen Mädchen und Jungen unterschiedlich? In: www.deutsches-schulportal.de, 02.07.2020

monoeduktativ
nach Geschlechtern getrennte Lerngruppen

Rollenklischee

Stark vereinfachte und starre Vorstellungen (Vorurteile) über Eigenschaften und Verhaltensweisen von anderen Menschen oder Gruppen nennt man Rollenklischees. Sie können neutral sein, sind aber meistens mit Wertungen verbunden.

> Aufgaben

70081-17

1. a) Junge sein – Mädchen sein: Begründe, welchen Aussagen du zustimmen kannst und welchen nicht (**M7**).
   b) Typisch Junge – typisch Mädchen? Erstelle eine Liste mit typischen Vorurteilen.
2. Arbeite die zentralen Aussagen aus **M8** und **M9** heraus. Vergleiche sie mit der Liste aus Aufgabe 1b.
3. Diskutiert in der Klasse, ob eurer Meinung nach die unterschiedlichen Lieblingsfächer (**M9**) von Jungen und Mädchen angeboren oder anerzogen sind.
4. Gestaltet auf der Basis eures Wissens aus **M10** eine Wunschliste, wie sich Lehrerinnen und Lehrer eurer Meinung nach im Unterricht Jungen und Mädchen gegenüber verhalten sollten.
5. a) Diskutiert, ob die Kategorien „männlich" und „weiblich" im Alltag durch „divers" ergänzt werden sollten, so wie das beispielsweise in Stellenanzeigen oder auf offiziellen Formularen der Fall ist.
   b) Solltet ihr den Nutzen dieser Maßnahme sehen, dann erstellt eine Liste mit Situationen, in denen diese Ergänzung eurer Meinung nach sinnvoll bzw. notwendig wäre.

F zu Aufgabe 4
Markiert auf eurer Liste, welche Punkte in euren Augen an eurer Schule noch nicht erfüllt sind. Überlegt, ob ihr dazu einen Gesprächstermin mit den Schülersprecher:innen oder der Schulleitung vereinbaren möchtet, um die Wünsche vorzutragen und gemeinsam nach Umsetzungsmöglichkeiten zu suchen.

Wer bin ich?

Ich-Identität

> M1-M4

Menschen, besonders Kinder und Jugendliche, beschäftigen sich damit, wer sie eigentlich sind und welche Stärken und Schwächen sie haben. Das Bewusstsein darüber, dass man selbst als Mensch etwas Besonderes ist, nennt man Ich-Identität.

Übung

82000-925

Soziale Identität und Sozialisation

> M5-M6

Kinder und Jugendliche übernehmen mit dem Aufwachsen in der Gesellschaft Normen und Werte und werden Mitglied in verschiedenen sozialen Gruppen, von der eigenen Familie, über die Schulklasse, das Sportteam bis hin zum Freundeskreis. Dadurch bilden sie eine soziale Identität heraus. Diesen Vorgang des Hineinwachsens in eine Gesellschaft bezeichnet man als Sozialisation.

Übung

82000-926

Soziale Rollen und Rollenkonflikte

> M5-M6

Jugendliche und Erwachsene nehmen in der Gesellschaft unterschiedliche soziale Rollen ein. Je nachdem, welche Rolle du einnimmst, richten andere Menschen bestimmte Erwartungen an dich. Zwischen deiner Rolle als Schülerin oder Schüler und deiner Rolle als Freund oder Freundin kannst du in einen Rollenkonflikt geraten, wenn du unterschiedliche Erwartungen nicht gleichzeitig erfüllen kannst.

Übung

82000-927

Geschlechterrolle

> M7-M10

Auch das Geschlecht ist eine soziale Rolle. Die Unterschiede zwischen Mädchen und Jungen sind zum Teil angeboren und zum Teil durch Eltern oder bestimmte kulturelle Vorstellungen der jeweiligen Gesellschaft anerzogen. Von diesen anerzogenen Rollenvorstellungen können sich Menschen auch befreien, wenn sie ihr Leben anders gestalten wollen. In Deutschland gilt auf jeden Fall, dass Frauen und Männer die gleichen Rechte haben.

Übung

82000-928

2.2 In sozialen Gruppen leben

2.2.1 Freunde und Clique – Freundschaft oder Gruppenzwang

Freunde haben, sich mit der Clique treffen – bestimmt merkst du schon, dass das für Kinder und Jugendliche mit zunehmendem Alter immer wichtiger wird. Die Nähe zu gleichaltrigen Freunden prägt Jugendliche sehr. Einerseits ist das eine schöne Nähe, aber manchmal üben Freunde (absichtlich oder unabsichtlich) auch Druck und Zwang aus.

M1 Berichte aus der Clique

Aynur (12 Jahre):
Am liebsten gehe ich mit Freundinnen shoppen. Außerdem muss man in unserer Clique immer die angesagtesten Klamotten haben. Anke kam neulich mit einer ganz peinlichen Hose an. Wir wollten sie erst gar nicht mit ins Kino nehmen.

Tanisha (13 Jahre):
Seit vier Jahren spiele ich bei uns im Ort in der Handballmannschaft mit. Am Anfang hatte ich einmal die Woche Training, inzwischen haben wir an Wochenenden oft Turniere. Das Training macht viel Spaß. Dort denke ich nicht mehr über den Stress in der Schule nach. Und ich spiele auch immer besser - im letzten Spiel habe ich fünf Tore geworfen. Beim Handball habe ich auch Sina kennengelernt, inzwischen sind wir richtig dicke Freundinnen. Das Beste aber sind die Wochenenden, wenn wir ohne Eltern auf Turniere oder Übungsfreizeiten fahren.

Maximilian (13 Jahre):
Mit meinen Freunden bin ich jeden Tag zusammen. Wir unternehmen eigentlich alles zusammen, man muss nie allein sein.

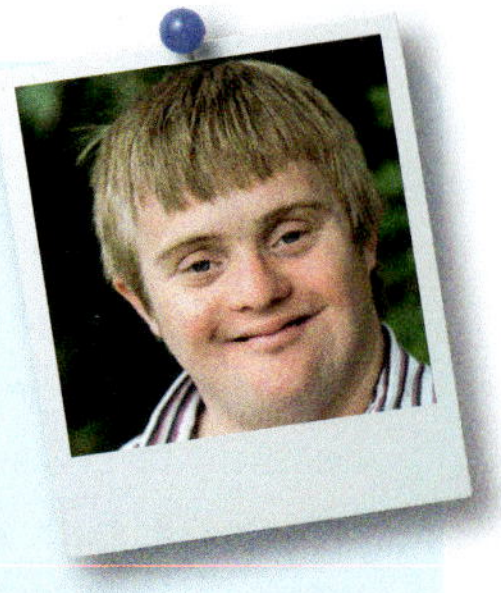

Max (12 Jahre):
Mir sind meine Freunde total wichtig. Die verstehen einfach, was mir mit meinem Handicap wichtig ist. Wir sind zusammen in der Schule und sind in jeder Pause zusammen. Manchmal spielen wir von zuhause aus online Computerspiele gegeneinander.

Anton (13 Jahre):
Ich kenne einen, der versucht andere zu bestechen: er bringt in die Schule Chips mit und Cola, und nur den Coolen gibt er in der Pause etwas davon ab - darauf fallen viele rein. Er will unbedingt der Anführer in einer Clique sein und das nervt mich total.

Gruppe und Gruppendruck

Eine soziale Gruppe besteht aus mindestens drei Personen, die längerfristig miteinander in Beziehung stehen.
Gruppenmitglieder haben oft gemeinsame Merkmale und es kann sie ein „Wir"-Gefühl verbinden. Spontan gebildete Gruppen wie Freundescliquen nennt man informelle Gruppen. Wenn eine Gruppe ein festgelegtes Ziel oder eine offizielle Mitgliedschaft hat, ist es eine formelle Gruppe (Schulklasse, Sportteam im Verein).
In Gruppen gelten oft eigene Werte und Verhaltensregeln (Normen), an die sich die Gruppenmitglieder anpassen wollen oder müssen, um anerkannt zu werden (Gruppendruck).

M2 Warum sind Cliquen so wichtig für Kinder und Jugendliche?

70081-138

Die Gruppe der Gleichaltrigen begleitet den Übergang von der Familie zu einer eigenen reifen Partnerschaft. Die notwendige Loslösung von der Familie wird durch die Clique (Freundeskreis) abgefedert. In der Gruppe finden die Jugendlichen in der unsicheren Zeit der Identitätsfindung Sicherheit, Geborgenheit und Verständnis. Ängste und Unsicherheiten ähneln sich.
Gleiche oder ähnliche Interessen werden geteilt. In den meisten Peergroups (soziale Gruppe von Gleichaltrigen) herrschen daher bestimmte Regeln, die sich oft über die Kleidung, Musikvorlieben oder die gleiche Sprache zeigen. Da die Meinung der Gleichaltrigen für die meisten Jugendlichen von enormer Bedeutung ist, gleichen sich die Mitglieder einer Peergroup häufig auch in ihrem äußeren Erscheinungsbild. […]
Die Gruppe der Gleichaltrigen ist auch das ideale Trainingsgelände für soziales Verhalten. Hier kann man lernen, Unabhängigkeit und wechselseitige Abhängigkeit zu vereinbaren. Gemeinsam mit den Mitgliedern der Gruppe können Unternehmungen gewagt werden, die alleine zu riskant wären. Hier wird der Ablösungsprozess gestützt und neue Formen der Beziehung werden vermittelt.
Die Gruppe dient auch dem Zweck, das andere oder eigene Geschlecht kennen zu lernen. Die Aktivitäten der Gruppe dienen offen oder latent dem Zweck, Kontakt für eine mögliche Partnerschaft aufzunehmen. Für die Eltern ist dies häufig ein sehr schmerzhafter Prozess, sie fühlen sich zurückgesetzt, da die Jugendlichen ihre Zeit lieber mit Gleichaltrigen verbringen. Auch fürchten sie, dass sie jetzt gar keinen Einfluss mehr auf ihr Kind haben. Dies entspricht aber nicht den Tatsachen, der Einfluss der Eltern wird in dieser Zeit nur nicht mehr so deutlich. Alles, was sie in den vorherigen Lebensjahren durch Ihre Erziehung an Werten, Vertrauen und Verständnis vermittelt haben, ist gerade in dieser unsicheren Zeit von unschätzbarem Wert. Denn nun wird von den Jugendlichen vieles in Frage gestellt. Werte und Vorstellungen werden überprüft und solche, die sie für sich als richtig und sinnvoll erachten, übernommen.

Bayerischer Erziehungsratgeber: Freunde, Clique, Peergroup. In: www.baer.bayern.de, Abruf am 23.08.2022

latent
nicht unmittelbar sichtbar

M3 Kannst du dir ein Leben im Internat vorstellen?

70081-139

a) Semiras Vorstellung

Hallo Semira. Du wirst ab September auf ein Internat gehen. Wie bist du überhaupt auf die Idee gekommen?

Ich habe mich schon länger nach einer neuen Schule umgeschaut, weil die Profile, die zur Verfügung standen nicht meinen Interessen entsprachen. [...] Und dann habe ich eben nach Schulen gesucht, die so etwas anbieten. An ein Internat habe ich da eigentlich noch nicht gedacht. Allerdings hatte mich der Vater einer Freundin schon früher darauf angesprochen, dass das total was für mich wäre. Dann hat meine Freundin sich angemeldet und mir davon in Einzelheiten erzählt und da habe ich dann auch für die Internatsidee Feuer gefangen. [...]

Wie muss ich mir das Leben im Internat vorstellen?

Man hat quasi Schule und sein privates Leben an einem Ort, das kann praktisch sein, aber auch ziemlich anstrengend. Alles ist anders als zu Hause, da es zum Beispiel Regeln gibt, die man nicht von seinem Elternhaus kennt. Der Alltag ist, um es allen einfacher zu machen, sehr strukturiert und man kann nicht immer sein eigenes Ding durchziehen, sondern muss sich an den Tagesplan mit seinen eigenen Wünschen und Bedürfnissen anpassen. Es gibt feste Zeiten für die Mahlzeiten und man ist auch verpflichtet, zum Essen zu kommen. Wenn man einmal nicht kann, muss man Abmeldezettel unterschreiben lassen und abgeben, damit anders geplant werden kann.

Die Schule ist im Grunde ganz normal wie sonst auch, aber man geht anders mit den anderen Schülerinnen und Schülern sowie auch mit den Lehrkräften um, da man viel mehr Zeit miteinander verbringt, die Lehrerinnen und Lehrer können zum Beispiel auch beim Essen dabei sein und die Mitschülerinnen und Mitschüler hat man auch immer um sich herum und man kennt sich besser.

Nach der Schule hat man Freizeit, die man auch mit seinen Mitschülerinnen und -schülern verbringt. Wir müssen am Nachmittag mindestens 60 Minuten lang Hausaufgaben machen und danach gibt es auch noch AG-Angebote. Nach dem Abendessen hat man wieder freie Zeit, bis um 21 Uhr Hausschluss ist. Man muss dann noch nicht ins Bett gehen, aber man muss sich schon im Haus befinden. Ab 22 Uhr ist dann Nachtruhe und jeder muss in seinem Zimmer sein, das man sich mit 1-3 anderen aus der Klasse teilt. Man hat in der Nacht auch immer eine Lehrkraft im Haus, die in der Nacht ansprechbar ist, falls es einem aus irgendwelchen Gründen nicht gut geht oder man Hilfe braucht.

Man selbst hat pro Woche auch kleine, nicht zeitaufwendige Aufgaben, die man in der Woche täglich erledigen muss. [...]

Wie hat dein Umfeld auf diese Entscheidung reagiert?

Es sind verständlicherweise viele Fragen aufgekommen. Aber eigentlich haben sich alle für mich gefreut, dass ich mich traue, einen neuen Weg einzuschlagen. Meine Klassenkameraden waren erst sehr verwundert, weil diese Entscheidung so plötzlich kam und ich glaube, sie haben mir erst nicht geglaubt, dass ich das machen möchte, weil ich in der Vergangenheit schon oft Sachen wollte, es aber nie durchgezogen haben. Meine Familie war auch im ersten Moment geschockt, aber dann haben sie mich alle bei meinem neuen Wunsch unterstützt. Meine Eltern freuen sich für mich, aber natürlich fällt es ihnen schwer, mich jetzt schon loszulassen.

Was erhoffst du dir von einem Leben im Internat?

Ich hoffe, dass ich mich gut in die Gemeinschaft integrieren kann und dass es mir nicht irgendwann zu viel wird, dass die ganze Zeit Leute um mich herum sind.

Hast du auch Befürchtungen und wenn ja, welcher Art?

Ja, weil ich alle Dinge, die mich betreffen, alleine regeln muss und ich habe nicht mehr meine Eltern um mich herum, die mir dabei helfen. Ich habe Angst, dass ich das nicht schaffe und meine Familie einfach nicht mehr so nah ist. Außerdem habe ich Angst, dass es nicht so leicht wird mit den anderen Leuten, die ich gar nicht wirklich kenne, plötzlich so eng zusammenzuleben.

Interview: Katrin Lörcher, 09.09.2021

b) Meine eigene Vorstellung

Ein Leben im Internat kann ich mir ...

... gut vorstellen, weil ...	... nicht vorstellen, weil ...
BITTE IN	S HEFT!

M4 „Da mach ich nicht mit"

a) Mutprobe im S-Bahn-Tunnel

Maxi, Sibel, Toni und Luis sitzen gelangweilt auf dem Spielplatz herum. „He, ich hab zwei Spraydosen von meinem Bruder dabei", grinst Maxi. „Und?", fragt Sibel.

„Ja, los, kommt mit. Wir laufen zur S-Bahn-Unterführung und sprayen im Tunnel", fordert Maxi die anderen auf. „Cool, bin dabei", Toni springt auf und greift nach Maxis Rucksack. „Spinnt ihr, das ist erstens verboten und zweitens saugefährlich, wenn die S-Bahn kommt", ruft Sibel.

„Tja, wohl zu feige, was, ihr zwei Angsthasen?", meint Maxi und schaut Sibel und Luis auffordernd an. Luis zögert mit einer Antwort ...

b) Graffiti – Jugendkriminalität und kein harmloser Streich

Vollgeschmierte Hauswände, Straßenschilder und Zugwaggons: ein mittlerweile alltägliches Bild in deutschen Städten. Auf rund 200 Millionen Euro summieren sich alljährlich die durch illegale Graffiti verursachten Kosten, so das Ergebnis einer Studie des Deutschen Städtetags.

Die meisten jugendlichen Sprayer sind sich über die rechtlichen und finanziellen Konsequenzen ihres verbotenen Hobbys oft nicht im Klaren. Fakt ist: illegale Graffiti sind Sachbeschädigungen, der Verursacher macht sich schadenersatzpflichtig und wird strafrechtlich verfolgt. Wer mit 16 Jahren beim illegalen Sprayen erwischt wird, läuft Gefahr, bis zu seinem 46. Lebensjahr für den von ihm verursachten Schaden zur Kasse gebeten zu werden. Denn so lange gelten die zivilrechtlichen Ansprüche des Geschädigten gegenüber dem Täter. Wird nur ein einzelner Täter aus einer Gruppe von Sprayern überführt, haftet er zudem für den gesamten Schaden.

www.polizei-beratung.de, Abruf am 23.08.2022

Graffity eines Jugendlichen

Aufgaben

70081-18

1. a) Sammelt in Partnerarbeit mithilfe von **M1** und **M2** Ideen und Meinungen, was die eigene Freundesclique für Jugendliche bedeutet.
   b) Erstellt dazu eine Mind-Map.
2. a) Vergleiche das Leben von Semira im Internat (**M3**) mit deinem Leben in der Familie.
   b) Erstelle eine Pro-/Kontra Liste mit Gründen, die für dich persönlich für bzw. gegen ein Leben im Internat sprechen.
3. a) Beschreibe, warum es sich in **M4a** um eine Mutprobe handeln könnte.
   b) Erkläre mithilfe der Begriffskarte **#Gruppe und Gruppendruck**, warum es so schwierig ist für Sibel und Luis, nicht mit zum Sprayen zu gehen (**M4a**)
4. Vergleicht in Partnerarbeit die Aussagen von **M4b** mit dem Textabschnitt auf der Methode „Richtig Lesen: Die 5-Phasen Methode". Bewertet die Aussage „Wir brauchen mehr echte Mutproben anstatt Challenges".

H zu Aufgabe 1b
Wie eine Mind-Map funktioniert, kannst du im Methodenglossar nachlesen.

F zu Aufgabe 2b
Ihr könnt diese Situation auch in einem Rollenspiel darstellen (vgl. Kapitel 2.3).

Richtig Lesen: Die 5-Phasen Methode

Worum geht es?

In deinem Alltag musst du viele Texte lesen und verstehen. Das Lesen klappt sicherlich bereits gut. Doch hast du den Inhalt auch verstanden? Dazu gibt es Schritte, die dir dabei helfen.

Geht dabei so vor:

1. Phase: Orientiere dich im Text!

- Überfliege den Text.
- Suche das Thema.

↓ ↓ ↓

2. Phase: Suche Verstehens-Inseln!

- Suche bekannte Begriffe und Formulierungen.
- Finde Gedanken, die du schon gut nachvollziehen kannst.

↓ ↓ ↓

3. Phase: Erschließe dir den Text Abschnitt für Abschnitt!

- Lies genau und beachte Wortangaben.
- Markiere oder notiere dir Wörter, die du erfragen oder nachschlagen musst.
- Versuche das, was du schon verstanden hast, mit den neuen Informationen zu verbinden.

Beispielhafte Umsetzung von Phase 3

70081-95

↓ ↓ ↓

4. Phase: Suche den roten Faden!

- Verbinde in Gedanken die Abschnitte miteinander – was ist der inhaltliche „rote Faden" des Textes?
- Erstelle z. B. eine Gliederung und fasse den Text für dich in kurzen Sätzen zusammen.

↓ ↓ ↓

5. Phase: Überprüfe dein Textverständnis!

- Suche den Sinn des Textes.
- Denke darüber nach, ob und wie du den Text verstanden hast.
- Schreibe den Text in einen anderen Text um (z. B. Lexikonartikel, ausgedachtes Interview).

Nach: 5-Phasen-Modell – Studienseminar Koblenz (Hrsg.): Sachtexte lesen im Fachunterricht der Sekundarstufe, Klett 2009

Sich ein vielschichtigeres Urteil bilden

Worum geht es?

Wenn ihr in der Klasse eine Streitfrage diskutiert, fällt ihr ein Urteil, indem ihr euren Standpunkt vertretet. Bei vielen Themen habt ihr zunächst einmal eine erste Meinung oder vielleicht noch gar keine feste Überzeugung.
In einer Diskussion tauschen Menschen sich aus und versuchen, sich gegenseitig zu verstehen oder zu überzeugen. Wenn ihr euch gegenseitig gut zuhört und euch in die Gegenseite hineinversetzt, lernt ihr mehr über ein Thema und findet Sichtweisen und Argumente, die euch mehr oder weniger überzeugen. Ihr lernt, euren eigenen Standpunkt abzuwägen. So wird euer eigenes Urteil immer vielschichtiger.

Geht dabei so vor:

1. Schritt:

Findet unterschiedliche Sichtweisen/Meinungen heraus und benennt sie (eigene Ansichten, ausgewertete Materialien: Berichte, Interviews, Statistiken ...).

2. Schritt:

Tauscht euch aus. Schildert euch gegenseitig eure Sichtweisen und wägt ab, welche euch am meisten überzeugt.

3. Schritt:

Begründet euren eigenen Standpunkt.

Welche Bedeutung haben Gruppen?

Zufriedenheit mit dem eigenen Freundeskreis
Stand: 2019

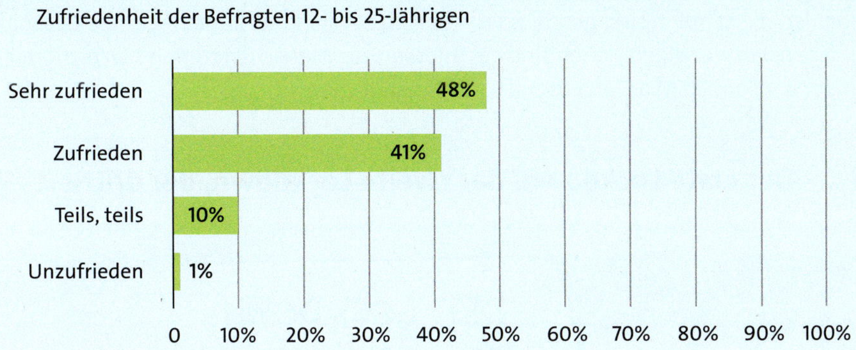

Nach: Shell Jugendstudie 2019

Lesehilfe:
Die soziale Herkunft ist an dieser Stelle bedeutsam: Während sich 56 % der Jugendlichen aus der oberen Schicht sehr zufrieden mit ihrem Freundeskreis äußern, sind es nur 36 % in der unteren Schicht.

Aufgaben

70081-19

1. a) Positioniere dich dort auf der Linie, wo deine Meinung am besten wiedergegeben wird – je näher du bei einer Aussage stehst, umso mehr stimmst du ihr zu.
   b) Begründe deinen Standpunkt.
   c) Sammelt Erfahrungen und Erklärungen, die die verschiedenen Standpunkte untermauern.

Ich habe schon mal Freunde verloren, weil ich bei deren Mobbing nicht mitmachen wollte.	...	Wenn Jugendliche einen Diebstahl begehen, dann ist das oft eine Mutprobe. Der Gruppendruck bringt sie dazu.	Meine Freunde üben keinen Gruppendruck auf mich aus.

2. Arbeitet aus der Statistik zusätzliche Gesichtspunkte heraus, die für die Streitfrage wichtig sind.
3. Erläutert euch gegenseitig im Klassengespräch eure unterschiedlichen Sichtweisen.
4. Stellt euch erneut auf der Positionslinie auf. Stehst du jetzt an einer anderen Stelle? Beschreibe, inwiefern sich deine Sichtweise verändert hat.

F zu Aufgabe 4
„Unser Kopf ist rund, damit das Denken die Richtung wechseln kann."
(Francis Picabia, französischer Schriftsteller und Maler)

Diskutiert, was Francis Picabia damit gemeint haben könnte.

2.2.2 Der Lockdown während der Corona Pandemie – ein Lockdown der sozialen Kontakte?

Im Frühjahr 2020 verursacht die Corona-Pandemie ein Szenario, das bis dahin völlig unvorstellbar ist: die Schulen sind geschlossen, viele Eltern sind im Homeoffice, alle Geschäfte mit nicht lebensnotwendigen Waren sind geschlossen, die Menschen treffen sich nicht mit Freunden oder der Familie. Was bedeutet das für Jugendliche?

M5 Der erste Lockdown, der zweite Lockdown, der dritte ...

Karikatur: Kostas Koufogiorgos, 03.12.2020

M6 Wie sehen Jugendliche den Lockdown?

70081-140

a) Der Zeitungsartikel – „Wieder mehr Bücher gelesen"

Lotta Dietz hat in Corona-Zeiten alte Freuden wiederentdeckt.

Mössingen. Lotta Dietz ist 16 Jahre alt […]. Sie arbeitet gerne mit Kindern, zum Beispiel bei der Ferienbetreuung im Wirlewitz-Camp, in der Kinderkirche oder als Mitleitende in der Theater-AG der Schule. Wie kam sie bisher durch die Pandemie? „Am schlimmsten fand ich, dass ich meine Freunde gar nicht oder nur einzeln gesehen habe." „Man hat irgendwie immer das Gefühl, sich hinter dem Rücken der anderen zu treffen." Der fehlende Kontakt zu Menschen war für die 16-Jährige „sehr mühsam". Klassenkameraden bekam sie zeitweise nur über den Laptop zu Gesicht. „Ich persönlich kam auch mit dem Homeschooling nicht so richtig gut klar. Mir hat einfach die Atmosphäre des Klassenraums gefehlt. Zu Hause habe es auch zu viel Ablenkung vom Französisch- und Physikunterricht gegeben. Die meisten Lehrerinnen und Lehrer hätten sich während des Lockdowns viel Mühe gegeben, „aber so wie in der Schule war es halt trotzdem nicht." Vermisst hat Lotta ihren normalen Alltag mit Schule und Hobbys und „allem drum und dran".

Die Nürnbergfahrt mit der Schule musste im Juli 2020 ausfallen, genauso wie der Italienischaustausch im Herbst. Einen Tanzkurs gab und gibt es - aber ob es einen Abschlussball geben kann, ist noch unklar. [...] Geholfen hat es Lotta, in der Natur unterwegs zu sein, auch mit der Familie. „Ich habe die Umgebung, in der ich lebe, viel mehr wahrgenommen." [...] Positiver Nebeneffekt der Pandemie, wenn man so will: „Ich habe wieder angefangen, mehr Bücher zu lesen und war viel mehr draußen", sagt Lotta. „Ich habe Schule und den Kontakt zu meinen Freunden schätzen gelernt".

Kappeller, Amancy: Wieder mehr Bücher gelesen. In: Schwäbisches Tagblatt, 03.09.2021

b) Der Blick hinter den Artikel: Interview mit Lotta

Wie ist es zu diesem Artikel gekommen?

Ich arbeite ich gerne mit Kindern. In diesem Jahr schrieb die Zeitung einen Artikel über die Ferienbetreuung „Wirlewitz-Camp" und im Zusammenhang damit hat mich die Journalistin gefragt, ob ich nicht auch gemeinsam mit anderen bei einer Umfrage mitmachen will.

Warum hast du dich bereit erklärt das Interview zu machen?

[...] Ich wurde gefragt und meine Reaktion war: „Wenn das weiterhilft, klar."

Hattest du Bedenken, was dann über dich in der Zeitung stehen würde, und falls ja, welche?

Zuerst wusste ich gar nicht, dass der Artikel in der Zeitung stehen würde. Ich dachte, das sei „nur" eine Umfrage. Aber als dann der erste Artikel aus dieser Reihe erschien, wurde ich doch ein bisschen nervös. Bedenken hatte ich ein bisschen, weil das Thema relativ persönlich ist. Ich bin jedoch ein offener Mensch und vieles, was in dem Artikel stand, wussten die meisten sowieso schon über mich. Mit dem Gedanken „Ach, es werden schon nicht so viele aus meiner Stufe lesen.", ging es dann auch.

Wie hat dein Umfeld darauf reagiert?

Eine meiner Freundinnen liest ab und zu mal die Zeitung und fand den Artikel gut. Ein paar haben mir den Artikel über WhatsApp geschickt und sowas wie „Schau mal, das bist du!" geschrieben. Viel mehr Reaktionen gab es nicht und wenn, dann waren sie positiv.

Was denkst du, sollte die Politik aus der Zeit des Lockdowns für Jugendliche gelernt haben?

Dass Jugendliche genauso wichtig sind wie alle anderen. Dass wir Freiheiten brauchen. Dass es uns in der Zeit genauso schlecht ging, wie den Alten. Dass es mehr Politik „für uns" geben soll, weil wir sind es, die die nächste Generation bilden. Wir sind ein wichtiger Teil der Bevölkerung und man muss uns mit einbeziehen und auch an unsere Zukunft denken. Auch wenn das, was wir wollen oder brauchen, nicht immer das ist, was Politikerinnen und Politiker denken, das wir brauchen.

Interview: Katrin Lörcher, 06.09.2021

M7 Die Sicht auf Kinder und Jugendliche nach drei Lockdowns ...

70081-141

Wenn sich Kim Juhnke an den Beginn der Corona-Pandemie erinnert, kommt er zuerst ins Grübeln. Mittlerweile seien viele Erinnerungen verblasst – „es ist schon lange her und in der Zwischenzeit viel passiert", sagt der Erzieher aus Schwäbisch Hall. Gemeinsam mit Susanne Schuhmacher, Sozialarbeiterin und Streetworkerin, berichtet er von seinen Erfahrungen aus der Corona-Zeit. Immer im Mittelpunkt stehen dabei Kinder und Jugendliche – sie hatten es besonders schwer. [...] „Der erste Lockdown war wirklich schwierig. In der Zeit hatten wir gar keinen Kontakt zu den Kids", sagt Juhnke. Eine Vorbereitung durch die plötzliche Entscheidung sei kaum möglich gewesen. [...] Erste Auswirkungen des Lockdowns auf die Psyche der Kinder fielen den Erziehern schon im Sommer vergangenen Jahre auf. „Man merkte, dass Kinder ohne Geschwister und mit kleinem Umfeld Schwierigkeiten hatten, sich wieder in eine Gruppe einzufügen", erzählt Juhnke. [...] Schon bei ihren ersten Gesprächen mit den Jugendlichen fiel der Streetworkerin auf, wie „reflektiert und verantwortungsvoll" diese mi der Corona-Situation umgegangen sind. „Sie waren wirklich bereit, für die ältere Generation zurückzustecken", resümiert die Streetworkerin. Das wird ihrer Meinung nach zu wenig von der Gesellschaft anerkannt. [...] Besonders störend fand die Streetworkerin, wie Kinder und Jugendliche in der Gesellschaft und in den Medien dargestellt wurden. „Es war immer die Rede vom „Risikofaktor" und den „Superspreadern". Alles war immer negativ konnotiert", sagt die. „Dazu kommt der schulische Leistungsdruck. Alles was man verpasst hat, soll einfach in den Sommerferien aufgeholt werden. Wie soll das denn funktionieren?" Es gebe nicht nur schulische Lücken, sondern auch soziale Defizite.

Scheiner, Eileen: Zuhören ist die Hauptaufgabe. In: SÜDWEST PRESSE, 30.08.2021

Aufgaben

70081-20

1. Analysiere die Karikatur in **M5**.
2. Vergleiche deine Erlebnisse aus der Lockdown-Zeit mit denen von Lotta (**M6a**).
3. Diskutiert in Kleingruppen, ob ihr der Zeitung ein Interview zu euren Erfahrungen während des Lockdowns gegeben hättet (**M6b**).
4. a) Nehmt Stellung zu den in Text **M7** genannten negativen Auswirkungen der Zeit des Lockdowns auf Kinder und Jugendliche.
   b) Sammelt Maßnahmen und Aktionen von Seiten der Schule nach dem Ende des Lockdowns und bewertet deren Nutzen für euch persönlich.

H zu Aufgabe 1
Achte auf die Abgrenzung der Schritte.

H zu Aufgabe 3
Listet Argumente auf.

Wie wichtig sind Gruppen?

Gruppe und Gruppendruck

> M1, #Gruppe und Gruppendruck

Eine Gruppe besteht aus mehrere Menschen, die sich regelmäßig zu einem bestimmten Zweck treffen – analog oder auch digital. Sie zeichnen sich durch eine Zusammengehörigkeit aus. Die Gruppe nimmt Einfluss auf das Verhalten einzelner Mitglieder. Die einzelne Person soll möglichst so handeln, wie der Rest der Gruppe. Der Einfluss kann positiv oder negativ sein.

Übung
82000-929

Peergroup

> M2

Für Jugendliche stellt die Freundesclique eine besondere soziale Gruppe dar. Gleichaltrige Freunde können sich viel Nähe und Bestätigung geben, weil sie bestimmte Werte teilen, einen ähnlichen Bücher- oder Musikgeschmack haben und sich über ähnliche Probleme austauschen können. Diese „Peer-Group"-Erlebnisse sind für Jugendliche oft wichtiger als Erfahrungen mit der eigenen Familie.

Übung
82000-930

Konformitätsdruck

> M4

Gruppen können auch Druck und Zwang auf ihre Mitglieder ausüben. Unter dem gegenseitigen Druck, Anerkennung zu finden, erwarten die Gruppenmitglieder oft, dass sich alle ähnlich (mit allen „konform") verhalten und nicht von den – offenen oder unausgesprochenen Gruppenregeln, z. B. einem bestimmten Kleidungsstil – abweichen. Gruppen üben also Konformitätsdruck aus. Ein typischer Gruppenzwang sind zum Beispiel Mutproben oder der Zwang, zu viel Alkohol zu trinken, um sich als anerkanntes Gruppenmitglied zu erweisen. Dadurch sind Jugendliche auch besonders gefährdet, sich zu verletzen.

Übung
82000-931

2.3 Streit unter Jugendlichen – einen Konflikt im Rollenspiel analysieren und lösen

In der Gemeinsam-Aktiv-Aufgabe am Kapitelanfang habt ihr euch schon Gedanken darüber gemacht, warum es auf dem Bolzplatz einen Streit zwischen Franzi, Muhrat, Florian und Janina geben könnte. Folgendes hat sich zugetragen:

M1 Ins Freibad mit dem kleinen Bruder

Es ist die letzte Woche der Sommerferien – Franzi (12), Janina (13), Muhrat und Florian (beide 12) kicken nachmittags im Park lustlos mit dem zerfledderten Ball von Florian.

„He, was machen wir jetzt?", fragt Janina. „Ich hab' keine Lust mehr auf Fußball". „Oh Mann", stöhnt Muhrat, „wir haben uns aber zum Kicken verabredet, ich will fit sein, wenn nächste Woche das Training wieder anfängt."

„Ja, los, Janina, mecker' nicht rum, geh' ins Tor", motzt Franzi ihre Freundin an. „Komm, wir gehen noch ins Freibad", schlägt Florian vor, „Eleni und die anderen sind auch da". – „Cool, ich lauf gleich los und hol meine Schwimmsachen", sagt Janina und freut sich.

„Bis wir da sind, ist es längst vier Uhr und ich muss um halb fünf zuhause sein, um auf Mehrdad aufzupassen, hab ich meiner Mutter versprochen", sagt Muhrat kleinlaut. „Dann geht halt ohne mich" – er dreht sich um und will los.

„Halt! Jetzt biste gleich beleidigt", versucht Franzi ihn aufzuhalten: „Dann nehmen wir deinen kleinen Bruder halt mit".

Janina ruft: „Oh nein, bloß nicht! Das ist doch Babykram, kleine Brüder im Freibad ... Geh doch nach Hause, du Mamikind!". Muhrat ist sauer und kickt Florians Ball wütend in die Büsche.

„Verdammt", schimpft Florian, „ich wollte, dass wir was zusammen machen."

„Na toll, und jetzt ist der Streit da, Idioten", Franzi ist fast zum Heulen zumute.

Was ist ein Konflikt? – ein Modell

Konfliktbeteiligter A		Konflikt		Konfliktbeteiligter B
Interesse Standpunkt Handlungswunsch	→	Unvereinbar?	←	Interesse Standpunkt Handlungswunsch

Menschen streiten sich manchmal über verschiedene Meinungen. Aus dem Streit kann ein Konflikt entstehen.

Jeder von uns hat schon einmal mit Freunden oder in der Familie Streit gehabt. Meistens beginnt es so, dass man unterschiedliche Meinungen hat und sich nicht einigen kann. Der Begriff „Konflikt" kommt vom lateinischen Wort „confligere", das „zusammenschlagen" oder „zusammenprallen" bedeutet. Bei einem Konflikt gibt es zwischen Menschen, einzelnen Gruppen oder Staaten ein Problem, das für alle Beteiligten wichtig ist und geklärt werden muss. Aber auch ein einzelner Mensch kann mit sich selber im Konflikt liegen. Wenn ein guter Freund beispielsweise von mehreren Personen angegriffen wird, haben wir sicher den Wunsch, ihm zu helfen. Gleichzeitig haben wir aber auch Angst, selbst angegriffen zu werden. Diesen Konflikt müssen wir mit uns selbst lösen, indem wir uns entscheiden, was wir tun. Es gibt Konflikte, die sich über Jahre immer mehr verstärken und ganze Regionen oder Staaten in einen Dauerstreit (Dauerkonflikt) bis hin zum Krieg bringen.

Nach: Schneider, Gerd / Toyka-Seid, Christiane: Lexikon: Konflikt. In: www.hanisauland.de, Abruf am 23.08.22

M2 Wer will was?

a)

Janina
... ist die älteste von den Vieren und hat auch schon ein paar ältere Freundinnen und Freunde. Sie hat überhaupt keine Lust, im Schwimmbad mit jüngeren Kindern gesehen zu werden. Muhrat soll sich von seiner Mutter nicht so viel sagen lassen, findet sie.

Franzi
... möchte auch lieber ins Freibad – aber am liebsten mit allen zusammen. Sie wohnt neben Muhrat, deshalb kennt sie seine Familie ganz gut. Den kleinen Bruder findet sie auch etwas nervig.

Florian
... will einfach gerne mit seinen Freunden zusammen sein und Spaß haben, ob Kicken oder Freibad, ob mit oder ohne Bruder ist ihm eigentlich egal.

Muhrat
... ist es vor seinen Freunden peinlich, dass er immer wieder einmal auf seinen 8-jährigen Bruder aufpassen muss. Er will aber auch, dass seine Freunde ihn verstehen und auch seinen Bruder akzeptieren.

b)

Luca, ein gemeinsamer Freund

... möchte beim Lösen des Konflikts helfen. Er macht zwei Lösungsvorschläge: „Jetzt mach Muhrat doch kein schlechtes Gewissen. Er hat nun mal seiner Mama versprochen, auf Mehrdad aufzupassen...."

1. „Wenn es euch wichtig ist, dass wir alle gemeinsam Zeit verbringen, dann bleiben wir hier und spielen wie geplant weiter Fußball. Mehrdad kann dazukommen. Morgen können wir dann ohne Muhrats kleinen Bruder ins Freibad gehen.
2. „Wir könnten aber auch noch einen Freund von Mehrdad mit ins Freibad nehmen. Dann können die beiden miteinander spielen und wir haben unsere Ruhe."

M3 Checkliste für ein gelungenes Rollenspiel

Checkliste Rollenspiel

- ✓ Die Rollenspieler wurden inhaltlich gut auf ihre Rolle vorbereitet.
- ✓ Die Rollenspieler haben ihre Rolle glaubwürdig gespielt.
- ✓ Die weiteren Personen waren fair und neutral.
- ✓ Gesprächsregeln wurden eingehalten.
- ✓ Es wurde eine realistische Konfliktlösung erarbeitet.
- ✓ Die Rollenspieler konnten nach dem Rollenspiel berichten, wie es ihnen während des Spiels in ihrer Rolle ergangen ist.
- ✓ Die Rollenspieler haben ein Feedback bekommen.
- ✓ Das Konfliktgespräch wurde in der Klasse inhaltlich ausgewertet.

Zusatzkapitel „Ärgern oder Mobbing – wann hört der Spaß auf?"

70081-96

Aufgaben

70081-21

1. Untersucht mithilfe des Konfliktmodells **#Was ist ein Konflikt?** den geschilderten Fall von Franzi, Florian, Muhrat und Janina (**M1**). Überlegt euch, welche Interessen die Jugendlichen wohl jeweils haben oder haben könnten.
2. Bereitet in Gruppen Rollenspieler darauf vor, den Konflikt zu lösen. Es sollen auch ein oder zwei neutrale Personen, z. B. weitere Freunde oder ein Elternteil, an dem Gespräch teilnehmen. Ergänzt dazu die Rollenkarten (**M2**).
3. Führt das Rollenspiel durch.
4. Wertet das Rollenspiel und das Ergebnis gemeinsam mithilfe der Checkliste **M3** aus.
5. Begründe, welchen der beiden Lösungsvorschläge du für den besseren hältst (**M2b**).

H zu Aufgabe 3

Zum Ablauf des Rollenspiels:

- Jeder soll seine Sichtweise und seine Gefühle erklären dürfen.
- Die Rollenspieler verhalten sich so, wie es die Rollenkarte ihnen vorgibt.
- Wenn ein Rollenspieler den anderen nicht verstanden hat, fragt er noch einmal nach.
- Die Rollenspieler diskutieren mögliche Lösungen.
- Eine der neutralen Personen fasst das Ergebnis des Gesprächs zusammen und fragt nach, ob sich alle einig sind.

Wie können Konflikte gelöst werden?

Konflikt

> M1, M2

Das Wort Konflikt kommt von dem lateinischen Verb „confligere“, das heißt „zusammenstoßen“. Wenn unterschiedliche Meinungen oder Interessen aufeinanderstoßen, kann es zu einem Konflikt kommen. Der Konflikt kann unausgesprochen vorhanden sein oder als offener Streit zwischen Menschen oder sogar als ein politischer und militärischer Konflikt zwischen Staaten ausgetragen werden.

Übung

82000-932

Konflikte analysieren

> #Was ist ein Konflikt? – ein Modell

Konflikte kann man mithilfe eines Konfliktmodells analysieren (= untersuchen).
Du musst dazu herausarbeiten, welche Personen oder Organisationen (= Akteurinnen und Akteure) an dem Konflikt beteiligt sind. Dann beschreibst du, welche Interessen, Standpunkte und Handlungswünsche die Akteurinnen und Akteure haben. Dadurch wird klar, worin genau der Konflikt liegt. Das ist auch der erste Schritt, um einen Konflikt lösen zu können, indem die Akteurinnen und Akteure über ihre unterschiedlichen Sichtweisen sprechen und sich auf eine Lösung einigen, also einen Konsens finden.

Übung

82000-933

Mobbing

> Zusatzkapitel: M4-M8

Konflikte unter Jugendlichen können sich verfestigen und so kann Mobbing entstehen. Von Mobbing spricht man, wenn jemand über einen längeren Zeitraum hinweg immer wieder der oder die Unterlegene ist, von einzelnen oder einer Gruppe geärgert oder drangsaliert wird. Mobbing findet oft vor Zuschauern und Mitläufern statt. Meistens ist Hilfe von außen notwendig, um Mobbing zu beenden. Es gibt kein typisches Mobbingopfer – jeder kann zur falschen Zeit am falschen Platz sein und ein Mobbingopfer werden. Der erste Schritt, um Mobbing zu beenden, ist, dass sich die Betroffenen an eine vertraute Person wenden und um Hilfe bitten.

Übung

82000-934

Selbsteinschätzung

Du hast dich in diesem Kapitel damit auseinandergesetzt, wie Jugendliche in ihren Gruppen und in der Gesellschaft leben. Du hast dir erarbeitet, dass Jugendliche in sozialen Rollen handeln, welche Konflikte dabei entstehen können und wie man sie analysieren und lösen kann. Mit der Checkliste kannst du noch einmal überprüfen, was du gelernt hast.

Ich kann ...	**Das klappt schon ...**	**Hier kann ich noch üben ...**
... mindestens drei unterschiedliche Rollenerwartungen an mich benennen.		Kapitel 2.1: M5-M8, #Soziale Rolle
... an zwei Beispielen erläutern, wie sich die Rollenerwartungen von anderen an mich von meinen eigenen Wünschen unterscheiden.		Kapitel 2.1: M5
... mit Beispielen erläutern, was eine soziale Rolle ist.		Kapitel 2.1: M6, M7, M10 #Soziale Rolle
... Konflikte in sozialen Gruppen untersuchen und Lösungen finden.		Kapitel 2.2: M3 #Gruppe und Gruppendruck
... die Vor- und Nachteile von Lösungen bei einem Konflikt erläutern.		Kapitel 2.3: M1-M3 #Was ist ein Konflikt?

M1 „Trink, wenn du dazugehören willst …“

Gefährliches Spiel: Ein Jugendlicher lässt sich hochprozentigen Alkohol durch einen Trichter einfüllen.

Carlo, Athanasios, Hanna und Paul sind alle 13 Jahre alt und eine richtige Dorfclique. Seit Jan neu hinzugezogen ist, hängt er oft mit den Vieren zusammen am Spielplatz hinter der alten Kirche herum. Er mag Hanna und Athanasios besonders gern und wäre gerne enger mit ihnen befreundet. Jan macht Judo als Leistungssport – seine Eltern sind streng und neben Training und Schule hat Jan kaum Freizeit, um andere Jugendliche kennenzulernen. „He, Jan, wenn du richtig zu uns dazugehören willst", grinst Carlo, „dann lassen wir´s heute Abend richtig krachen. Beim Feuerwehrfest um neun hinterm Geräteschuppen, da ist was los, sag ich dir!"

Am Abend sitzen die Jugendlichen des Dorfes am Rande des Festplatzes. Hinterm Schuppen lassen einige die Bierflaschen kreisen. Auch Hanna und Paul haben eine Flasche in der Hand. „Hopp, Jan, auf Ex oder du kannst dich bei uns nicht mehr sehen lassen", Carlo hält Jan eine halbleere Schnapsflasche entgegen. Jan zögert, er will das eigentlich nicht und hat am nächsten Morgen einen Wettkampf. Er schaut zu Hanna und Paul. „Feigling", zischt Hanna.

Aufgaben

70081-23

1. Erläutere, welche sozialen Rollen Jan einnimmt und welche Erwartungen an ihn gerichtet werden (**M1**).
2. a) Untersuche den Konflikt mithilfe des Konfliktmodells.
   b) Erstelle dazu ein Schaubild.
3. Beschreibe zwei unterschiedliche Lösungen des Konfliktes.
4. Begründe, welchen der beiden Lösungsvorschläge du für den besseren hältst.

H zu Aufgabe 2b
Verwende Symbole für die beteiligten Personen, nutze Pfeile, Verbindungslinien und Beschriftungen, um den Konflikt zu verdeutlichen.

Adriana – eine typische Jugendliche?

Adrianas Medienprotokoll

Medium	Dauer der Nutzung an einem normalen Werktag?	Wozu habe ich es genutzt?
Internet	5 Stunden / Tag	Kommunikation, Spiele, Schule, Information, Unterhaltung
Fernsehen / Streamingdienste	2 Stunden / Tag	Unterhaltung
Bücher	1 Stunde / Tag	Schule, Unterhaltung
Radio / Audio-Streamingdienste	2 Stunde / Tag	Unterhaltung, Information

Was weißt du schon?

70081-24

1. Beschreibe die Mediennutzung von Adriana.
2. Erstelle nach dem Vorbild von Adriana eine Übersicht zu deiner eigenen Mediennutzung. Ergänze dabei die Medien und Nutzungsmöglichkeiten, in denen du dich von Adriana unterscheidest.
3. a) Starte einen Selbstversuch. Verzichte eine Woche auf das Internet.
   b) Notiere, was du durch den Verzicht auf das Internet gewonnen hast.

3

Leben in der Medienwelt

Hast du dir schon einmal die Frage gestellt, welche Auswirkungen dein Umgang mit Medien auf dich und dein Umfeld hat? Zeigst du dich im Internet anders als sonst oder bist du eigentlich wie immer? Das wichtigste Medium, das Internet, bietet unendliche Möglichkeiten, die aber auch Angst machen können. Man weiß nicht unbedingt, wer sich hinter einer Nachricht oder Homepage verbirgt. Kann man dann alles glauben, was im Internet steht? Ist es überhaupt schlau, selbst immer offen und ehrlich zu sein?
Auch wenn du dich viel mit Medien beschäftigst, kann es sein, dass du mal etwas Unüberlegtes tust, was du gerne rückgängig machen würdest. Selbst wenn dir das passiert, hast du aber Rechte, die niemand verletzen darf, auch nicht im Netz. Es ist wichtig, dass du diese Rechte kennst, damit du diese von anderen einfordern kannst.

Was lernst du in diesem Kapitel?

- ... wie du dich mit Medien beschäftigst.
- ... welche Auswirkungen das auf dich und dein Umfeld hat.
- ... ob du im Internet immer offen und ehrlich sein solltest.
- ... welche Rechte du hast, wenn du mal etwas Unüberlegtes getan hast.

Wir gestalten einen eigenen Medienbeitrag

Die meisten Nachrichten sind von Erwachsenen erstellt. Auch sind es meist Erwachsene, an die sich die Berichte wenden.
Mithilfe dieses Kapitels könnt ihr selbst zu Nachrichtenmachenden werden. Als Journalistinnen und Journalisten, die in einer Redaktion mitarbeiten, gestaltet ihr gemeinsam eine Nachricht zur „Mediennutzung von Jugendlichen".
Eine Redaktion hat die Aufgabe, Informationen zu sammeln und in eine Fassung zu bringen, die zur Veröffentlichung geeignet ist. Vielleicht könnt ihr euren Medienbeitrag sogar in einem passenden Medium (z. B. Tageszeitung, Schulhomepage) veröffentlichen.

Geht dabei so vor:

Start

1 Bildet Gruppen von 3-4 Schülerinnen und Schülern und haltet eine erste Redaktionskonferenz (Treffen von euch Journalistinnen und Journalisten) ab.

2 Entscheidet euch für ein Thema, zu dem ihr eine Nachricht gestalten wollt.
- Selbstdarstellung im Internet (→ Kap. 3.2.1, M1-M4)
- Cybermobbing (→ Kap. 3.2.3: M10-M12)
- Datenschutz (→ Kap. 3.2.2: M5-M9)
- E-Sport (→ Kap. 3.2.4: M13-M14)
- Internetsucht (→ Kap. 3.2.5: M15-M17)

3 Sammelt als Journalistinnen und Journalisten Informationen zu eurem Thema.

4

Führt eine weitere Redaktionskonferenz durch.

a) Entscheidet euch, was ihr mit eurer Nachricht erreichen wollt. (→ Kap. 3.1.3: M4-M7)
b) Wählt ein geeignetes Medium, in dem ihr eure Ergebnisse veröffentlichen wollt. (→ Kap. 3.1.1: M3)

5

Gestaltet euren Nachrichtenbeitrag.

6

Überarbeitet eure Beiträge in der Redaktionskonferenz.

a) Prüft, ob die Form der Nachricht zum gewählten Medium passt.
b) Prüft, ob es inhaltliche oder sprachliche Fehler gibt.

7

Veröffentlicht eure Nachricht.

Ziel

3.1 Medien – zwischen Ereignis und Information

3.1.1 Was ist eine Nachricht wert?

Tagtäglich passieren endlos viele Dinge in deinem Leben und im Leben anderer. Doch nicht jedes Ereignis ist eine Nachricht (in den Massenmedien) wert. Aber wer entscheidet das und wie?

M1 Aus der Medienwelt

Agenda Setting

Auch Medien können nicht alles weitergeben, was auf der Welt geschieht. Sie treffen eine Auswahl. Durch ihre Auswahl bestimmen sie, was wir erfahren. Sie steuern, über welche Probleme wir uns Gedanken machen und welche Themen wir für wichtig halten. Dieser Vorgang heißt Agenda Setting (= „Tagesordnung setzen").

Medien

Unter Medien versteht man alle Techniken, mit denen Informationen übermittelt werden. Jeden Tag passieren auf der Welt unfassbar viele Dinge. Du selbst bekommst nur einen Bruchteil davon direkt mit. Das meiste erfährst du über Medien. Früher waren das Briefe oder Faxe, heute ist es meist das Internet. Aber auch Massenmedien wie das Fernsehen, das Radio oder große Tageszeitungen erreichen viele Menschen. Das Wort kommt aus dem Lateinischen („medium“) und bedeutete „Mitte“.

M2 Mediennutzung der 14- bis 19-Jährigen

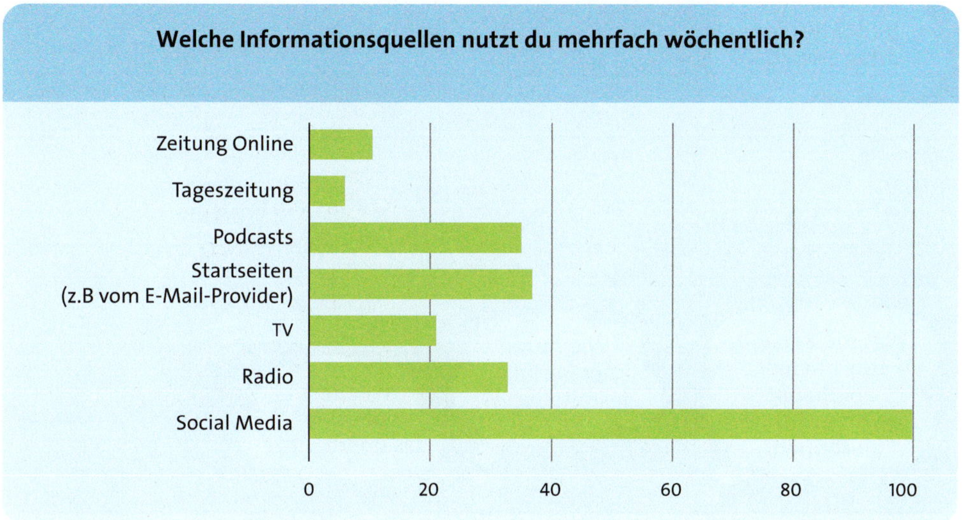

Nach: Hasebrink, Uwe / Hölig, Sascha / Wunderlich, Leonie: #UseTheNews – Studie zur Nachrichtenkompetenz Jugendlicher und junger Erwachsener in der digitalen Medienwelt (2021). Leibniz Institut für Medienforschung / Hans-Bredow-Institut (Hrsg.): In: www.leibniz-hbi.de, S. 30, Abruf am 30.07.2021

> Aufgaben 70081-25

1. Vergleicht eure Mediennutzung.
2. a) Entscheide, welche der Ereignisse durch das Sieb fallen und zur Nachricht werden sollten (**M1**).
   b) Benenne deine Auswahlkriterien.
   c) Begründe, ob eines der Themen so wichtig ist, dass sich die Menschen darüber Gedanken machen sollten.
3. Notiere, welche Quellen du verwendest, um dich über das aktuelle Geschehen (z. B. Politik, Wirtschaft, Kultur) zu informieren? Vergleiche deine Antworten mit den Ergebnissen aus **M2**.
4. Diskutiert, ob ein Ereignis für verschiedene Medien verschiedene Voraussetzungen erfüllen soll, um zur Meldung zu werden.

H zu Aufgabe 1
Verwendet dazu euer Medientagebuch, das ihr für die Auftaktseite erstellt habt.

H zu Aufgabe 2a
Stellt euch dazu folgende Fragen:
- Welche Informationen sind für eine größere Gruppe von Menschen wichtig?
- Welche Informationen weisen auf ein allgemeines Problem hin?

3.1.2 Welches Medium passt zu meiner Nachricht?

Medien unterscheiden sich sehr voneinander: Manche geben Informationen als Text weiter, andere in Form von Bildern oder Filmen, natürlich gibt es auch Mischformen. Wenn du selbst eine Nachricht gestaltest, musst du diese Unterschiede bedenken. Nicht in allen Medien kann man leicht selbst veröffentlichen. Bei Zeitungen und im Fernsehen gibt es Redaktionskonferenzen, die bestimmen, was veröffentlicht wird. Im Internet findet man leichter ein Publikum, möglicherweise aber ein anderes als mit einem Zeitungs- oder Fernsehbeitrag.

M3 Eine Nachricht veröffentlichen

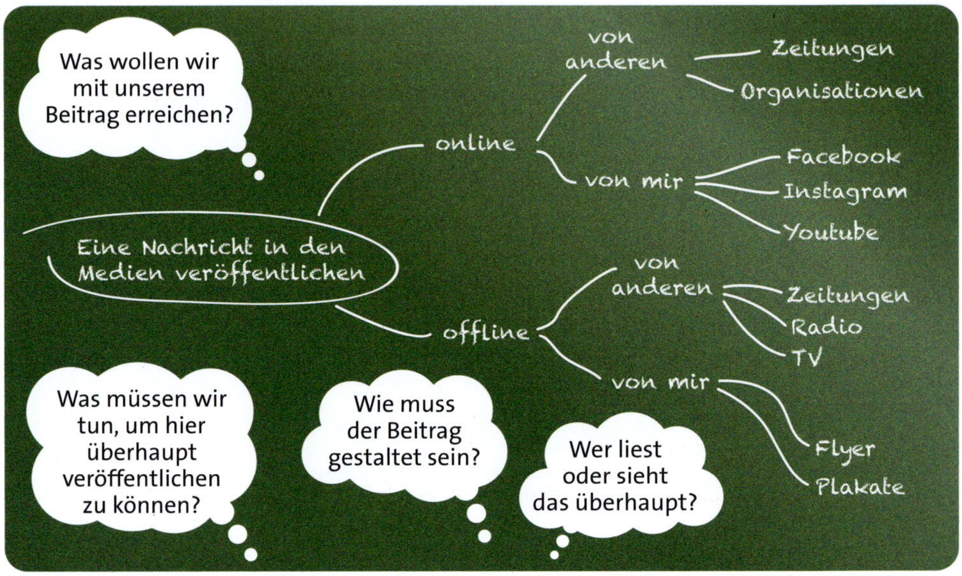

Urheberrecht

Immer wenn du etwas veröffentlichst, musst du das Urheberrecht beachten. Du darfst nur die Texte, Bilder und Videos veröffentlichen, die du selbst erstellt hast.
In allen anderen Fällen musst du erst die Urheberinnen und Urheber des Textes, Bildes oder Videos fragen, ob eine Veröffentlichung in Ordnung ist. Du musst auch immer die Quelle bei einer Weiterverwendung angeben und die Zitierregeln beachten. An allen Werken, die du selbst erstellt hast, besitzt du das Urheberrecht. Neben Dingen, die man besitzt, gibt es also auch ein geistiges Eigentum.

Aufgaben

70081-26

1. Übertrage die Mindmap in dein Heft und ergänze sie (**M3**).
2. Findet Antworten auf die Fragen der Schülerinnen und Schüler (**M3**).

Eine Mindmap erstellen

Worum geht es?

Eine Mindmap (englisch: mind map; auch: Gedanken[land]karte, Gedächtnis[land]karte) erstellen, ist eine Technik, die für das Erschließen oder das visuelle Darstellen eines Themengebietes oft zum Einsatz kommt. Hierbei sollen Gedanken freien Lauf erhalten und so die Fähigkeit des Gehirns zur Kategorienbildung genutzt werden.

Geht dabei so vor:

1. Schritt: Das Thema bestimmen

Zuerst gilt es, ein möglichst konkretes Thema bzw. einen bestimmten Begriff zu bestimmen. Schreibt dieses Thema/diesen Begriff in die Mitte eines Papiers.

↓ ↓ ↓

2. Schritt: Hauptäste setzen

Zieht Linien/Hauptäste von dem Thema/Begriff in verschiedene Richtungen. Schreibt dann Oberbegriffe in Großbuchstaben am Ende der Hauptäste. Mit diesen Oberbegriffen strukturiert ihr das Thema/den Begriff grundlegend, überlegt hier also genau, welche Begriffe ihr für die Hauptäste wählt.

↓ ↓ ↓

3. Schritt: Erweiterung und Abschluss

Ergänze nun Nebenarme mit einer zweiten (und evtl. dritten) Gedankenebene.

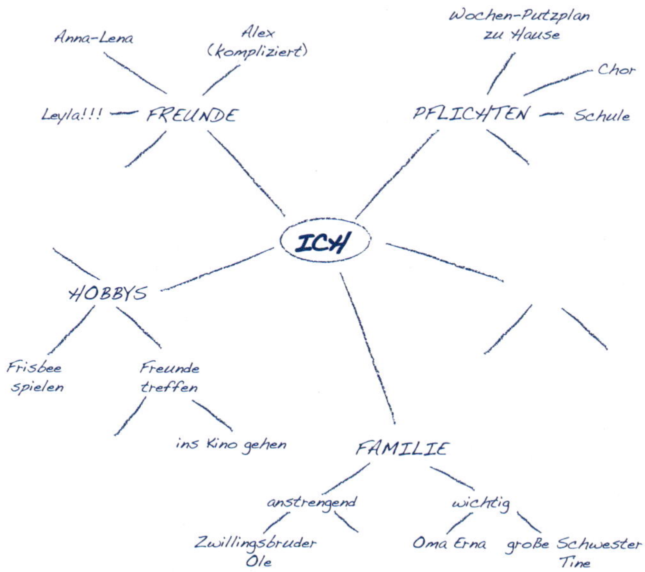

3.1.3 Fernsehen, YouTube oder Zeitung – Was heißt das für eine Nachricht?

Medien sind verschieden. In einem Fernsehbericht treten Menschen anders auf als in einem YouTube-Video. Bei Printmedien wie Zeitungen steht der Text im Vordergrund. Deshalb kann man mit verschiedenen Medien verschiedene Menschen erreichen. Welches Medium würdest du zur Verbreitung deiner Nachricht wählen?

M4 Drei TV-Trielle zur Bundestagswahl 2021

Im Zuge des Wahlkampfes für die Bundestagswahl 2021 fanden drei TV-Trielle statt. Die erste fast zweistündige Auseinandersetzung der Kanzlerkandidatin Annalena Baerbock (Bündnis 90/Grüne) mit den Konkurrenten Armin Laschet (CDU) und Olaf Scholz (SPD) verfolgten 5,05 Millionen Zuschauerinnen und Zuschauer.

M5 Youtube: Politik aber geil

Soziale Medien sind im digitalen Wahlkampf mittlerweile unverzichtbar. Einige Influencerinnen und Influencer nutzen ihre Bekanntheit, um Politik zu vermitteln. Influencer Marvin Neumann hat auf seinem Youtube-Kanal schon Olaf Scholz (SPD), Christian Lindner (FDP), Sarah Wagenknecht (Linke) oder Philip Amthor (CDU) interviewt. Er stellt auch mal unangenehme Fragen in seinen Interviews, die circa eine Viertelstunde dauern.

M6 Printausgabe

Regelmäßig geben Politikerinnen und Politiker großen Zeitungen Interviews. Dabei haben sie die Möglichkeit, ihre aktuelle Politik zu erklären. Wie viele Menschen die Interviews lesen, hängt auch davon ab, wie viele Zeitungen gedruckt oder digital abonniert werden. Die meisten Exemplare pro Tag druckt die Bild-Zeitung (1,2 Mio.). Andere große Tageszeitungen wie die Süddeutsche Zeitung oder die Frankfurter Zeitung haben viel geringere Auflagen (200.000-300.000). Die Anzahl digitaler Abos steigt, während die gedruckten Ausgaben (Printmedien) in der Auflage sinken.

M7 Audiopodcast

Viele große Zeitungen bieten mittlerweile auch Podcasts an, z.B. „Alles gesagt?" von der Wochenzeitung „Die Zeit", der „unendliche Interviewpodcast". Hier werden außergewöhnliche Menschen befragt, darunter auch bekannte Politikerinnen und Politiker – so lange, bis sie selbst sagen, dass jetzt "alles gesagt" sei. Ein Gespräch kann also zwölf Minuten oder acht Stunden dauern.

Interviewpodcast

Annalena Baerbock, wie grün ist Deutschland wirklich?

Die Grünenchefin könnte Kanzlerin werden. Knapp drei Stunden lang spricht sie im Podcast über ihr Verhältnis zum Kapitalismus, zu Deutschland – und zu Angela Merkel.

Podcast abonnieren:

Das Interview mit Annalena Baerbock dauerte beispielsweise knapp drei Stunden.

Aufgaben

70081-27

1. Formuliere deine Erwartungen an die unterschiedlichen Interviews (**M4-M7**).
2. a) Entscheide, mit welchem der Interviews (**M4**, **M5**, **M6** oder **M7**) du dich eher beschäftigen würdest.
   b) Beantworte die Fragen:
   - Wo gibt es die meisten Informationen? (Umfang)
   - Wo bekommst du die wichtigsten Informationen? (Sachlichkeit)
   - Wie treten die zu Interviewenden auf? (Aufmachung)
   - An wen richten sich die Interviews? (Zielgruppe)

   Begründe deine Entscheidung.
3. Stell dir vor, du wärst Medienberater:in der/des Bundeskanzler:in. Begründe, welche Medien du nutzen würdest, um bestimmte Bevölkerungsgruppen zu erreichen.

F zu Aufgabe 3
Vergleiche, wie ein aktuelles Thema in verschiedenen Medien behandelt wird.

H zu Aufgabe 3
Eine Einteilung der Bevölkerung könnte nach diesen Kriterien vorgenommen werden: Alter, Geschlecht, Bildungsgrad, Einkommen, Wohnort etc.

3.1.4 Kann ich Informationen aus dem Internet trauen?

Nicht alle Informationen aus dem Internet sind verlässlich. Weißt du, welchen Informationen du trauen kannst?

M8 Bei welchem Internetangebot informierst du dich mehrmals/täglich über das Tagesgeschehen?

70081-142

Tätigkeiten im Internet – Schwerpunkt: Information zum aktuellen Tagesgeschehen 2022 – täglich/mehrmals pro Woche (Stand: 2023)

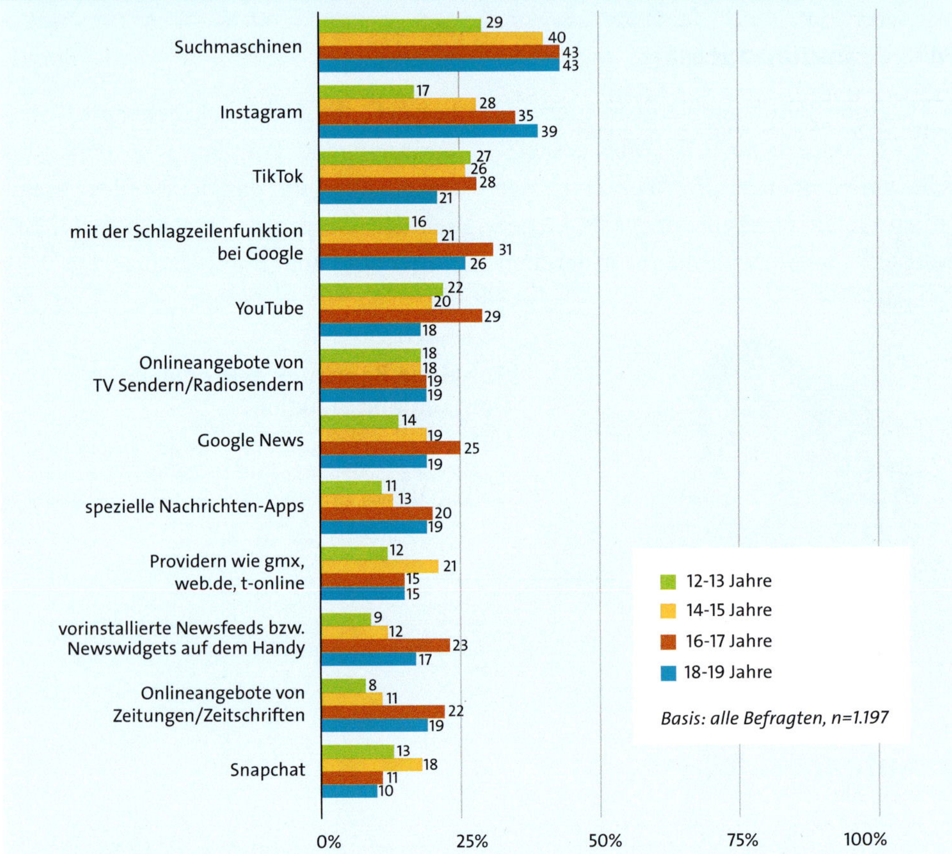

Nach: Medienpädagogischer Forschungsverbund Südwest (mpfs): JIM-Studie 2022

Informationsfunktion der Medien

Medien verbreiten Informationen.
In einer Demokratie („Herrschaft des Volkes") sollen sich alle Menschen für ihre Interessen einsetzen können. Dazu brauchen sie Informationen. Weil das so wichtig ist, schützt das Grundgesetz in Artikel 5 die Freiheit der Presse.

M9 Fallbeispiel Fake News

a) Frauen und Kinder in Afghanistan im Stich gelassen?

Im Sommer 2021 nehmen die Taliban große Teile Afghanistans ein, auch die Hauptstadt Kabul. Viele Menschen fürchten sich vor der Terrorgruppe und wollen das Land schnell verlassen. Unter anderem fliegt die Bundeswehr schutzbedürftige Menschen aus. Auf Kanälen wie Twitter oder Telegram kursieren Fotos und Texte, welche die Fehlinformation verbreiten, dass man Frauen und Kinder im Stich gelassen hätte. Die Fotos waren entweder nur Ausschnitte oder wurden zu einem anderen Zeitpunkt aufgenommen. Auf Telegram teilt z. B. der Sprecher einer rechtsextremen Gruppierung eine Fotocollage mit drei Bildern. Auf zweien davon sind Männer in Flugzeugen zu sehen. Darunter steht: „Erste Bilder der 'Flüchtlinge' aus Afghanistan tauchen auf. Fast nur junge Männer in kampffähigem Alter. Warum lassen sie Frauen und Kinder im Stich?"

Auf Telegram wird behauptet, unter den Evakuierten aus Afghanistan seien nur Männer.

b) Was antwortest du?

Liebe alle,
die diese Meldung gedankenlos kopiert und in den sozialen Medien geteilt haben.

______________________________ BITTE INS HEFT ______________________________

Aufgaben

70081-28

1. Bei welchem Internetangebot informierst du dich über Politik, Wirtschaft und Kultur? Vergleiche deine Antworten mit den Ergebnissen aus **M8**.
2. Nenne mögliche Folgen der Falschmeldung (**M9a**).
3. Schreibe die Nachricht zu Ende (**M9b**).

H zu Aufgabe 2
Unterscheide zwischen Folgen für die Flüchtlinge aus Afghanistan und für die Leserinnen und Leser der Nachricht.

F zu Aufgabe 3
Erkläre den Slogan „Erst checken, dann teilen".

Im Internet recherchieren

Worum geht es?

Suchmaschinen bieten oft viele Tausend verschiedene Internetseiten an. Eine Recherche im Internet muss daher strukturiert angegangen werden.

Geht dabei so vor:

1. Schritt: Suche eingrenzen und Begriffe finden

Ihr solltet die Suchanfrage genau eingrenzen. Am besten schreibt ihr passende Begriffe so genau wie möglich in das Suchfeld. Durch das +-Zeichen sucht die Suchmaschine nach Internetseiten, in denen alle Begriffe vorkommen, durch Anführungsstriche könnt ihr Begriffe verbinden, die Suchmaschine sucht dann nur nach dieser Kombination (z. B. „Neugliederung Bundesgebiet Grundgesetz"). Wenn ihr bei der ersten Eingabe nicht erfolgreich wart, könnt ihr einen oder mehrere Suchbegriffe wieder herausnehmen oder austauschen.

↓ ↓ ↓

2. Schritt: Suchergebnis auswählen

Als Ergebnis erhaltet ihr in der Regel eine lange Liste an Treffern von Internetseiten. Wenn die ersten Angaben eurer Suche entsprechen, lest die kurze Beschreibung unter der Überschrift. Die URL (fängt mit „www." an und wird häufig in grüner Schrift dargestellt) gibt oft darüber Auskunft, wer der Anbieter der Internetseite ist. Einrichtungen, Ministerien, Tageszeitungen u. Ä. verwenden in der Regel ihren Namen als URL, sodass ihr gleich wisst, dass ihr euch auf die Informationen verlassen könnt. Klickt die Seite an, die am besten zu eurer Suche passt, und überfliegt den Inhalt. War die Seite nicht richtig für euch, geht im Browser (wahrscheinlich arbeitet ihr mit dem Internet Explorer oder Mozilla Firefox) oben links auf den Pfeil nach links (zurück).

↓ ↓ ↓

3. Schritt: Internetseiten bewerten

Ihr könnt die Identität des Verfassers beispielsweise über das Impressum oder die Rubrik „Wir über uns" herausfinden. Auch der Hintergrund des Autors sollte bekannt sein, d. h. in welchem Umfeld die Website veröffentlicht wurde (z. B. Universität, Unternehmen, Organisation). Schließlich sollte der Text aktuell sein. Dabei kann ein Blick auf weiterführende Links helfen.

↓ ↓ ↓

3. Schritt: Ergebnisse sichern

Sichert vor dem Schließen der Browserfenster eure Ergebnisse (z. B. durch Ausdrucken, Link speichern ...).

Medien zwischen Ereignis und Information

Medien wählen aus

> M1-M3

Medien wählen aus, über welche Ereignisse sie berichten. Für die Auswahl der Medien gibt es Gründe. Zum Beispiel, dass besonders viele Menschen von einem Ereignis betroffen sind oder dass es ein sehr außergewöhnliches Ereignis ist. Durch ihre Auswahl bestimmen die Medien, von welchen Ereignissen wir erfahren und welche wir für wichtig halten. Dieses Agenda Setting gibt den Medien Macht. Nur wer sich und seine Anliegen in die Medien bringt, kann hoffen, wahrgenommen zu werden.

Übung

82000-935

Medien informieren

> M2, M8

Da du nicht überall dabei sein kannst, bist du auf Medien angewiesen, um an Informationen zu kommen. Die Informationsfunktion ist eine wichtige Aufgabe von Medien. Nur wer informiert ist, kann mitreden und sich für seine oder ihre Interessen einsetzen. Deshalb schützt das Grundgesetz die Freiheit der Presse. Du solltest den Wert einer Information einschätzen können. Ist die Information für mich wichtig? Kann ich der Information trauen? Vor allem im Internet kann das eine Herausforderung sein, weil hier alle Informationen verbreiten können. Es gibt also unendliche viele Informationen, viele sind für dich nicht wichtig. Außerdem weiß man nicht immer, wer sich hinter einer Information verbirgt und kann daher auch nicht einschätzen, wie wahr sie ist.

Übung

82000-936

Medien unterscheiden sich

> M4-M7

Alle Medien übermitteln Informationen. Sie tun es jedoch nicht auf die gleiche Weise. Manche Medien verwenden Texte, andere vor allem Bilder oder Filme. Das hängt auch von der Zielgruppe ab. Soll eine Nachricht jüngere Menschen ansprechen, sollte sie anders präsentiert werden, als wenn sie sich an Ältere richtet. Massenmedien wollen viele Menschen erreichen. Das führt zu einem wenig ausgefallenen, „neutralen" Auftreten. Nicht bei allen Medien kann man davon ausgehen, dass sich die Nachrichtenredaktion Gedanken gemacht hat, was die Inhalte eines Beitrags sein sollen. Vor allem bei Online-Medien kann es vorkommen, dass Einzelne die Nachrichten verbreiten, die sie für wichtig und richtig halten. Solche Unterschiede sollte man sich bewusst machen, wenn man Nachrichten liest, sieht oder hört. Sie sind wichtig, um den Wert einschätzen zu können. Wichtig sind die Unterschiede aber auch für diejenigen, die eine Nachricht veröffentlichen wollen. Die Wahl des Mediums bestimmt die Gestaltung der Nachricht.

Übung

82000-937

3.2 Soziale Medien – Auswirkungen auf unser Leben

3.2.1 Mein Internetprofil – Spiegel meiner Persönlichkeit?

Vielleicht hast du ein eigenes Internetprofil, zum Beispiel bei Facebook, Instagram, TikTok, YouTube oder Snapchat. Dann musst du dich fragen, wie du dich selbst präsentieren willst. Zeigst du dein wahres Ich oder gibst du nur Ausschnitte deiner Person preis? Bist du im Internet womöglich ein ganz anderer Mensch? Wie wirkt deine Internetpersönlichkeit auf dein Leben außerhalb des Internets zurück?

M1 Selfie – beste Version von sich selbst?

Viele Selfies sollen ein schmeichelhaftes Bild der Person abgegeben, so wie sie von anderen gesehen werden möchte.

M2 Bereit für Social Media?

70081-143

Der britische Fotograf Rankin hat ein Fotoprojekt veröffentlicht, das sich mit den Gefahren der Selfie-Kultur auseinandersetzt. Für „Selfie Harm" fotografierte Rankin 15 Teenager zwischen 13 und 19 Jahren und überließ diesen dann das Bild zur Überarbeitung. Die Teenager sollten ihr Bild so lange bearbeiten, bis sie es „bereit für Soziale Medien" hielten.

Rankin, beschreiben Sie das Phänomen, dass alle ihre Bilder für Instagram bearbeiten.

Wenn alle alles teilen, stehen die persönlichen Bilder deines Lebens im Wettbewerb mit allen anderen. Du willst nicht für dein Aussehen kritisiert werden oder dafür, was du tust. Es ist so, als würdest du ermuntert, nur deine besten Eigenschaften zu zeigen.

Wie denken Sie über all diese Filter, mit denen wir unsere Bilder bearbeiten können?

Die sind definitiv schädlich für junge Menschen. Unterscheiden zu können, was echt ist und was mit einer App bearbeitet wurde, sollte eigentlich einfach sein. Aber die Bearbeitungsmöglichkeiten sind sehr professionell. **Bevor es soziale Medien gab, war**

es vor allem der Job von Models, wunderschön auszusehen. Heute scheint der Druck auf uns allen zu lasten. Wie kann man damit besser umgehen?

Ich glaube, die sozialen Medien müssen sehr viel mehr Verantwortung übernehmen. Aber auch wir müssen darüber reden und darauf aufmerksam machen. Wenn ein Bild verändert wurde, sollte es einen entsprechenden Hashtag bekommen - und zwar immer denselben. Eine andere Möglichkeit, dem Druck zu entgehen, ist, die Apps zu löschen und nichts mehr anzuschauen. Denn es ist nun mal sehr menschlich, uns mit dem zu vergleichen, was wir sehen. Auch dann, wenn es ein bearbeitetes Bild ist, das dir als Realität präsentiert wird.

Die Sendung "Germany's Next Topmodel" wird ebenfalls von vielen dafür kritisiert, dass sie Gift für das Selbstbewusstsein junger Mädchen sei. Finden Sie das nicht auch diskussionswürdig?

Alles, was mit psychischer Gesundheit zu tun hat, sollte zur Diskussion stehen.

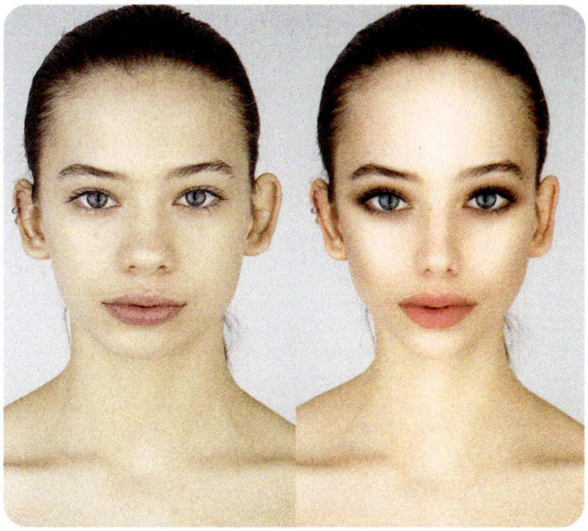

Für sein Projekt hat Rankin die Original-Bilder den bearbeiteten gegenübergestellt.

Wie kann man der Selfie-Kultur begegnen? Durch Aufklärung?

Ich glaube, dass viele Teenager sehr viel schlauer sind als wir denken und Social Media als Spiel betrachten. Das Schlimmste, was wir tun könnten, wäre ihnen die Apps zu verbieten - welcher Teenager hört schon auf Erwachsene, die ihm sagen wollen, was er zu tun hat?

Interview: Wächter, Christina: Wenn Teenager sich mit Photoshop „bereit für Social Media" machen sollen. In: www.jetzt.de, 07.02.2019

M3 Soziale Medien als gesundheitliches Risiko?

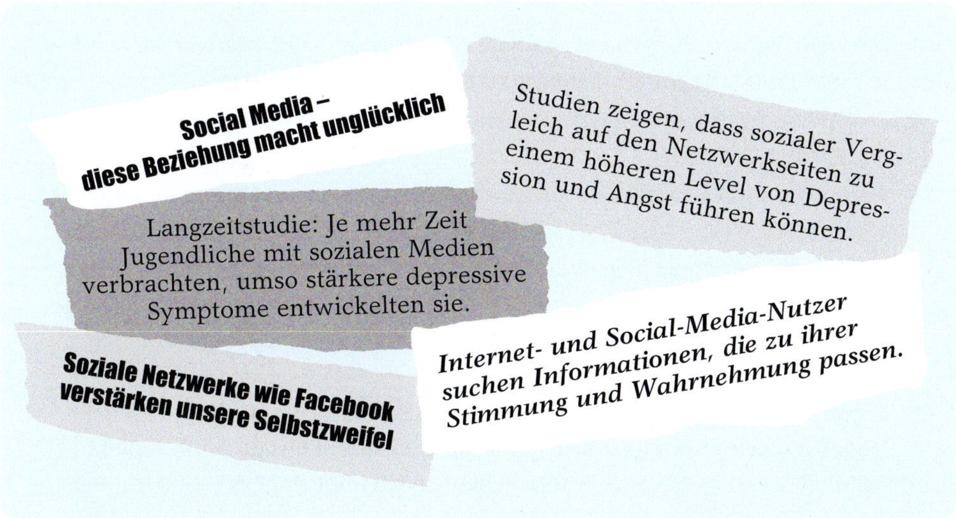

M4 Die Psychologin fragt

Wie wichtig ist es dir, dich im Internet cool und hip zu präsentieren?

„Versteckst“ du dich hinter deinen bearbeiteten Fotos?

Was denkst du, sagen deine Freunde, wenn sie deine Posts und Selfies mit dem vergleichen, wie sie dich im Real Life kennen?

Was machst du, wenn du nichts Spannendes posten kannst?

Wie oft vergleichst du dich mit anderen? Mit wem und wozu?

Sollen deine Selfies und Fotos im Internet andere beeindrucken? Was bist du bereit, dafür zu tun?

Aufgaben

70081-29

1. Mit wem würdest du gerne auf einem Selfie zu sehen sein? Was wäre der perfekte Hintergrund? Begründe deine Entscheidung (**M1**).
2. Beschreibe, wie ein Foto von dir aussehen müsste, damit du es ins Internet stellen würdest (**M1**, **M2**).
3. Finde Erklärungen, weswegen Soziale Medien zu schlechter Stimmung führen können (**M2-M4**).
4. a) Stelle dich den Fragen der Psychologin und beantworte sie schriftlich (**M4**).
   b) Läufst du Gefahr, dass deine Verwendung von Sozialen Medien deine psychische Gesundheit negativ beeinflusst? Diskutiert in Partner- oder Gruppenarbeit.
5. In drei Jahren wirst du voraussichtlich deinen Schulabschluss haben. Vielleicht bewirbst du dich um einen Ausbildungsplatz, vielleicht bist du frisch verliebt. Begründe, warum dir deine Posts von heute nicht unbedingt egal sein können.

F zu Aufgabe 4a
Versetze dich in eine Person, die depressive Verstimmungen hat, weil sie viel Zeit mit Sozialen Medien und Vergleichen verbringt. Beantworte die Fragen anstelle dieser Person.

H zu Aufgabe 5
- Wie wirst du selbst zu deinen Posts von heute stehen?
- Was werden mögliche Arbeitgeber:innen von dir denken, wenn die Posts und Selfies irgendwo auftauchen?
- Was könnte dein Schwarm von dir halten?

Einen Flyer gestalten

Worum geht es?

Auf einem Flyer werden Informationen kurz, präzise und anschaulich dargestellt. Hierzu müssen kurze Texte formuliert und das Papier ansprechend gestaltet werden.

Geht dabei so vor:

1. Schritt: Computer oder von Hand?

Entscheide, ob du den Flyer mit der Hand (a) oder am Computer (b) gestaltest.
(a) Nimm ein Papier oder eine Pappe im DIN A4-Format. Wähle eine Farbe aus, die zu deinem Thema passt und auf der man die Schrift gut lesen kann.
Falte das Blatt entlang der langen Seite so, dass drei gleichgroße Spalten entstehen. Du kannst die Knickfalten auch mit einem Lineal ausmessen.
(b) In einem Computerprogramm zur Textverarbeitung kann man das Seitenlayout des Dokuments einstellen: Wähle das Querformat und drei Textspalten. So kannst du den DIN A4-Ausdruck im Anschluss einfach falten.

↓ ↓ ↓

2. Schritt: Inhalte anordnen

Der Flyer hat eine Vorder- und eine Rückseite und vier Innenseiten.
Die Vorderseite muss ansprechend gestaltet sein und das Thema bzw. die Fragestellung zeigen. Auf der Rückseite kannst du einen Appell an die Leser richten oder die Namen der Autorinnen und Autoren nennen. Wenn beide Außenseiten aufgeklappt sind, bleiben drei Innenspalten nebeneinander, die Platz für größere Zusammenhänge bieten können.

↓ ↓ ↓

3. Schritt: Inhalte erstellen

Formuliere einen ansprechenden Titel. Erstelle eine grobe Gliederung der Inhalte und entscheide, was wo stehen soll. Formuliere anschließend die Inhalte vollständig.
Wichtig: Auf einem Flyer ist nicht viel Platz. Nutze (Zwischen-)Überschriften, kurze Sätze und möglichst wenig Text.

↓ ↓ ↓

4. Schritt: Flyer gestalten

Die Handschrift muss leserlich sein, die Schriftgröße am Computer mindestens 12pt groß. Die Überschriften sollten sich in Größe und Farbe von dem übrigen Text abheben.
Ergänze passende Bilder oder Illustrationen.
Nenne unter Texten und Bildern die Quellen, die du genutzt hast.

3.2.2 Meine Daten im Internet – na und?

Im Internet gibst du immer Informationen an andere weiter. Oft ist dir das noch nicht einmal bewusst. Jeder „Like", jeder Anruf, jeder Klick auf einen Link – all das und vieles mehr gibt anderen Informationen über dich. Oft reicht es schon, eine App zu öffnen. Selbst wenn du eigentlich nichts zu verbergen hast, sammeln andere diese Informationen, um einen Nutzen daraus zu ziehen.

M5 Von wegen Lisbeth – Sushi

Komm, beweis' mir, wie viel du lachst
Und dann zeig' mir dein Essen, was du machst
Deine Füße sind am Meer
Du bist in love mit deinen neuen Nike Air
Komm, erzähl' mir von New Yorker Taxis
Oder mach' Mädelsabend mit den Schatzis
Bei dir zu Hause, um zwanzig Uhr
Ich geh' mal eben von der Küche in 'n Flur
Lina, ich will dein Sushi gar nicht sehen
Warum ist dein Leben so prima?
Und du immer so wunder-wunderschön?
[..]
Du in Rom und du vor weißen Kalksteinen
Baby, du weißt, eines Tages werden wir alt sein
Woher ich dich kenne? Ich hab' keinen blassen Schimmer
Aber deine neue Handynummer [...]

Zschaebitz, Dominik / Zschaebitz, Julian / Rohde, Rainer / Tischer, Robert / Hoelting, Julian / Kuske, Daniel: Von wegen Lisbeth – Sushi. In: www.songtexte.de, Abruf am 25.08.2022

M6 „Made to measure – eine digitale Spurensuche"

Ist es möglich, alleine anhand der persönlichen Google-Daten einer Person ihre Doppelgängerin zu erschaffen? Nicht nur ihr Aussehen, sondern vor allem ihre Persönlichkeit bis ins Detail „kennenzulernen"? Ist es möglich, ihre Verhaltensmuster, ihren Gesundheitszustand, ihre verborgenen Wünsche herauszufinden und sogar vorherzusagen, was die Person in Zukunft tun wird?

Im Zuge der Dokumentation „Made to measure – eine digitale Spurensuche" (2021) machte man ein Experiment, das eindrucksvoll die Antwort liefert: Ja! Die Person, von der man die Daten auswertete, und die „Doppelgängerin" wurden befragt, wie sie sich mit drei Worten charakterisieren würden – sie antworteten das Gleiche. 98 % aller Websites, die mit Gesundheit zu tun haben, haben Google-Tracker. Das führte in dem Experiment auch dazu, dass man herausfand, wann die Person welche Krankheiten hatte. Wenn wir z. B. ein Foto posten, wissen wir, dass wir etwas von uns preisgeben. Aber die meisten Spuren, die wir digital hinterlassen, hinterlassen wir unbewusst.

M7 Nur die Spitze des Eisbergs?

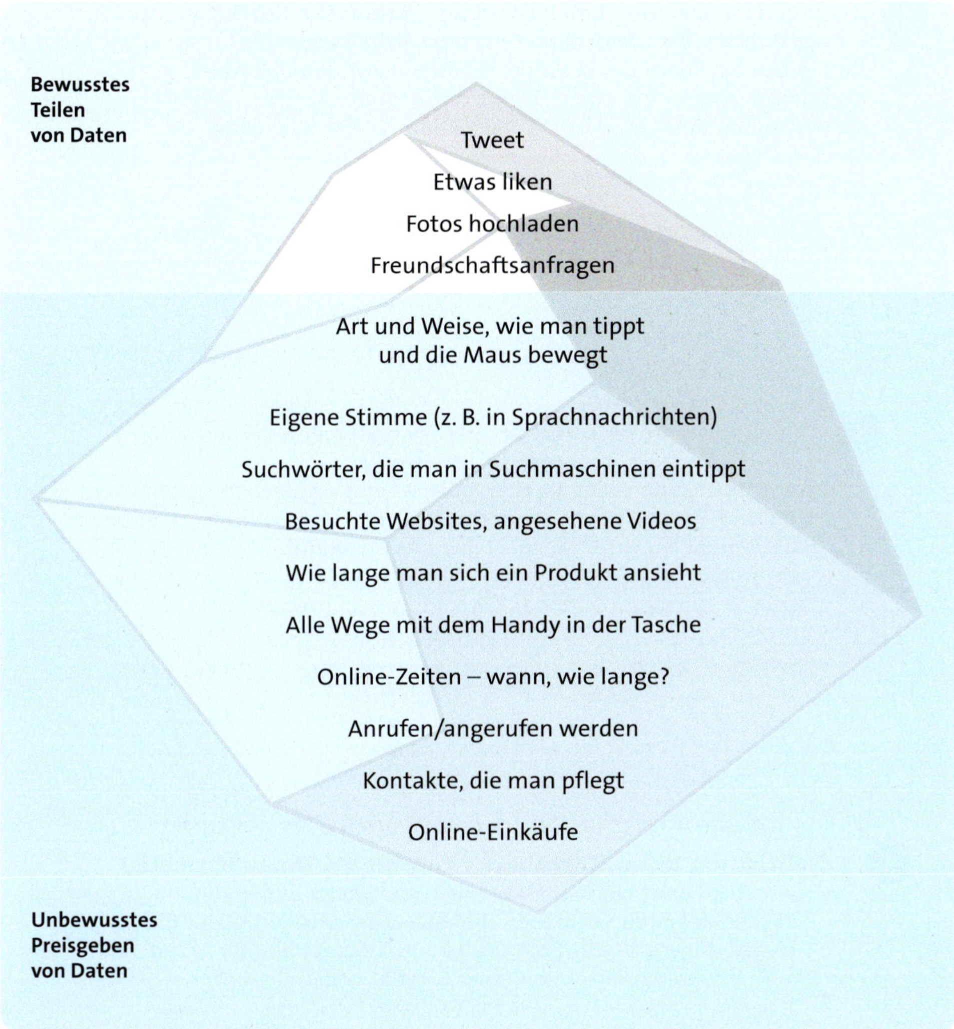

M8 Tatort Internet

1 **Hamburg: 64-Jährige vor Gericht wegen Facebook-Like**

In Hamburg steht am Montag eine 64-Jährige vor Gericht, weil sie einen Hasskommentar bei Facebook mit einem Like versehen hat. „Ihr wird vorgeworfen, am 20. Februar 2020 einen Facebook-Kommentar zum Attentat von Hanau mit einem Like versehen zu haben, obwohl darin Tötungsdelikte gegenüber Personen mit Migrationshintergrund befürwortet wurden", heißt es seitens der Staatsanwaltschaft. Und weiter: Dadurch hätte sie anderen Facebook-Nutzern zu verstehen gegeben, dass sie solche Verbrechen gutheiße.

rcp: Nach Facebook-Post steht plötzlich Cobra vor der Tür. In: www.heute.at, 07.04.2021

2 **Zweifel an charakterlicher Eignung: „Like" für Karikatur – angehender Bundespolizist verliert Jobzusage**

Ihm gefiel ein homophobes Bild in einem sozialen Netzwerk – und damit endete für einen Mann die Beamtenkarriere, bevor sie begonnen hatte. Ein Gericht bestätigte die Entscheidung.

Mamk/dpa: „Like" für Karikatur – angehender Bundespolizist verliert Jobzusage. In: www.spiegel.de, 27.08.2021

3 **Berliner Schüler muss Schulverweis wegen seines Vaters nicht hinnehmen**

Ein Schüler kann nicht an eine andere Schule versetzt werden, nur weil sein Vater einen Dauerstreit mit den Lehrern führt. „Kinder haften nicht für ihre Eltern", teilte das Verwaltungsgericht Berlin am Freitag mit. Es gab einem 15-Jährigen Recht, der sich gegen seine Versetzung von einer Tempelhofer Schule auf eine andere Schule gewehrt hatte.

©Der Tagespiegel: Berliner Schüler muss Schulverweis wegen seines Vaters nicht hinnehmen. In: www.tagesspiegel.de, 27.11.2020

4 **Polizist wurde zu Unrecht der Gewalt bei Demo bezichtigt**

Am Landesgericht Graz wird eine ganze Reihe von Facebook-Usern verurteilt, die eines gemeinsam haben: Sie haben ungeprüft ein Foto mit einem Text geteilt, der einen Polizisten fälschlich einer Straftat bezichtigt hat.

Lobnik, Alfred: Polizist wurde zu Unrecht der Gewalt bei Demo bezichtigt. In: www.kleinezeitung.at, 09.07.2021

Recht auf informationelle Selbstbestimmung

Du hast das Recht, selbst zu bestimmen, welche Informationen über dich weitergegeben werden.

Alle, die Daten von dir besitzen, müssen sicherstellen, dass niemand Unbefugtes Zugang zu deinen Daten hat. Dies sind z. B. zum Beispiel deine Schule oder ein Internetdienst. Niemand darf Informationen über dich weitergeben, ohne dass du deine Einwilligung gegeben hast. Vor allem kostenlose Angebote im Internet kannst du häufig nur nutzen, wenn du erlaubst, dass deine Daten weitergegeben werden. Diese Informationen sind oft versteckt. Was genau mit deinen Daten passieren kann, steht in den Datenschutzbestimmungen oder den Allgemeinen Geschäftsbedingungen der Anbieter.

M9 Wen interessiert was?

Aufgaben

70081-30

1. Formuliere die Kritik der Band „Von wegen Lisbeth“ an sozialen Netzwerken in eigenen Worten (**M8**).
2. a) Erstelle tabellarisch (linke Spalte „Medium“, rechte Spalte „digitale Fußspuren“) deinen typischen Tagesablauf und sammle alle Spuren, die du digital hinterlässt (**M5**-**M7**).
   b) Ergänze die Tabelle durch eine dritte Spalte und notiere, wen diese Informationen interessieren könnten. Markiere zudem farblich, welche Informationen du bewusst gestreut (z. B. gelb) und welche du (bislang) unbewusst weitergegeben hast.
3. Erkläre auf Grundlage der Zeitungsartikel die Zusammenhänge zwischen Verhalten im Internet und Konsequenzen im „real life“ (**M8**).
4. Wähle ein Fallbeispiel aus **M8** und formuliere ein bewertendes Schlusswort der Richterin oder des Richters, das sich an die oder den Angeklagte:n richtet.
5. Teilt die Dateninteressenten in der Klasse auf und findet für alle eine Begründung, warum die Informationen aus der Datenwolke für die jeweilige Gruppe wertvoll sein könnten (**M9**).

F zu Aufgabe 2
Recherchiere in den Datenschutzlinien eines Anbieters, den du regelmäßig nutzt (z. B. Google, TikTok, Snapchat, Instagram etc.), was dieser mit deinen Daten machen darf.

H zu Aufgabe 5
Notiere zunächst, was genau im Internet gemacht wurde, wer Ziel des Posts oder Likes war, wo er schließlich landete und welche Folgen das für alle Beteiligten hatte. Die Beteiligten sind in jedem der Fälle: Täter:in, Opfer und „Publikum“ im Internet.

3.2.3 Nacktbilder im Internet – selbst schuld?

Nicht nur du gibst im Internet Informationen über dich weiter. Es kann vorkommen, dass du zum Thema der Unterhaltungen anderer wirst. Möglicherweise verletzt dich das, zum Beispiel, wenn peinliche oder bearbeitete Fotos von dir weitergeschickt und diese kommentiert werden.

M10 Wenn das Smartphone zur „Waffe" wird

Plakat der Dramaserie „Nudes – Nackt im Internet“

Aus Neugierde beginnt Ada (14 Jahre) einen Chat mit einem gut aussehenden Jungen im Netz. Doch der will bald auch intime Bilder von ihr. Kaum im Chat verschickt, finden sich Adas Nacktbilder auch schon im Netz. Ada ist verzweifelt. Ein Unbekannter bietet ihr Hilfe an, doch das kostet. Was soll Ada tun? Sie entwendet aus der Klassenkasse das Geld für den Schulausflug. Sie ist bereit, alles zu tun, damit die Bilder aus dem Netz verschwinden. Aber kann sie überhaupt noch jemandem vertrauen?
Ada ist eine von drei Jugendlichen, deren Coming-Of-Age-Geschichten in der bewegenden norwegischen Dramaserie „Nudes - Nackt im Netz“ erzählt werden. In zehn Folgen erleben Zuschauer:innen, was die Floskel „Das Internet vergisst nie" für Teenager im Ernstfall bedeuten kann.

M11 Aussagen zum Fall Ada

1 Adas Mutter
2 Ada
3 Sozialarbeiter
4 Lehrerin
5 Junge aus dem Internet

„Jugendlichen Leichtsinn gab es schon immer, jetzt kommt das Internet erschwerend hinzu.“

„Ada wollte sich nur aufspielen mit dem Video.“

„Ich wollte Aufmerksamkeit.“

„Weißt du nicht, was du uns damit antust? Was sollen die Menschen im Dorf nur von uns denken?“

„Ich wollte, dass es eine ganz intime und besondere Geschichte bleibt.“

„Ada hat niemandem etwas getan, sie war nur unfassbar dumm.“

M12 Was raten Expertinnen und Experten?

70081-144

Haben Sie häufig mit Jugendlichen zu tun, von denen […] unerwünschte Bilder im Netz aufgetaucht sind?
Uns erreichen sehr häufig Nachrichten von Jugendlichen, von denen ohne Zustimmung Bilder im Netz verbreitet wurden.

Welche Probleme ergeben sich dabei?
[…] Das unerwünschte Teilen privater Bilder führt nicht selten zu Cybermobbing. Manche der betroffenen Jugendlichen wurden beispielsweise heimlich fotografiert, andere haben intime Bilder versendet und den Empfänger:innen vertraut, dass diese die Bilder nicht an die Öffentlichkeit bringen werden.

Was sind die schlimmsten Fälle, die Sie erlebt haben?
Wir stehen auf der Seite aller Betroffenen, die […] uns ihre Geschichte anvertrauen. […] Und auch, wenn sich diese auf den ersten Eindruck vielleicht harmloser anhören sollte als eine andere, so wissen wir nicht, wie sich die jeweilige Person damit fühlt. Unserer Ansicht nach ist es immer eine Grenzverletzung, wenn ohne Erlaubnis ein intimes Foto oder Video mit der Öffentlichkeit geteilt wird.

Was sind die häufigsten Motive [der Täter:innen]?
Mit Blick auf den Missbrauch intimer Aufnahmen sind die Täter:innen in den meisten Fällen männlich. Für viele ist es ein Spaß, die Bilder zu verschicken, andere brüsten sich damit. In Fällen von Sextortion kann auch Rache ein wichtiges Motiv sein. [Videos] werden z. B. nach dem unfreiwilligen Ende einer Beziehung auf Porno-Plattformen gegen den Willen der Ex-Partnerin hochgeladen – mit der Absicht, sie öffentlich bloßzustellen und ihr zu schaden.

©Das Erste im Interview mit JUUUPORT.de: Expert:innen zu den Gefahren und Risiken in den Sozialen Netzwerken. In: www.daserste.de, 08.09.2021

Sexting
Jugendliche verschicken freizügige Handyschnappschüsse.

Sextortion
Sexy Aufnahmen können missbräuchlich bzw. als Druckmittel genutzt werden, um die abgebildete Person zu erpressen.

Hier findest du Hilfe
Andere Beratungsangebote sind etwa "Nummer gegen Kummer", "save-me-online" oder der "WEISSE RING". Betroffene können sich im Fall von Internetkriminalität auch Unterstützung bei ihrer örtlichen Polizeidirektion holen. Vielen Menschen hilft es, diesen Schritt gemeinsam mit einer Vertrauensperson, wie Freund:innen, Eltern oder anderen Bekannten, zu gehen.

Recht am eigenen Bild

Du musst immer zustimmen, bevor jemand Bilder von dir weiterleiten oder veröffentlichen will. In Deutschland gibt es das Recht am eigenen Bild (§22 Kunst UrhG). Wenn dich jemand in einer Wohnung oder in einem besonders geschützten Raum, z. B. in einer Umkleidekabine oder Toilette fotografiert, ohne dass du es erlaubt hast, kannst du diese Person bei der Polizei anzeigen. Sie und alle, die das Bild weitergegeben haben, können dafür bis zu ein Jahr ins Gefängnis kommen oder eine Geldstrafe bekommen.

> Aufgaben

70081-31

1. Tauscht euch über Adas Fall aus (**M10**).
2. a) Ordne den Sprecher:innen die passenden Aussagen zu (**M11**).
   b) Ordne die Aussagen danach, wie sehr du diese nachvollziehen kannst.
3. „Wenn das Smartphone zur Waffe wird." Erkläre das Zitat aus **M10**.
4. Erstellt in Gruppenarbeit auf der Grundlage von **M12** Richtlinien zum Umgang mit Internetdaten, die verhindern sollen, dass ihr Opfer, Täter:in oder Mitläufer:in von Cybermobbing werdet.

H zu Aufgabe 3
Überlege zunächst, welche unterschiedlichen Kategorien von Verletzungen es gibt.

F zu Aufgabe 4
Erstellt ein Informationsplakat mit euren Richtlinien und hängt dieses im Klassenzimmer auf.

3.2.4 E-Sport – ein Sport wie jeder andere?

Viele Menschen nutzen das Internet und den Computer nicht nur um Informationen auszutauschen. Sie nutzen das Medium zur Unterhaltung. Mit Computerspielen verbringen sie viel Zeit. Manche arbeiten sogar als professionelle Computerspielende. Bei Wettkämpfen treffen sie sich und tragen ihre Spiele vor einem großen Publikum aus.

M13 E-Sport-Events

Spieler bei einem League-of-Legends-Turnier

M14 Ist E-Sport Sport?

70081-145

E-Sport wird in nur wenigen Ländern (z. B. Frankreich, Südkorea, USA, Brasilien, China) von den Sportverbänden als Sportart anerkannt. Der Deutsche Olympische Sportbund (DOSB) stuft E-Sport nicht als Sportart ein. Trotzdem haben zunehmend auch „traditionelle" Sportvereine oder -teams E-Sport-Abteilungen, z. B. der 1. FC Köln. Der DOSB hat zur Vereinheitlichung drei Kriterien aufgestellt, die eine Tätigkeit erfüllen muss, um als Sport anerkannt zu werden, zusammengefasst sind diese:

1. Die Tätigkeit braucht eine Bewegungsform, die als Alleinstellungsmerkmal gilt.
2. Zweck dieser Bewegungsform muss die Bewegung selbst sein.
3. Durch Regeln und Wettkampfsysteme muss ein fairer Wettbewerb gewährleistet werden.

a) Kontra: Position des DOSB

Eine eigenmotorische, sportartbestimmende Bewegung ist kein charakteristisches Merkmal von E-Sport. Die Weltgesundheitsorganisation (WHO) hat Videospielen als womöglich suchtgefährdende Tätigkeit und damit als Gesundheitsrisiko eingestuft. Im Gegensatz zu dem gemeinwohlorientierten Sport, stehen im E-Sport gewinnorientierte Unternehmen im Vordergrund. Entscheidungen über Regeln, Spiel- und Wettkampfsysteme werden nicht demokratisch getroffen. Einzig und allein diese Unternehmen entscheiden über Regeln, Inhalte und Spielformen. Eine weitere Entscheidungsgrundlage war der Inhalt der Spiele und die entsprechende Darstellungsform am Bildschirm. In vielen Spielen ist die Vernichtung und Tötung des Gegners das Ziel des Spiels. Das ist mit den Werten, die wir im Sport vertreten, nicht vereinbar.

Deutscher Olympischer Sportbund: DOSB und „E-Sport". In: www.dosb.de, Abruf am 01.09.2022

b) Pro: „Deutschland verschläft den nächsten Trend"

Mit der Anerkennung als Sportart könnte der E-Sport die Vorzüge der Regularien für Sportvereine genießen, z. B. weniger Steuern oder auch Unterstützung junger Spieler durch Sport-Fördermittel. Dies hatten sich vor allem Politik, Industrie und natürlich die E-Sport-Verbände gewünscht. Der ESBD (eSport Bund Deutschland e.V.) ist mit dem Grund der „Anforderung an die Körperlichkeit" nicht ganz einverstanden, denn wieviel Bewegung ist Sport? Viele der anerkannten Sportarten wie Darts, Tischfußball oder Sportschießen kommen mit minimalen Bewegungen aus und definieren sich über die Präzision der Bewegung. Prof. Dr. Ingo Froböse, der an der Sporthochschule Köln lehrt, hat festgestellt, dass die Herzfrequenz beim Zocken an die von professionellen Rennfahrern herankommt. Mit bis zu 300 und mehr Aktionen pro Minute kann auch durchaus die Rede davon sein, dass Bewegung im Spiel ist. Man kann zudem sagen, dass E-Sport zumindest Fairplay gewährleistet.

Schmidt, Peer: E-Sport ist kein Sport – Deutschland verschläft den nächsten Trend. In: www.ingame.de, 08.08.2018

Aufgaben

70081-32

1. Beschreibe das Bild (**M13**).
2. Sollte E-Sport als Sport anerkannt werden? Diskutiert die Pro- und Kontra-Argumente (**M14**).
3. „Für E-Sport muss man nicht sportlich sein." Beurteile diese Aussage (**M14**).
4. a) Führt gemeinsam eine Progressive Muskelentspannung durch (**QR-Code**).
   b) Beschreibt deren Wirkung.

F zu Aufgabe 1
Verschafft euch auch auf YouTube einen Eindruck von der Stimmung auf E-Sport-Events.

H zu Aufgabe 3
Unterteile das Sportlichsein in verschiedene Kategorien, z. B. körperlich und geistig.

Entspannungstipps für E-Gamer:innen

70081-97

3.2.5 Wie kann ich Freund:innen helfen, die internetsüchtig sind?

Das Angebot im Internet ist so groß und vielfältig, dass es manchmal schwerfällt, sich vom Computer oder Smartphone zu lösen. Dann verbringst du mehr Zeit im Internet als du eigentlich wolltest. Wenn du dich so viel mit dem Internet beschäftigst, dass dein geregelter Alltag darunter leidet, schwebst du in der Gefahr, internetsüchtig zu sein. Etwa einer von 20 Jugendlichen ist davon betroffen.

M15 Was tue ich, wenn Luca ...

... jede Möglichkeit nutzt, sofort wieder ins Internet zu gehen?

... Schule oder andre Hobbys vernachlässigt?

... Schwierigkeiten hat, den Computer auszuschalten oder das Smartphone wegzulegen?

... Probleme mit den Eltern hat, weil er/sie zu viel im Internet ist?

... unruhig und schnell gereizt ist, wenn es keine Möglichkeit gibt, im Netz zu surfen?

... lieber online unterwegs ist, als sich mit Freund:innen zu treffen?

... sich immer seltener meldet?

M16 Internetsucht bei Jugendlichen

70081-208

Computerspiele und soziale Medien machen einige Heranwachsende abhängig. Ein Wissenschaftler erläutert Ursachen und Auswege.

Wie verbreitet ist eine problematische Mediennutzung?

Wir haben in einer Befragung von Zehn- bis 17-Jährigen ermittelt, dass unter Computerspielenden 10 Prozent ein riskantes und 2,7 Prozent ein krankhaftes Spielverhalten an den Tag legen. Social Media nutzten 8,2 Prozent der Befragten in problematischem und 3,2 Prozent in krankhaftem Maß. Krankhaft bedeutet hier im süchtigen Ausmaß.

Ab wann spricht die Wissenschaft von Sucht?

Die Weltgesundheitsorganisation WHO stuft die Computerspielsucht als Krankheit ein. Merkmale sind Kontrollverlust, eine Vorrangstellung des Spielens gegenüber anderen Lebensinhalten und eine Fortsetzung trotz negativer Konsequenzen wie Schulproblemen.

Wo liegen die Ursachen für problematische Nutzung?

Anfällig sind Kinder und Jugendliche, die früh soziale Ängste aufweisen, schüchtern, stressempfindlich sind. Auch ein schwaches Selbstwertgefühl

analog
hier: das Gegenteil von digital, das „real life“

spielt eine Rolle, Depressivität oder ein negatives Selbstbild. Das Risiko steigt, wenn Eltern [...] sich wenig fürsorglich zeigen und wenig analoge Alternativen anbieten.

Was sind die Therapien?

Das hängt von der zugrundeliegenden Störung ab. Bei einigen Betroffenen reichen Beratungsgespräche mit den Eltern. Bei anderen ist eine ambulante Psychotherapie sinnvoll. Bei ausgeprägtem Suchtverhalten kann eine stationäre Behandlung in einer Jugend-Suchtklinik sinnvoll sein.

Wie gut lässt sich Spielsucht behandeln?

Die Erfolgsquoten liegen deutlich über den Behandlungserfolgen von stoffgebundenen Süchten wie Drogen- oder Alkoholsucht. Rückfälle sind seltener. Die oft seelischen Ursachen – zum Beispiel Ängste – lassen sich gut behandeln. Die Mitarbeit der Eltern ist dabei wichtig.

Stiftung Warentest im Interview mit Prof. Rainer Thomasius: Spiele vermitteln ein Gefühl von Grandiosität. In: www.test.de, 23.03.2021

M17 Tipps zur Vermeidung von Internetsucht

- Nutze einen (Smartphone-)Wecker, der dich nach einer vorbestimmten Zeit ans Offlinegehen erinnern soll.
- Checke regelmäßig deine Bildschirmzeiten und dokumentiere sie.
- Installiere Sicherheitssoftware, um bestimmte Anwendungen (z. B. Onlinespiele) zu sperren.
- Gib Administratorenrechte von deinem PC an eine Person deines Vertrauens ab, z. B. deine Eltern.
- Verbanne deine Geräte (Smartphone, Tablet, Laptop usw.) aus deinem Zimmer und verwende sie nur an ungemütlichen Orten.
- Plane regelmäßig Aktivitäten, die das Onlinegehen gar nicht attraktiv machen.
- Suche dir Hilfe, wenn du unsicher bist, ob du bereits internetsüchtig bist.

Selbstcheck:
Hier kannst du prüfen, wie dein Internetverhalten einzustufen ist:

70081-98

Aufgaben

70081-33

1. Tauscht euch darüber aus, wie ihr in den Situationen aus **M15** jeweils reagieren würdet.
2. a) Liste Ursachen und Folgen von Internetsucht auf (**M16**).
   b) Entwickelt in Gruppenarbeit einen „Masterplan“ für den Fall, dass ihr vermuten müsst, dass dein:e Freund:in internetsüchtig ist (**M15-M17**).
3. a) Ordne die Tipps aus **M17** jeweils einer der drei folgenden Aussagen zu:
   - Könnte ich mir vorstellen.
   - Sollte ich darüber nachdenken.
   - Kommt für mich nicht in Frage.

   b) Tauscht euch aus und begründet eure Zuordnungen.

H zu Aufgabe 2b
Was würdet ihr als erstes tun? Wenn das zu nichts führt, was als zweites usw.

F zu Aufgabe 2b
Gestalte einen Infoflyer zum Umgang mit Internetsucht.

Wie wirken sich soziale Medien auf unser Leben aus?

Einfluss von Medien

> M3, M7, M11

Der Umgang mit digitalen Medien beeinflusst dich, ob du das willst oder nicht. Wie sie dich beeinflussen, hängt von dir und deiner Mediennutzung ab. Es gibt viele Möglichkeiten, aber auch Gefahren wie z. B. Cybermobbing, Sextortion oder Internetsucht.

Gewaltdarstellungen in Unterhaltungsmedien können die Entstehung aggressiver Gedanken, Gefühle und Handlungen begünstigen. Welche Rolle dieser Effekt für die Entstehung von Gewalt im echten Leben spielt, bleibt allerdings noch unklar.

Übung

82000-938

Bestmögliche Version von mir?

> M1-M4

Wer ein Internetprofil hat, möchte dort möglichst gut wirken. Häufig führt das dazu, dass man Dinge schönredet oder interessanter gestaltet als sie in Wirklichkeit sind. Was passiert aber, wenn die Person im Internet immer weniger mit der Person der Realität zu tun hat? Und wenn du befürchten musst, dass die eigenen Übertreibungen und kleineren Lügen auffliegen? Dann besteht Gefahr, dass du dich immer mehr von anderen zurückziehst und nach und nach den Bezug zur Realität im „Offlineleben" verlierst.

Selbst wenn du in deinem Profil bei der Wahrheit bleibst, solltest du aufpassen, was du postest. Denn Einträge sind nicht nur heute, sondern auch in der Zukunft abrufbar. Und vielleicht willst du bei der einen oder anderen Äußerung oder Situation nicht, dass sie für alle Zeit im Internet bleibt.

Übung

82000-939

Recht auf informationelle Selbstbestimmung

> M5-M9

Alles, was du im Internet tust, wird dokumentiert. Vielem von dem, was gespeichert und analysiert wird, sind wir uns nicht bewusst. Die Informationen, die auf vielfältige Weise gesammelt werden, lassen sich leicht zusammenfassen. So entsteht nach und nach ein ziemlich genaues Bild von deiner Person. Mit diesen Daten können z. B. Unternehmen gute Geschäfte machen, indem sie dir gezielt Werbung zusenden.

Das Internet ist kein rechtsfreier Raum und bestimmtes Verhalten wie das Teilen von Fehlinformationen, die anderen schaden können oder das Liken von rechtswidrigen Posts oder Bildern, kann natürlich zu juristischen Konsequenzen führen.

Du hast das Recht, selbst zu bestimmen, welche Informationen über dich weitergegeben werden. Achte daher immer darauf, wem du welche Informationen gibst und was dieser mit den Informationen machen will. Diese Informationen findest du in den AGBs oder den Datenschutzrichtlinien der Anbieter.

Übung

82000-940

Recht am eigenen Bild

> M10-M12

Schnell kann es passieren, dass Fotos von dir gemacht, bearbeitet oder verbreitet werden. Manchmal passieren alle drei Dinge ohne, dass du das willst. Deshalb ist es für dich wichtig zu wissen, dass das Recht am eigenen Bild hast. Du musst immer zustimmen, bevor jemand ein Bild von dir macht oder weiterleitet. Ganz besonders gilt das in besonders geschützten wie Wohnungen, Toiletten oder auch in der schule. Umgekehrt musst auch du fragen, ob du Fotos von anderen machen, veröffentlichen oder weiterleiten darfst.

Übung

82000-941

E-Sport

> M13-M14

Computerspiele können mehr sein als Spiel. Sie können zentrale Fähigkeiten wie Reaktionsfähigkeit oder taktisches Denken trainieren und auch der Puls kann beträchtlich steigen, vor allem natürlich bei Wettkämpfen. Daher fordern manche, E-Sport als Sport anzuerkennen. Die wichtigsten Argumente dagegen beziehen sich auf die Definition von Sport laut des Deutschen Olympischen Sportbundes: Für E-Sport braucht es keine speziellen Bewegungsformen, die ein Alleinstellungsmerkmal darstellen und der FairPlay-Gedanke sei schon alleine deswegen nicht gegeben, weil es bei Computerspielen oft um das Töten des Gegners gehe.

Übung

82000-942

Gefahr Internetsucht

> M15-M17

Einer von zehn Jugendlichen ist gefährdet, internetsüchtig zu werden, dafür gibt es meist mehrere Ursachen. Die Corona-Pandemie hat die Nutzung des Internets bei Jugendlichen stark ansteigen lassen. Wenn du merkst, dass du zuhause so gut wie nichts Anderes mehr machst als vor dem Computer oder Smartphone zu sitzen, deshalb sogar Schule und den Freundeskreis vernachlässigst, solltest du aufpassen. Um Internetsucht vorzubeugen, gibt es viele Möglichkeiten, z. B. einen Wecker zu stellen. Damit es dir gar nicht erst in den Sinn kommt, schon wieder online zu sein, kannst du auch alternative Tätigkeiten planen. Wenn du unsicher bist, ob du oder ein:e Freund:in internetsüchtig ist, solltest du dir Hilfe suchen. Eltern, Lehrkräfte, aber auch spezielle Beratungsstellen können Anlaufpunkte sein.

Übung

82000-943

Selbsteinschätzung

In diesem Kapitel hast du viel über Medien und deren Nutzungsmöglichkeiten, aber auch deren Gefahren gelernt. Mithilfe des Selbsteinschätzungsbogens kannst du überprüfen, was du dazu weißt.

Ich kann ...	Das klappt schon ...	Hier kann ich noch üben ...
... zwei Auswahlkriterien für Nachrichten nennen.		Kapitel 3.1: M1, M3
... erklären, wie Medien meine Wahrnehmung der Welt beeinflussen.		Kapitel 3.1: M1, M3; M7-M9
... an einem Beispiel erklären, wie Medien mein Leben bereichern.		Kapitel 3.2: M1, M13
... an einem Beispiel erklären, wie Medien mein Leben gefährden.		Kapitel 3.2: M5-M9, M10-M12, M15-M16
... rechtliche Bestimmungen zum Schutz meiner Daten nennen.		Kapitel 3.1: #Urheberrecht Kapitel 3.2: #Recht auf informationelle Selbstbestimmung, #Recht am eigenen Bild
... zwei Medien miteinander vergleichen.		Kapitel 3.1: M4-M7

M1 Happy Slapping?

Jugendlicher filmt eine Prügelszene mit dem Smartphone.

Happy Slapping
Beim „Happy slapping" (= „fröhliches Schlagen") wird eine Person meist von mehreren Täter:innen angegriffen, geschlagen und gedemütigt und die Tat gefilmt und weiterverbreitet.

M2 Mediale Vorbilder?

Daniela Katzenberger ungeschminkt (links) und in einer Make-up-Werbung (rechts)

Aufgaben

70081-34

1. a) Nenne Gründe, aus denen Filmerinnen und Filmer die in **M1** dargestellte Prügelszene auf Video festhalten könnte.
   b) Gestalte für ein passendes Medium eine Nachricht, die die Folgen solcher Videos für Opfer sowie Täterinnen und Täter deutlich machen soll.
   c) Begründe die Wahl deines Mediums.
2. a) Beschreibe, wie sich die Bilder in **M2** unterscheiden.
   b) Erläutere, welchen Einfluss bearbeitete Bilder auf Jugendliche haben können.
3. a) Sollen Instagram-Filter verboten werden? Erörtere diese Fragestellung.
   b) Photoshop, Filter & Co. sind perfekte Möglichkeiten, die Privatsphäre zu bewahren und das echte Ich zu verstecken. Nimm Stellung zu dieser Aussage.

Was ist Familie?

Frau
divers
Mann
Erzieher:in
Mutter
Ehemann
Großvater
Großmutter
Vater
Kind
Ehefrau

Was weißt du schon? 70081-35

1. Übertrage die Begriffe der Klebezettel auf eigene Kärtchen, ergänze sie gegebenenfalls.
2. Gruppiere mehrere Karten zu möglichst vielen verschiedenen Familien.
3. Übertrage deine Familie in dein Heft.

4

Familie und Gesellschaft

Sicherlich lebst du mit anderen Menschen zusammen. Vielleicht mit deinen Eltern, vielleicht mit deinem Vater oder deiner Mutter. Hast du Geschwister? Womöglich haben sich aber auch ganz andere Menschen gefunden, die sich um dich kümmern. Wahrscheinlich sind die Menschen, mit denen du zusammenlebst, deine Familie.
Wie gut es dir in deiner Familie geht, hängt eng damit zusammen, wie ihr euch gegenseitig behandelt. Deshalb ist die Frage „Wie wollen wir miteinander umgehen?" so wichtig. Wie helfen dir die Erwachsenen? Wie unterstützt du sie? Und wie geht ihr miteinander um, wenn es mal Streit gibt?
In den meisten Familien funktioniert der Zusammenhalt ganz gut. Deshalb finden viele Menschen, die Familie sei mit das Wichtigste im Leben. Doch nicht nur einzelne Menschen finden, dass die Familie für ihr Leben wichtig ist. Auch für alle zusammen, als Gesellschaft, ist es wichtig, dass es Familien gibt. Deswegen werden sie vom Staat auf verschiedene Weisen unterstützt.

Was lernst du in diesem Kapitel?

- ... was du unter einer Familie verstehst.
- ... warum eine Familie wichtig ist.
- ... wie der Staat den Familien hilft.
- ... wie man sich in der Familie gegenseitig helfen kann.
- ... wie wir streiten, ohne dass wir uns gegenseitig verletzen.

Eine Rollendiskussion im Familienkreis führen

Die Ampelkoalition hat Ende 2021 einen Koalitionsvertrag vorgelegt, der auch auf die geplanten Veränderungen in der Familienpolitik eingeht: Patchwork-Familien werden künftig gestärkt, indem das "kleine Sorgerecht" für soziale Eltern ausgeweitet wird. Künftig kann es neben den leiblichen bis zu zwei weitere Elternteile geben. Diese Vorhaben der Koalition sorgen für Diskussionen. Droht der Wert der ursprünglichen (Kern-)Familie zu verfallen und wird Familie damit willkürlich? Oder passt sich die Politik lediglich der bereits gelebten Realität in vielen Familien an? Eine mögliche Frage kann also lauten: „Sollen Kinder neben ihren leiblichen Eltern weitere zwei Elternteile haben dürfen?“

Geht dabei so vor:

Start

1

Bildet Gruppen von 2-5 Schülerinnen und Schülern und gestaltet eine Familie.

a) Entscheidet euch gemeinsam für eine Familienform, in der ihr die Diskussion führen wollt. (→ Kapitel 4.1: M3)
b) Teilt die Rollen in der jeweiligen Familie untereinander auf.

2

Gestaltet für jedes Familienmitglied eine Rollenkarte. Die Karten sollten folgende Informationen haben:

- Name, Alter
- Was ist der Person wichtig?
- Soll sich die Person für oder gegen zwei weitere Elternteile aussprechen?

H zu Schritt 2
Gestalte die Rolle so, dass sie möglichst nahe an deiner Rolle im richtigen Leben ist.

F zu Schritt 2
Gestalte deine Rolle so, dass sie deiner eigenen Rolle im richtigen Leben möglichst widerspricht.

3

Sammle Argumente, die du in deiner Rolle verwenden kannst.

a) Erstelle eine Checkliste, die aus deiner Sicht erfüllt sein müsste, damit jemand zu einem weiteren Elternteil mit allen Rechten und Pflichten werden darf.
(→ Kapitel 4.1: M1-M3, M5-M7)
b) Erstelle eine Pro-Kontra-Tabelle mit Gründen, die für bzw. gegen zwei weitere Elternteile sprechen. (→ Kapitel 4.1: Methode „Eine Pro-/Kontra-Tabelle erstellen“)
c) Überlege, wie du in deiner Rolle Argumente der Gegenseite entkräften könntest.

4

Trefft euch am Familientisch zur Diskussion.

a) Diskutiert und beurteilt, ob ihr für oder gegen zwei weitere Elternteile stimmen würdet. (Kapitel 4.1: Methode „Kriterien des Urteils“)
b) Beachtet dabei die Regeln für faires Streiten. (→ Kapitel 4.2: Methode „Ein konstruktives Streitgespräch führen“).

4.1 Leben in Familien

4.1.1 Wie wichtig ist Familie?

Viele Menschen finden, dass ihre Familie für sie besonders wichtig ist. Wenn man genauer nachfragt, wie sie zu ihrer Familie stehen, bekommt man ganz verschiedene Antworten. Was genau bedeutet Familie für dich?

M1 Familie bedeutet für mich ...

„... das Wichtigste. Ich bewundere meine Eltern, weil sie mit allen Problemen gut umgehen können und sie schnell lösen und alles super managen können!"

„... immer auf Rang 1. Meine Familie steht über allem. Wenn irgendwas Wichtiges in der Familie ansteht, sage ich auch mal Freunden ab. Auch wenn ich super gerne Zeit mit Freunden verbringe - wenn's drauf ankommt, geht die Familie vor."

„... belastend, aber auch mega wichtig. Streit gibt es bei uns in der Familie leider oft, deswegen verbinde ich Familie leider auch mit dicker Luft und Stress. Trotzdem ist es meine Familie und ich werde immer für sie da sein."

„... stressig und cool zugleich. Ohne Familie wäre ich ganz schön einsam und depri, meistens ist es echt lustig bei uns und ich habe immer eine Ansprechpartnerin oder einen Ansprechpartner, wenn ich Probleme habe. Seit wir in einer Patchworkfamilie leben, ist es zwar manchmal auch anstrengender und es gibt viele Diskussionen, aber trotzdem find ich's super."

„... meine Familie sind mein Papa und ich und wir sind ein Dreamteam. Mal hilft er mir, mal ich ihm. Er ist wie Papa, Bruder und bester Freund in einem."

Aufgaben

70081-36

1. a) Schreibt Begriffe auf Karteikärtchen, die ausdrücken, was Familie für euch bedeutet.
   b) Ordnet die Kärtchen in Partnerarbeit nach positiven und negativen Begriffen und nach ihrer Wichtigkeit.
2. Formuliere eine eigene Stellungnahme: „Familie bedeutet für mich ..." (**M1**).
3. a) Erstelle ein Soziogramm deiner Familie (**Methode**).
   b) Erkläre bei jeder Person, warum sie für dich wichtig ist.

Ein Soziogramm erstellen

Worum geht es?

Ein Soziogramm ist die grafische Darstellung von Beziehungen zwischen Personen innerhalb einer bestimmten Gruppe, z. B. der Familie. Ein Soziogramm bildet ab, wie die Teilnehmerinnen und Teilnehmer dieser Gruppe miteinander in Beziehung stehen. Dadurch lassen sich positive und negative Beziehungen untereinander ohne viele Worte darstellen.

Geht dabei so vor:

1. Schritt: Auswahl der Personen treffen

Ein Soziogramm muss nicht alle Personen abbilden, die zur Gruppe (Familie) gehören. Man kann eine Auswahl treffen, die man im Moment als wichtig empfindet.

↓ ↓ ↓

2. Schritt: Beziehungen darstellen

Die Symbole können ergänzt werden. Außerdem kann man Nähe und Distanz darstellen, indem man jemandem, der einem sehr nahe ist, auch nahe einzeichnet und jemandem, mit dem man ein sehr distanziertes Verhältnis hat, weit weg von sich zeichnet.

Beispiel-Soziogramm:

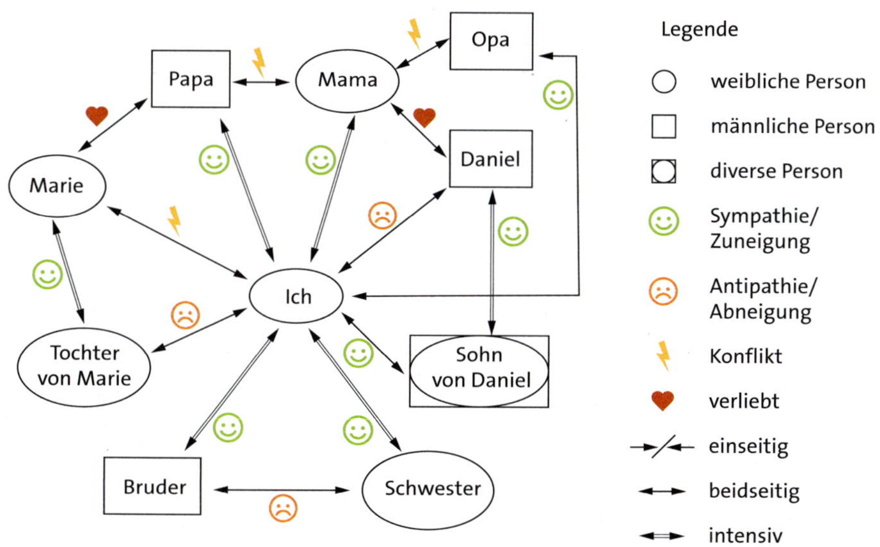

Autorengrafik

4.1.2 Familie gesucht

Familien unterscheiden sich, weil verschiedene Personen dazugehören oder weil Aufgaben anders verteilt sind. Aber kann man sagen, dass sich manche Familien besser für Kinder eignen als andere?

M2 Wer adoptiert Álvaro, Kai und Lina?

Àlvaro, 8 Jahre

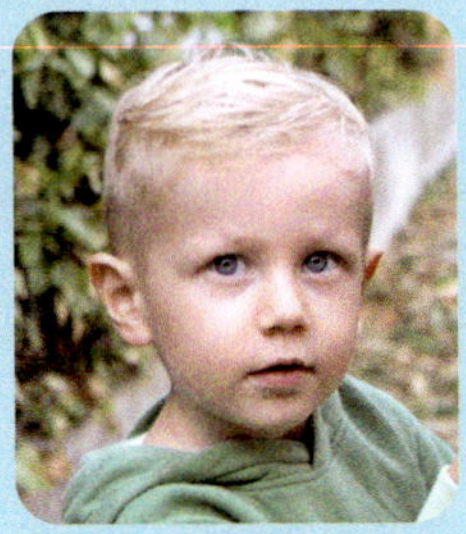

Kai, 2 Jahre

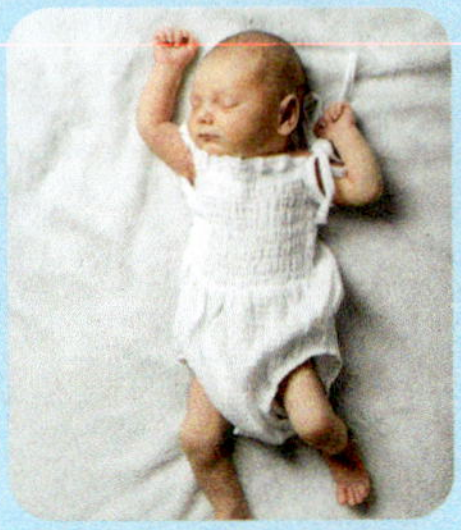

Lina, 4 Wochen

Heiko (42 Jahre) ist seit fünf Jahren Witwer. Er arbeitet als KfZ-Mechaniker.

Marco (24 Jahre) und **Helen** (27 Jahre) sind seit fünf Jahren ein Paar. Er arbeitet bei einem Automobilhersteller, sie ist Hausfrau. Helens Tochter aus früherer Beziehung ist 3 Jahre alt.

Tobias (39 Jahre) und **Yvonne** (36 Jahre) sind seit drei Jahren verheiratet. Sie arbeitet als Ingenieurin, er beim Finanzamt. Beide wollen bald in Teilzeit arbeiten.

Max (35 Jahre) und **Titus** (45 Jahre) haben vor zwei Jahren geheiratet. Max arbeitet als Arzt und kann sich gut vorstellen, für das Kind eine Zeitlang zuhause zu bleiben. Titus ist Anwalt.

Martina (52 Jahre) und **Milan** (53 Jahre) sind bereits 20 Jahre verheiratet. Sie ist Bäckereifachverkäuferin, er ist Frührentner.

M3 Welche Formen des Zusammenlebens gibt es?

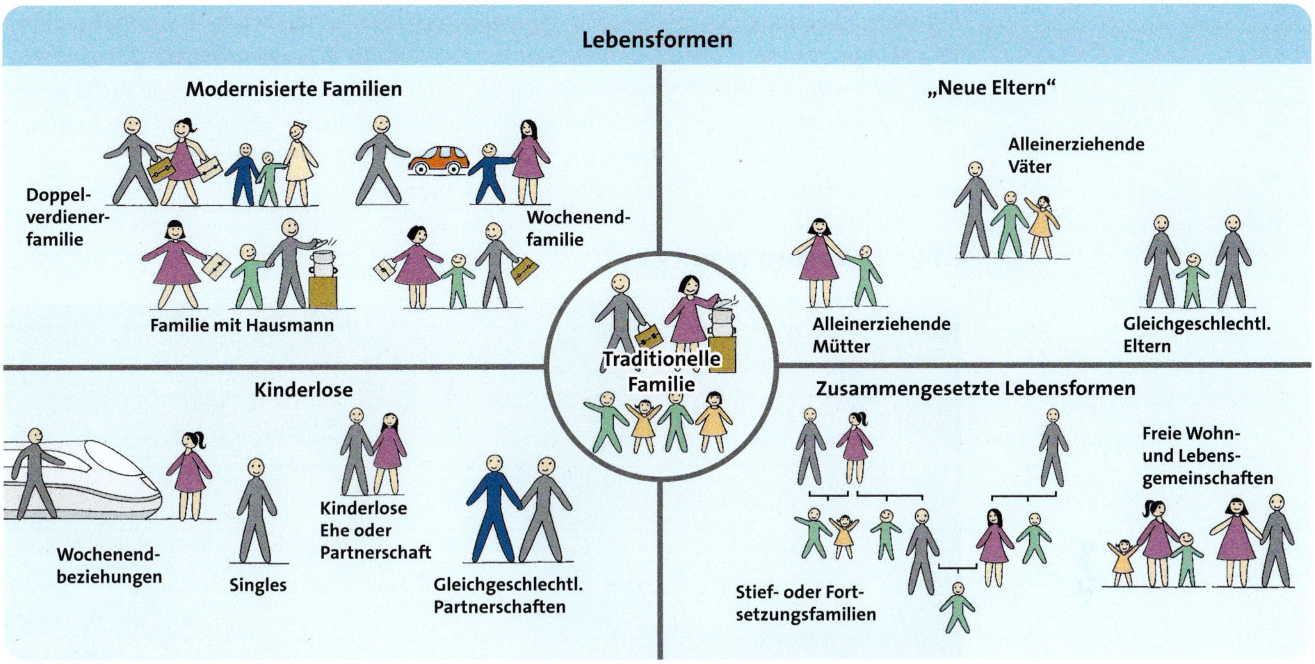

Adoption

Bei einer Adoption nehmen Erwachsene das Kind in ihre eigene Familie auf und kümmern sich dann wie leibliche Eltern um das Kind.
Um adoptieren zu dürfen, muss man einige Voraussetzungen mitbringen:
- Man muss mindestens 25 Jahre alt sein, ein Höchstalter gibt es nicht.
- Wenn man verheiratet ist, kann man nur gemeinsam adoptieren.
- Als unverheiratetes Paar kann nur einer von beiden adoptieren.
- Man muss genug Geld verdienen, um das Kind erziehen und pflegen zu können. Auch die Wohnung muss ausreichend Platz haben.
- Man sollte körperlich und geistig gesund sein, damit man möglichst lange für das Kind sorgen kann.

Die wichtigste Frage ist immer, ob es dem Kind in der Familie gut gehen wird.

Auch als Single kann man adoptieren.

> Aufgaben

70081-37

1. Als Jugendsozialarbeiter:in sollst du für Álvaro, Kai und Lina ein Zuhause finden.
   a) Wähle für jedes Kind eine passende Adoptivfamilie aus (**M2**).
   b) Begründe deine Entscheidung.
2. Ordne die Bewerber:innen aus **M2** einer der im **M3** dargestellten Familienformen zu.
3. Führt ein Rollengespräch, in dem ihr in der Rolle eines Jugendsozialarbeitenden den abgelehnten Bewerber:innen erklärt, warum ihr euch nicht für sie entschieden habt.

F zu Aufgabe 1a
Prüfe, ob alle Bewerberinnen und Bewerber aus **M2** überhaupt ein Kind adoptieren dürfen (**#Adoption**).

H zu Aufgabe 2
Benenne mithilfe von **M3** die Familienform(en), in denen du gelebt hast oder lebst.

4.1.3 Was leistet die Familie?

Mit wem lebst du in der Familie? Mit deiner Mutter? Mit deinem Vater? Hast du Geschwister? Bestimmt unterschieden sich eure Antworten auf diese Fragen. Es gibt aber auch Fragen, auf die ihr ähnliche Antworten finden werdet. Ist es gut für dich, dass du nicht alleine lebst? Was hast du davon? Was haben deine Familienmitglieder davon? Und gibt es außerhalb der Familie welche, die davon profitieren, dass du in einer Familie lebst?

M4 Warum weint Lily?

M5 Was ein Kind braucht ...

Körperliche Fürsorge & Schutz
Ein Kind will sich körperlich wohlfühlen. Dazu muss es von Erwachsenen ausreichend ernährt, gepflegt, umsorgt und beschützt sein.

Wertschätzung & Bindung
Ein Kind braucht Aufmerksamkeit. Es will Rückmeldungen für das bekommen, was es tut, am liebsten natürlich Lob. Auch wenn Kinder noch gar nicht sprechen können, möchten sie kommunizieren und sich zugehörig fühlen.

Entwicklung & Anregung
Ein Kind braucht Freiheiten, um Dinge auszuprobieren. Nur durch eigene Erfahrungen kann sich ein Kind weiterentwickeln. Wichtige Erfahrungen sammeln Kinder z. B. beim Spielen.

Die Familie im Grundgesetz

Das Grundgesetz ist das wichtigste deutsche Gesetz.
In Artikel 6 heißt es, dass Ehe und Familie besonders geschützt werden. Außerdem haben die Eltern das Recht, aber auch die Pflicht, ihre Kinder zu erziehen:
(1) Ehe und Familie stehen unter dem besonderen Schutze der staatlichen Ordnung.
(2) Pflege und Erziehung der Kinder sind das natürliche Recht der Eltern und die zuvörderst ihnen obliegende Pflicht. Über ihre Bestätigung wacht die staatliche Gemeinschaft.

M6 Was leistet die Familie für die Gesellschaft?

Erziehen
Dank der Familie lernen Kinder Werte und Verhaltensweisen kennen, die für eine Gesellschaft wichtig sind, zum Beispiel das Akzeptieren von Entscheidungen. Damit leisten die Familien einen wichtigen Beitrag zur Sozialisation, dem „Hineinwachsen" in die Gesellschaft.

Sozialisation
Prozess der Eingliederung eines jungen Menschen in die ihn umgebende Gesellschaft und Kultur.

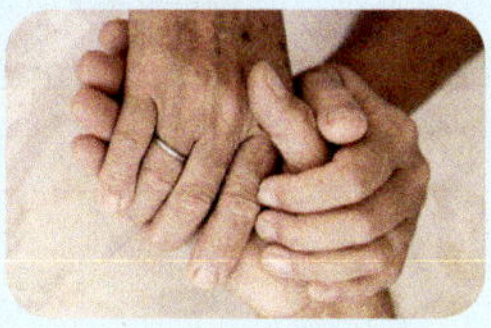

Pflegen
Wenn sich die Familie um Kinder, kranke oder alte Menschen kümmert, muss diese Aufgabe nicht von jemand anderem übernommen werden.

Reproduktion
Nur wenn Kinder geboren werden, kann die Gesellschaft als Ganzes weiterbestehen.

> Aufgaben

70081-38

1. a) Nenne drei mögliche Gründe für die Tränen des Kindes (**M4**).
   b) Tauscht euch in 4er-Gruppen dazu aus und ergänzt mögliche Gründe.
   c) Begrenzt euch auf fünf mögliche Gründe und ordnet sie den Überbegriffen aus **M5** zu.
2. Erläutere in eigenen Worten, welche gesellschaftlichen Aufgaben durch die Familien erfüllt werden (**M6**).
3. Begründe, warum die Bundesrepublik Deutschland ein Interesse daran hat, „Ehe und Familie" besonders zu schützen (**M6, #Die Familie im Grundgesetz**).

F **zu Aufgabe 2**
Nenne weitere Aufgaben, welche durch die Familie erfüllt werden.
Erkläre, warum diese Aufgaben von Familien besonders gut erfüllt werden können.

H **zu Aufgabe 3**
Oftmals fördert der Staat Bereiche, wenn er selbst einen Vorteil daraus hat.

4.1.4 Wie unterstützt der Staat Familien?

Wir alle profitieren davon, dass es Familien gibt. Daher hilft der Staat den Familien: Sie bekommen Geld und es gibt Betreuungsmöglichkeiten. Eltern sollen nicht zwischen Karriere und Kindern wählen müssen. So soll jungen Menschen die Entscheidung für ein Kind erleichtert werden. Trotzdem bleibt für junge Eltern die Frage: Wie organisieren wir unser Leben mit Kind?

Abzug von Steuern und Sozialabgaben
Arbeitnehmer:innen dürfen nicht ihr ganzes Einkommen behalten. Es müssen davon auch Steuern gezahlt werden. Ein weiterer Teil wird für gesetzliche Versicherungen, z. B. die Krankenversicherung abgezogen. Nach Abzug von Steuern und Sozialabgaben bleibt das Nettoeinkommen übrig.

M7 Wie geht es nach der Geburt weiter?

Tina (28) und Marlon (32) Wieser arbeiten beide in Vollzeit. Tina verdient als Bankkauffrau nach Abzug von Steuern und Sozialabgaben etwa 1.700 Euro. Marlon arbeitet als Mechatroniker und verdient ebenfalls nach Abzug 1.900 Euro. In zwei Monaten erwarten sie ihre Tochter Marisol. Bis zur Geburt müssen Tina und Marlon noch wichtige Entscheidungen treffen.

M8 Erwerbstätigkeit von jungen Eltern

70081-146

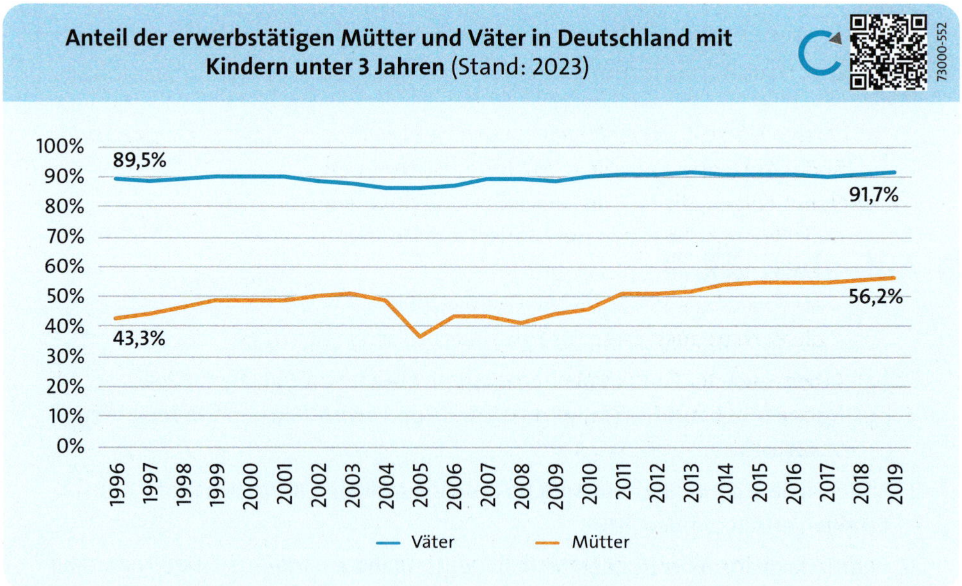

©C.C. Buchner Verlag, aktuelle Daten nach: DESTATIS Mikrozensus (Datenerhebung: 2022; Grafikerstellung: 2023)

M9 Welche staatlichen Unterstützungsangebote gibt es für Familien?

70081-147

Die Familie ist für die Gesellschaft wichtig. Deshalb gibt es staatliche Maßnahmen, mit denen Familien geholfen werden soll. Auch Tina und Marlon (M8) können mit staatlicher Unterstützung rechnen.

Vereinbarkeit von Beruf und Familie
Tina und Marlon können Marisol selbst betreuen. Beide können drei Jahre Elternzeit nehmen. In dieser Zeit arbeiten sie nicht und kümmern sich um Marisol. Danach kehren sie an ihren alten Arbeitsplatz zurück. Sie müssen die Elternzeit nicht gleichzeitig nehmen. Deshalb kann Marisol insgesamt sechs Jahre lang von einem der beiden betreut werden. Erst wenn sie acht Jahre alt wird, verfällt die nicht genutzte Elternzeit. Allerdings verdienen Tina und Marlon während der Elternzeit kein Geld, weswegen der Staat ihnen Elterngeld zahlt. Für höchstens 14 Monate ersetzt der Staat Eltern einen Teil ihres bisherigen Gehalts. In der Regel sind es 65 % des Lohns vor der Geburt, maximal allerdings 1.800 Euro.

Finanzielle Leistungen für Familien
Tina und Marlon erhalten für Marisol 250 Euro Kindergeld im Monat (Stand: 01.01.2023). Außerdem müssen sie weniger Steuern zahlen.

Staatliche Betreuungsangebote
Für die Betreuung müssen Tina und Marlon Geld bezahlen. Wie viel sie zahlen müssen, hängt von ihrem Einkommen, ihrem Wohnort und der Betreuungsdauer ab. Wenn Marisol nur vormittags betreut werden soll, kostet dies z. B. ca. 120 Euro im Monat. Ein Ganztagesplatz (inklusive Mittagessen) kann sich auf 270 Euro oder mehr belaufen. Die Betreuung wird günstiger, wenn Marisol drei Jahre ist, denn dann ist der Aufwand etwas geringer. Mit ca. sechs Jahren kommt Marisol in die Schule, staatliche Schulen kosten nichts direkt.

Aufgaben

70081-39

1. a) Partnerarbeit: Teilt die Rollen von Tina und Marlon untereinander auf und findet Antworten auf die in **M7** formulierten Fragen.
b) Nennt Folgen, die sich aus eurer Entscheidung ergeben für:
- die Zeit, die die Eltern mit Marisol verbringen,
- die Aufgabenverteilung in der Familie,
- die finanzielle Situation der Familie und
- die Karriereaussichten für Tina und Marlon.

2. a) Arbeite aus der Grafik **M8** mindestens drei wichtige Aussagen heraus.
b) Nenne mögliche Gründe, weswegen so viel mehr Väter von Kleinstkindern erwerbstätig bleiben als Mütter.

3. Erstelle eine Liste der Maßnahmen, mit denen der Staat Familien unterstützt (**M9**).

4. Erörtert, ob ihr wegen der Unterstützungsangebote eure Entscheidung aus Aufgabe 1 verändern wollt (**M9**).

H zu Aufgabe 2b
Meist gibt es mehrere Gründe hierfür, sie können z. B. aus folgenden Bereichen kommen: Familieneinkommen, gesellschaftliche Erwartungen, Biologie (Stillen) usw.

4.1.5 Erziehen – ein Kinderspiel?

Hast du dich schon mal gefragt, warum deine Eltern dir manche Dinge verbieten und dir andere erlauben? Warum gelten bei euch andere Regeln als bei deinen Freundinnen und Freunden? Ein Grund kann sein, dass deinen Eltern andere Dinge wichtiger sind als den Eltern deiner Freundinnen und Freunde. Auch über den Weg, wie ihr die wichtigen Dinge des Lebens am besten lernt, haben Eltern unterschiedliche Vorstellungen.

M10 Stelle dir vor, du wärst Mutter oder Vater und...

... dein zehnjähriger Sohn kommt zu spät nach Hause, weil er beim Fußballspielen mit seinen Freund:innen „die Zeit vergessen" hat.

... zum Halbjahr meldet sich die Klassenlehrerin deiner Tochter. In einem kurzen Telefonat informiert sie dich darüber, dass deine Tochter ihre Hausaufgaben selten ordentlich erledigt.

... deine vierzehnjährige Tochter kommt betrunken nach Hause.

... dein dreijähriger Sohn matscht im Essen und spielt damit.

... dein sechzehnjähriger Sohn weigert sich, im Haushalt zu helfen.

M11 Erziehungspuzzle

	Erziehungsmittel		Erziehungsziel Die Eltern hoffen, dass ...
A	**Reden** (z. B. Erklären)	1	... das Kind sich deshalb öfter so verhält, wie es die Eltern gut finden.
B	**Machen lassen** (z. B. Beobachten)	2	... das Kind die Gründe der Eltern nachvollziehen kann.
C	**Strafe** (z. B. Schimpfen oder Hausarrest)	3	... ihr Kind aus eigenen Fehlern lernt.
D	**Vorbild sein**	4	... ihr Kind sich nicht mehr so verhält.
E	**Belohnung** (z. B. Lob oder Geschenke)	5	... sich ihr Kind bei ihnen das richtige Verhalten abschaut.

Erziehung

Durch Erziehung lernen Kinder, wie sie sich in der Gesellschaft zurechtfinden.
Dazu gehört, dass sie wichtige Werte lernen. Ein solcher Wert kann zum Beispiel Frieden sein. Auch Verhalten wie Pünktlichkeit oder Höflichkeit werden durch die Erziehung vermittelt. Eltern haben viele Möglichkeiten, ihre Kinder zu erziehen. Wie sie verschiedene Möglichkeiten nutzen, prägt ihren Erziehungsstil.

M12 Verschiedene Erziehungsstile

70081-148

Du bist der Ansicht, dass Kinder Regeln ohne Widerspruch einhalten müssen. Tun sie das nicht, müssen sie bestraft werden. Als Erziehungsmittel empfiehlst du vor allem Lob und Strafe. Nicht so wichtig ist für dich, dass die Kinder die Regeln auch verstehen. Dieser Erziehungsstil heißt **autoritär**.

Beispielsatz:
„Du machst jetzt sofort deine Hausaufgaben, keine Widerrede!"

Du findest, man sollte dem Kind viele Freiheiten lassen. Grenzen setzt du zwar, aber wenige. Deshalb musst du auch nur selten zu Erziehungsmitteln greifen. Dieser Erziehungsstil heißt **permissiv**.

Beispielsatz:
„Geh ruhig deine Serie schauen, deine Hausaufgaben kannst du ja auch später noch machen."

Deiner Meinung nach gibt es klare Regeln, an die sich das Kind halten muss. Gleichzeitig versuchst du aber auch, die Bedürfnisse des Kindes zu erfüllen. Dir ist es wichtig, dass das Kind die Regeln versteht. Daher erklärst du deine Regeln und lässt dich auch auf Diskussionen mit dem Kind ein. Wenn das Kind aber dauerhaft deine Regeln missachtet, bestrafst du es. Die Strafe passt dabei meist zu der Regel, an die sich das Kind nicht gehalten hat. Dieser Erziehungsstil heißt **autoritativ**.

Beispielsatz:
„Solange du deine Hausaufgaben nicht erledigt hast, kannst auch deine Serie nicht weiterschauen."

Aufgaben

70081-40

1. a) Entscheide, wie du in den Situationen **M10** jeweils reagieren würdest.
   b) Begründe deine Reaktion.
2. Ordne die Erziehungsmittel den jeweils passenden Erziehungszielen der Eltern zu (**M11**).
3. a) Gestaltet zu einer der Situationen aus **M10** eine kurze Spielszene. In dieser sollt ihr zeigen, wie ihr die Situation lösen wollt.
   b) Überlegt euch weitere Konfliktmomente aus einem Familienalltag und spielt sie mitsamt einer Lösung auf Grundlage eines Erziehungsstils (**M12**) vor. Die anderen sollen erraten, mit welchem Erziehungsstil ihr die Szene aufgelöst habt.

H zu Aufgabe 1b
Überlege dir dazu, was das Kind jeweils lernen soll.

F zu Aufgabe 3
- Teilt die drei Rollen aus **M12** untereinander auf.
- Beobachtet die Rollenspiele.
- Kommentiert aus eurer Rolle eines Erziehungsberatenden das Verhalten der Eltern.

4.1.6 Gewalt als Lösung?

Bestimmt kennst du die weit verbreitete Redensart „Eine Ohrfeige hat noch keinem geschadet.“ Weit gefehlt – mittlerweile weiß man, dass jegliche Form der Gewalt, sei es körperliche, psychische oder sexuelle, sehr wohl tiefe Spuren in der Seele eines Kindes hinterlassen kann. Auch Vernachlässigung ist eine Form der Gewalt. Jede Form der Gewalt zerstört zudem Vertrauen. Während der Coronazeit stieg die häusliche Gewalt an. Die Dunkelziffer, das heißt Fälle von Gewalt, die nie jemand erfährt, ist leider hoch.

M13 Ich weiß nicht mehr, was ich noch tun soll

Hilfe per Telefon und WhatsApp
Wenn du selbst körperliche oder seelische Gewalt zuhause erlebst, solltest du dir Hilfe holen. Wende dich an erwachsene Personen deines Vertrauens, z. B. Großeltern, Nachbarn oder Lehrkräfte. Alternativ kannst du kostenlos die Nummer gegen Kummer anrufen: 116111. Mehr erfährst du unter www.nummergegenkummer.de. Auch der Krisenchat könnte eine erste Anlaufstation für dich sein, hier kannst du 24/7 eine WhatsApp-Nachricht schreiben: www.krisenchat.de.

Mutter_44 16.09.2022, 21.08 Uhr

Meine Tochter Annika ist 14 Jahre alt. Sie macht nur noch Stress, bleibt über Nacht bei Freundinnen und ist in der Schule schlecht geworden. Damit kann ich ja noch umgehen, aber wie Annika mit mir umspringt, das ertrage ich nicht länger. Sie sagt zu mir zum Beispiel „Bitch“ oder „Fuck you!“ Sie tut so gut wie nie das, was ich ihr sage, und ihr Zimmer ist der reinste Saustall. Sie motzt ihren Papa genauso an, wann immer sie kann. Wir haben schon alles probiert: Hausarrest, Smartphone- und Tabletverbot, Taschengeldstreichung usw., aber nichts hilft.
Vorgestern hatten wir wieder Streit, Annika hatte Hausarrest und ist einfach Shoppen gegangen. Als wir sie zur Rede gestellt haben, hat sie geantwortet: „Ihr könnt‘ mich mal, ich mach nicht, was ihr mir sagt, ich bin doch nicht so gehirngestört und bescheuert wie meine Geschwister.“ Annikas Papa konnte sich nicht mehr halten, gab ihr eine Ohrfeige und schlug sie mehrfach auf den Po. Annika weinte und er schloss sie dann in ihr Zimmer ein.
Ich weiß nicht mehr, was ich machen soll. Einerseits will ich, dass sie sich ändert, und andererseits will ich aber das Problem auch nicht mit Ohrfeigen und Schlägen auf den Po lösen. Ich bin sehr verzweifelt, was ratet ihr mir?

Recht auf gewaltfreie Erziehung

Lesehilfe
Man sagt: „Paragraf 1631, Absatz 2“

Du hast das Recht, ohne Gewalt erzogen zu werden.
Keine Gewalt heißt nicht nur, dass deine Eltern dich nicht schlagen dürfen. Es ist ihnen auch verboten, zur Strafe für eine lange Zeit nicht mit dir zu sprechen oder dir z. B. die Haare abzurasieren. In §1631 (2) des Bürgerlichen Gesetzbuches heißt es daher: „Kinder haben ein Recht auf gewaltfreie Erziehung. Körperliche Bestrafungen, seelische Verletzungen und andere entwürdigende Maßnahmen sind unzulässig.“

Aufgaben

70081-41

1. Erkläre, warum Annikas Vater die Kontrolle verloren hat (**M13**).
2. Verfasse eine Antwort für Annikas Mutter (**M13**).
   a) Nimm Stellung zu ihrem Verhalten.
   b) Entwickle einen Ratschlag für den Umgang mit Annika.

H zu Aufgabe 1
Überlege auch, welche Gefühle das Verhalten des Mädchens bei den Eltern ausgelöst hat.

F zu Aufgabe 2
Bewerte, ob das Verhalten des Vaters erstens erklärbar und zweitens zu entschuldigen ist.

Was bedeutet Familie?

Unterschiedliche Familienformen

> M2, M3

Danach, welche Personen zu einer Familie gehören, kannst du Familienformen unterscheiden. Zu einer traditionellen Familie gehören zum Beispiel Vater, Mutter und Kinder. Auch durch die Aufgabenverteilung lassen sich Familien unterscheiden: Früher war es oft so, dass der Vater arbeiten ging und die Mutter sich als Hausfrau um die Kinder kümmerte. Heutzutage arbeiten oft beide Elternteile oder Väter bleiben vorübergehend zuhause, die Rollenverteilung ist also offener geworden.

Übung

82000-944

Familie ist für alle wichtig

> M5, M6

Die Familie übernimmt in der Gesellschaft drei wichtige Funktionen: Reproduktion, Pflege und Erziehung. Unter Reproduktion versteht man, dass es in der Gesellschaft immer Nachwuchs gibt. Pflege heißt, dass man sich umeinander kümmert. Wenn die Schwachen in der Familie gepflegt werden, muss das nicht die ganze Gesellschaft leisten. Erziehung ist wichtig, damit du dich in der Gesellschaft bewegen kannst, ohne andere vor den Kopf zu stoßen oder gar gegen das Gesetz zu verstoßen. Am Ende profitieren alle von einer Familie: Du als Familienmitglied und der Rest der Gesellschaft.

Übung

82000-945

Der Staat unterstützt Familien

> M9

Familien sind für die Einzelne oder den Einzelnen sowie für die Gesellschaft wichtig: „Ehe und Familie stehen unter dem besonderen Schutze der staatlichen Ordnung." (Art. 6, GG). Der Staat unterstützt Familien durch finanzielle Leistungen, wie zum Beispiel Kindergeld. Außerdem bietet er Betreuungsmöglichkeiten (z. B. Kindergärten) an. Zudem achtet der Staat darauf, dass Eltern möglichst wenige Nachteile im Beruf haben.

Übung

82000-946

Kinder müssen gewaltfrei erzogen werden

> M12, M13

Eltern bestimmen selbst, wie sie ihre Kinder erziehen wollen. Aber sie müssen sich an das Gesetz halten. Das garantiert jedem Kind eine „gewaltfreie" Erziehung. Abhängig von den Zielen und Erziehungsmitteln der Eltern lassen sich Erziehungsstile unterscheiden. Ein autoritärer Erziehungsstil verlangt von den Kindern vor allem Gehorsam. Im Gegensatz dazu steht ein permissiver Erziehungsstil, dieser setzt nur wenige Grenzen. Dazwischen steht der autoritative Erziehungsstil, hier bekommen die Kinder klare Grenzen gesetzt. Innerhalb dieser Grenzen dürfen sie aber frei entscheiden.

Übung

82000-947

4.2 Konflikte in der Familie

4.2.1 Soll Liam mehr im Haushalt helfen?

Andreas Haindorfer ist unzufrieden. Er hat das Gefühl, dass die ganze Arbeit im Haushalt an ihm hängen bleibt. Immer muss er seiner Frau und seinem Sohn Liam hinterherräumen. Dabei könnte sich vor allem Liam stärker im Haushalt engagieren. Seine Frau arbeitet schließlich und sorgt mit ihrem Einkommen für einen Großteil des Lebensunterhalts. Außerdem hilft sie trotzdem eine Menge mit.

M1 Familie Haindorfer

Familie Haindorfer

Sylvia Haindorfer (45 Jahre)
Als Zimmerin verdient sie knapp 2.700 € im Monat. Dafür arbeitet sie 35 Stunden in der Woche. In ihrer Freizeit fährt sie Rad oder trifft sich mit Freund:innen für Filmabende. Die Wochenenden verbringt sie gerne mit der Familie.

Andreas Haindorfer (43 Jahre)
Er arbeitet 20 Stunden in der Woche als Krankenpfleger. Damit verdient er 1.200 € im Monat. In seiner Freizeit liest er gerne oder trifft sich mit Freund:innen. Einmal pro Woche geht er zum Fußball-Training. Die Wochenenden will er gerne mit der Familie verbringen.

Liam Haindorfer (13 Jahre)
Er ist in der Woche 35 Stunden in der Schule. Zuhause muss er nochmals eine Stunde pro Woche mithelfen. Den Rest seiner Zeit verbringt er mit Mountainbiken und Computerspielen.

M2 Aufgabenverteilung in der Familie Haindorfer

70081-149

Durchschnittlicher Zeitaufwand pro Woche in Stunden			
	Sylvia	**Andreas**	**Liam**
Berufstätigkeit/Schule	**35**	**20**	**35**
Haushalt (gesamt)	**8**	**34,5**	**1**
Aufräumen	1	8	0,5
Putzen	0	4	0
Wäsche waschen, aufhängen und bügeln	1	8	0
Kochen und Küche putzen	1	8	0
Tisch decken und abräumen	0	0	0,5
Müll rausbringen	0	0,5	0
Kleinere Reparaturen und Renovierungen	0,5	0,5	0
Einkaufen	1	3	0
Gartenarbeit	0,5	2	0
Autopflege	0,5	0	0
Geldangelegenheiten/Steuererklärung	0,5	0,5	0

Aufgaben

70081-42

1. Prüfe mithilfe von **M1** und **M2**, ob die Wahrnehmung von Andreas Haindorfer, dass der Haushalt vor allem an ihm hängenbleibt, richtig ist.
2. Soll Liam mehr im Haushalt helfen?
   a) Erstelle eine Pro-Kontra-Tabelle (**Methode**).
   b) Nenne den Grund, der dich am meisten überzeugt und entscheide.
   c) Erläutere den Grund mit einem passenden Beispiel in ganzen Sätzen.
3. Erstelle mithilfe von **M2** eine Übersicht der Aufgabenverteilung in deiner Familie.
4. Diskutiert, wie sich eine von allen als (un)fair empfundene Aufgabenverteilung auf die einzelnen Familienmitglieder und das Zusammenleben auswirken könnte.

H zu Aufgabe 1
Addiere jeweils die fett gedruckten Arbeitsstunden in den Zeilen Berufstätigkeit/Schule und Haushalt.

F zu Aufgabe 2a
Prüfe, ob sich die Kriterien (Methode) einem oder mehreren Gründen der Pro-Kontra-Tabelle zuordnen lassen.

Eine Pro-Kontra-Tabelle erstellen

Worum geht es?

Bei einem Streit sollte man die Argumente beider Seiten im Blick haben. Eine Möglichkeit, dies übersichtlich darzustellen, ist die Pro-Kontra-Tabelle.

Geht dabei so vor:

1. Schritt: Tabelle zeichnen

Erstelle eine zweispaltige Tabelle.

↓ ↓ ↓

2. Schritt: Spalten beschriften

Schreibe als Überschrift der ersten Spalte: „Für ein größeres Engagement im Haushalt spricht:“.
Schreibe als Überschrift der zweiten Spalte: „Gegen ein größeres Engagement im Haushalt spricht:“.

↓ ↓ ↓

3. Schritt: Argumente sammeln und ordnen

Schreibe alle Gründe, die für den Vorschlag sprechen, in die erste Spalte.
Schreibe Gründe, die gegen den Vorschlag sprechen, in die zweite Spalte.

↓ ↓ ↓

4. Schritt: Fazit ziehen

Prüfe, welche Gründe dich mehr überzeugen.
Triff deine Entscheidung.

Beispieltabelle

70081-99

Die Kriterien des Urteils

Worum geht es?

Die Gründe in der Pro-Kontra-Tabelle gelten immer nur für eine Streitfrage. Anders ist es bei einem Kriterium. Ein Kriterium ist ein Maßstab, an dem man seine Entscheidungen ausrichtet. Wenn dir ein Kriterium besonders wichtig ist, kannst du dich bei vielen Streitfragen an ihm orientieren.

Geht dabei so vor:

1. Kriterium: Gleichheit

Soll die Aufgabenverteilung möglichst gleich sein?
→ Dann müsste man sich für eine Regelung entscheiden, die alle Familienmitglieder möglichst gleich belastet.

↓ ↓ ↓

2. Kriterium: Zweck

Soll die Aufgabenverteilung einen bestimmten Zweck erfolgen?
→ Dann müsste die Aufgabenverteilung an das jeweilige Ziel angepasst sein. Das könnte zum Beispiel sein, dass Andreas Haindorfer entlastet wird oder dass Liam genug Zeit zum Lernen hat.

↓ ↓ ↓

3. Kriterium: Einfachheit

Soll die Aufgabenverteilung so gestaltet sein, dass der Haushalt möglichst schnell erledigt wird?
→ Dann müsste man sich für eine Regelung entscheiden, bei der jede und jeder das tut, was er oder sie am schnellsten machen kann.

↓ ↓ ↓

Weitere mögliche Kriterien könnten beispielsweise sein:

Effektivität:
Ist die Problemlösung geeignet, um das angestrebte Ziel zu erreichen?
→ Die Summe aller Zwecke, die verfolgt werden sollen.
Effizienz:
Ist das gleiche Ziel mit geringeren Mitteln (z. B. Zeit oder Geld) auch erreichbar?
→ Zum Beispiel eine Reinigungskraft, die zwar Geld kostet, aber allen Zeit spart.
Legalität:
Ist die Lösung mit den Gesetzen vereinbar?
→ Im Bürgerlichen Gesetzbuch steht: „das Kind ist [...] verpflichtet, in einer seinen Kräften und seiner Lebensstellung entsprechenden Weise den Eltern in ihrem Hauswesen [...] Dienste zu leisten."

Nach: www.lehrerfortbildung-bw.de, Abruf am 10.09.2022

4.2.2 Sollen Jugendliche ihr Zimmer aufräumen müssen?

Obwohl deine Eltern dir schon mehrmals gesagt haben, dass du dein Zimmer mal wieder aufräumen sollst, hast du das noch nicht getan. Du hast einfach Besseres zu tun. Und eigentlich findest du dein Zimmer auch gar nicht so schlimm. Plötzlich steht dein Vater im Zimmer und droht, alles wegzuwerfen, das nicht aufgeräumt ist.

M3 Ich hab' aufgeräumt!

Sabrina ist die allerbeste, tollste und liebste Tochter! [...] Was sie nicht ist (und auch noch nie war): ordentlich. Irgendwie hatte ich die leise Hoffnung, dass sich das im Teeniealter vielleicht bessern wird, da in dieser Zeit das Hirn ja umgebaut wird. Leider nein. Die Baustelle „Hirn" hat das Kapitel „Reinigung" komplett ausgelassen. [...] Das Bett wird grundsätzlich nie gemacht und die saubere Wäsche vereint sich in einem großen Gewühl mit der schmutzigen. Das Frustrierende: Ich kenne ja nun wirklich jeden Trick zum Thema Aufräumen [...] und bekomme es trotzdem nicht hin, sie zu einem ordentlichen Menschen zu erziehen. Ständig geraten wir deswegen in einen Konflikt und sie kontert, dass ich doch ihr Zimmer aufräumen solle, wenn es mich störe. [...] Ich habe mir wirklich viele Gedanken gemacht und es auf „Rebellion" gegen ihre ordentliche Mutter geschoben, aber so einfach ist es tatsächlich nicht. Wieso kann Ordnung und Teenager nicht funktionieren?

Unordentliches Jugendzimmer

Haag, Sabine: Ordnung & Teenager? Warum das eine schwierige Liebe ist und welche Tricks es gibt! In: www.ordnungsliebe.net, Abruf am 10.09.2022

Aufgaben

70081-43

1. Vergleicht den in **M3** beschriebenen Konflikt mit der Situation bei euch zuhause.
2. a) Teilt die Klasse in zwei Gruppen.
   Gruppe 1: Teenager
   - Nennt Gründe, aus denen ihr nicht wollt, dass eure Eltern euch zwingen, euer Zimmer aufzuräumen.
   - Stützt die Gründe durch Beispiele.

   Gruppe 2: Vater/Mutter
   - Nenne ausgehend von **M3** Gründe, die dafür sprechen könnten, dass eure Kinder ihr Zimmer aufräumen sollten.
   - Stützt die Gründe durch Beispiele.

   b) Formuliere einen der Gründe mit Beispiel schriftlich aus.
3. Führt ein faires, konstruktives Streitgespräch, in dem ihr zu einem Lösungsvorschlag kommt, der für beide Seiten akzeptabel ist (**Methode**).

H zu Aufgabe 2b
Orientiere dich an den folgenden Formulierungen: „Ein wichtiger Grund ist für mich ..." oder „Das kann man daran erkennen, dass ..."

F zu Aufgabe 3
Lasst euer Gespräch von einer Mitschülerin oder einem Mitschüler beobachten. Sie oder er kann euch danach eine Rückmeldung geben, ob ihr die Regeln eingehalten habt.

Ein konstruktives Streitgespräch führen

Worum geht es?

Dass es zu Streit kommt, ist natürlich. Daher ist es wichtig, Mittel und Wege zu kennen, die helfen, einen Streit auch wieder aus der Welt zu schaffen. Ein konstruktives Streitgespräch ist solch ein Mittel. Hier geht es darum, dass alle Beteiligten ihre Sicht zu einem Streit loswerden können und sie gemeinsam eine Lösung „konstruieren".

Geht dabei so vor:

1. Schritt: Das Gespräch vorbereiten

Stelle dich dem Konflikt und gehe Probleme möglichst schnell an. Probleme, die verdrängt werden, werden nur größer.

- Wähle einen sinnvollen Zeitpunkt für die Aussprache – dieser sollte für alle Beteiligten günstig liegen.
- Überlege dir vorher, was du sagen möchtest.
- Überlege dir, was du erreichen möchtest.
- Überlege dir, wo du bereit wärst, entgegenzukommen.

↓ ↓ ↓

2. Schritt: Das Gespräch führen

Lass deine Gesprächspartnerinnen und -partner ausreden.

- Höre aufmerksam zu.
- Versuche, ruhig zu bleiben.
- Sprich deine Ansichten und Gefühle an. Formuliere Ich-Botschaften. („Ich habe das Gefühl, du kontrollierst mich.") Damit kannst du deine Meinung zum Ausdruck bringen, ohne andere zu verletzen.
- Vermeide Übertreibungen („Nie lässt du mich in Ruhe.")
- Formuliere konkrete Wünsche („Ich hätte gerne mehr Zeit für mich.")

↓ ↓ ↓

3. Schritt: Ein Ergebnis festhalten

- Einige dich mit den Gesprächsbeteiligten auf eine Regelung oder ein Verhalten, mit dem ihr solche Konflikte in Zukunft vermeiden könnt.
- Wenn ihr wollt, könnt ihr das Ergebnis schriftlich festhalten.

Selbsteinschätzung

In diesem Kapitel hast du dich mit der Familie auseinandergesetzt. Du hast dir überlegt, was eine Familie ist und warum sie wichtig ist. Und du hast dich im Umgang mit den Problemen in der Familie geübt.
Die folgende Tabelle hilft dir, herauszufinden, welche Fähigkeiten du dabei erworben hast. Zugleich zeigt sie dir, wie du noch weiter üben kannst.

Ich kann ...	Das klappt schon ...	Hier kann ich noch üben ...
... drei Familienformen beschreiben.		Kapitel 4.1: M3
... erklären, warum es für ein Kind gut ist, eine Familie zu haben.		Kapitel 4.1: M5, #Die Familie im Grundgesetz
... erläutern, warum es für die Gesellschaft gut ist, dass es Familien gibt.		Kapitel 4.1: M6, #Die Familie im Grundgesetz
... zwei staatliche Hilfen für Familien benennen.		Kapitel 4.1: M9
... ein Erziehungsmittel begründen.		Kapitel 4.1: M11, M12, #Erziehung
... mich zu einer Lösung bei einem familiären Konflikt positionieren.		Kapitel 4.2: M1-M2, M3, Ein konstruktives Streitgespräch führen
... einen Grund schriftlich ausformulieren und mit einem Beispiel stützen.		Kapitel 4.2: Eine Pro-Kontra-Tabelle erstellen; Die Kriterien des Urteils

M1 Was ist eine Familie?

Familie

....
....
....
....

BITTE INS HEFT

M2 Mutterliebe: Wie geht das?

Eine Mutter gab zwei Kinder weg. Das dritte will sie großziehen.

„Tobias war meine Chance, meine Schuld wiedergutzumachen", sagt Sandra. Eine Schuld, die sie glaubt, gegenüber Alim und Lars, ihren anderen Söhnen, auf sich geladen zu haben. Sie gab diese fort, als die Probleme mit ihnen ihr über den Kopf wuchsen und sie überzeugt war, ihnen nicht gutzutun. „Ich dachte, bei anderen sind sie aufgehoben und haben mehr Chancen auf ein besseres Leben als mit mir." Alim kam mit neun Jahren in eine therapeutische Einrichtung, Lars mit einem Jahr zum Vater. Bis sie die gute Mutter sein könnte, die sie sein wollte. Wenn Sandra von sich und ihrem Leben erzählt, ist das eine Geschichte von Misshandlungen, Gewalt, Depressionen und so vielen tiefen Fällen, dass es einen wundert, wie sie es jedes Mal schaffte, wieder aufzustehen. Nach einer Vorsorgeuntersuchung während der Schwangerschaft mit Tobias hatte ihr die Frauenärztin eine Broschüre des Kinderschutzbundes in die Hand gedrückt: Frühe Hilfen, so der Titel. Darin stand, sie könne auf ihre Probleme zugeschnittene Unterstützung bekommen. Eine Hebamme, die sie und das Kind bis zum ersten Lebensjahr betreue und ihr bei allen Problemen zur Seite stehe. Hilfe bei der Bewältigung des Alltags. Ein Begegnungsnetzwerk mit anderen Müttern, Betreuung für das Baby. „Ich hab' da gleich angerufen", sagt Sandra. „Ich hatte solche Angst, es auch mit dem dritten Kind nicht hinzubekommen."

Jeska, Andrea: Mutterliebe: Wie geht das? In: www.chrismon.evangelisch.de, 22.09.2021

Aufgaben

70081-44

1. Gestalte eine eigene Begriffskarte zum Begriff „Familie" (**M1**).
2. Nenne Gründe, weswegen Sandra ihre ersten beiden Kinder abgegeben hat (**M2**).
3. Erläutere, wieso sich Sandra dafür entschied, Tobias zur Welt zu bringen (**M2**).
4. „Ich dachte, bei anderen sind sie aufgehoben und haben mehr Chancen auf ein besseres Leben als mit mir." (Z. 9 ff.) Erörtere dieses Zitat, mit dem sich Sandra auf ihre beiden weggegebenen Söhne bezieht (**M2**).

Welche Schule wollen wir haben?

Was weißt du schon?

70081-45

1. a) Sammelt Situationen in eurem Umfeld, wo ihr mitreden dürft und wo nicht.
   b) Wo würdet ihr gerne mitreden? Notiert euch eine Situation.
2. Sammelt Möglichkeiten,
   a) wie ihr euch im Schulleben einbringen könnt.
   b) wie ihr euer Schulleben mitgestalten könnt.
3. Was gefällt euch an eurer Schule und was nicht? Sammelt Positives und Negatives.
4. Diskutiert, was ihr an eurer Schule verändern könnt und wie.

5

Mitwirkung in der Schule

Einen großen Teil eurer Zeit verbringt ihr in der Schule, mit mehr oder weniger Freude oder auch Frust. Ob euch Schule Spaß macht, liegt an vielen Aspekten: an denjenigen, die euch unterrichten, an den Fächern, Noten, Mitschülerinnen und Mitschülern, am Gebäude. Ihr müsst das alles nicht einfach hinnehmen. Ihr könnt euren Beitrag dazu leisten, dass Schule zu dem Ort werden kann, an dem ihr euch wohl fühlt.

Was lernst du in diesem Kapitel?

- ... welche Möglichkeiten du hast, um deine Interessen in der Schule einzubringen.
- ... wie in deiner Schule Entscheidungen getroffen werden und wie die einzelnen Institutionen (SMV, Schulkonferenz ...) deiner Schule dabei zusammenwirken.
- ... nach welchen Regeln das Zusammenleben in deiner Schule funktioniert und wie Konflikte gelöst werden können.

Das Schulleben (neu) gestalten

Schule ist kein starres vorgegebenes Gebilde, das nicht verändert werden kann. Ihr könnt mitentscheiden, was für eine Art von Schule ihr haben wollt.
Hier habt ihr die Gelegenheit, im kleinen Raum mitzureden und euren Schulalltag zu gestalten, also mitbestimmen, welche Schule ihr werden wollt. Dabei müsst ihr euch selbst darüber klar werden, wie es in eurer Klasse aussieht, welche Art von Gemeinschaft ihr haben wollt und mit welchen Abmachungen und Regeln dies möglich ist.
Was ihr hier im Kleinen ausprobiert, könnt ihr dann Schritt für Schritt auf eure Schule anwenden. Dabei müsst ihr wissen, welche Möglichkeiten ihr habt, mitzumachen. Von dort aus folgen weitere Bausteine, die ihr alle zusammengenommen in einer Schulordnung festhalten könnt.

Geht dabei so vor:

Start

1 Legt zunächst gemeinsam fest, was euch an eurer Klassengemeinschaft wichtig ist und wie ihr euer Klassenleben gestalten wollt. (→ Kapitel 5.1: M1, M2)

2 Sammelt Maßnahmen, die eure Klassengemeinschaft fördern und teilt sie euch untereinander auf. (→ Kapitel 5.1: M3, M4)

3 Einigt euch auf das Wichtigste aus den Schritten 1 und 2 und gestaltet eine Klassenordnung, die euren Umgang miteinander regelt. (→ Kapitel 5.1: M1-M3)

4

Sammelt Konflikte aus eurem Schulalltag und findet Lösungen.
(→ Kapitel 5.1: M10, M12)

5

Haltet schriftlich fest, nach welchen Regeln diese gelöst werden können.
(→ Kapitel 5.1: M11-M14)

6

Erarbeitet euch mithilfe des Fallbeispiels weitere Regeln, die in eure Schulordnung mit aufgenommen werden sollen.
(→ Kapitel 5.2: M2-M8)

Ziel

7

Gestaltet eine neue Schulordnung für eure Schule und stellt sie den entsprechenden Gremien vor.
(→ Kapitel 5.2: #SMV, M8)

5.1 Unsere Klasse – mehr als nur eine Lerngruppe?

5.1.1 Was für eine Klasse wollen wir sein?

Habt ihr euch schon einmal gefragt, was für eine Klasse ihr sein wollt? Überlegt doch einfach gemeinsam, was ihr an euch und eurer Klasse verändern wollt und wie ihr diese Änderungen mithilfe eines Aktionsplanes unterstützen könnt.

M1 Merkmale einer guten Klasse?

Wir halten zusammen.

Ich möchte in keiner anderen Klasse sein.

Wir verstehen uns alle.

Meine Meinung kann ich immer offen sagen.

Mädchen und Jungs sind miteinander befreundet.

Niemand wird hier ausgelacht.

Beim Lernen helfen wir uns.

Wir können sachlich miteinander diskutieren.

Es gibt keine Cliquenbildung.

Unsere Klassensprecher vertreten uns gut.

Neue Mitschülerinnen und Mitschüler werden schnell in unsere Klassengemeinschaft aufgenommen.

Ich habe viele Freundinnen und Freunde in der Klasse.

Jeder kann mit Jedem in einer Gruppe arbeiten.

...

M2 Unsere Klasse als Haus?

Klassengemeinschaft

Wie ihr miteinander und mit euren Lehrerinnen und Lehrern umgeht, zeigt sich in der Klassengemeinschaft.
Kennzeichen für eine gute Klassengemeinschaft sind beispielsweise neben den ruhigen Phasen im Unterricht kein Mobbing und dass ihr gerne in die Schule kommt.

M3 Was kann ich zu einer guten Klassengemeinschaft beitragen?

M4 Aktionsplan „Gute Klasse“

Jede und jeder von euch kann dazu beitragen, dass eure Klassengemeinschaft so gut wird, dass sich alle wohlfühlen. Mit welchen Maßnahmen lässt sich so eine gute Klassengemeinschaft erreichen?

To Do:
Lade jemanden ein, den du noch nie eingeladen hast.

To Do:
Unterstütze den Ordnungsdienst, indem du einfach Abfall wegräumst.

To Do:
1.
2.
3.
4.
5. ...

BITTE INS HEFT!

Aufgaben

70081-46

1. Was ist eine gute Klasse (**M1**)?
   a) Notiere dir fünf Eigenschaften, die dir wichtig sind.
   b) Tauscht euch in Kleingruppen aus und einigt euch auf acht Aussagen.
   c) Stellt euer Ergebnis in der Klasse vor.

H zu Aufgabe 1a
Du kannst auch unabhängig von M1 weitere Eigenschaften ergänzen.

2. Stellt euch eure Klassengemeinschaft als ein Haus vor, das ihr gemeinsam bauen wollt (**M2**).
   a) Nennt die wichtigsten (Bau-)Teile für euer Haus.
   b) Beschreibt Eigenschaften, die für eure Klassengemeinschaft besonders wichtig sind.
   c) Zeichnet nun daraus ein Klassengemeinschaftshaus, indem ihr die Eigenschaften den Bauteilen zuordnet.
   d) Vergleicht eure Häuser in der Klasse. Wo könnt ihr Gemeinsamkeiten feststellen, wo Unterschiede?

H zu Aufgabe 2c
Wände halten ein Haus zusammen oder schützen einen Raum.

3. Was kann jede und jeder Einzelne von euch zu einer guten Klasse beitragen?
   a) Vervollständige die Sätze und ergänze einen eigenen Satz (**M3**).
   b) Erstellt gemeinsam „To-do-Karten“ wie in **M4**.
   c) Legt einen Zeitraum von einigen Wochen fest und teilt die Aufgaben untereinander auf. Nach einer Woche werden die Aufgaben gewechselt.
   d) Wie waren eure Erfahrungen damit? Tauscht euch in der Klasse aus und gestaltet einen Klassenleitfaden für euren künftigen Umgang miteinander.

Ein Placemat erstellen

Worum geht es?

Mithilfe der Placemat-Methode könnt ihr in Kleingruppen verschiedene Ideen zu einem Thema mit grafischer Unterstützung zusammenführen. Das Placemat-Verfahren hilft, eigene Arbeitsergebnisse mit Gruppenergebnissen zu vereinen.

Geht dabei so vor:

1. Schritt: Gruppen bilden und Placemat vorbereiten

1. Bildet Vierergruppen und versammelt euch an einem Gruppentisch.
2. Nehmt ein weißes Blatt Papier und zeichnet nebenstehende Grafik nach.
3. Legt die Grafik mitten auf den Gruppentisch.

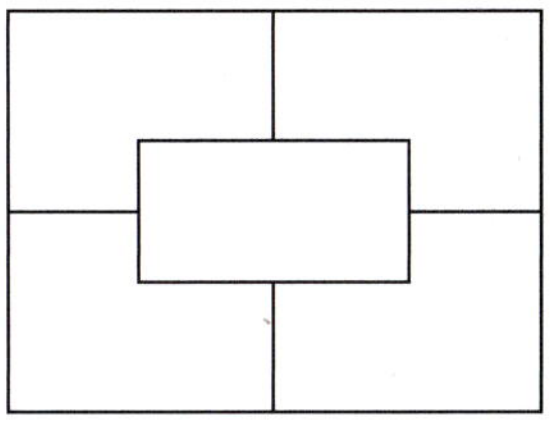

↓ ↓ ↓

2. Schritt: Durchführung des Placemat-Verfahrens

1. Jede Schülerin und jeder Schüler hat einen Außenbereich in der Grafik für sich. In diesen Bereich könnt ihr eure Ideen zu einem bestimmten Thema stichpunktartig eintragen.
2. Wenn alle ihre Felder ausgefüllt haben, tauscht euch über eure Einträge aus. Dreht hierfür das Placemat einfach immer ein Stück weiter. So erfahrt ihr die Ideen der anderen.
3. Ihr könnt die Ideen der anderen auch mit eigenen Ideen ergänzen.
4. Wenn das Placemat wieder in der Ausgangsposition liegt, könnt ihr lesen, was eure Mitschülerinnen und Mitschüler in eure Felder hinzugefügt haben.
5. Nun werden die Einträge in der Gruppe diskutiert. Einigt euch auf 3 Ideen/Punkte, die im leeren Feld in der Mitte notiert werden.

↓ ↓ ↓

3. Schritt: Vorstellung

1. Stellt eure Ergebnisse in der Klasse vor.
2. Vergleicht eure Ergebnisse mit den Ergebnissen der anderen Gruppen. Gibt es Gemeinsamkeiten oder Unterschiede?

5.1.2 Wer soll Klassensprecher:in werden?

Zur Demokratie gehören Wählen, Mitbestimmen und Mitgestalten. Wenn ihr ihr eine Wahl trefft, müsst ihr gewichtige Gründe dafür haben, euch entscheiden zu können. Worauf kommt es an, den für euch „richtigen“ Klassensprecher zu wählen?

M5 Die Situation nach den Ferien

70081-150

Am ersten Tag nach den Sommerferien kommt Herr Busse, der Deutsch- und Klassenlehrer der 7c, pünktlich in den Unterricht. Er begrüßt die Schülerinnen und Schüler, prüft, ob alle anwesend sind, erkundigt sich, wie es ihnen nach den Ferien geht, und stellt die Inhalte für den Deutschunterricht vor. Bevor er mit dem Unterricht beginnen kann, meldet sich Silke und erinnert an die anstehenden Wahlen zum Klassensprecher bzw. zur Klassensprecherin. Der neu in die Klasse gekommene Schüler Jan wendet sofort selbstbewusst ein, dass er seine neuen Mitschülerinnen und Mitschüler noch nicht kennt. Da könne er gar nicht wissen, wer für das Amt geeignet sei. Herr Busse weist die Schülerinnen und Schüler auf das streng geregelte Verfahren hin: erst die Wahl und dann der Unterricht! Im Übrigen sei die Aufgabe des Klassensprechers oder der Klassensprecherin nicht so wichtig. Wichtig sei, dass man gut untereinander auskomme und daher sei es am günstigsten, wenn Lukas sich bereit fände, das Amt zu übernehmen. Dann könne man sich die Wahl auch sparen. Die Unterrichtszeit im kommenden Schuljahr sei äußerst knapp. Auf den Einwand von Jan geht Herr Busse gar nicht ein.

M6 Schülermitverantwortung und Klassensprecher:in

70081-151

§ 62

(1) Die Schülermitverantwortung dient der Pflege der Beteiligung der Schüler an der Gestaltung des Schullebens, des Gemeinschaftslebens [...], der Erziehung der Schüler zu Selbständigkeit und Verantwortungsbewusstsein.

(2) [...] Die Schüler haben in diesem Rahmen die Möglichkeit, ihre Interessen zu vertreten und [...] eigene Verantwortung zu übernehmen. [...]

§ 63

(1) Die Schüler wirken in der Schule mit durch

1. die Klassenschülerversammlung;
2. die Schülervertreter.

Schülervertreter sind die Klassensprecher, der Schülerrat und der Schülersprecher. [...]

§ 65

(1) Von Klasse 5 an wählen die Schüler jeder Klasse aus ihrer Mitte zu Beginn des Schuljahres einen Klassensprecher und seinen Stellvertreter.

(2) Der Klassensprecher vertritt die Interessen der Schüler der Klasse und unterrichtet die Klassenschülerversammlung über alle Angelegenheiten, die für sie von allgemeiner Bedeutung sind.

Schulgesetz für Baden-Württemberg (SchG) in der Fassung vom 1. August 1983

M7 Wen würdest du wählen?

70081-152

Phung ist eine sehr gute, aber auch stille Schülerin. Sie ist selten im Unterricht aktiv, schreibt aber ausschließlich Einsen und Zweien. Sie ist sehr freundlich zu allen und bekommt immer gute Noten. Sie lässt auch andere in der Klassenarbeit und von ihren Hausaufgaben abschreiben. Phung ist zwar schüchtern, kommt aber mit allen gut aus. Ihre Schwester ist die Schülersprecherin.

Tim ist ein hervorragender Schüler in Sport und Englisch. Seine Mutter ist Amerikanerin und Tim verbringt meistens die Ferien bei Verwandten in Chicago. Er hat immer die neueste Kleidung und tolle technische Geräte, gibt aber überhaupt nicht damit an. Tim ist sehr großzügig und lädt zu seinem Geburtstag die ganze Klasse zu sich nach Hause ein. Wenn es Konflikte in der Klasse gibt, dann versucht Tim sich immer neutral zu verhalten, so kommt er mit allen gut aus.

Philipp ist ein recht guter Schüler, der sich in allen Fächern stark beteiligt. Vor allem die Lehrer mögen Philipp, weil er sehr zuverlässig ist und den Unterricht trägt. Wenn jemand krank geworden ist, wird Philipp beauftragt, die Hausaufgaben zu übermitteln. Viele Schüler bewundern ihn, weil er im örtlichen Sportverein ein erfolgreicher Fußballspieler ist, der auch bei überregionalen Turnieren eingesetzt wird. Die Schule geht bei Philipp aber trotzdem immer vor.

Lea ist eine mittelmäßige Schülerin, die aber in Diskussionen und bei der Projektarbeit sehr engagiert ist. Sie kleidet sich sehr lässig und hat guten Kontakt zu den älteren Schülerinnen und Schülern. In Konfliktfällen setzt sie sich sehr entschlossen für Schwächere ein. Einige Lehrer mögen Lea nicht sehr, weil sie häufig im Unterricht Musik hört oder Zeitung liest. Es wird auch behauptet, dass Lea raucht.

> Aufgaben

70081-47

1. Nimm Stellung zur Meinung des Klassenlehrers Herrn Busse (**M5**, **M6**).
2. a) Entscheide dich für einen der vier Kandidaten aus **M7**. Begründe deine Wahl, indem du in dein Feld der Placemat Eigenschaften notierst, die dir an dem Kandidaten/der Kandidatin wichtig sind. Notiere weitere Eigenschaften, die ein Klassensprecher haben soll.
   b) Dreht euer Placemat solange in der Gruppe reihum, bis jeder von euch die Notizen der anderen gelesen hat. Einigt euch dann in der Gruppe auf drei Eigenschaften, die ein Klassensprecher auf jeden Fall haben sollte. Schreibt diese drei Eigenschaften in das Mittelfeld des Blattes.
   c) Stellt eure Ergebnisse im Plenum vor.

H zu Aufgabe 2
Wie ein Placemat funktioniert, kannst du auf der Methodenseite nachlesen.

5.1.3 Wie wird gewählt?

Mithilfe der Materialien könnt ihr in eurer Klasse Klassensprecherwahlen vorbereiten und durchführen. Und damit ihr nicht immer im Buch nachschauen müsst, könnt ihr eine Checkliste erstellen, nach der ihr zukünftig eure Klassensprecherwahl durchführen könnt.

M8 Wahlrechtsgrundsätze einer demokratischen Wahl

Wahlrechtsgrundsätze nach Art. 38 GG

gleich

frei

unmittelbar

geheim

allgemein

...
Alle, die das 18. Lebensjahr vollendet haben, dürfen wählen.

...
Niemand darf Druck auf die Wähler:innen ausüben.

...
Jede Stimme hat das gleiche Gewicht.

...
In Deutschland wählt jeder direkt ohne Wahlmänner oder Wahlfrauen, auf die man seine Stimme überträgt.

...
Man muss niemandem erzählen, wen man gewählt hat.

Wahlrechtsgrundsätze

Damit eine Wahl fair und für alle nachvollziehbar abläuft, gibt es die Wahlrechtsgrundsätze nach Art. 38 GG, die regeln, welche Voraussetzungen eine Wahl zu erfüllen hat und wer wahlberechtigt ist.

Wählen ab 16
In manchen Bundesländern, z. B. in Baden Württemberg, darf man bei den Kommunalwahlen schon ab 16 Jahren teilnehmen.

M9 Wie wird die Klassensprecherin oder der Klassensprecher gewählt?

70081-153

Die Wahl der Klassensprecherin oder des Klassensprechers und der Stellvertreterin oder des Stellvertreters gemäß § 65 Abs. 1 des Schulgesetzes soll spätestens bis zum Ablauf der dritten Unterrichtswoche im Schuljahr stattfinden.

1

Als Erstes werden Kandidat:innen für das Amt des Klassensprechers vorgeschlagen und an der Tafel o. Ä. gesammelt. Vorgeschlagen werden kann jede Schülerin und jeder Schüler der Klasse. Es ist zudem möglich, sich selbst vorzuschlagen. Das Vorschlagen kann öffentlich oder geheim durchgeführt werden.

2

Nun wird jede und jeder der vorgeschlagenen Kandidaten und Kandidatinnen gefragt, ob er oder sie sich überhaupt zur Wahl stellen. Diejenigen, die nicht kandidieren möchten, werden gestrichen.

3

Es werden zwei Klassensprecher:innen gewählt. Pro zu besetzendes Amt hat jede Schülerin und jeder Schüler eine Stimme. Die Schüler:innen notieren auf einheitlichen Zetteln ihre Kandidat:innen. Bei Unleserlichkeit, dem Nennen von mehr als zwei Personen oder bei Doppelnennung wird der Stimmzettel ungültig. Allerdings ist es möglich sich einer oder beider Stimmen zu enthalten. Hierbei schreibt man einfach nur einen oder keinen Namen auf den Zettel. Die beiden Kandidat:innen, die die meisten Stimmen auf sich vereinen können, haben die Wahl gewonnen. Bei Stimmengleichheit ist ein weiterer Wahlgang erforderlich.

4

Die Stimmen werden öffentlich ausgezählt und es wird überprüft, ob die Zahl der abgegebenen Stimmen mit der Zahl der Anwesenden übereinstimmt.

5

Die Gewählten erklären, ob sie die Wahl annehmen. Über die Wahl muss ein Protokoll angefertigt werden, das folgende Angaben enthält: Wahlzeitpunkt, Anzahl der Stimmberechtigten, Name der Kandidat:innen, Wahlergebnis, Feststellung, ob die Gewählten das Amt angenommen haben. Gegen die Wahl kann innerhalb einer Frist von zwei Wochen bei der Schulleitung schriftlich Einspruch erhoben werden.

Aufgaben

70081-48

1. a) Beschreibe die Bilder und finde passende Überschriften für Wahlrechtsgrundsätze.
b) Ordne die Wahlrechtsgrundätze den entsprechenden Beschreibungen und Bildern zu (Randspalte, **M8**).

2. Erstellt eine Checkliste für eine Klassensprecherwahl (**M8**, **M9**).

3. Führt in eurer Klasse eine fiktive Klassensprecherwahl mithilfe eurer Checkliste durch: Die Kandidat:innen sind: Phung, Tim, Philipp und Lea (**M7**).

5.1.4 Wie können wir Probleme in unserer Klasse lösen?

In der Schule kann es immer wieder zu Konflikten kommen. Die meisten lassen sich klar und verbindlich lösen, weil es dafür rechtliche Regelungen gibt, z. B. das Schulgesetz und die Schulordnung. Darüber hinaus gibt es aber auch Konflikte, für die ihr selbst Regeln aufstellen könnt. In diesem Kapitel erfahrt ihr, wie Konflikte entstehen und sich entwickeln können und mit welchen Verfahren ihr sie wieder entschärfen bzw. lösen könnt.

M10 Welche Konflikte gibt es im Schulalltag?

1

Saskia analysiert das Schaubild, Anna zeichnet die Folienpräsentation, Marc schaut im Grundgesetz nach den Regeln. Christian macht gar nichts.

2

Kai und Peter machen mit ihren Smartphones peinliche Fotos von ihren Mitschülerinnen und Mitschülern und verschicken diese an andere weiter.

3

Anna und Saskia sind gute Freundinnen. In der Pause vertraut Anna Saskia an, dass sie Marcel aus der 9. Klasse so süß findet. Mittags vor der Mensa sieht Saskia Marcel vorbeigehen. „Anna", schreit sie, „da ist dein Schwarm!" Alle Jungen und Mädchen schauen neugierig.

4

Ein Schüler stößt im Vorbeirennen auf dem Schulhof einen anderen an. Der brüllt: „Pass doch auf, wo du langrennst, du Penner!“. Der andere stoppt seinen Lauf und antwortet: „Du brauchst wohl eine Gesichtsmassage?“ Es dauert nicht lange, bis eine Rangelei beginnt.

M11 Wie kann ein Konflikt eskalieren?

70081-154

Stufe 1: Spannung
Standpunkte verhärten sich: Der andere denkt „so komisch" – der andere spinnt – wie kann das sein? Unbehagliches Gefühl bei Treffen und im Gespräch

Stufe 2: erste verbale Angriffe
Harte verbale Auseinandersetzungen, in denen Misstrauen Raum gewinnt.

Stufe 3: Taten
Reden bringt nichts mehr, keine Bereitschaft, auf den anderen einzugehen, es kommt zu ersten Provokationen und kleinen Attacken.

Stufe 4: Feindbilder und Verbündete
Schwarz-Weiß-Denken entsteht, es wird gezielt nach Möglichkeiten gesucht, der anderen Seite Unannehmlichkeiten zu bereiten und nach Unterstützung durch andere.

Stufe 5: Gesichtsverlust
Aktionen, die dazu führen, dass die andere Seite in schlechtem Licht dasteht. Es gibt nun keinen Weg mehr zurück. Direkter Kontakt zur anderen Partei wird vermieden, man tritt nur noch als Gegner auf.

Stufe 6: Drohungen
Beide Seiten versuchen durch Drohungen den Gegner zu beeinflussen, positive Verhaltensregeln werden nicht mehr beachtet.

Stufe 7: Begrenzte Schläge
Völlige Abwertung des anderen und der andere muss weg, hat kein Recht mehr hier zu sein. Es folgen destruktive Aktionen mit Schäden für die andere Seite.

Stufe 8: Zerstörung
Massive Angriffe auf den Gegner

Stufe 9: Selbstvernichtung – gemeinsam in den Abgrund
Totale Konfrontation zielt auf die endgültige Niederlage der anderen Seite (eigene Nachteile werden in Kauf genommen).

Detlef Beck nach Friedrich Glasl, www.streitschlichtungskongress.de, 10.6.2013

M12 Wie können Konflikte gelöst werden?

70081-155

Wenn zwei sich streiten, ist das ein Fall für Annica. Die 15-Jährige ist Konfliktlotsin an ihrer Schule. Ihre Aufgabe: Streit schlichten und Frieden stiften. Manchmal kommt sie zu spät zum Unterricht. Wie andere auch. Nur: Annica darf das. Die 15-jährige Münchnerin ist seit einem halben Jahr eine so genannte Konflikt-Lotsin oder Mediatorin, wie Pädagogen dazu in ihrer Fachsprache sagen. Übersetzt heißt das: Als Michael (Name geändert) aus der siebten Klasse auf dem Schulhof seinen Klassenkameraden als „Scheiß Ausländer" anbrüllte und dazu die Faust reckte, hatte Annica ihren ersten Fall. Sie sollte den Streit schlichten. Die Lehrer schickten die beiden Kontrahenten zu ihr.

Mediator
Jemand, der zwischen zwei Konfliktgegnern vermittelt

Kontrahenten
Gegner

Annica hatte an diesem Tag im Mai Sprechstunde – im ehemaligen Erste-Hilfe-Zimmer. Jeden Tag wartet hier in der Pause ein Zweier-Team der Schlichter darauf, dass entweder zwei Streitende freiwillig kommen oder die Lehrer Druck machen.
Die große Pause reichte für Michael und seinen Klassenkameraden nicht. Auch nicht, wenn Annica ein paar Minuten hätte, was sie im Notfall darf. Eine weitere Pause und eine Sitzung nach der Schule waren notwendig. Eineinhalb Stunden dauerte das Gespräch insgesamt, bis die beiden Jungs friedlich auseinander gingen – „jeder im Gefühl, gewonnen zu haben", sagt Annica. „Es war ziemlich kompliziert. Wir haben die Lösung dann schriftlich in einem Vertrag festgehalten."

Nach: Eggert, Matthias: In: www.fluter.de, 2003

Konflikt

Wann immer ihr unterschiedliche Interessen, Zielsetzungen oder Wertvorstellungen habt, die miteinander unvereinbar erscheinen, spricht man von einem Konflikt.
In eurem Schulalltag kommt es immer wieder zu solchen Konflikten, die sich mithilfe von Regeln lösen lassen.

M13 Hier reden alle mit!

M14 Was ist ein Klassenrat?

Der Klassenrat gibt euch die Möglichkeit, euren Schulalltag mitzubestimmen. Ihr habt dort die Gelegenheit, im Kreise der Klasse alles zu besprechen, was euch wichtig ist oder euch stört. Die Themen reichen von der Gestaltung des Lernens und Zusammenlebens in der Klasse und Schule über gemeinsame Planungen und Aktivitäten bis hin zu aktuellen Problemen und Konflikten. Eure Lehrerinnen und Lehrer nehmen mit euch gleichberechtigt an der Sitzung teil. Das heißt, dass sie genauso wie jeder oder jede von euch nur eine Stimme haben. Der Klassenrat wird, im Gegensatz zum Unterricht oder zur Klassenleitungsstunde, nicht von den Lehrerinnen und Lehrern, sondern von euch gestaltet und geleitet. Auf diese Weise könnt ihr Verantwortung übernehmen, die Schule und das Lernen mitgestalten und ganz nebenbei lernt ihr, wie demokratische Prozesse funktionieren.

Aus diesem Grund berät ein Klassenrat in einer Runde. Wenn ihr alle in einem Stuhlkreis sitzt, könnt ihr euch beim Reden, Diskutieren und Beschlüsse fassen anschauen.

Dabei hat jeder von euch eine Rolle und ihr übernehmt Verantwortung für bestimmte Aufgaben, die immer wieder gewechselt werden.

Aufgaben

70081-49

1. Was ist denn da passiert? (**M10**)
   a) Beschreibe die Situationen.
   b) Erkläre, inwiefern du solche Situationen kennst?
   c) Beschreibe, wie die Geschichte deiner Erfahrung nach weitergehen könnte.
2. Wie kann ein Konflikt eskalieren?
   a) Überlege dir einen Konflikt aus deinem Schulalltag und stelle diesen in einer (Bilder-)Geschichte dar.
   b) Überprüfe die Eskalationsstufen deiner Geschichte (**M11**).
3. Beschreibe die Arbeit eines Konfliktlotsen (**M12**).
4. Formuliert Vorschläge, wie die Konflikte in **M10** gelöst werden können.
5. Beurteilt, ob eine Klassenordnung die Konflikte ausreichend klären kann.
6. a) Beschreibe die Situation in **M13**.
   b) Welche Themen könnt ihr euch vorstellen, in solch einer Runde zu besprechen? Welche eignen sich nicht? Begründet eure Entscheidung.
7. a) Erkläre den Begriff „Klassenrat“ (**M14**).
   b) Überlegt gemeinsam Regeln, die ihr für die erfolgreiche Durchführung einer Klassenratssitzung benötigt und haltet diese schriftlich fest.
   c) Führt eine Klassenratssitzung nach dem Leitfaden auf der Folgeseite durch.

F **zu Aufgabe 4**
Gestaltet eine Klassenordnung für ein gemeinsames Miteinander.

H **zu Aufgabe 7**
Gestaltet ein Plakat mit euren Regeln.

Einen Klassenrat durchführen

Worum geht es?

Im Klassenrat habt ihr die Möglichkeit, alle Themen, die eure Klasse betreffen, zu besprechen. Dabei übernehmt ihr den Ablauf selbst. Achtet darauf, dass ihr im Vorfeld Regeln für die Kommunikation aufstellt, diese einübt und auf deren Umsetzung Acht gebt.

Geht dabei so vor:

1. Schritt: Vorbereitung

Als erstes müsst ihr die Rollen und Aufgaben verteilen. Für eine erfolgreiche Klassenratssitzung benötigt ihr einen oder zwei Moderator:innen, die die Sitzung leiten, eine:n Verantwortliche:n für die Tagesordnung, eine:n Protokollant:in, Jemand der sich um die Rednerliste kümmert, je eine:n Regel- und Zeitwächter:in. Wenn ihr wollt, beauftragt auch noch einen aus eurer Klasse, der für das Feedback, die Rückmeldung, zuständig ist. Während der Woche sammelt ihr die Anliegen eurer Klasse entweder mithilfe einer Wandzeitung oder einzelnen Formularen, die in einer Box gesammelt werden.

↓ ↓ ↓

2. Schritt: Durchführung

1. Der Moderator oder die Moderatorin eröffnet die Sitzung.

2. In der Runde gestaltet ihr ein positives Klassenklima. Ihr könnt Ereignisse, aber auch Personen, eure Anerkennung aussprechen.

3. Das Protokoll der letzten Sitzung wird vorgelesen. Hier könnt ihr prüfen, ob ihr eure Beschlüsse umgesetzt habt, und wenn nicht, woran es gelegen haben könnte.

4. Der oder die Verantwortliche für die Tagesordnung stellt diese vor. Dabei stellen die über die Woche gesammelten Anliegen von allen aus der Klasse die Grundlage dar.

5. Jetzt folgen die Besprechung und Lösungsfindung.
   a) Hier sind diejenigen von euch an der Reihe, die etwas eingereicht haben. Es liegt nun an euch, euer Anliegen für alle verständlich vorzutragen.
   b) Dann sind alle gefordert, Lösungen zu finden. Beachtet, dass nicht abgestimmt werden kann. Oft schafft das Aushandeln mehr Zufriedenheit.

6. Alle Beschlüsse und alles, was ausgehandelt wurde, wird nun vom Protokollanten oder der Protokollantin im Protokoll festgehalten. Vor Ende der Klassenratssitzung liest er euch die Beschlüsse vor.

7. Am Ende des Klassenrats könnt ihr gemeinsam auswerten, wie die heutige Sitzung gelaufen ist.

Wie funktioniert ein faires Schulleben?

Klassengemeinschaft

> M1, M3, M4

Darin, wie Schülerinnen und Schüler und Lehrkräfte miteinander umgehen, zeigt sich einer Klassengemeinschaft. Diese kann sich jedoch nicht von alleine entwickeln und muss gepflegt und gefördert werden. Eine gute Klassengemeinschaft kann durch klare Regeln und regelmäßige Gespräche trainiert werden.

Übung

82000-948

Klassensprecher:in und Stellvertreter:in

> M6, M9

Zu Beginn des Schuljahres werden Klassensprecher:in und Stellvertreter:in innerhalb der ersten drei Wochen von jeder Klasse gewählt. Der Klassensprecher bzw. die Klassensprecherin vertritt die Interessen der Klasse im Schülerrat. Dort bringt er bzw. sie die Anregungen aus seiner Klasse ein und berichtet seiner bzw. ihrer Klasse regelmäßig über die Sitzungen und Aktivitäten. Der Klassensprecher bzw. die Klassensprecherin vertritt auch die Klasse gegenüber den Lehrkräften. Ein:e Klassensprecher:in sollte ausgleichend auftreten, seine bzw. ihre Meinung gut vertreten können und sich für Mitschülerinnen und Mitschüler einsetzen.

Übung

82000-949

Wahlrechtsgrundsätze

> M8

Für eine faire und gerechte Wahl gibt es die sogenannten Wahlrechtsgrundsätze, die in Artikel 38 unseres Grundgesetzes festgeschrieben sind:

- **Allgemein** bedeutet, dass jeder, der das Wahlrecht besitzt, auch wählen kann. In Deutschland kann man ab 18 Jahren das erste Mal Bundestag wählen. In einigen Bundesländern darf man ab 16 Jahren bei den Kommunal- und Landtagswahlen teilnehmen.
- **Unmittelbar** bedeutet, dass ein:e Abgeordnete:r bzw. eine Partei direkt gewählt wird und nicht über Wahlmänner oder Ähnliches.
- **Geheim** bedeutet, dass nicht mehr nachvollziehbar sein darf, wer wie gewählt hat.
- **Gleich** bedeutet, dass jede:r Wähler:in die gleiche Stimmenanzahl hat bzw. jede Stimme gleich viel zählt.
- **Frei** bedeutet, dass jede:r, die/der das Wahlrecht hat, wählen oder sich wählen lassen darf.

Übung

82000-950

Konflikte

> M11, M12

Viele Konflikte lassen sich entschärfen, wenn man einfache Verhaltensregeln beachtet. Positiv wirkt sich aus, wenn man respektvoll miteinander umgeht, dem anderen zuhört, ihn ausreden lässt und kompromissbereit ist.

Übung

82000-951

5.2 Wie soll das Leben an unserer Schule geregelt sein?

5.2.1 Wer kann sich wie einbringen?

Wie ihr euer Klassenleben gestaltet, habt ihr euch im vergangenen Kapitel untersucht und vielleicht sogar schon Regeln erstellt, die euer Zusammenleben und -arbeiten begleiten. Auch das Schulleben könnt ihr mitbestimmen und gestalten.

M1 Mitarbeit in der SMV – eine Last?

Ich finde es wichtig, meine Umwelt mit zu gestalten und kann mir vorstellen in der SMV mit zu arbeiten.

Die Mitarbeit in der SMV bieten mir die Chance, Fähigkeiten zu entwickeln und mich selbst zu verwirklichen.

Wenn man Verantwortung übernimmt, muss man so vieles erledigen, dass die Freizeit auf der Strecke bleibt.

Wer so viel Freizeit für die Schule opfert, ist blöd!

M2 Grundlagen der Schülermitverantwortung (SMV)

70081-156

§3 Organe

(1) Organe der Schülermitverantwortung sind die Schülervertreter (Klassensprecher, Kurssprecher, Jahrgangsstufensprecher, Schülerrat und Schülersprecher) sowie die Klassenschülerversammlung. [...]

§7 Aufgaben der SMV

Die Schülermitverantwortung und ihre Organe stellen sich ihre Aufgaben selbst, soweit sie nicht durch das Schulgesetz oder sonstige Rechtsvorschriften festgelegt sind. Dazu gehören insbesondere:

(1) Gemeinschaftsaufgaben der Schüler. Insbesondere soll die Schülermitverantwortung die fachlichen, sportlichen, kulturellen, sozialen und politischen Interessen der Schüler fördern. Sie kann dafür eigene Veranstaltungen durchführen. Diese müssen allen zugänglich sein und dürfen nicht einseitig den Zielsetzungen bestimmter, politischer, konfessioneller oder weltanschaulicher Gruppen dienen; [...]

(3) Der SMV ist Gelegenheit zu geben, in allen dafür geeigneten Aufgabenbereichen der Schule mitzuarbeiten. Dies schließt die Vertretung der Schüler in der Schulkonferenz ein.

§8 Klassenschülerversammlung

(1) Die Schülermitverantwortung baut auf der Arbeit in den einzelnen Klassen auf. Dazu gehört es auch, dass die einzelnen Schüler ihre Anregungen, Vorschläge und Wünsche, die das Schulleben und den Unterricht betreffen [...], mit den einzelnen Lehrern besprechen. [...]

(3) Die Klasse, die eine Besprechung über schulische und unterrichtliche Fragen wünscht, erhält auf Antrag des Klassensprechers beim Klassenlehrer anstelle einer Unterrichtsstunde eine Verfügungsstunde [...]. Im Antrag ist das Beratungsthema anzugeben und zu begründen. Im Schulhalbjahr [...] kann eine Klasse bis zu zwei Verfügungsstunden erhalten: dabei darf an einem Schultag nicht mehr als eine Verfügungsstunde gewährt werden.

§11 Unterstützung der SMV

(1) Der Schulleiter sorgt im Rahmen des Möglichen dafür, dass für die Veranstaltungen der Schülermitverantwortung geeignete Räume und dass für ihre Arbeit die erforderliche Zeit zur Verfügung stehen. Der Stundenplan der Schule ist, wenn es stundenplantechnisch nicht unmöglich ist, so zu gestalten, dass zur Durchführung von SMV-Veranstaltungen regelmäßig eine Stunde von Unterrichtsveranstaltungen freigehalten wird. [...]

(3) Schulleiter, Verbindungslehrer und Schülersprecher sprechen untereinander Zeitpunkt und Ablauf der regelmäßigen Informationsgespräche gemäß §67 Abs. 2 des Schulgesetzes ab, die im Allgemeinen monatlich stattfinden sollen. Eine Tagesordnung hierfür ist nicht erforderlich.

SMV-Verordnung des Landes Baden-Württemberg, zuletzt geändert am 25.06.2019. In: www.smv.kultus-bw.de, Abruf am 05.12.2022

Verbindungslehrer:in
Laut § 68 (SchG) werden Verbindungslehrer:innen mit ihrem Einverständnis vom Schülerrat für ein oder zwei Jahre gewählt. Je nach Größe der Schule können bis zu drei Verbindungslehrer:innen gewählt werden. Sie beraten die SMV und unterstützen sie dabei, ihre Aufgaben zu erfüllen. Zudem fördern sie die Verbindung zwischen SMV und den Lehrer:innen, der Schulleitung und den Eltern.

Schülermitverantwortung (SMV)

Die SMV besteht aus den gewählten Klassensprechern und Klassensprecherinnen. Sie setzen sich für die Rechte der Schülerinnen und Schüler ein und bemühen sich um ein angenehmes Schulklima sowie ein möglichst gutes Verhältnis zwischen allen, die am Schulalltag beteiligt sind.

Aufgaben

70081-50

1. Welche Aussage vertrittst du (**M1**)?
   a) Übertragt die vier Aussagen auf vier Plakate und hängt diese in die vier Ecken eures Klassenzimmers.
   b) Welcher Aussage stimmst du zu? Gehe in die entsprechende Ecke und stell dich dort auf.
   c) Begründe deine Wahl.
2. Analysiere die Grundlagen der Schülermitverantwortung (**M2**).
3. Erkläre, weshalb der Schülerrat ein wichtiges Gremium für euch Schülerinnen und Schüler ist (**M2**).
4. Diskutiert, ob die Möglichkeiten zur Mitgestaltung, die das Schulgesetz Schülerinnen und Schülern bietet, ausreichen.

H zu Aufgabe 2
Verwende dazu die Methode „Rechtstexte verstehen".

Rechtstexte verstehen

Worum geht es?

Rechtstexte enthalten eine Vielzahl von Regelungen, Bestimmungen oder Definitionen. Daher sind sie oft in einer technischen und auf den ersten Blick schwer zu verstehenden Sprache geschrieben. Auch wenn die einzelnen Gesetze unterschiedliche Inhalte haben, folgen sie alle einem einheitlichen Aufbau:

- Übergeordnete Abschnitte eines Gesetzes nennt man **Paragrafen**. Sie beginnen mit einem Paragrafenzeichen (§). Paragrafen sind **fortlaufend nummeriert** und haben eine **Überschrift**.
- Die Paragrafen werden in einzelnen **Absätzen mit Ziffern**, die in runden Klammern stehen, untergliedert. Wenn innerhalb eines Absatzes eine weitere Untergliederung erfolgt, wird diese mit hochgestellten Ziffern nummeriert.

Beispiel:

Paragraf ⟶ **§ 11 Unterstützung der SMV**

Absatz ⟶ (1) Der Schulleiter sorgt im Rahmen des Möglichen dafür, dass für die Veranstaltungen der Schülermitverantwortung geeignete Räume und dass für ihre Arbeit die erforderliche Zeit zur Verfügung stehen. Der Stundenplan der Schule ist [...] so zu gestalten, dass zur Durchführung von SMV-Veranstaltungen regelmäßig eine Stunde von Unterrichtsveranstaltungen freigehalten wird.

SMV-Verordnung des Landes Baden-Württemberg, zuletzt geändert am 25.06.2019. In: www.smv.kultus-bw.de, Abruf am 05.12.2022

Geht dabei so vor:

1. Schritt:

Überschriften geben einen Hinweis darauf, was geregelt wird.
→ *Unterstützung der SMV*

↓ ↓ ↓

2. Schritt:

Mit verschiedenen Farben kannst du markieren,

a) wer der Handelnde ist, also aktiv wird
→ *Der Schulleiter*

b) wer oder was von der Handlung betroffen ist und
→ *Die SMV*

c) welche Rechte, Pflichten und Maßnahmen erwähnt werden
→ *geeignete Räume und Zeit zur Verfügung stellen*

↓ ↓ ↓

3. Schritt:

Formuliere nun den Inhalt des Textes mit eigenen Worten. So merkst du am besten, ob du den Wortlaut verstanden hast.
→ *„Der Schulleiter muss der SMV geeignete Räume und Zeit zur Verfügung stellen.“*

Graduelles Urteilen

Worum geht es?

Findest du manchmal etwas gar nicht schlimm, was ein anderer sehr schlimm findet und du kannst nicht nachvollziehen, warum das so ist?

Unterschiedliche Einschätzungen von Situationen und Problemen sind einerseits stark abhängig von deiner jeweiligen Perspektive und deinem Verständnis von „schlimm", andererseits spielen aber auch die rechtlichen Rahmenbedingungen eine entscheidende Rolle.
Die folgenden Schritte helfen dir, deine und die Einschätzungen der anderen besser zu verstehen und zu vergleichen.

Geht dabei so vor:

1. Schritt: Spontanurteil fällen

Bilde dir zu dem Problem zunächst ein ganz spontanes Urteil aus dem Bauch heraus.

↓ ↓ ↓

2. Schritt: Spontanurteil einordnen

Ordne dein spontanes Urteil auf einer Skala von 0 (gar nicht schlimm) bis 10 (sehr schlimm) ein.

↓ ↓ ↓

3. Schritt: Kriterien finden

Finde Kriterien für „gar nicht schlimm" und „sehr schlimm".

↓ ↓ ↓

4. Schritt: Rechtliche Rahmenbedingungen prüfen

Überprüfe das Problem mithilfe der rechtlichen Rahmenbedingungen.

↓ ↓ ↓

5. Schritt: Einordnung und Begründung des Urteils

Ordne das Problem nun erneut auf der Skala von 0-10 ein und begründe dein Urteil.

Reiter-Mayer, Petra: Politik betrifft uns, 2/2015, S. 6

5.2.2 Smartphones – ein Problem an unserer Schule?

Smartphones sind tolle Geräte, die euren Alltag erleichtern und viel Spaß machen. Ihr könnt mit ihnen unheimlich viel machen. In diesem Kapitel geht es darum, mal zu schauen, ob alles, was geht, auch wirklich erlaubt ist.

M3 Kein Leben ohne Smartphone?

Jugendliche mit Smartphone

M4 Umgang mit Smartphones – ein Problem?

Fall 1: Auf Klassenfahrt
5 Tage Skilandheim mit Übernachtungen heißt das Ziel der Klassenfahrt der 7b. Tobias und seine Freunde haben gemeinsam ein Viererzimmer. Die Fahrt ins Skigebiet mit dem Bus war so aufregend, dass sie nicht einschlafen - bis auf Peter, der nicht nur sofort früh einschläft, sondern auch noch schnarcht und ein wenig Spucke auf sein Kopfkissen sabbert. Tobias nutzt die Gelegenheit, sein neues Handy auszuprobieren und filmt den schlafenden Peter. Natürlich wollen die anderen den Film sofort haben, kein Problem mit Bluetooth. Am folgenden Tag hört man im Speisesaal an verschiedenen Stellen die Mitschülerinnen und Mitschüler kichern - der Film macht seine Runde.

Fall 2: Filmen einer Schlägerei
Tim aus der 7a und Florian aus der 7b können sich nicht leiden und tragen ihre Konflikte regelmäßig mit Prügeleien aus. Auch dieses Mal in der Pause setzen sie wieder ihre Fäuste ein und prügeln sich auf dem Schulhof. Wie immer stehen einige ihrer Mitschülerinnen und Mitschüler im Kreis um die beiden Streithähne. Heute scheint Tim der Verlierer zu sein, denn Florian sitzt bereits auf Tims Brustkorb. Laura, eine Mitschülerin, packt auf einmal ihr Handy aus und beginnt zu filmen. „Stell das später bei YouTube ein", ruft ihr ein Mitschüler zu. „Klar, da bekomme ich bestimmt über 1000 Klicks", antwortet sie.

Fall 3: Heimliche Aufnahme
Der Deutschlehrer der 7a ist bekannt für seine markanten Witze und Sprüche während des Unterrichts. Während einer Deutschstunde hat ein Schüler eine ganze Unterrichtsstunde heimlich mit seinem Smartphone aufgenommen, um nachher besonders lustige Sprüche des Lehrers in der Schülerzeitung zitieren zu können.

Petra Reiter-Mayer, Politik betrifft uns, 2/2015, S.6

M5 Umgang mit Smartphones – ein Problem!

70081-157

Strafgesetzbuch (StGB)

§ 201a Verletzung des höchstpersönlichen Lebensbereichs durch Bildaufnahme

(1) Wer von einer anderen Person, die sich in einer Wohnung oder einem gegen Einblick besonders geschützten Raum befindet, unbefugt Bildaufnahmen herstellt oder überträgt und dadurch deren höchstpersönlichen Lebensbereich verletzt, wird mit Freiheitsstrafe bis zu einem Jahr oder mit Geldstrafe bestraft.

(2) Ebenso wird bestraft, wer eine durch eine Tat nach Absatz 1 hergestellte Bildaufnahme gebraucht oder einem Dritten zugänglich macht.

Ein Strafgesetzbuch

Strafgesetzbuch (StGB)

§ 131 Gewaltdarstellung

(1) Wer Schriften (§ 11 Abs. 3), die grausame oder sonst unmenschliche Gewalttätigkeiten gegen Menschen [...] in einer Art schildern, die eine Verherrlichung oder Verharmlosung solcher Gewalttätigkeiten ausdrückt oder die das Grausame oder Unmenschliche des Vorgangs in einer die Menschenwürde verletzenden Weise darstellt,

1. verbreitet,
2. öffentlich ausstellt, anschlägt, vorführt oder sonst zugänglich macht,
3. einer Person unter achtzehn Jahren anbietet, überlässt oder zugänglich macht [...],

wird mit Freiheitsstrafe bis zu einem Jahr oder mit Geldstrafe bestraft.

Strafgesetzbuch in der Fassung der Bekanntmachung vom 13. November 1998 (BGBI.IS.3322), das durch den Artikel 2 Absatz 4 des Gesetzes vom 22. Dezember 2016 (BGBI.IS.3150) geändert worden ist.

Aufgaben

70081-51

1. Beschreibe, wie ein Leben ohne Smartphone für dich aussehen würde (**M3**).
2. Wähle dir einen der Fälle aus **M4** aus und überprüfe mögliche Folgen mithilfe der Gesetztexte (**M5**).
3. Beurteile, inwiefern Smartphones in der Schule ein Problem darstellen (**M4**, **M5**).

F **zu Aufgabe 2**
Verwende dazu die Methode „Graduelles Urteilen“.

5.2.3 Wie können wir das Smartphone-Problem an unserer Schule lösen?

Nicht alles, was ihr mit euren Smartphones machen könnt, ist auch erlaubt. Es gibt rechtliche Regelungen, die euch gezeigt haben, wann beispielsweise jemanden filmen strafbar ist. Darüber hinaus könnt ihr individuelle Regelungen für den Gebrauch von Smartphones an eurer Schule erstellen.

M6 Interviewfragen zur Handynutzung an unserer Schule

70081-158

1. Besitzt du ein Smartphone oder ein „normales“ Handy?
2. Wofür wird das Gerät genutzt?
3. Wann wird es genutzt?
4. Wird es auch während der Schulzeit genutzt? Wenn ja, wofür?
5. Inwiefern könntet ihr euch vorstellen, Smartphones im Unterricht einzusetzen?
6. Welche Funktionen von Smartphones bereichern unseren Schulalltag?
7. Welche Funktionen stören unseren Schulalltag?
8. Sollte es ein generelles Handyverbot an unserer Schule geben?
9. Soll eine Handynutzung während der Schulzeit generell erlaubt sein?
   - An entsprechend ausgewiesenen Orten: ____________
   - Zu entsprechenden Zeiten: ____________
   - Welche Bereiche sollten noch geregelt sein? ____________
10. Individuelle Frage: ____________

Reiter-Mayer, Petra: Politik betrifft uns, 2/2015

M7 Checkliste Handyordnung

70081-159

Checkliste für eine Handyordnung

- ✓ Was möchten wir mit unserer Handyordnung bezwecken?
- ✓ Wann und wo darf das Handy benutzt werden?
- ✓ Welche Verstöße im Unterricht führen zu Konsequenzen?
- ✓ Welche Konsequenzen werden bei Nichteinhaltung gezogen?
- ✓ Welche Straftaten gibt es in Bezug auf das Handy? Sind alle Schülerinnen und Schüler über mögliche Straftaten bei der Handynutzung aufgeklärt? Wie können sie aufgeklärt werden?
- ✓ Welche Folgen werden gezogen, wenn Schüler:innen derartige Straftaten begehen?

Nach: Reiter-Mayer, Petra: Politik betrifft uns, 2/2015

M8 Was ist die Schulkonferenz?

70081-160

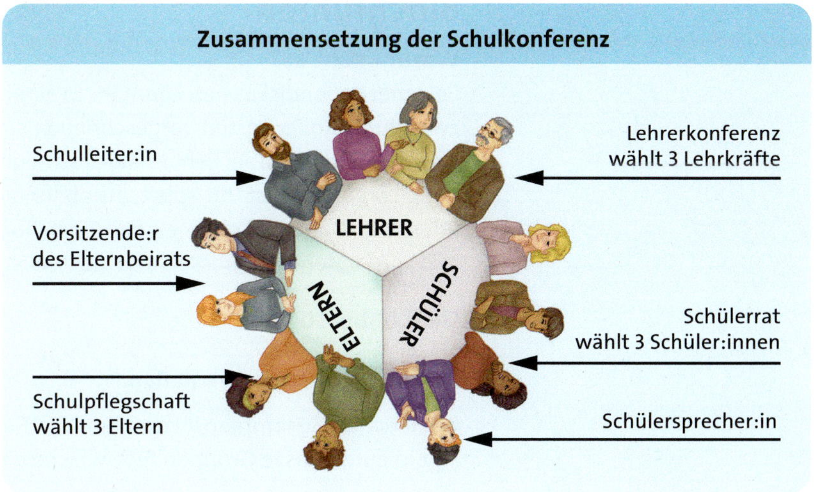

Die Aufgabe der Schulkonferenz besteht darin, das Miteinander von Schulleitung, Lehrkräften, Eltern sowie Schülerinnen und Schülern zu fördern und bei Meinungsverschiedenheiten zu vermitteln. Seit dem Schuljahr 2014/15 gehören der Schulkonferenz an Schulen mit mindestens 14 Lehrkräften an: der/die Schulleiter:in, der/die Vorsitzende des Elternbeirats und der/die Schülersprecher:in sowie jeweils drei Lehrer-, Eltern- und Schülervertreter. Für kleinere Schulen wird ebenfalls eine paritätische Besetzung geregelt. Die Schulkonferenz entscheidet beispielsweise darüber, ob die Unterrichtszeiten verändert werden sollen oder auch darüber, ob besondere Schulveranstaltungen, die die gesamte Schule berühren, durchgeführt werden, aber auch grundsätzlich über die Durchführung von außerunterrichtlichen Veranstaltungen (z. B. Klassenfahrten, Schullandheimaufenthalte). Auch beim Erlass von Schul- und Hausordnungen muss die Schulkonferenz ihr Einverständnis geben.

paritätisch
(zahlenmäßig) gleich

Schulkonferenz

Eine Schulkonferenz ist ein Gremium der am Schulleben beteiligten Gruppen, das Vorschläge zur Gestaltung mitträgt und entscheidet. Die Aufgaben der Schulkonferenz sind in §47 des Schulgesetzes festgeschrieben.

Gremium
Ein Gremium ist ein Sammelbegriff für eine Gruppe, die einen bestimmten Schwerpunkt oder einen Aufgabenbereich bearbeitet.

> Aufgaben

70081-52

1. Beschreibe die Aufgaben einer Schulkonferenz (**M8**).
2. Erkläre, warum die Schulkonferenz wichtig ist, wenn es darum geht, den Schulalltag zu regeln (**M6**, **M7**).
3. Interviewt mithilfe von **M6** alle vom Handy-Problem Betroffenen.
4. Gestaltet mithilfe der Checkliste aus **M7** eine Handyordnung für eure Schule.
5. Aufgrund verhäufter Beschwerden einiger Lehrkräfte verhängt die Schulleitung kurzerhand ein striktes Handyverbot auf dem gesamten Schulgelände. Darf sie das einfach so? Bewerte den Lösungsvorschlag der Schulleitung.
6. Wie soll eine Handynutzung an unserer Schule geregelt sein? Führt zu diesem Thema eine Schulkonferenz (Methode) durch.

H zu Aufgabe 5
Nutze **M2** und **M8**, um deine Argumente zu stützen.

Eine Rollendiskussion am Beispiel der Schulkonferenz durchführen

Worum geht es?

Bei einer Rollendiskussion könnt ihr in einer vorgegebenen Situation in Rollen schlüpfen, die zwar durch Rollenkarten vorgeschrieben sind, aber zusätzlich von euch selbst ausgestaltet werden können. Dabei geht es darum, möglichst so zu handeln, wie es in der Rollenbeschreibung vorgesehen ist. Ihr spielt, als ob ihr eine bestimmte Person in einer bestimmten Situation seid. Dabei könnt ihr eigene Einstellungen und Gefühle erkennen und verstehen, aber auch die anderen Interessen und Sichtweisen erfahren.

Geht dabei so vor:

1. Schritt: Überblick verschaffen

Recherchiert Zusammensetzung und Größe der Schulkonferenz an eurer Schule und legt in eurer Klasse Gruppen fest, welche die jeweilige Rolle übernehmen.

↓ ↓ ↓

2. Schritt: Rollenkarten gestalten

Gestaltet mithilfe eurer Interviewergebnisse aus **M6** die entsprechenden Rollenkarten.

↓ ↓ ↓

3. Schritt: Rollen verteilen und Schulkonferenz durchführen

Bestimmt jeweils eine Person die die jeweilige Rolle in der Schulkonferenz vertritt. Führt die Schulkonferenzsitzung durch.

↓ ↓ ↓

4. Schritt: Rollenspiel beobachten und Feedback geben

Diejenigen von euch, die nicht daran teilnehmen, beobachten die Konferenz und machen sich Notizen zu den einzelnen Rollen. Was sind die überzeugenden Argumente? Tauscht euch am Ende über die Diskussion aus.

a) Wie haben sich die Vertreter:innen der jeweiligen Rollen gefühlt? Wie ging es ihnen in den jeweiligen Rollen (vor allem, wenn es nicht die eigene Meinung war)?
b) Welche Beobachtungen haben die Nichtteilnehmer:innen gemacht?
c) Was hat die Rollendiskussion gebracht?

Rollenkarten zur Schulkonferenz

70081-100

Wie kann ich das Schulleben mitgestalten?

Mitbestimmungsrechte von Schülerinnen und Schülern

> M2

Um ihre Interessen und Probleme gegenüber den Lehrkräften oder der Schulleitung einbringen zu können, haben Schülerinnen und Schüler bestimmte Mitspracherechte oder das Recht, in bestimmten Gremien vertreten zu sein. Diese Rechte sind im Schulgesetz für Baden-Württemberg und der Verordnung des Kultusministeriums über Einrichtung und Aufgaben der Schülermitverantwortung (SMV) geregelt.
Das wichtigste Mitsprachegremium ist der Schülerrat, der sich aus allen Klassensprecher:innen und Stellvertreter:innen zusammensetzt. Er wählt den Schulsprecher oder die Schulsprecherin und dessen Stellvertretung. Als Bindeglied zwischen Schulleitung und Klassenschülerschaften informiert er oder sie über die Angelegenheiten der Schule und vertritt die Interessen aller Schülerinnen und Schüler gegenüber der Schulleitung.
Darüber hinaus besteht die Möglichkeit, seine Meinung zum Beispiel durch die Herausgabe einer Schülerzeitung zu vertreten. Du kannst dich auch als Streitschlichter:in oder Mediencoach engagieren.

Übung

82000-952

Schulkonferenz

> M8

Die Schulkonferenz ist das gemeinsame Organ der Schule. Sie hat die Aufgabe, das Zusammenwirken von Schulleitung, Lehrkräften, Eltern, Schülerinnen und Schülern zu fördern, bei Meinungsverschiedenheiten zu vermitteln sowie über Angelegenheiten, die für die Schule von wesentlicher Bedeutung sind, zu beraten und zu beschließen (vgl. Schulgesetz § 47).
In den Schulkonferenzen an den baden-württembergischen Schulen soll künftig mehr Gleichberechtigung herrschen: Schülerinnen und Schüler, Eltern und Lehrkräfte werden in dem Gremium, das es an jeder Schule gibt, zu je einem Drittel vertreten sein.

Übung

82000-953

Schule mitgestalten

> M1-M8

Ihr verbringt einen großen Teil eurer Zeit in der Schule. Eure Schulzeit ist geprägt von Spaß und Freude, manchmal aber auch sehr frustrierend und von schlechter Laune. Ob euch Schule Spaß macht, liegt an vielen verschiedenen Dingen: an euren Lehrkräften, den Fächern, Noten, Mitschülerinnen und Mitschülern, dem Gebäude und nicht zuletzt am Schulalltag. Euren Schulalltag könnt ihr maßgeblich mitgestalten und Ideen zur Veränderung einbringen, so dass Schule zu dem Raum wird, der euch gefällt.

Übung

82000-954

Selbsteinschätzung

In diesem Kapitel hast du viel über das Klassen- und Schulklima gelernt. Mithilfe des Selbsteinschätzungsbogens kannst du überprüfen, was du dazu kannst und weißt.

Ich kann ...	Das klappt schon ...	Hier kann ich noch üben ...
... die demokratischen Wahlrechtsgrundsätze beschreiben.		Kapitel 5.1: M8, M9, #Wahlrechtgrundsätze
... eine Klassensprecherwahl daraufhin überprüfen, ob sie den Vorgaben von Schulgesetz und SMV-Konferenz entspricht.		Kapitel 5.1: M6, M8, M9, #Klassensprecher:in
... meine Mitwirkungsrechte und Gestaltungsmöglichkeiten in der Schule beschreiben.		Kapitel 5.1: M8, M9, M14 Kapitel 5.2: #Mitbestimmungsrechte von Schülern
...Aufgaben der Schülervertretung nennen.		Kapitel 5.2: M2, #Schülermitverantwortung
... anhand einer Handyordnung darstellen, wie in meiner Schule Entscheidungen getroffen werden.		Kapitel 5.2: M3-M8, #Schulkonferenz
... beschreiben, warum es zu Konflikten kommen kann und wie diese gelöst werden können.		Kapitel 5.1: M10-M14, #Konflikt
... eine Konfliktlösung bewerten.		Kapitel 5.1: M12

M1 Problemfälle aus dem Schulleben

Fall 1: Mützen und Kappen während des Unterrichts
Während der letzten Monate werden vor allem in den Jahrgangsstufen 8 und 9 regelmäßig Mützen und Kappen im Unterricht aufbehalten. Fast jeder Zweite will sich nicht mehr von seiner Kopfbedeckung trennen. Einige Lehrkräfte haben Schwierigkeiten, die Gesichter ihrer Schülerinnen und Schüler unter den Schirmen der Kappen zu erkennen. Andere Lehrkräfte bemängeln das unpassende Erscheinungsbild im Unterricht. Lehrerinnen und Lehrer empfinden es auch als Missachtung ihrer Person, wenn junge Menschen vor ihnen die Kopfbedeckung aufbehalten.

Schüler trägt Cappy während des Unterrichts.

Fall 2: Fahrraddiebstähle auf dem Schulgelände
Seit einiger Zeit häufen sich die Diebstähle von Fahrrädern von dem eigens hierfür eingerichteten Fahrradparkplatz der innerstädtischen Schule. Es werden vorwiegend Fahrräder gestohlen, die nicht mit dem dort befindlichen Fahrradständer über ein Stahlbügelschloss fest verbunden sind. Diebe, die versucht haben, diese Stahlbügel aufzusägen, sind hierbei von Schülerinnen und Schülern bemerkt und gestört worden und haben dann das Weite gesucht.

Fahrradparkplatz einer Schule

Fall 3: Störende Gespräche im Selbstlernbereich
Einige Schülerinnen und Schüler beklagen, dass im Selbstlernbereich der Schule häufig laut diskutiert und gesprochen werde. Sie fühlen sich durch laut redende Schülerinnen und Schüler, aber auch durch die Appelle und Erklärungen der Aufsicht führenden Lehrkraft gestört. Wenn auch noch viele Multimedia-Computer betrieben werden, erhöhe sich der Lärmpegel, so dass ein konzentriertes Arbeiten nicht mehr möglich sei.

Schüler:innen in der Schulbibliothek

Fall 4: Streit um den Ausflug ins Erlebnisbad
Die Planung des nächsten Wandertages hat in der Klasse 8a für viel Ärger gesorgt. Die Mehrheit möchte gerne in ein Erlebnisbad fahren, in dem es eine Riesen-Wasserrutsche und andere Attraktionen gibt. Zwei Schülerinnen haben bereits gesagt, dass ihre Eltern da aus religiösen Gründen bestimmt nicht mitspielen werden, drei weitere Schüler haben sich wegen des hohen Eintrittspreises beschwert.

Jugendliche im Freibad

Aufgaben

70081-53

1. Entscheide für die Fälle aus **M1**:
   a) Soll das Problem durch eine allgemein geltende Regel gelöst werden?
   b) Sollen die Betroffenen eine eigene Lösung des Problems finden?
2. Begründe deine Entscheidung und halte die allgemeingültige Regel schriftlich fest.
3. Stellt euch eure Lösungen gegenseitig vor.

Spielplan

Ihr benötigt:
5 unterschiedliche Spielsteine (z. B. Münzen, kleine Steinchen, Radiergummi etc.)

Zeitbedarf:
20-30 Minuten

Was weißt du schon?

70081-54

Vorbereitung

1. Bildet Gruppen von 4-5 Schülerinnen und Schülern.

Durchführung

2. Spielt das Spiel!

Auswertung (bitte notiert alle Antworten)

Schritt 1 (in der Kleingruppe)

3. Beschreibt eure Vorgehensweise.

4. Stellt dar, ob bzw. weshalb es (keine) Probleme im Spielablauf gab.

Schritt 2 (im Plenum)

5. Erläutert die Berührungspunkte zwischen eurer Spielsituation und der Rechtsordnung eines Staates.

6. Präsentiert eure Ergebnisse.

6

Rechtliche Stellung des Jugendlichen und Rechtsordnung

Kinder und Jugendliche werden in der Bundesrepublik Deutschland vor dem Recht grundsätzlich anders behandelt als Erwachsene: sie genießen eine besondere Stellung. Dieser Grundsatz gilt selbst dann, wenn Kinder oder Jugendliche zu Straftäter:innen geworden sind. Man geht davon aus, dass sie noch nicht die geistige Einsicht und Reife wie Erwachsene haben können und deshalb besonders behandelt werden müssen.

Was lernst du in diesem Kapitel?

- ... wie der Staat Kinder und Jugendliche schützt.
- ... weshalb jugendliche Straftäter:innen anders bestraft werden als Erwachsene.
- ... wie das friedliche Zusammenleben in unserer Gesellschaft bei Verstößen durch rechtliche Regelungen gewährleistet und geschützt wird.

Simulation eines Jugendstrafprozesses

Habt ihr euch schon einmal gefragt, wie ein Jugendstrafprozess abläuft? Mithilfe dieses Kapitels könnt ihr einen Jugendstrafprozess simulieren. Dieser unterliegt festgeschriebenen Abläufen. Genau definierte, rechtsstaatliche Prinzipien müssen hierbei beachtet werden.

Geht dabei so vor:

Start

1 Wozu ist Recht nötig und was macht den deutschen Rechtsstaat aus? (→ Kapitel 6.1: M1, M3)

2 Welche verschiedenen Rechtsbereiche kennt das deutsche Rechtssystem? (→ Kapitel 6.1: M7)

3 Welchen besonderen Schutz genießen Kinder und Jugendliche in unserer Gesellschaft? (→ Kapitel 6.1: M12)

4 Welche Ursachen haben Einfluss darauf, dass Kinder und Jugendliche straffällig werden? (→ Kapitel 6.2: M5, M6)

5

(Wie) Können Kinder und Jugendliche strafrechtlich verfolgt werden?
(→ Kapitel 6.2: M8, M9, M12)

6

Welchen Zweck verfolgt Strafe bei Kindern und Jugendlichen und welche Strafformen sind für Jugendliche möglich?
(→ Kapitel 6.2: M11)

7

Führt nun selbst den Jugendstrafprozess entsprechend des Materials (→ Kapitel 6.2: M14-M21) durch.

Ziel

8

Wertet die Methode aus!

- Wie sind die Rollen realisiert worden?
- Haben sich alle an die jeweiligen Rollenbeschreibungen gehalten?
- Was sind Vor- bzw. Nachteile einer Simulation?
- ...

6.1 (Wie) Bestimmt das Recht unser Leben?

6.1.1 Recht – wozu eigentlich?

Recht – damit hast du nichts zu tun? Du wirst schnell merken, dass du täglich damit in Berührung kommst. Das Recht bildet einen wichtigen Rahmen, der es uns überhaupt erst möglich macht, unsere Rechte und Freiheiten in Anspruch zu nehmen.

M1 Wo begegnet uns Recht im Alltag?

Funktionen des Rechts

Das Recht sichert Frieden und gewährleistet Freiheit.
Es verbietet Vergeltung und Faustrecht und dient so der Vorbeugung von Konflikten. Die Rechtsordnung sorgt dafür, dass Streitigkeiten friedlich in einem geregelten Verfahren ausgetragen werden.

Pötzsch, Horst: Funktionen des Rechts. In: www.bpb.de, Abruf am 27.10.2022

M2 Ist das in Deutschland möglich?

a) „Verdächtiger wurde tagelang von der Polizei festgehalten"

b) „Angeklagter hatte keine Möglichkeit, sich zu den Anschuldigungen zu äußern"

c) „Die Verurteilung stand eigentlich schon früh fest, die Meinung der Regierung war ja allen bekannt …"

M3 Rechtsstaat – was ist das?

70081-161

Unter einem Rechtsstaat ist allgemein ein Staat zu verstehen, bei dem das Handeln von Regierung und Verwaltung durch geltende Gesetze beschränkt und gelenkt wird. Unmittelbar bedeutet dies erst einmal, dass der Staat an Recht gebunden ist. Der Staat und seine Verwaltung kann also nichts tun, was nicht durch ein Gesetz legitimiert ist.

Der deutsche Rechtsstaat garantiert die Grundrechte seiner Bürgerinnen und Bürger (Artikel 1-19 des Grundgesetzes) und schützt sie vor staatlicher Willkür. Er gewährt allen Bürgerinnen und Bürgern neben unbedingter Rechtssicherheit (d.h. Klarheit, Bestimmtheit und Beständigkeit staatlicher Entscheidungen) auch Rechtsgleichheit, d.h. vor dem Gesetz sind alle gleich – unabhängig davon, aus welcher Familie sie stammen, wie viel Geld sie besitzen oder wie berühmt sie sind. Alle staatlichen Eingriffe bedürfen einer gesetzlichen Grundlage (Gesetzesvorbehalt) und sämtliche Entscheidungen müssen von unabhängigen Gerichten überprüft werden können. Das nennt man Rechtsgebundenheit von Regierung, Verwaltung und Justiz.

Im deutschen Grundgesetz sind einige wichtige Artikel zu finden, die die Merkmale des Rechtsstaats genauer definieren. Dazu zählen u.a.

1. das Prinzip der Gewaltenteilung (Art. 1 Abs. 3 GG),
2. das Prinzip des gesetzmäßigen staatlichen Handelns (Art. 20 Abs. 3 GG),
3. die Grundrechtsbindung der Verwaltung (Art. 2-19 GG),
4. die Garantie des rechtlichen Gehörs (Art. 103 Abs. 1 GG),
5. die Garantie des gesetzlichen Richters (Art. 101 GG),
6. der Grundsatz der Verhältnismäßigkeit.

Prinzip der Gewaltenteilung
Das Prinzip der Gewaltenteilung verlangt grundsätzlich eine Trennung der Staatstätigkeiten. Gesetzgebung, Rechtsprechung und ausführende Staatstätigkeit müssen im Prinzip voneinander unabhängig arbeiten.

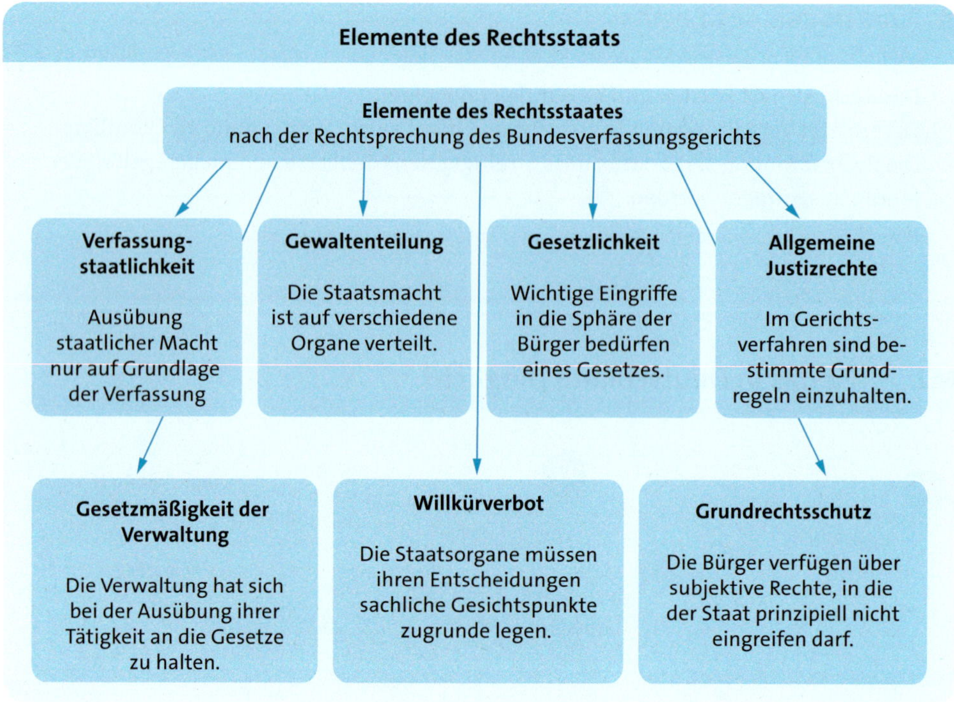

Nach: Piazolo, Michael: Der Rechtsstaat. In: Bayerische Landeszentrale für politische Bildung, München 1999, S. 13

M4 Merkmale des Rechtsstaats

Nach: Landeszentrale für politische Bildung, Baden-Württemberg 2021

Rechtsstaatsprinzipien

Der Staat darf nicht nach Belieben in die Freiheit seiner Bürgerinnen und Bürger eingreifen.
Hierfür benötigt er eine gesetzliche Grundlage (**Gesetzesvorbehalt**). Die Bürgerinnen und Bürger sind also vor staatlicher Willkür geschützt. Der deutsche Rechtsstaat garantiert seinen Bürgerinnen und Bürgern, dass alle vor dem Gesetz gleich sind (**Rechtsgleichheit**). Zugleich gewährt er **Rechtssicherheit**, d.h. dass man sich auf das Recht verlassen und jede Entscheidung gegebenenfalls von unabhängigen Gerichten überprüfen lassen kann.

M5 Ein Schicksal in China

Chinas Greta Thunberg muss sich zwischen Schule und Klima entscheiden
Globale Bewegungen haben es schwer, in China Fuß zu fassen. Das zeigt das Beispiel der 17-jährigen Ou Hongyi, die wegen ihres Klimaaktivismus von der Schule verwiesen wurde.

Büchenbacher, Katrin: Chinas Greta Thunberg muss sich zwischen Schule und Klima entscheiden. In: www.nzz.ch, 22.07.2020

> Aufgaben

70081-55

1. In **M1** sind verschiedene Regelverstöße abgebildet.
   a) Wie schwer wiegen jeweils diese Regelverstöße? Ordne die Bilder in einer Rangliste (1-gravierender Regelverstoß, 5-Regelverstoß von geringster Bedeutung). Begründe!
   b) Vergleiche deine Ergebnisse mit denen eines Partners/einer Partnerin.
2. Beschreibe, weshalb Regeln für das Zusammenleben von Menschen in einer Gesellschaft wichtig sind.
3. Begründe mithilfe der Rechtsstaatsprinzipien (**M3**), weshalb es Schlagzeilen wie in **M2** in Deutschland nicht geben kann/darf.
4. Erkläre mithilfe von **M3** und **M4** einem Grundschulkind den Begriff „Rechtsstaat“.
5. Erläutere die Aussage „Recht gewährleistet Freiheit“ (**M1-M4**).
6. Überprüfe mithilfe von **M3** und **M4**, wie sich die rechtliche Situation für Ou Hongyi (**M5**) darstellen würde.

H zu Aufgabe 4
Überlege dir dazu zunächst genau, welche Begriffe du problemlos verwenden kannst und welche du unbedingt umschreiben musst, weil ein Grundschulkind sie noch nicht verstehen kann.

6.1.2 Regelverstöße: (Wann) Soll der Staat reagieren?

Nicht alle Regelverstöße landen vor Gericht. Wenn du z. B. dein Zimmer nicht aufräumst, besprechen das deine Eltern mit dir. Manchmal werden sie auch Strafen aussprechen. Wann aber muss der Staat tätig werden und Regelverstöße ahnden? Unser Rechtssystem unterscheidet zwei große Rechtsbereiche: Privates und Öffentliches Recht, in denen das genau geregelt ist.

M6 Soll der Staat hier reagieren?

1 Ein Autohändler fordert von einem Käufer nach der bereits getätigten Anzahlung nun auch den Restbetrag ein. Der Käufer zahlt nach mehrmaliger Aufforderung nicht.

2 Ein Schüler einer 9. Klasse ist fußballbegeistert und möchte alle Fußballspiele seines Lieblingsvereins live anschauen. Seine Eltern sind nicht bereit, das Geld für einen entsprechenden Streaming-Dienst auszugeben. Nun hat er eine Website ausfindig gemacht, die alle gewünschten Spiele – wenn auch nicht legal – in voller Länge zeigt …

3 Vier Jugendliche im Alter von 14-16 Jahren begehen eine Reihe Diebstähle: Sie entwenden Smartphones, Sonnenbrillen und Navigationsgeräte aus Autos.

M7 Was bedeuten Öffentliches Recht und Zivilrecht?

70081-162

Das Rechtssystem der BRD unterscheidet zwei große Rechtsbereiche: das Öffentliche und das Private Recht:

a) Öffentliches Recht

Im Öffentlichen Recht stehen sich als Streitpartner Staat oder Behörden auf der einen Seite und Bürger auf der anderen Seite gegenüber. Das Öffentliche Recht regelt also die Rechtsbeziehungen der Bürger zum Staat, wobei der Staat der Hoheitsträger, der Bürger der Rechtsunterworfene ist. Es herrscht also ein Überordnungs-Unterordnungsverhältnis, bei dem die Strafgewalt allein dem Staat zusteht, Anklage erhebt der Staatsanwalt.

Ein wichtiger Bestandteil des Öffentlichen Rechts ist das Strafrecht. Der Staat droht im Strafgesetzbuch (StGB) jedem Straftäter eine Strafe an, der sich an Leben, Gesundheit oder Besitz anderer vergeht. Das Kernstück des Strafprozesses ist die Hauptverhandlung. Deren Ziel ist es, den Sachverhalt endgültig aufzuklären: Anders als im Zivilprozess wird hier über Schuld oder Unschuld des Angeklagten befunden und in einem Urteil Art und Höhe der Strafe bestimmt.

b) Zivilrecht

Im Gegensatz dazu hält sich der Staat im Privat- oder Zivilrecht aus Streitfragen zwischen Bürgerinnen und Bürgern inhaltlich heraus. Grundsätzlich gilt hier der Grundsatz „Wo kein Kläger, da kein Richter". Zwingende Voraussetzung für einen Zivilprozess ist die Klageerhebung, d. h. ein Zivilprozess kann nur dann stattfinden, wenn Klage eingereicht wurde. Der/Die Bürger:in muss sich an die Gerichte wenden, um

sein/ihr Recht mithilfe der Staatsgewalt durchzusetzen. Anders als beim Strafprozess ist die Beweisaufnahme nicht Teil der mündlichen Verhandlung.
Das Gericht prüft nur, was die Streitparteien vorbringen. Der Staat bietet durch das Bürgerliche Gesetzbuch (BGB) den gesetzlichen Rahmen. Ziel ist es, den Rechtsfrieden wiederherzustellen. In einem Zivilprozess sind die Streitparteien gleichberechtigt.

Autorentext

M8 Ablauf eines Strafprozesses

70081-163

Nach: Bergmoser + Höller Verlag, 129520

M9 Ablauf eines Zivilprozesses

70081-164

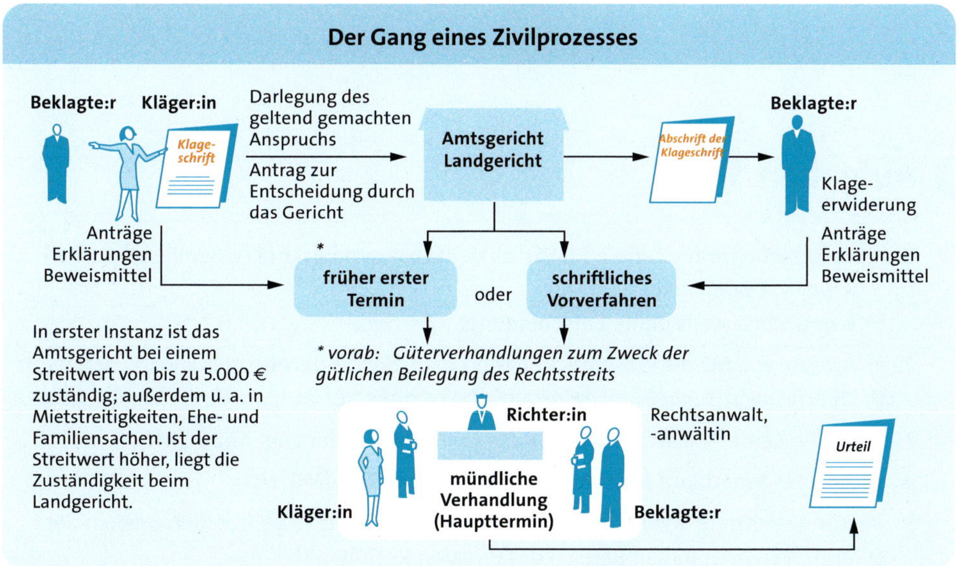

Nach: Bergmoser + Höller Verlag, 129810

M10 Öffentliches oder Privates Recht?

70081-165

Fallbeschreibung	Öffentliches Recht?	Privates Recht?	Begründung
1. Ein Apotheker kauft Arzneimittel bei einem Großhändler.			
2. Der Auslieferungsfahrer eines Paketdienstes erhält einen Strafzettel.			
3. Eine Kundin kauft Arzneimittel auf Rezept.			
4. Die Auszubildende schließt einen Ausbildungsvertrag mit dem Friseur ab.			
5. Das Ordnungsamt bemängelt die Sauberkeit in einer angesagten Kneipe.		BITTE INS HEFT!	
6. Der Bäcker erhält eine Verwarnung wegen nicht genehmigter Umbauarbeiten an seinem Bäckereifachgeschäft.			
7. Ein 14-Jähriger raucht in der Öffentlichkeit.			
8. Herr Müller hat sich von seinem Freund Geld geliehen, will es jetzt aber nicht zurückzahlen.			

Aufgaben

70081-56

1. a) Entscheide für die Fälle 1-3 (**M6**), ob der Staat den beschriebenen Regelverstoß jeweils ahnden soll.
b) Begründe jeweils deine Entscheidung.

2. a) Arbeite aus **M7** die wesentlichen Merkmale der beiden Rechtsbereiche heraus.
b) Überprüfe anschließend deine Entscheidungen aus Aufgabe 1.

3. Stelle die beiden Rechtsbereiche in einem Bild einander gegenüber (**M7**).

4. Vergleiche den Ablauf eines Straf- und Zivilprozesses (**M8**, **M9**).

5. Begründe mithilfe von **M7** für die Fälle 1-8 (**M10**), ob sie jeweils in den Bereich des Öffentlichen oder in den Bereich des Privaten Rechts fallen.

Karikaturen analysieren

Worum geht es?

Ob in Tageszeitungen oder im Internet, immer wieder begegnen dir Karikaturen. Das sind Zeichnungen, die ein Ereignis, einen Sachverhalt oder ein aktuelles Problem aus Politik, Wirtschaft oder Gesellschaft darstellen und kommentieren, meist in satirischer (bissiger, spöttischer) Form. Nicht immer ist es einfach, die Aussage einer Karikatur herauszufinden. Der folgende Leitfaden soll dir helfen, Karikaturen zukünftig leichter zu entschlüsseln.

Geht dabei so vor:

1. Schritt: Die Karikatur beschreiben

Konzentriere dich zunächst nur auf die Aspekte, die du auf der Karikatur siehst. Dazu gehört auch, den Namen des Karikaturisten/der Karikaturistin und ggf. Erscheinungsjahr / Erscheinungsort (Zeitschrift, Tageszeitung etc.) zu nennen. Achtung: Sieh´ genau hin, denn der Karikaturist hat sich jeden Strich und jedes Wort genau überlegt!

Formulierungshilfen zur Analyse einer Karikatur

70081-101

↓ ↓ ↓

2. Schritt: Die Einzelheiten in der Karikatur deuten und verstehen

Meist stehen die in der Karikatur gezeichneten Gegenstände oder Situationen für etwas, auf das der Karikaturist/die Karikaturistin besonders hinweisen möchte. Manchmal werden auch Symbole verwendet, die zunächst entschlüsselt werden müssen.
Ein häufig genutztes Mittel der Karikatur ist, vertraute Bilder oder Szenen darzustellen und diese zu verfremden durch die Art der Zeichnung oder die Worte, die den Personen in den Mund gelegt werden.

↓ ↓ ↓

3. Schritt: Die Kernaussage der Karikatur formulieren

Formuliere in einem Satz, welche Position des Zeichners/der Zeichnerin in der Karikatur zum Ausdruck gebracht wird (Kernaussage).

↓ ↓ ↓

4. Schritt: Die Kernaussage der Karikatur überprüfen

Abschließend überlegst du, ob du dem Karikaturisten/der Karikaturistin zustimmen oder ob du seiner/ihrer Aussage widersprechen möchtest. Dein Ergebnis musst du auf jeden Fall begründen. Dazu benötigst du häufig noch mehr Informationen; ggf. musst du dir diese zunächst beschaffen, bevor du hier wirklich zu einem eigenständigen Urteil kommen kannst.

6.1.3 Jugendschutz: Sinnvoll oder einfach nur lästig?

Stell dir vor: Du freust dich die ganze Woche auf den Samstagabend. Dann ist es endlich soweit und du gehst mit deiner Clique in einen Club. Die anderen sind etwas älter als du, aber das ist ja gerade das Coole: du bist trotzdem voll akzeptiert! Der Abend verläuft super, bis du – nur weil du etwas jünger als die anderen bist – den Club verlassen musst ...

M11 Was ist erlaubt?

70081-166

Die Rechtsvorschriften, die speziell Jugendliche betreffen, sind im Jugendschutzgesetz (JuSchG) festgeschrieben.

Fall	stimmt	stimmt nicht
1. Der Aufenthalt von Kindern in Gaststätten ist grundsätzlich verboten.		
2. Jugendliche dürfen Bier kaufen.		
3. Kinder und Jugendliche dürfen sich in Begleitung ihrer Erziehungsberechtigten in öffentlichen Spielhallen aufhalten.		
4. Jugendlicher ist, wer 14, aber noch nicht 18 Jahre alt ist.		
5. Jugendlichen ist das Rauchen in der Öffentlichkeit erlaubt.		
6. Werbefilme oder Werbeprogramme für alkoholische Getränke dürfen nur nach 18 Uhr vorgeführt werden.		
7. Piercings und Tätowierungen sind erst ab 14 Jahren erlaubt.		

BITTE INS HEFT!

Besondere Rechtsstellung von Kindern und Jugendlichen

Kinder und Jugendliche müssen vor Gefahren besonders geschützt werden.
Sie sind häufig noch nicht in der Lage, alle Gefahren richtig einschätzen zu können. Das ist zunächst einmal Aufgabe der Eltern, aber auch des Staates. Dies nennt man Fürsorgepflicht des Staates. Dieser Grundsatz spiegelt sich besonders im Jugendschutzgesetz, aber auch im Bürgerlichen Gesetzbuch (BGB) wider.

Jugendschutzgesetz

Die Regelungen des Jugendschutzgesetzes sollen vor Gefahren schützen.
Das Jugendschutzgesetz regelt zum Beispiel, unter welchen Bedingungen sich ein Kind oder ein Jugendlicher in Gaststätten aufhalten darf und verbietet allen unter 18 Jahren, in der Öffentlichkeit zu rauchen.

M12 Auszüge aus dem Jugendschutzgesetz

70081-167

§ 1 Begriffsbestimmungen
(1) Im Sinne dieses Gesetzes
1. sind Kinder Personen, die noch nicht 14 Jahre alt sind,
2. sind Jugendliche Personen, die 14, aber noch nicht 18 Jahre alt sind […].

§ 6 Spielhallen, Glücksspiele
(1) Die Anwesenheit in öffentlichen Spielhallen […] darf Kindern und Jugendlichen nicht gestattet werden. […]

§ 4 Gaststätten
(1) Der Aufenthalt in Gaststätten darf Kindern und Jugendlichen unter 16 Jahren nur gestattet werden, wenn eine personensorgeberechtigte oder erziehungsbeauftragte Person sie begleitet oder wenn sie in der Zeit zwischen 5 Uhr und 23 Uhr eine Mahlzeit oder ein Getränk einnehmen. Jugendlichen ab 16 Jahren darf der Aufenthalt in Gaststätten ohne Begleitung einer personensorgeberechtigten oder erziehungsbeauftragten Person in der Zeit von 24 Uhr und 5 Uhr morgens nicht gestattet werden. […]

§ 10 Rauchen in der Öffentlichkeit, Tabakwaren
(1) In Gaststätten, Verkaufsstellen oder sonst in der Öffentlichkeit dürfen Tabakwaren an Kinder oder Jugendliche weder abgegeben noch darf ihnen das Rauchen gestattet werden. […]

§ 11 Filmveranstaltungen
(1) Die Anwesenheit bei öffentlichen Filmveranstaltungen darf Kindern und Jugendlichen nur gestattet werden, wenn die Filme […] zur Vorführung vor ihnen freigegeben worden sind. […]
(2) Abweichend von Absatz 1 darf die Anwesenheit bei öffentlichen Filmveranstaltungen mit Filmen, die für Kinder und Jugendliche ab zwölf Jahren freigegeben […] sind, auch Kindern ab sechs Jahren gestattet werden, wenn sie von einer personensorgeberechtigten Person begleitet sind.
(5) Werbefilme oder Werbeprogramme, die für alkoholische Getränke werben, dürfen […] nur nach 18 Uhr vorgeführt werden.

§ 12 Bildträger mit Filmen oder Spielen
[…] (3) Bildträger, die nicht oder mit „Keine Jugendfreigabe" […] gekennzeichnet sind, dürfen […] einem Kind oder einer jugendlichen Person nicht angeboten, überlassen oder sonst zugänglich gemacht werden […].

Auszüge aus dem Jugendschutzgesetz vom 23. Juli 2002 (BGBl. I S. 2730), zuletzt geändert durch Artikel 1 des Gesetzes vom 9. April 2021 (BGBl. I S. 742)

Aufgaben

70081-57

1. Entscheide, welche der Antworten 1-7 zutreffen bzw. nicht zutreffen (**M11**).
2. Überprüfe deine Antworten entweder mithilfe von **M12** oder indem du auf den Seiten des Bundesministeriums für Familie, Senioren, Frauen und Jugend (*http://www.bmfsfj.de/gesetze,did=5350*) recherchierst.

H zu Aufgabe 2
Denke unbedingt daran, wie du beim Lesen und Verstehen von Gesetzestexten vorgehen musst.

6.1.4 Soll der Jugendmedienschutz verschärft werden?

Oft scheint es als sei das Internet ein rechtsfreier Raum. Aber ist dem tatsächlich so oder kann der Jugendschutz auch im Internet gewährleistet werden?

M13 Jugendschutz im Internet möglich?

Karikatur: Michael Hüter, 2021

M14 Mehr Sicherheit durch Verschärfung des Jugendmedienschutzes?

70081-168

Franziska Giffey (SPD) war 2018-2021 Bundesministerin für Familie, Senioren, Frauen und Jugend.

Auszug aus der ersten Beratung eines Zweiten Gesetzes zur Änderung des Jugendschutzgesetzes:

Sehr geehrter Herr Präsident! Sehr geehrte Damen und Herren Abgeordnete! [...] 40 Prozent der 10- bis 18-Jährigen haben schon einmal negative Erfahrungen im Internet gemacht. Anfang Dezember [2020] hat eine Studie festgestellt, dass in Deutschland 2 Millionen Schülerinnen und Schüler von Cybermobbing betroffen sind. Darauf müssen wir reagieren. Wir müssen dafür sorgen, dass möglichst alle Kinder und Jugendlichen in der digitalen Welt geschützt und sicher unterwegs sein können und dem Jugendschutz entsprochen wird. Denn der Jugendschutz hat Verfassungsrang [...] auch im Netz. Unser Jugendschutz stammt aus dem Jahr 2002, aus einer Zeit von CD-ROM und Videokassetten, aus einer Zeit vor YouTube, Instagram und TikTok, also quasi aus der digitalen Steinzeit. Deshalb ist es allerhöchste Zeit, ihn fit zu machen fürs 21. Jahrhundert. Das machen wir mit diesem Gesetzentwurf, der sich für einen modernen Jugendmedienschutz starkmacht.

Giffey, Franziska: Drucksache 19/24909, Plenarprotokoll 19/201. In: www.dserver.bundestag.de, Abruf am 16.12.2021

M15 Jugend(medien)schutz zwischen Schutz, Befähigung und Teilhabe?

70081-169

Aus einer Schriftlichen Stellungnahme zu dem Entwurf eines Zweiten Gesetzes zur Änderung des Jugendschutzgesetzes:

Moderner Jugendmedienschutz muss [...] Kinder und Jugendliche vor allen relevanten Gefährdungen schützen, sie aber gleichzeitig zu der eigenverantwortlichen und gemeinschaftsfähigen Nutzung medialer Angebote befähigen. [...] So ist auch der verfassungsrechtliche Schutzauftrag an den Staat zu lesen, wie er sich aus Art. 2 Abs. 1 in Verbindung mit Art. 1 Abs. 1 GG ergibt [...]. Unterbelichtet bleibt [...] die Reflexion der Auswirkungen des JuSchG-Entwurfs als ein nationaler, besonders restriktiver Ansatz im Jugendschutz bei grenzüberschreitenden Online- und Medienmärkten. Der JuSchG-Entwurf erscheint als eine legislative Maßnahme mit [...] signifikanten Auswirkungen auf die öffentliche Kommunikation im Internet [...], die eine realistische Gesetzesfolgenabschätzung aus Sicht der Informations- und Kommunikationsgrundrechte vermissen lässt – auch mit Blick auf mögliche Teilhabeerschwerungen für Kinder und Jugendliche, denen zum Beispiel Anbieter der Einfachheit halber den Zutritt zu ihren Plattformen untersagen, um sich komplexen Jugendschutzordnungen nicht stellen zu müssen.

Dreyer, Stephan / Schulz, Wolfgang: Schriftliche Stellungnahme zu dem Entwurf eines Zweiten Gesetzes zur Änderung des Jugendschutzgesetzes. In: www.hans-bredow-institut.de, 28.02.2020

M16 Zweites Gesetz zur Änderung des Jugendschutzgesetzes

Das neue Jugendschutzgesetz trat am 1. Mai 2021 in Kraft. Es bietet:

- **Schutz** von Kindern und Jugendlichen vor Interaktionsrisiken wie Mobbing, sexueller Anmache oder Kostenfallen.
- **Orientierung** für Eltern, Fachkräfte und Jugendliche durch einheitliche Alterskennzeichen.
- **Durchsetzung** der Regelungen auch gegenüber ausländischen Anbietern, die Kinder und Jugendliche besonders viel nutzen.

www.bmfyfj.de, 01.05.2021

Aufgaben

70081-58

1. a) Arbeite die Aussage der Karikatur **M13** heraus.
   b) Nennt eure Erwartungen an die Politik, wie das in **M13** dargestellte Problem bekämpft werden könnte.
2. Begründe, weshalb die damalige Bundesfamilienministerin Franziska Giffey für eine Reform des Jugendmedienschutzes eingetreten ist (**M14**).
3. Erläutere, inwiefern das „Zweite Gesetz zur Änderung des Jugendschutzgesetzes“ (**M15, M16**) das in der Karikatur **M13** aufgeworfene Problem effektiv bekämpfen kann.
4. Erörtere, ob Jugendschutz sinnvoll oder einfach nur lästig ist (**M11-M16**).

H zu Aufgabe 3
Weitere Details des reformierten Jugendschutzgesetzes kannst du hier nachlesen:

70081-102

H zu Aufgabe 4
Nutze dazu die Methode "Good Angel/Bad Angel".

6.1.5 Inwieweit sind Kinder und Jugendliche haft- bzw. strafbar?

Kinder können die Folgen ihrer Taten nicht immer und in vollem Umfang einschätzen. Aber ab welchem Alter wird dies von ihnen erwartet?

M17 Vandalismus in der Schule

Heiko (15) und Steve (13) sind ein eingeschworenes Team. Als die Zeugnisse fällig sind und Heiko entsetzt ein „wird nicht versetzt nach Klasse 9" in seinem Zeugnis lesen muss, entscheidet er, es der Schule „heimzuzahlen". Steve ist selbstverständlich mit von der Partie. Da er auf seinen Bruder Charlie (6) aufpassen muss, beschließt er, diesen einfach mitzunehmen. Gegen 22:00 Uhr ziehen sie los. Da sie es nicht schaffen, in die Schule einzudringen, werfen sie aus Frust sechs Fensterscheiben ein und besprühen die Eingangstür mit Graffiti. Dabei werden sie von Passanten beobachtet, die umgehend die Polizei alarmieren. Der Schaden beläuft sich auf circa 5.000 €.

Autorentext

M18 Was sagt das Gesetz dazu?

70081-170

Strafgesetzbuch (StGB)
§ 303 *Sachbeschädigung*
(1) Wer rechtswidrig eine fremde Sache beschädigt oder zerstört, wird mit Freiheitsstrafe bis zu zwei Jahren oder mit Geldstrafe bestraft.

Bürgerliches Gesetzbuch (BGB)
§ 823 *Schadensersatzpflicht*
(1) Wer vorsätzlich oder fahrlässig das Leben, den Körper, die Gesundheit, die Freiheit, das Eigentum oder ein sonstiges Recht eines anderen widerrechtlich verletzt, ist dem anderen zum Ersatz des daraus entstehenden Schadens verpflichtet.
§ 828 *Minderjährige*
(1) Wer nicht das siebente Lebensjahr vollendet hat, ist für einen Schaden, den er einem anderen zufügt, nicht verantwortlich.
(2) Wer das siebente, aber nicht das zehnte Lebensjahr vollendet hat, ist für den Schaden, den er bei einem Unfall mit einem Kraftfahrzeug, einer Schienenbahn oder einer Schwebebahn einem anderen zufügt, nicht verantwortlich. Dies gilt nicht, wenn er die Verletzung vorsätzlich herbeigeführt hat.
(3) Wer das 18. Lebensjahr noch nicht vollendet hat, ist, sofern seine Verantwortlichkeit nicht nach Absatz 1 oder 2 ausgeschlossen ist, für den Schaden, den er einem anderen zufügt, nicht verantwortlich, wenn er bei der Begehung der schädigenden Handlung nicht die zur Erkenntnis der Verantwortlichkeit erforderliche Einsicht hat.

Jugendgerichtsgesetz (JGG)
§ 1 *Persönlicher und sachlicher Anwendungsbereich*
(1) Dieses Gesetz gilt, wenn ein Jugendlicher oder ein Heranwachsender eine Verfehlung begeht, die nach den allgemeinen Vorschriften mit Strafe bedroht ist.
(2) Jugendlicher ist, wer zur Zeit der Tat vierzehn, aber noch nicht achtzehn, Heranwachsender, wer zur Zeit der Tat achtzehn, aber noch nicht einundzwanzig

Jahre alt ist.

§ 3 *Verantwortlichkeit*

Ein Jugendlicher ist strafrechtlich verantwortlich, wenn er zur Zeit der Tat nach seiner sittlichen und geistigen Entwicklung reif genug ist, das Unrecht der Tat einzusehen und nach dieser Einsicht zu handeln. [...]

M19 Stufen der Deliktsfähigkeit

Stufen der Deliktsfähigkeit

Deliktsfähigkeit	deliktsunfähig	beschränkt deliktsfähig	voll deliktsfähig
Deliktsfähigkeit ist die Fähigkeit einer Person, wegen einer unerlaubten Handlung, bei der ein Schaden entstanden ist, haftbar (Pflicht zum Schadensersatz) gemacht werden zu können.	Minderjährige unter sieben Jahren und Personen, deren freie Willensbetätigung krankheitsbedingt ausgeschlossen ist	Minderjährige zwischen 7 und 18 Jahren (Spezialfall zwischen 7 und 10: Minderjährigenhaftung bei vorsätzlich verursachtem Verkehrsunfall) und Taubstumme	Volljährige (ab 18 Jahren)

M20 Stufen der Strafmündigkeit von Jugendlichen

Stufen der Strafmündigkeit

Strafmündigkeit	strafunmündig	strafmündig nach Jugendgerichtsgesetz (JGG)	strafmündig
Die alters- und geistesbedingte Fähigkeit, für das Unrecht einer strafbaren Handlung einzustehen.	Personen unter 14 Jahren sind strafrechtlich nicht verantwortlich.	Personen mit Vollendung des 14. Lebensjahres sind bedingt verantwortlich, nämlich falls die „Strafreife“ vorhanden ist, also „die Fähigkeit, das Unrecht der Tat einzusehen und nach dieser Einsicht zu handeln“ (§ 3 JGG).	Erwachsene sind voll strafmündig, doch wird bei Heranwachsenden (18 - 21 Jahre) in der Regel das Jugendstrafrecht angewendet. Ab dem 21. Geburtstag muss das Erwachsenenstrafrecht angewendet werden.

Aufgaben

70081-59

1. Unterscheide mithilfe von **M18** zivilrechtliche und strafrechtliche Folgen für die an der Tat in **M16** beteiligten Personen.
2. Erkläre, weshalb eine Tat zugleich zivil- und strafrechtliche Folgen haben kann.
3. Erläutere anhand von **M19** und **M20** mögliche Gründe, weshalb die Altersgrenze für die Verantwortlichkeit im Strafrecht im Vergleich zur Deliktsfähigkeit im Zivilrecht höher liegt.
4. Bewerte folgende Forderung: „Kinder und Jugendliche sollten in vollem Umfang haft- und strafbar sein.“ (**M18-M20**).

F **zu Aufgabe 1**
Begründe jeweils deine Entscheidung.

F **zu Aufgabe 2**
Nenne Beispiele aus deinem Alltag.

F **zu Aufgabe 3**
Beziehe dein Wissen zur besonderen Rechtsstellung von Kindern und Jugendlichen in unserer Rechtsordnung in deine Überlegungen ein.

„Good Angel" und „Bad Angel"

Worum geht es?

Häufig muss man sich mit Problemen auseinandersetzen, bei denen man nicht so recht weiß, ob man eher dafür oder eher dagegen ist. Eine Möglichkeit, sich einer Antwort anzunähern und dennoch nicht den Überblick zu verlieren, ist, sich möglichst frei von Gefühlen Vor- und Nachteile eines Sachverhalts gegenüberzustellen. Bei der Methode „Good Angel – Bad Angel" werden die Argumente von zwei Personen einem/r neutralen Zuhörer:in vorgetragen, der sich ein Urteil bilden soll.

Geht dabei so vor:

1. Schritt: Gruppen bilden und Rollen verteilen

Bildet Gruppen von jeweils drei Schüler:innen und verteilt die Rollen „Good Angel", „Bad Angel" und Zuhörer:in.

↓ ↓ ↓

2. Schritt: Rollen erarbeiten (ca. 10 Min.)

„Good Angel" und „Bad Angel" arbeiten die Argumente heraus, ergänzen diese und überlegen, wie sie diese möglichst überzeugend vortragen können. Der/Die Zuhörer:in kann sich bei Bedarf zu beiden Positionen informieren.

↓ ↓ ↓

3. Argumente vortragen

Im Wechsel tragen „Good Angel" und„Bad Angel" ihre Argumente dem/der Zuhörer:in vor. Diese/r darf nicht nachfragen oder kommentieren, kann sich aber Stichpunkte machen.

↓ ↓ ↓

4. Schritt: Argumente gewichtend gegenüberstellen

Die/Der Zuhörer:in wägt die in der 3er-Gruppe angeführten Argumente ab und gewichtet diese aus ihrer/seiner Perspektive, z. B. 40 (PRO):60 (KONTRA), 50:50, etc.

↓ ↓ ↓

5. Schritt: Ergebnisse aus den 3er Gruppen präsentieren

Die/Der Zuhörer:in stellt im Plenum ihre/seine Gewichtung vor, nennt und begründet ggf. die jeweils ausschlaggebenden Argumente und visualisiert diese an der Tafel.

↓ ↓ ↓

6. Schritt: Abschließendes individuelles Ergebnis formulieren

Jede/r wägt die gehörten Argumente ab und formuliert eine individuelle Antwort auf die diskutierte Problemfrage.

Wie bestimmt das Recht unser Leben?

Rechtsstaat BRD > M3

In der Bundesrepublik Deutschland müssen sich nicht nur die Bürgerinnen und Bürger an die Gesetze halten, sondern auch der Staat. Neben diesem Prinzip der Rechtssicherheit ist das Prinzip der Unabhängigkeit der Gerichte wichtig für einen Rechtsstaat, d. h. Gerichte dürfen von niemandem, auch nicht von Politikern oder Medien beeinflusst werden. Für alle gerichtlichen Verfahren gilt die unbedingte Rechtsgleichheit, die im Grundgesetz in Artikel 3, Absatz 1 so formuliert ist: „Alle Menschen sind vor dem Gesetz gleich."

Übung
82000-955

Rechtsbereiche: Öffentliches und Privates Recht > M7

Die Gesetze in der Bundesrepublik Deutschland können zwei großen Rechtsbereichen zugeordnet werden, dem Privatrecht oder dem Öffentlichen Recht. Im Bereich des Öffentlichen Rechts sind die Bürger:innen dem Staat rechtlich untergeordnet, während Streitigkeiten zwischen rechtlich gleichgestellten Bürgerinnen und Bürgern zum Privatrecht gehören. Gesetze sollen den Einzelnen schützen, sie erfüllen eine wichtige Schutz- und Ordnungsfunktion.

Übung
82000-956

Die besondere Rechtsstellung von Kindern und Jugendlichen > M12

Kinder und Jugendliche müssen vor Gefahren, die sie selbst aufgrund ihres Alters und ihrer Entwicklung noch nicht richtig einschätzen oder gar abwehren können, besonders geschützt werden. Das ist zunächst einmal Aufgabe der Eltern, aber auch des Staates (Fürsorgepflicht).

Übung
82000-957

Jugendschutz: Schutz oder Bevormundung? > M12-M16

Die Fürsorgepflicht des Staates spiegelt sich insbesondere im Jugendschutzgesetz (JuSchG) wider. Mithilfe der Regelungen des Jugendschutzgesetzes möchte der Staat dafür sorgen, dass Kinder und Jugendliche vor Gefahren geschützt werden. Kritiker:innen meinen, dass den Kindern und Jugendlichen durch eine Verschärfung der Gesetze, wie zum Beispiel die Anhebung des Mindestalters beim Rauchen von 16 auf 18 Jahre, nicht geholfen wird. Sie glauben, dass Verbote noch stärker locken und dann das Gegenteil bewirken. Fest steht, eine gesetzliche Regelung zu haben, bedeutet noch nicht, dass man damit auch ein Problem gelöst hat.

Übung
82000-958

6.2 Jugendstrafrecht

6.2.1 Jugendkriminalität – eine vorübergehende Erscheinung?

Warum werden Kinder und Jugendliche kriminell? Gibt es so etwas wie jugendtypische Straftaten? Dieses Kapitel beschäftigt sich mit Ansätzen und Überlegungen, Straftaten von Jugendlichen zu erklären.

M1 Kriminalität aus Langeweile?

Karikatur: Thomas Plaßmann, Baaske Cartoons, 2000

M2 Formen von Jugendkriminalität

70081-171

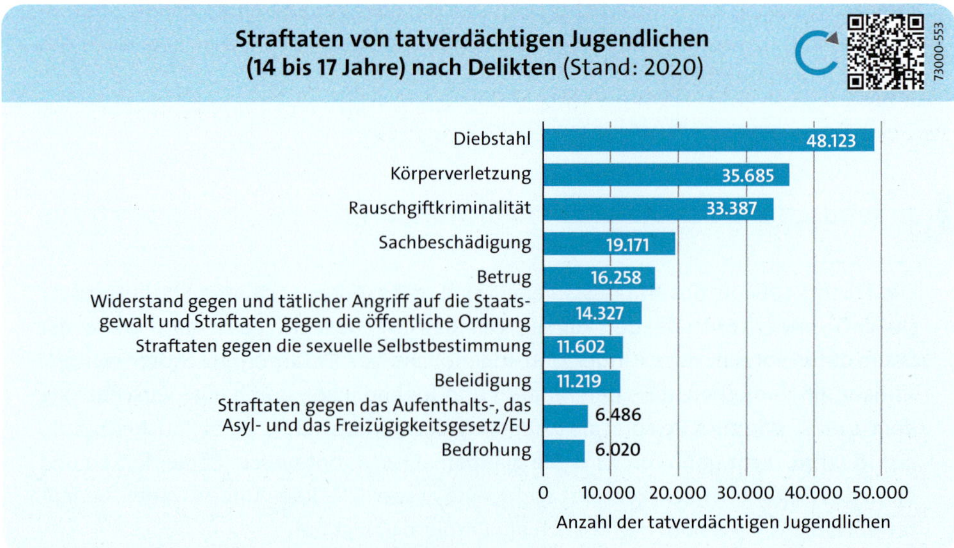

©C.C. Buchner Verlag, aktuelle Daten nach: ©Statista 2021

M3 Jugendkriminalität in Baden-Württemberg

70081-172

a) Wie viele junge Menschen wurden in Baden-Württemberg verurteilt?

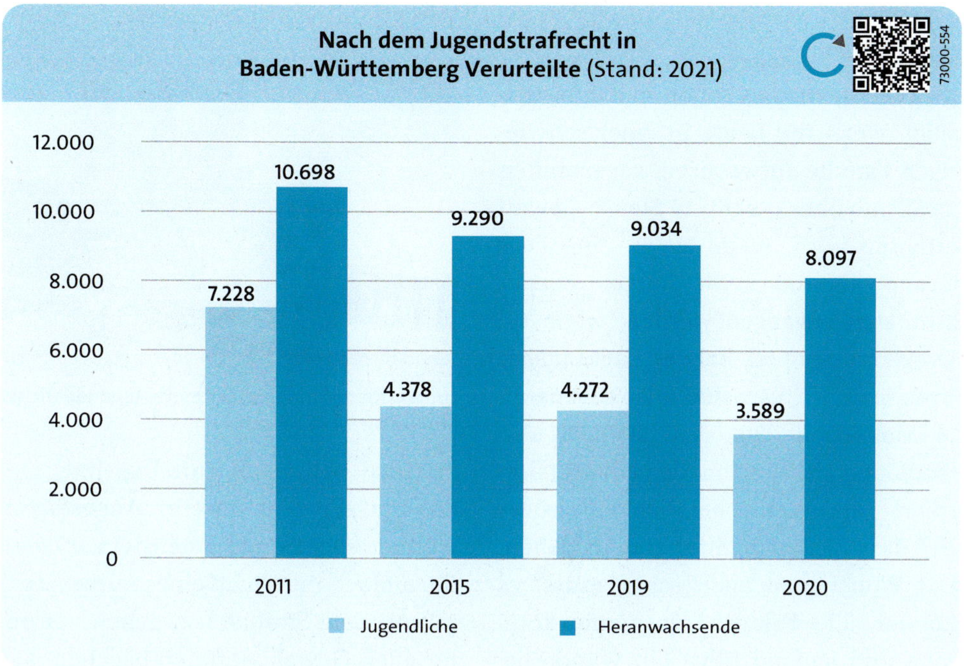

©C.C. Buchner Verlag, aktuelle Daten nach: www.justiz-bw.de, 2022

b) Entwicklung der Kriminalität der unter 21-Jährigen im Jahr 2020

Die Anzahl der Tatverdächtigen unter 21 Jahren geht im Jahr 2020 deutlich zurück, insbesondere bei den Aggressions- und Diebstahlsdelikten, der Rauschgiftkriminalität, dem Betrug und der Sachbeschädigung. Demgegenüber steigt die Anzahl der jungen Tatverdächtigen bei den Straftaten gegen die sexuelle Selbstbestimmung deutlich um 38,3 Prozent an. Insbesondere das Verbreiten (kinder- und jugend-)pornografischer Bilder oder Videos, beispielsweise in Messenger-Gruppen, führt zu diesem Anstieg.

Ministerium für Inneres, Digitalisierung und Migration: Sicherheitsbericht des Landes Baden-Württemberg. In: www.baden-wuerttemberg.de, Abruf am 24.07.2022

M4 Der Fall Stefan M.

Stefan M. ist 19 Jahre alt, lebt mit seinen Geschwistern bei seinem Vater, die Mutter ist früh verstorben. Stefan M. besuchte die städtische Hauptschule und machte seinen Hauptschulabschluss. Anschließend begann er eine Lehre als Maurer. Nach 2 ½ Jahren wurde ihm gekündigt. Zur Tatzeit war Stefan M. bereits seit 8 Jahren drogenabhängig. Im Bundeszentralregister befindet sich eine Eintragung wegen Körperverletzung mit Beleidigung mit einem Strafbefehl von 30 Tagessätzen zu je 5,- Euro.

Peer Group
vgl. Kap. 2.2

M5 Einmal kriminell, immer kriminell?

70081-173

Besuch bei einem, der es wissen muss. Ludwig Kretzschmar ist Leiter des Jugendgerichts am Amtsgericht München [...]. Worin sieht Ludwig Kretzschmar die Gründe für kriminelles Verhalten? [...]

„Schwierig wird es schon mal zum Beispiel, wenn die Leute in einer schwierigen Familie aufwachsen, sogenannten ‚broken homes', wenn zu Hause Gewalt erfahren wird, wenn sie in eine Peer Group kommen, wo immer wieder Straftaten begangen werden, wenn sie Drogenmissbrauch haben", sagt Ludwig Kretzschmar. „Das sind alles sogenannte kriminogene Faktoren, das heißt also landläufig, dass, wenn die verstärkt auftreten, die Wahrscheinlichkeit größer ist, dass sie auch Straftaten begehen. [...] Wobei man auch sagen muss, es können alle Faktoren zusammenkommen und jemand führt ein wunderbares, straffreies Leben. Also man kann es nie runterbrechen wie in der Naturwissenschaft, sondern das kann man halt allgemein feststellen, dass das schwierigere Faktoren sind." [...] Allerdings wird die Mehrzahl der Jugendlichen und Heranwachsenden nur ein oder zweimal polizeilich auffällig. [...] „Um die fünf Prozent unserer Angeklagten werden sogenannte Intensivtäter sein, die einfach innerhalb eines kurzen Zeitraums viele Straftaten begehen, darunter auch Gewaltstraftaten begehen. [...] Bei den anderen, ganz salopp gesagt, die werden mit und ohne Jugendrecht vernünftig."

Ludwig Kretzschmar ist Leiter des Jugendgerichts am Amtsgericht München.

Gruber, Georg: Jugendliche Straftäter – Das Ende der Unschuld. In: www.deutschlandfunkkultur.de, 14.01.2021

Ursachen von Jugendkriminalität

Motive und Ursachen, weshalb Jugendliche straffällig werden, sind vielschichtig: Mutprobe, Wunsch nach Bestätigung und Anerkennung, Langeweile, Vernachlässigung durch die Eltern, eigene Gewalterfahrungen, Aggression, Armut. In den meisten Fällen kann eine Straftat nicht auf nur eine Ursache, sondern auf ein ganzes Bündel von Ursachen zurückgeführt werden.

M6 (Wie) Lassen sich Ursachen von Jugendkriminalität wissenschaftlich erklären?

70081-174

Laut **Entwicklungstheorie** sind Regelverletzungen bei Jugendlichen weit verbreitet, da Normen und Regeln erst erlernt werden müssen. Die Häufung jugendlicher Straftaten ist folglich durch die besondere Entwicklungsphase von Heranwachsenden bedingt. Verhaltensnormen werden in einem Erfahrungsprozess durch Reaktionen der Umwelt, z. B. durch Lob oder Tadel, erlangt.

Sozialisationstheorien erklären (Jugend-)Kriminalität als eine Folge misslungener Sozialisation von den ersten Kindheitsjahren an, denn in dieser Zeit wird die Entwicklung des Menschen maßgeblich bestimmt. Fehlentwicklungen sind hier häufig angelegt, wenn in der Kindheit eine dauerhafte Bezugsperson fehlte und kein Urvertrauen hergestellt worden ist. Allerdings kann die Verinnerlichung von Recht und Unrecht auch bei Inkonsequenz, bei falschen Erziehungsmethoden, bei Hartherzigkeit der Erziehungspersonen oder auch bei überzogener Verwöhnung behindert werden.

Aufgaben

70081-60

1. Analysiere die Karikatur (**M1**).
2. a) Nenne Formen jugendtypischer Straftaten (**M2**).
   b) Stelle mithilfe von **M2** dar, wie sich die Straftaten von tatverdächtigen Jugendlichen (14 bis 17 Jahre) im Jahr 2020 auf die verschiedenen Delikte verteilt haben.
3. a) Überprüfe mithilfe von **M3a-b**, inwiefern die Aussage, Jugendliche würden immer krimineller werden, auf das Bundesland Baden-Württemberg zutrifft.
   b) Erläutere mögliche Gründe, die im Jahr 2020 zu einer Verschiebung in der Verteilung jugendtypischer Delikte geführt haben könnten (**M3b**).
4. Nenne vor dem Hintergrund von **M5-M6** mögliche Ursachen dafür, weshalb Stefan M. (**M4**) straffällig geworden sein könnte.
5. a) Vergleiche die Aussage der Karikatur (**M1**) mit deinen Erkenntnissen zu möglichen Ursachen von Jugendkriminalität (**M5**, **M6**).
   b) Hat der Karikaturist recht? Gestalte eine kurze Stellungnahme.
6. Überprüfe ausgehend von **M5** und **M6** die Aussage, Jugendkriminalität sei eine vorübergehende Erscheinung.

H zu Aufgabe 1
Beachte die Methode „Karikaturen analysieren".

6.2.2 Straffällig – und nun?

Wie soll unsere Gesellschaft mit jugendlichen Straftäter:innen umgehen? Sie bestrafen? Ihnen helfen, wieder Teil der Gesellschaft zu werden? Weil Jugendliche manchmal noch nicht reif genug sind, die volle Verantwortung für ihr Handeln zu übernehmen, wird in Erwachsenen- und Jugendstrafrecht unterschieden. Die besonderen Regelungen des Jugendstrafrechts ebenso wie den Ablauf eines Jugendstrafprozesses lernst du hier kennen.

M7 Welche Besonderheiten gibt es beim Jugendstrafprozess?

70081-175

	Besonderheiten	Hintergrund/Begründung
1	Jugendrichter:innen sind Richter:innen mit besonderer Ausbildung.	BITTE INS HEFT!
2	Die Öffentlichkeit ist von dem Verfahren ausgeschlossen; die Eltern können teilnehmen.	
3	Der/Die jugendliche Angeklagte selbst kann vorübergehend sogar aus der Verhandlung entfernt werden.	

M8 Wie läuft eine Hauptverhandlung eines Jugendstrafprozesses ab?

70081-176

Berufung = Rechtsmittel gegen ein Urteil der ersten Instanz

Revision = Rechtsmittel gegen eine gerichtliche Entscheidung. Hier wird nur geprüft, ob das Urteil Rechtsfehler aufweist.

Der Ablauf der Verhandlung ist in der Strafprozessordnung genau festgelegt. Die Hauptverhandlung beginnt mit dem Aufruf der Sache sowie der Feststellung der Anwesenheit des/der Angeklagten, Zeug:innen und Sachverständigen durch den/die Richter:in. Nach ihrer Belehrung verlassen die Zeug:innen und Sachverständigen den Sitzungssaal. Dann erfolgt die Vernehmung des/der Angeklagten zur Person. Es folgt die Verlesung der Anklageschrift mit anschließender Vernehmung des/der Angeklagten zur Sache. Als fünftes erfolgt die Beweisaufnahme. Sie besteht in der Vernehmung von Zeug:innen und Sachverständigen – auch z.B. Vertreter:innen der Jugendgerichtshilfe – durch den/die Richter:in. Auch der Staatsanwaltschaft und der Verteidigung ist es gestattet, Fragen an Zeug:innen und Sachverständige zu stellen. Im Anschluss an die Beweisaufnahme hält die Staatsanwaltschaft und die Verteidigung ihre Schlussvorträge und stellen ihre Strafanträge. Der/Die Richter:in und die Schöffen (Laienrichter:in) ziehen sich zur Beratung über das Urteil zurück. Das Hauptverfahren endet mit der Verkündung des Urteils. Der/Die Richter:in nennt und begründet das Urteil und belehrt den/die Angeklagte:n über mögliche Rechtsmittel (Berufung – inhaltliche Überprüfung des Urteils, Revision – formale Überprüfung des Urteils).

Autorentext

M9 Welche besondere Rolle spielt die Jugendhilfe im Strafverfahren (JuhiS)?

70081-177

Ziel der Jugendhilfe ist es, zur Verwirklichung des Rechts junger Menschen auf Förderung ihrer Entwicklung und auf Erziehung zu einer eigenverantwortlichen und gemeinschaftsfähigen Persönlichkeit beizutragen. Also nicht (nur) die Zielrichtung zu verfolgen, dass der betroffene junge Mensch sich zukünftig im strafrechtlichen Sinne sozial-adäquat verhält. [...] Die [...] Mitwirkung des Jugendamtes im Verfahren nach dem JGG ist also in erster Linie eine Hilfeleistung für junge Menschen, nämlich für diejenigen, die mit Strafrechtsnormen in Konflikt geraten sind. [...] Die Jugendhilfe [...] handelt aus einem sozialpädagogischen Blickwinkel heraus. [...] Aber auch im Falle einer Verurteilung trägt die Jugendhilfe zur Entscheidungsfindung des Gerichts bei, indem die Fachkräfte der Jugendhilfe den bisherigen Entwicklungs- und Erziehungsverlauf, die möglichen weiteren Schritte und die Hilfeperspektiven des jungen Menschen in enger Zusammenarbeit mit ihm und gegebenenfalls den Erziehungsberechtigten zur Geltung bringen.

Kommunalverband für Jugend und Soziales Baden-Württemberg (Hrsg.): Grundlagen für die Jugendhilfe im Strafverfahren in Baden-Württemberg Positionspapier und Arbeitshilfe, 1. aktualisierte Auflage: Januar 2021, S. 7, 33. In: www.kvjs.de, Abruf am 24.07.2022

Jugendliche stehen wegen einer Massenschlägerei vor Gericht.

Teilnahme an der Hauptverhandlung

- Unterstützung/Begleitung des jungen Menschen
- Stellungnahme zur Entwicklung und Persönlichkeit
- Vorschläge zu möglichen Maßnahmen

sozialadäquat = sozialverträglich, entsprechend der geltenden Norm

Jugendhilfe im Strafverfahren (JuhiS) = allgemein gebräuchlicher Begriff, der aber im reformierten Jugendgerichtsgesetz (JGG), das am 17.12.2019 in Kraft trat, nicht ersetzt. Verwendet wird hier der Begriff der „Jugendgerichtshilfe“, beide Begriffe meinen aber das Gleiche.

Aufgaben

70081-61

1. a) In der Tabelle **M7** werden Besonderheiten des Jugendstrafprozesses genannt. Was meinst du, warum das so ist?
   b) Begründe die Aspekte 1-3.
   c) Vergleiche deine Begründungen mit denen eines Partners/einer Partnerin.
2. Beschreibe den Gang einer Hauptverhandlung im Jugendstrafprozess (**M8**).
3. Erläutere die besondere Bedeutung der Jugendhilfe im Strafverfahren (JuhiS) für die/den jugendliche/n Angeklagte/n (**M9**).

6.2.3 (K)eine Strafe für jugendliche Straftäter:innen?

Wenn Jugendliche noch nicht die volle Einsicht haben, dass sie eine Straftat begangen haben, sollen sie dann trotzdem bestraft werden? Welchen Sinn und Zweck haben Strafen?

M10 Leben hinter Gittern

70081-178

Gebäudekomplex der Jugendstrafanstalt Adelsheim

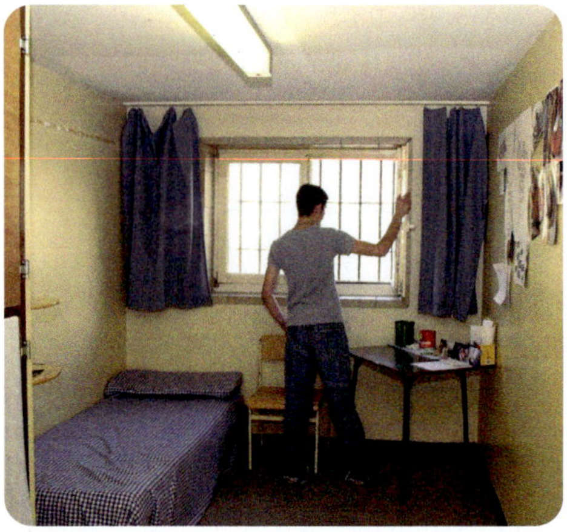

Häftling in der Jugendstrafanstalt an seinem Zellenfenster

Adelsheim. […] Hier, umgeben von einer 5,50 Meter hohen Mauer und Zäunen, verbringen männliche Straftäter im Alter zwischen 14 und 24 Jahren ihre Haft. […] Der 19-jährige Patrick F. ist einer der Häftlinge […] „Aufstehen Männer", schallt es jeden Morgen um 6 Uhr durch die Lautsprecher. Patrick wacht in seiner sieben Quadratmeter großen Zelle auf. […] „Von seinem Bett geht er schräg gegenüber ans Waschbecken und putzt sich die Zähne. Direkt daneben steht eine Toilette. Außerdem gibt es Tisch und Stuhl, einen Schrank sowie einen Fernseher. Ein TV-Gerät kann hier jeder gegen eine Gebühr mieten, Patrick verdient das Geld dafür im JVA-Betrieb für Metalltechnik. […]

Für Patricks Haftzeit von weniger als einem Jahr lohnte sich der Start einer Ausbildung nicht; er arbeitet als Aushilfe. Und er macht bei einem Projekt mit, das die JVA zusammen mit der Bundesagentur für Arbeit anbietet: Hier werden Häftlinge auf das Berufsleben „draußen" vorbereitet.

Um 6.20 Uhr schließt ein Beamter die Zellen auf. Im Trakt gibt es einen Freizeitraum, ein Wärter-Büro mit Glasfront und einen Duschraum. Bei „Aufschluss" können sich die Gefangenen auf ihrem Stockwerk unter Aufsicht frei bewegen. „Da kann man sich kurz mit anderen treffen", erzählt Patrick. […] Er rät davon ab, sich im Knast mit anderen anzufreunden: „In Gruppen sind sie hier so gangstermäßig unterwegs." Ihm ist anzumerken, dass er nicht gerne über dieses Thema redet. „Ich hab' hier schon Schläge bekommen", sagt er. […]

„Arbeiter abrücken" heißt die Lautsprecher-Ansage um 6.45 Uhr. Für Patrick beginnt die Arbeit im Metalltechnik-Betrieb. […] Gegen 9 Uhr gibt es Frühstück im Pausenraum: ebenso wie beim Abendessen in der Zelle meistens Brot mit Aufschnitt, dazu Wasser oder Tee. Mittagspause ist um 11.20 Uhr. Jetzt müssen alle Arbeiter ihre Werkzeuge abgeben. Patrick: „Der Chef sucht uns mit Metalldetektor ab, damit wir keine Schrauben oder so einstecken." Während der einstündigen Pause ist „Einschluss", Mittagessen gibt es in der Zelle. [...] Nach dem Essen heißt es wieder „abrücken" und arbeiten bis 15 Uhr: Feierabend. „Dann geht alles wieder von vorne los: Metalldetektor und rein in die Zelle." Bis 17 Uhr ist Patrick wieder eingeschlossen. Dann kann er für eine Stunde zum „Hofgang", natürlich unter Aufsicht. „In dem eingezäunten Hof sind Bänke, Klimmzugstangen und ein Tischkicker", erklärt er. „Freizeit auf dem Stockwerk" ist alle zwei Tage ab 18.30 Uhr für knapp anderthalb Stunden angesagt. Dabei sind noch mal die Zellen offen. „In der Zeit können wir Tischkicker und Billard im Freizeitraum spielen." In einer Küche bereiten sich die Gefangenen gerne eine weitere Mahlzeit zu. „Alle zwei Wochen können wir uns von einer Einkaufsliste aussuchen, was wir freitags geliefert haben wollen", schildert Patrick. Ein kleines Highlight im Knast-Alltag. Bezahlt wird mit dem Arbeitslohn. [...] Um 20 Uhr geht es wieder in die Zelle – bis zum nächsten Morgen. Wochenenden hier seien „schlimm", sagt der 19-Jährige. „Man freut sich schon fast auf montags." Denn auch am Wochenende gelten die strengen Regeln für Hofgang und Freizeit, die meiste Zeit verbringt man in der Zelle. [...] „Wenn ich draußen bin, will ich als Allererstes meine kleine Tochter in den Arm nehmen", sagt er. Zuletzt habe er sie vor seiner Verhaftung gesehen. [...] Sein zweites großes Ziel in Freiheit: eine Ausbildung in der Metallbranche beginnen ...

Werthenbach, Lukas: Leben hinter Gittern. In: www.rnz.de, 07.03.2020

M11 Welchen Zweck hat Strafe?

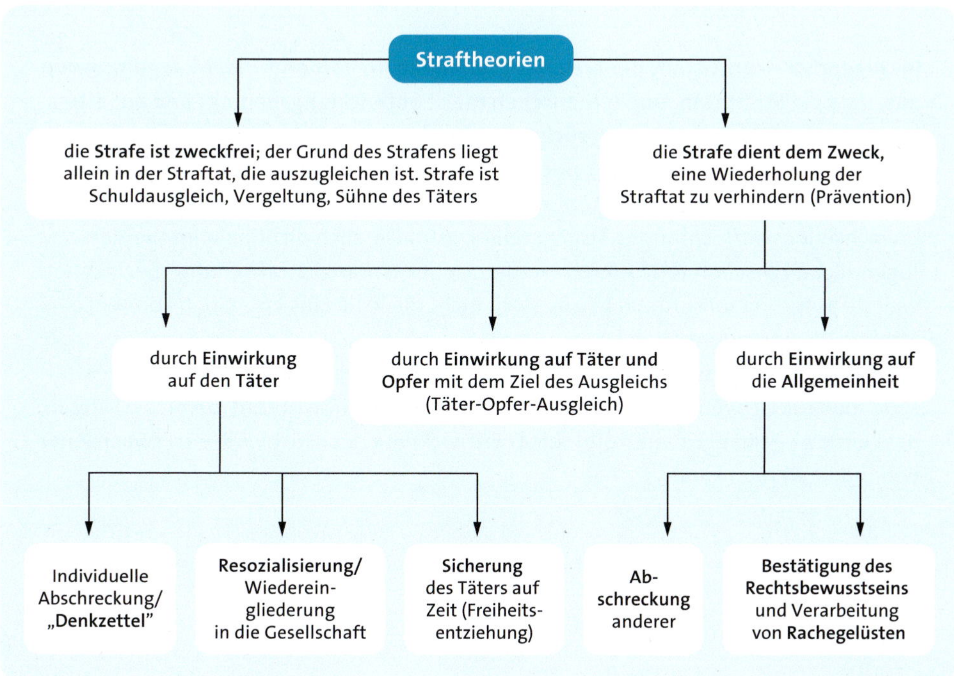

Täter-Opfer-Ausgleich
Wenn das Opfer oder der/die Täter:in einer Straftat es wollen, können sie die Möglichkeit eines Täter-Opfer-Ausgleichs (TOA) wahrnehmen. Oft regen Polizei oder Staatsanwaltschaft dazu an. Beim TOA nehmen Täter:in und Opfer einen neutralen Vermittler in Anspruch. Dieser unterstützt die beiden Konfliktparteien bei der Aufarbeitung der Tat, bei der Befriedung des Konflikts und bei der Aushandlung der Wiedergutmachung. Das Ergebnis wird der Justiz mitgeteilt. Letztlich aber ist es Sache der Staatsanwaltschaft oder des Gerichts, wie sie das so ausgehandelte Ergebnis bewertet.

Jugendgerichtsgesetz (JGG)
Das Jugendgerichtsgesetz (JGG) in der Fassung der Bekanntmachung vom 11.12.1974 (BGBl. I S. 3427) wurde zuletzt geändert durch das Gesetz vom 25.06.2021 (BGBl. I S. 2099) m.W.v. 01.07.2021.

M12 Das Jugendgerichtsgesetz (JGG)

Sanktionen nach dem Jugendstrafrecht

Erziehungsmaßregeln

- **Heimerziehung**
- **Erziehungsbeistandschaft**
- **Weisungen**
  z. B. Arbeitsleistung, Aufnahme einer Ausbildung, soziales Training, Verkehrsunterricht, Meiden bestimmter Orte oder Personen

Zuchtmittel

- **Verwarnung**
- **Auflagen**
  z. B. Geldbuße, Arbeitsauflagen, Wiedergutmachung des Schadens
- **Jugendarrest**
  Freizeit-, Kurzarrest, Dauerarrest bis zu 4 Wochen – auch neben einer Bewährungsstrafe („Warnschussarrest“)

Jugendstrafe

- **Freiheitsentzug**
  In einer Jugendstrafanstalt (mind. 6 Mon., höchstens 10 Jahre; bei Mord durch Heranwachsende: bis zu 15 Jahre)

Anwendung des Jugendstrafrechts:
- *auf Jugendliche* (14 – 17 J.).
- *auf Heranwachsende* (18 – 20 J.) mit noch nicht voll ausgereifter Persönlichkeit und bei typischen Jugendverfehlungen

Nach: ©Bergmoser + Höller Verlag AG, Zahlenbilder 131311

Erziehungsgedanke des Jugendgerichtsgesetzes

Im Jugendstrafrecht steht der Erziehungsgedanke im Vordergrund. Man geht davon aus, dass die Straftaten junger Menschen meist entwicklungsbedingt und auf altersbedingte Konfliktsituationen zurückzuführen sind.
Das Jugendgerichtsgesetz (JGG), auch Jugendstrafrecht genannt, gilt für Jugendliche und Heranwachsende. Kinder können für Taten, die sowohl im Jugend- als auch im Erwachsenenstrafrecht unter Strafe stehen, grundsätzlich nicht belangt werden.
Jugendliche zwischen 14-17 Jahren werden als „beschränkt strafmündig“ bezeichnet, weil sie aufgrund ihres Alters häufig noch nicht die volle Einsicht haben können, eine Straftat begangen zu haben.
Auch Heranwachsende zwischen 18-20 Jahren können noch nach dem Jugendstrafrecht behandelt werden. In diesem Fall muss ein:e Gutachter:in zuvor bestätigen, dass ein:e Angeklagte:r aufgrund seiner Entwicklung noch nicht wie ein Erwachsener behandelt werden kann.

M13 Seehaus Leonberg: Strenge Regeln und soziale Kontrolle besser als hohe Mauern?

70081-179

Can war [...] wegen Diebstahls, Sachbeschädigung und schwerer Körperverletzung vom Jugendgericht Tübingen zu drei Jahren und fünf Monaten Haftstrafe verurteilt worden, mit 17 Jahren. Würde es das Seehaus Leonberg nicht geben, wäre er 2017 im geschlossenen Vollzug in Baden-Württemberg geblieben. [...]

Es ist noch dunkel, als sich die 18 Sträflinge vom Seehaus Leonberg an einem Dienstagmorgen um 5.45 Uhr am Basketballplatz neben dem Hauptgebäude im Kreis aufstellen und einander die Hand geben. [...] Auf das „Los" von Hausvater Ben Stock setzt sich die Gruppe in Bewegung. Es wird nicht gelaufen, sondern gerannt. Vier Kilometer in unter 30 Minuten, zweimal die Woche [...].

Das Seehaus Leonberg ist ein Gefängnis ohne Mauern. Seit 15 Jahren verbüßen hier männliche Jugendstraftäter in der Nähe von Stuttgart ihre Haftstrafen, betreut von Gasteltern. [...] Im Seehaus gibt es keine Gitter und keine verschlossenen Türen. Die inhaftierten Jugendlichen sind zwischen 14 und 23 Jahren alt und leben in Wohngemeinschaften zusammen. Die Jungen schlafen jeweils zu dritt in Zimmern, die nur mit dem Nötigsten ausgestattet sind. Bett, Schrank, Schreibtisch [...]. Der Tagesablauf hier folgt festen Regeln. Der Frühstückstisch wird immer vor dem Schlafengehen gedeckt: Morgens nach dem Frühsport soll keine Zeit verloren gehen. Um Punkt 6.50 Uhr sitzen alle am Tisch. [...] Auch im Detail sind die Regeln klar: Der Ellbogen darf nicht auf der Tischplatte liegen, ohne Bitte und Danke gibt es nichts zu essen und keiner steht auf, bevor nicht alle fertig sind. [...] Alle Gefangenen, die hier vergleichsweise große Freiheit und großes Vertrauen genießen, die jederzeit weglaufen könnten, wenn es ihnen persönlich sinnvoll erschiene, haben wirklich einiges auf dem Kerbholz, nicht nur gemessen an ihren jungen Jahren. [...] Die meisten der Seehaus-Bewohner kamen wegen Körperverletzung oder Drogen ins Gefängnis. Ausgeschlossen sind nur Jugendstraftäter, die wegen Mordes oder eines Sexualdelikts einsitzen, und solche, bei denen Fluchtgefahr besteht. [...] Jeden Tag nach dem Frühstück müssen die Insassen putzen, alle Aufgaben sind bis ins Kleinste verteilt. Can ist für die „Dreckschleuse" verantwortlich, den Wäschedienst. [...] Smartphones sind verboten und die Computer dürfen nur zu schulischen Zwecken verwendet

Tagesplan im Seehaus

SEEHAUS Wahr.Haft.Leben.

ZEIT	DONNERSTAG
	Aufstehen
5:40	fertig / bereit zum Sport
5:45	Frühsport
6:35	Zeit der Stille
6:50	*Frühstück*
7:15	Aufräumen / Putzen
7:45	Pause
8:00	Impuls für den Tag
8:15-12:30	siehe Stundenplan
	Mittagessen
13:30	Pause
13:55-16:20	s. Stundenplan / Seehausrat Löwen
16:30-18:00	Seehausrunde
18:00	Hilfreiche Hinweise
	gemeinsamer Familienabend / Essen
15 min.	Pause flexibel
22:00	Bettruhe
22:15	Licht aus

Seehaus e.V. – Wahr.Haft.Leben. Jugendstrafvollzug in freien Formen (seehaus-ev.de)

Erklärungen zum Tagesplan
Pause: es gibt 3 Pausen am Tag à 15 min. In dieser Zeit darf geraucht werden.
Aufstehzeiten: Unter der Woche darf max. 15 min. früher aufgestanden werden, als vom Tagesablauf vorgesehen. An Sonn- und Feiertagen 30 min früher.
Schlafenszeiten: An Abenden, an denen eine genaue Zeit für die Bettruhe angegeben ist, darf nicht früher ins Bett gegangen werden. An den Abenden, an denen eine ungefähre Zeit für die Bettruhe angegeben ist (ca.), können WGs selbst entscheiden, ab wann es möglich ist ins Bett zu gehen.

Cans Vorgeschichte
Can hat in der Justizvollzugsanstalt Adelsheim (vgl. **M10**) die Anfangszeit seiner Haftstrafe verbracht, bevor er sich für das Seehaus Leonberg beworben hat.

werden. [...] Von Montag bis Mittwoch arbeitet Can auf dem Bau, Donnerstag und Freitag ist Berufsschule. Im Seehaus absolvieren alle Jungen das erste Jahr einer Ausbildung. [...] Can bekommt für seine Arbeit auf dem Bau 210 Euro pro Monat, frei verfügen kann er darüber nicht. [...] Trotz der vergleichsweise freien Haftbedingungen ist das Seehaus eine Strafanstalt. Und für manche Menschen wäre es sogar der schlimmere Ort als ein klassisches Gefängnis, weil hier alle arbeiten, sich unterordnen, sich bewerten und erziehen lassen müssen. [...] Der Mensch im Seehaus ist ein Frühaufsteher, der vor der Arbeit durch den Wald läuft, liest und verantwortungsvoll handelt. Jemand, der sich auf der Arbeit nicht beschwert, sondern seinen Kollegen hilft und in der Freizeit den Wortgottesdienst vorbereitet. [...] Nach dem Abendessen, das natürlich gemeinsam eingenommen wird, sind im Seehaus die Heute-Nachrichten im ZDF dran. [...] Hausaufgabenzeit ist danach der letzte Punkt der langen Tagesordnung, ehe es um 22 Uhr ins Bett geht.

Fiedler, Lena: Offener Vollzug: Strafe allein reicht nicht aus. In: www.zeit.de, 18.05.2019

Alternative Strafformen

Gerichtsurteile erfüllen häufig nicht den Zweck, den oder die Täter:in zu „bessern". Deshalb überlegen Politiker:innen und Expert:innen insbesondere im Hinblick auf jugendliche Straftäter:innen immer wieder, ob bei leichteren Strafftaten nicht alternative Strafformen, wie z. B. ein Täter-Opfer-Ausgleich oder eine „Verurteilung" durch Gleichaltrige, die Schülergerichte, auf lange Sicht eine bessere Wirkung bei Täter:innen erzielen.

> Aufgaben

70081-62

1. Tausche dich mit einem Partner/einer Partnerin aus:
   a) Nenne Strafen, die du selber schon erlebt hast.
   b) Erkläre, zu welchem Zweck du bestraft wurdest.
   c) Begründe, weshalb die Strafen ihre Funktion erfüllt bzw. nicht erfüllt haben?
2. Versetze dich in die Lage von Patrick F. (**M10**).
   a) Verfasse einen Tagebucheintrag.
   b) Nenne mögliche Folgen, die der Gefängnisaufenthalt auf dein zukünftiges Leben haben könnte.
3. Erläutere drei Strafzwecke an jeweils einem selbstgewählten Beispiel (**M12**).
4. a) Beschreibe die Ziele eines Aufenthaltes im Seehaus Leonberg (**M13**).
   b) Erläutere den Unterschied zwischen einem Haftaufenthalt in Adelsheim (**M10**) und im Seehaus Leonberg (**M13**) mit Blick auf die dem Jugendgerichtsgesetz zugrundeliegende Absicht.
5. Erörtere, ob bzw. inwiefern alternativen Formen des Strafvollzugs wie z. B. das Seehaus Leonberg (**M13**) den Erziehungsgedanken des JGG eher umsetzen können als herkömmliche Haftanstalten, wie z. B. die Justizvollzugsanstalt Adelsheim (**M10**).

H zu Aufgabe 4
Konzentriere dich insbesondere auf die dem Jugendgerichtsgesetz (JGG) zugrunde liegende Absicht. Schau dir dazu sowohl mögliche Maßnahmen des Jugendgerichtsgesetzes (**M13**) als auch die Erläuterungen auf der dazugehörigen #-Begriffskarte genau an.

F zu Aufgabe 4
Erläutere vor dem Hintergrund von **M13**, inwiefern Resozialisierung zugleich eine Herausforderung für den Täter als auch für die Gesellschaft darstellt.

Eine Gerichtsverhandlung beobachten

Worum geht es?

Viele Gerichtsverhandlungen sind öffentlich, das heißt, Unbeteiligte können als Zuschauer daran teilnehmen. Bei einer Jugendgerichtsverhandlung gilt jedoch: Ist der/die Angeklagte zum Tatzeitpunkt unter 18 Jahre alt gewesen, findet die Verhandlung zum Schutze des/der Angeklagten unter Ausschluss der Öffentlichkeit statt.
Eine Gerichtsverhandlung zu beobachten, kann spannender als ein Film sein. Darüber hinaus könnt ihr durch eine solche direkte Erfahrung viel über das Verfahren, die Prozessbeteiligten, die Urteilsbegründung usw. herausfinden.
In jedem Fall gilt: Je besser ihr euch auf die Beobachtung vorbereitet, desto mehr Erkenntnisse könnt ihr daraus gewinnen.

Geht dabei so vor:

1. Schritt: Vorbereitung

a) Bildet Kleingruppen und tauscht euch darüber aus, was ihr über die Abläufe und Beteiligten einer Gerichtsverhandlung bereits wisst.
b) Recherchiert, welche Rollen es in einer Gerichtsverhandlung gibt und wie der Ablauf im Gerichtssaal geregelt ist.
c) Formuliert Fragen, die ihr durch die Beobachtung klären möchtet.
d) Bereitet euch darauf vor, mit Stift und Papier Notizen zu machen, Ton- und Bildaufnahmen sind im Gerichtssaal nicht erlaubt.

Beobachtungsbogen für einen Gerichtsbesuch

70081-103

↓ ↓ ↓

2. Schritt: Beobachtung der Verhandlung

a) Es gibt im Gericht keine formale Kleiderordnung. Mützen und Kappen solltet ihr aber abnehmen und auf Kaugummis verzichten. Darauf reagieren Richter häufig „allergisch“.
b) Verhaltet euch während der Verhandlung ruhig und respektvoll. Jeder hat das Recht auf einen fairen Prozess, und für die Angeklagten kann das Urteil ein schwerwiegender Einschnitt im Leben sein.
c) Macht euch Notizen zu euren Fragen und weiteren Beobachtungen.

↓ ↓ ↓

3. Schritt: Auswertung und Reflexion

a) Beantwortet in den Gruppen eure vorab gestellten Fragen auf der Grundlage eurer Notizen.
b) Tragt zusammen, was euch bei der Beobachtung erstaunt, überrascht oder irritiert hat.
c) Haltet einen Vortrag über eure Gruppenergebnisse vor der Klasse und vergleicht eure Wahrnehmungen.

6.2.4 Der Fall Stefan M. vor dem Jugendstrafgericht

Nachdem du dich mit den Besonderheiten eines Jugendstrafprozesses sowie mit möglichen Strafzwecken beschäftigt hast, kannst du mit deinen Klassenkamerad:innen einen Jugendstrafprozess simulieren. Dabei geht es in erster Linie darum, eine angemessene Strafe für Stefan M. zu finden ...

M14 Aus dem Ermittlungsbericht der Staatsanwaltschaft

Am Abend entschlossen sich Stefan M., Thomas B. und Christiane O. die Gaststätte Wiesenstube [...] zu überfallen. [...] Entsprechend ihres Tatplans begaben sich die drei Angeschuldigten zur Gaststätte „Wiesenstube" in der Talstraße 28 in 12345 Musterstadt. Der Angeschuldigte Thomas B. führte einen Schlagstock, der Angeschuldigte Stefan M. eine einer Walther P99 täuschend ähnlich sehende Softair-Pistole mit. [...] Entsprechend ihres Plans stürmten die Angeschuldigten Thomas B. und Stefan M. [...] in die Gaststätte, während die Angeschuldigte Christiane O. vor der Gaststätte wartete, um Sorge dafür zu tragen, dass ihr Plan ungestört ausgeführt werden konnte. Die Angeschuldigten Thomas B. und Stefan M. waren maskiert, der Angeschuldigte Stefan M. hielt die Softair-Pistole in den Händen, der Angeschuldigte Thomas B. den Schlagstock. Sie richteten die Waffen sofort auf die geschädigten Gäste Michael MAIER und Thorsten MÜLLER und forderten mit den Worten „Überfall, alles Geld her" die Herausgabe von Bargeld. Da die Geschädigten um ihr Leben fürchteten – sie nahmen an, dass es sich bei der Waffe um eine echte Schusswaffe handelte – legten sie ihre Geldbeutel auf den Tisch. Die beiden Angeschuldigten Thomas B. und Stefan M. entnahmen dem Geldbeutel des Geschädigten MAIER 400,- EUR und Geldbeutel des Geschädigten MÜLLER 5.000,- EUR. Weiter entwendeten sie ein auf dem Tisch liegendes Smartphone, des Geschädigten MAIER im Wert von ca. 400,- EUR, um es ebenfalls für sich zu behalten. Danach flüchteten alle drei Angeschuldigten zu einem nahegelegenen Hinterhof, versteckten sich dort und teilten das Geld untereinander auf.

Rollenkarten stellenweise gekürzt und aktualisiert nach einer Idee von P. Reiter-Mayer, PBU 3/2014

M15a Rollenbeschreibung Jugendgerichtshelfer:in

Die Jugendgerichtshilfe (JGH) bzw. die Jugendhilfe im Strafverfahren (JuhiS) gehört zum Aufgabenbereich des Jugendamtes. Im Strafverfahren bringen die Vertreter:innen der Jugendgerichtshilfe „die erzieherischen, sozialen und sonstigen [...] bedeutsamen Gesichtspunkte [...] vor den Jugendgerichten zur Geltung. (vgl. JGG §38 (2), Fassung vom 25.06.2021).

Als Jugendgerichtshelfer:in beurteilst du nicht die Schuld oder Unschuld des Angeklagten. Deine Aufgabe ist auch nicht seine Verteidigung. Vielmehr hast du eine beratende, informierende und betreuende Funktion. In diesem Fall wird es dennoch entscheidend von deiner Expertenmeinung abhängen.

Zur Vorbereitung auf die Verhandlung verfasst du einen Bericht zur Persönlichkeit von Stefan M. Dafür stehen dir zwei Vorlagen zu Verfügung: ein Gutachten,

11 Monate nach der Tat und eines 13 Monate nach der Tat. Deinen Bericht legst du dem/der Richter:in vor der Verhandlung vor und fasst ihn während der Verhandlung zusammen. Der/Die Richter:in kann zu diesem Bericht während der Verhandlung Fragen stellen.

Rollenkarten stellenweise gekürzt und aktualisiert nach einer Idee von P. Reiter-Mayer, PBU 3/2014

M15b Berichte der Jugendgerichtshilfe zur Person Stefan M.

Erster Bericht (11 Monate nach der Tat)

Stefan M. war zur Tatzeit 19 Jahre 7 Monate alt und somit Heranwachsender, weshalb im Falle einer Verurteilung zu prüfen ist, ob auf ihn das Jugend- oder das Allgemeine Strafrecht anzuwenden ist (§ 105 JGG). Diesbezüglich gilt es nochmals, bedenkenswerte Aspekte seines persönlichen Hintergrundes zu nennen: Als Stefan 8 Jahre alt war, erkrankte seine Mutter an Krebs. [...] Dies hatte zur Folge, dass Stefan ein auffälliges Sozialverhalten an den Tag legte und sich verweigerte, seine Motivations- und Konzentrationsprobleme einzustellen. Nach dem Tod der Mutter verschlechterte sich dieser Zustand zunehmend, weshalb Stefan durch eine Jugendhilfe Unterstützung erhielt.
Die innerfamiliären Verhältnisse entwickelten sich zunehmend schwierig und verfahren. [...] Stefan konsumierte in der Folge über 9 Jahre hinweg verschiedenste Drogen. Infolge des Drogenkonsums verlor er seinen Ausbildungsplatz. [...] Nach den aufgeführten Aspekten halte ich vorliegend die Anwendung des Jugendstrafrechts gem. § 105 Abs. 1 Nr. 1 JGG für angezeigt. Die angeklagten und abzuurteilenden Delikte bieten aufgrund der Art ihrer Begehung und der Unbedenklichkeit, mit der andere geschädigt wurden, Hinweise auf das Vorliegen schädlicher Neigungen i.S.d. § 17 Abs. 2 JGG. Des Weiteren muss in Anbetracht des Ausmaßes der Tat von einer Schwere der Schuld ausgegangen werden. Die gesetzliche Zwangsfolge ist die Verhängung einer Jugendstrafe.
Wie aus dem Bericht hervorgeht, sind bei Stefan M. kaum Anhaltspunkte vorhanden, die eine positive Sozial- und Legalprognose im Hinblick auf eine etwaige Bewährung begründen könnten.

Sozial- und Legalprognose
Risikobeurteilung einer straffälligen Person bezüglich ihrer Fähigkeit und Motivation, zu einem späteren Zeitpunkt Regeln und Gesetze einzuhalten

Zweiter Bericht (13 Monate nach der Tat)

Hinsichtlich der Persönlichkeitsbeurteilung in Bezug auf eine positive Sozial- und Legalprognose im Hinblick auf eine Bewährung ist zwischenzeitlich Folgendes mitzuteilen: Anfang August fand ein Gespräch mit Stefans Vater statt. Herr M. machte deutlich, dass Stefan im Falle einer Strafaussetzung zur Bewährung zu Hause willkommen wäre. Er habe das Zimmer seines Sohnes renoviert, um diesen auch symbolisch bei einem Neuanfang zu unterstützen. Des Weiteren habe er sich vorgenommen, nun vermehrt die Probleme innerhalb der Familie konsequent anzugehen und Stefan eine klare Orientierung zu bieten. Auch Stefans Freundin und weitere Freunde seien bereit dazu, mit Stefan neu zu beginnen und ihn im Weiteren zu unterstützen. Hinsichtlich künftiger beruflicher Möglichkeiten möchte Stefan sich um einen Ausbildungsplatz bemühen. Bis dahin hat er die Möglichkeit, [...] als Aushilfe zu arbeiten. Ein entsprechendes Bestätigungsschreiben des Firmenleiters [...] liegt vor. Durch diese Tätigkeit wäre ein geregelter Alltag im Falle einer Strafaussetzung zur Bewährung gewährleistet. Im Hinblick auf Stefans Freizeitgestaltung ist zu sagen, dass die Freiwillige Feuerwehr Musterstadt ihm zugesichert hat, ihn gegen eventuelle Auflage, die Stefan in diesem Rahmen zu erfüllen hätte, wieder aufzunehmen. Hierdurch wäre seine Freizeitgestaltung zumindest ein Stück weit sinnvoll und zielgerichtet geregelt.

Rollenkarten stellenweise gekürzt und aktualisiert nach einer Idee von P. Reiter-Mayer, PBU 3/2014

M16 Rollenbeschreibung Angeklagter Stefan M.

Deine Vergangenheit kannst du nicht einfach abschütteln (vgl. Ermittlungsbericht **M14** und Bericht der Jugendgerichtshilfe **M15b**).
Du musst das Gericht davon überzeugen, ein möglichst geringes Strafmaß zu verhängen, dich also im besten Falle auf Bewährung freizusprechen. Dies könnte glaubhafter werden, wenn du zeigen kannst, dass du dich ernsthaft bemühst, nicht mehr mit dem Gesetz in Konflikt zu kommen. Dein Verhalten während deines JVA-Aufenthaltes – du hast an einem Orientierungskurs (Vorbereitung von Realschulabschlusskursen) teilgenommen, könnte da einen Ansatz bieten.
Zur Vorbereitung auf die Gerichtsverhandlung solltest du dir Notizen dazu machen, was du bei der Verhandlung zur Sache aussagen wirst. Du kannst auch dein letztes Wort vor der Urteilsbegründung vorbereiten – von dieser Möglichkeit musst du allerdings nicht Gebrauch machen. Dein Vorgehen und deine Aussage solltest du mit deinem Verteidiger abstimmen.

Rollenkarten stellenweise gekürzt und aktualisiert nach einer Idee von P. Reiter-Mayer, PBU 3/2014

JVA
Abkürzung für Justizvollzugsanstalt; Gefängnisbehörde, deren Aufgabe es ist, Verurteilungen zu einer Freiheits- oder Jugendstrafe zu vollziehen

M17 Rollenbeschreibung Zeitungsredaktion

Deine Aufgabe ist es, ein Protokoll des Verhandlungsverlaufs zu erstellen. Bereite zu diesem Zweck eine Vorlage vor. Diese sollte die wichtigsten Abschnitte des Verhandlungsverlaufs als „Gerüst" enthalten. Das Protokoll der Hauptverhandlung dient im Rahmen dieses Spiels zur Abschlussbesprechung.
Zusätzlich dazu arbeitest du auch für eine Zeitungsredaktion. Bevor die Verhandlung beginnt, musst du einen Kurzbericht vorbereiten, der nach der Urteilsverkündigung sofort in Druck gehen kann. Da du nicht weißt, wie die Verhandlung ausgehen wird, musst du dir Varianten bzw. einen Lückentext, der schnell ausgefüllt werden kann, überlegen. Damit im Anschluss an das Spiel diesen Bericht auch alle lesen können, fixiere diesen so, dass er z. B. über Beamer oder Whiteboard im Klassenzimmer veröffentlicht werden kann. Überlege dir darüber hinaus eine Schlagzeile, die am nächsten Tag in der Presse stehen soll. Deine Schlagzeile und der Zeitungsbericht werden die Auswertungsrunde eröffnen.

Rollenkarten stellenweise gekürzt und aktualisiert nach einer Idee von P. Reiter-Mayer, PBU 3/2014

M18 Rollenbeschreibung Verteidiger:in

Du bist als Rechtsanwalt:in mit der Verteidigung des Angeklagten beauftragt worden. Deine Aufgabe besteht darin, die Interessen deines Mandanten wirksam zu vertreten und Schaden oder Nachteile von ihm abzuwenden oder ein möglichst niedriges Strafmaß zu erzielen. Das heißt nicht, dass du vor Gericht die Unwahrheit sagen sollst, sondern dass du die Dinge und Ereignisse so darstellst, dass sie für deinen Mandanten günstig sind. In dieser Verhandlung kommt es darauf an, dass du Stefan so gut wie möglich unterstützt. Da die Anklage auf Raubüberfall eindeutig erscheint (Aussagen der Zeugen + Ermittlungsbericht), musst du wenigstens versuchen, das Strafmaß gering zu halten. Dies musst du allerdings gut begründen. Du hast die Möglichkeit, bei der Beweisaufnahme Fragen an Zeugen und den Angeklagten zu stellen, wenn die Verhandlungsführung es zulässt. Allerdings hast du nicht die Möglichkeit des Einspruchs (wie man es in amerikanischen Filmen oft sieht). Am Ende der Verhandlung hältst du ein Plädoyer, in dem du noch einmal alle Argumente für einen Freispruch zusammenfasst. Zur Vorbereitung auf die Verhandlung musst du dir überlegen, welche Fragen du dem Angeklagten und den Zeugen stellen möchtest. Du solltest auch dein Abschlussplädoyer entwerfen. Nimm dazu auch Rücksprache mit deinem Mandanten, um Widersprüchlichkeiten zu vermeiden.

Rollenkarten stellenweise gekürzt und aktualisiert nach einer Idee von P. Reiter-Mayer, PBU 3/2014

Mandat
Auftrag oder Vollmacht, die man einem Rechtsanwalt erteilt

M19 Rollenbeschreibung Jugendrichter:in

Der Jugendrichter ist die zentrale Figur des Strafverfahrens gegen Jugendliche und Heranwachsende; wenn das Strafverfahren „erzieherisch" wirken soll, dann gerade durch den Jugendrichter als „Erzieher und Richter". Du als Richter musst für einen fairen Prozess und ein Urteil sorgen. Es ist deine Aufgabe, die Gesetze richtig anzuwenden. Innerhalb dieses gesetzlichen Rahmens bist du als Richter bei deiner Entscheidung unabhängig. Allerdings solltest du es dir deine Entscheidung nicht leicht machen, denn diese kann das Leben eines Menschen stark beeinflussen. Dir stehen zwei Schöffen (Laienrichter) zur Seite, mit denen du dich beraten kannst.

Deine Aufgaben im Einzelnen:

- Zur Vorbereitung auf die Gerichtsverhandlung musst du den Zeitplan vorbereiten sowie deine einleitenden Bemerkungen festlegen. Überlege, welche Fragen du dem Angeklagten und den Zeugen eventuell stellen möchtest. Du kannst auch einen ersten vorläufigen Entwurf für ein Urteil und eine Urteilsbegründung erarbeiten, du bist aber bei der Urteilsfindung auf die Informationen aus der Hauptverhandlung angewiesen.
- Du forderst bei der Jugendgerichtshilfe das Gutachten an. Die Zeugenaussagen liegen bereits im Ermittlungsbericht vor.
- Du eröffnest das Verfahren, stellst alle Beteiligten vor und gibst den Zeitplan (er orientiert sich entlang der Hauptverhandlung) bekannt.
- Erinnere daran, dass jeder verpflichtet ist, vor Gericht die Wahrheit zu sagen. Weise auch darauf hin, dass der Angeklagte die Aussage verweigern kann, wenn er sich damit selbst belasten würde.
- Du leitest auch im weiteren Verlauf die Verhandlung, wobei du vor allem auch für die Einhaltung des Zeitplans verantwortlich bist.
- Bei der Beweisaufnahme bist du natürlich berechtigt, Fragen zu stellen.
- Dein Urteil und deine Urteilsbegründung stehen am Schluss der Verhandlung. Staatsanwalt sowie Angeklagte und Verteidiger können Widerspruch gegen das Urteil einlegen.

Rollenkarten stellenweise gekürzt und aktualisiert nach einer Idee von P. Reiter-Mayer, PBU 3/2014

Amtsgericht Musterstadt Aktenzeichen: ____________

Im Namen des Volkes
URTEIL

Strafsache gegen den am 12.12.2001 in Musterhausen geborenen,
in ____________ wohnhaften ledigen **Stefan M.**
z. Zt. Justizvollzugsanstalt Musterburg,
Der Angeklagte (Strafmaß benennen) ____________
Gründe: ____________

M20 Rollenbeschreibung Jugendstaatsanwaltschaft

Die Staatsanwaltschaft vertritt die Interessen der Allgemeinheit, die daran interessiert ist, strafbare Handlungen zu verhüten und die Rechtsordnung zu verteidigen. Es ist deine Aufgabe, Anzeigen nachzugehen und die Straftaten in Zusammenarbeit mit der Polizei aufzuklären. Du bist zur Objektivität verpflichtet und musst auch die Umstände untersuchen und darstellen, die günstig für den Angeklagten sein könnten. In diesem Fall hast du die Ermittlungen gegen Stefan M. geleitet und erhebst jetzt Anklage wegen Raubüberfalls. Du hast die Möglichkeit, Fragen an die Zeugen und den Angeklagten zu stellen. Am Schluss der Verhandlung hältst du ein Plädoyer, in dem du zusammenfasst, wie sich der Fall aus deiner Sicht darstellt und in dem du einen Antrag stellst, wie die Strafe lauten soll.

Zur Vorbereitung auf die Gerichtsverhandlung musst du die Anklageschrift verfassen (diese sollte Tatbestand und die entsprechenden Artikel aus dem Strafgesetzbuch enthalten; als Muster siehe das Beispiel unten). Überlege auch Fragen, die du dem Angeklagten und den Zeugen stellen möchtest und bereite ein Abschlussplädoyer vor.

Rollenkarten stellenweise gekürzt und aktualisiert nach einer Idee von P. Reiter-Mayer, PBU 3/2014

Muster Anklageschrift

70081-104

Anklageschrift

Der am 12.12.2001 geborene, in Musterstadt, Schillerplatz 18 wohnhafte, ledige Stefan M.

Verteidiger:in, ______________________
(Name Verteidiger:in)

wird angeschuldigt, er habe versucht, durch Gewalt gegen eine Person und unter Anwendung von Drohung mit gegenwärtiger Gefahr für Leib und Leben, eine fremde bewegliche Sache einem anderen in der Absicht wegzunehmen, die Sache sich oder einem Dritten rechtswidrig zuzueignen, wobei er bei der Tat eine Waffe oder ein anderes gefährliches Werkzeug verwenden wollte, strafbar als Verbrechen des versuchten gemeinschaftlichen schweren Raubes gemäß §§ 249, 250 Abs. 2 Nr. 1, 22, 23 Abs. 1, 25 Abs. 2 StGB. Es wird beantragt, die Anklage zuzulassen und das Hauptverfahren vor dem Strafrichter zu eröffnen.
Wesentliche Ergebnisse der Ermittlungen:

____

____

____

____

____

____

BITTE INS HEFT!

M21 Rollenbeschreibung Zeug:in 1 und 2

Die Aufgabe von Zeugen ist es, dem/der Richter:in die Informationen zu geben, die er für seine Entscheidung braucht. Als Zeug:in musst du zur Verhandlung kommen, sonst wird ein Ordnungsgeld verhängt. Du bist verpflichtet, die Wahrheit zu sagen. Darauf wirst du vom Gericht hingewiesen, bevor die Befragung beginnt. Eine falsche Zeugenaussage ist strafbar. Als Zeug:in kannst du vereidigt werden, d. h. du musst schwören, dass du die Wahrheit gesagt hast.

Zeug:in 1 (Maier/Müller):
Deine Aussage liegt in der Zusammenfassung der Ermittlungen bereits allen vor. Du hast ausgesagt, dass du in der Gaststätte ausgeraubt worden bist und was dir geraubt wurde. Wenn du aufgerufen wirst, musst du dies noch einmal erklären. Was genau hast du gesehen? Was hast du getan?

Zeug:in 2 (Polizeibeamte:r):
Für dich ist das alles vor Gericht Routine. Du wirst aufgerufen, um noch einmal mündlich zu erklären, was schon in den schriftlichen Ermittlungen steht. Es kann passieren, dass man fragt, wie sich ein bestimmter Punkt ganz genau zugetragen hat oder ob dir rückblickend noch etwas Wichtiges einfällt.

Rollenkarten stellenweise gekürzt und aktualisiert nach einer Idee von P. Reiter-Mayer, PBU 3/2014

Routine
hier: etwas, das zur Gewohnheit geworden ist

Aufgaben

70081-63

1. Führt mithilfe der Materialien dieses Unterkapitels einen Jugendstrafprozess durch.
   a) Verteilt zunächst folgende Rollen so, dass jeder von euch eine konkrete Rolle zugewiesen bekommt: Jugendgerichtshelfer:in (**M15**), Angeklagte:r (**M16**), Zeitungsredaktion (**M17**), Jugendrichter:in (**M19**), Jugendstaatsanwalt:in (**M20**), Verteidiger:in (**M20**), Zeug:in (**M21**)
   b) Bereitet eure Rolle jeweils inhaltlich entsprechend des angegebenen Materials vor. Macht euch gegebenenfalls Notizen.
   c) Wenn ihr eure Rolle kennt, wiederholt unbedingt noch einmal den Ablauf eines Jugendstrafprozesses (**M8-M9**). Dann wisst ihr genau, zu welchem Zeitpunkt ihr an eurer Simulation beteiligt seid.
2. Erläutere, inwiefern der Jugendstrafprozess einen Beitrag zur Erziehung von straffällig gewordenen Jugendlichen leisten kann.

H zu Aufgabe 2
Beziehe die Möglichkeiten des Jugendgerichtsgesetzes (JGG) bei der Strafzumessung in deine Überlegungen ein.

Was besagt das Jugendstrafrecht?

Ursachen von Jugendkriminalität

> M5, M6

Jugendliche, die schon mal etwas gestohlen haben, haben nicht zwangsläufig eine kriminelle Zukunft vor sich. Motive und Ursachen, weshalb Jugendliche straffällig werden, sind vielschichtig: Mutprobe, Wunsch nach Bestätigung und Anerkennung, Langeweile, Vernachlässigung durch die Eltern, eigene Gewalterfahrungen, Aggression, Armut. In den meisten Fällen kann eine Straftat nicht auf nur eine Ursache, sondern auf ein ganzes Bündel von Ursachen zurückgeführt werden.

Übung

82000-959

Das Jugendgerichtsgesetz (JGG)

> M12

Das Jugendgerichtsgesetz wird auch Jugendstrafrecht genannt. Es gilt für Jugendliche und Heranwachsende. Jugendliche zwischen 14-17 Jahren und Heranwachsende zwischen 18-20 Jahren können anders bestraft werden als Erwachsene, weil sie aufgrund ihres Alters noch nicht die volle Einsicht haben können, eine Straftat begangen zu haben. Kinder können für Taten, die sowohl im Jugend- als auch im Erwachsenenstrafrecht unter Strafe stehen, grundsätzlich nicht belangt werden.

Übung

82000-960

Jugendstrafverfahren

> M8-M9

Ein Jugendstrafverfahren unterscheidet sich aufgrund verschiedener Merkmale von einem Strafverfahren für Erwachsene. Die Rechtsfolgen einer Straftat für Jugendliche sind in einem besonderen Gesetz, im Jugendgerichtsgesetz (JGG) geregelt. Im Vordergrund steht hier nicht die Bestrafung, sondern der Erziehungsgedanke. Jugendrichter:innen sind besonders auf die Bedürfnisse der Jugendlichen ausgebildete Strafrichter:innen. Zudem finden Jugendstrafverfahren anders als Verfahren im Erwachsenenstrafrecht zum Schutz der Jugendlichen meist unter Ausschluss der Öffentlichkeit statt.

Übung

82000-961

Alternative Strafformen

> M13

Insbesondere vor dem Hintergrund des Erziehungsgedanken des JGG stellen sich Expert:innen immer wieder die Frage, welche Strafform für jugendliche Straftäter:innen geeignet ist. Neben dem Täter-Opfer-Ausgleich bei leichteren Straftaten, der auch für Erwachsene funktioniert, gibt es z. B. auch die Möglichkeit von Schülergerichten, d. h. die Verurteilung durch Gleichaltrige. Ob diese alternativen Strafformen ein wirkungsvolles Instrument zur „Besserung" der Täter:innen darstellen, muss für jeden individuellen Fall abgewogen werden.

Übung

82000-962

Selbsteinschätzung

In diesem Kapitel hast du dich mit den gesetzlichen Bestimmungen zum besonderen Schutz von Kindern und Jugendlichen beschäftigt. Du hast auch Erklärungsansätze zu den Ursachen von Jugendkriminalität kennengelernt und dich mit der Frage beschäftigt, ob bzw. wie jugendliche Straftäter bestraft werden sollen. Die Tabelle hilft dir dabei, zu überprüfen, was du schon gut kannst bzw. wo du noch üben solltest.

Ich kann ...	**Das klappt schon ...**	**Hier kann ich noch üben ...**
... rechtliche Regelungen zum besonderen Schutz von Kindern und Jugendlichen nennen.		Kapitel 6.1: M12-M16, M19, M20, #Jugenschutzgesetz, #Besondere Rechtsstellung von Kindern und Jugendlichen
... am Beispiel aus meinem Alltag Situationen beschreiben, in denen der Staat Kinder und Jugendliche schützt.		Kapitel 6.1: M12, M16, M19, M20
... darstellen, wie das friedliche Zusammenleben in unserer Gesellschaft gewährleistet und geschützt wird.		Kapitel 6.1: M3, M4, #Funktionen des Rechts, #Rechtsstaatsprinzipien
... erklären, weshalb Kinder und Jugendliche anders als Erwachsene bestraft werden.		Kapitel 6.2: M11, M12, #Erziehungsgedanke des Jugendschutzgesetzes
... jugendtypische Formen von Jugendkriminalität nennen und deren Ursachen beschreiben.		Kapitel 6.2: M2, M5, M6 #Ursachen von Jugendkriminalität

M1 Ein besonderes Strafrecht für Jugendliche?

Karikatur: Klaus Stuttmann, 2003

M2 Lesen als Strafe?

70081-180

Der Angeklagte Max F. sackt kurz in sich zusammen [...]. Er hatte wohl schon die Gitterstäbe vor Augen. Aber Richterin Margret Eisenmann belässt es bei Bewährungsstrafen für ihn und seinen Kumpel. [...] Wenn einer sich nicht an die Bewährungsauflagen halte, lande er sofort im Knast. „Dann können Sie ihr Leben in die Tonne treten. Ich überwache diese Bewährung, haben wir uns da verstanden?" [...] Max F. und sein Kumpel zettelten Anfang 2019 in der Fußgängerröhre [...] eine Schlägerei an. Beide waren betrunken, und beide waren erst zwei Monate zuvor wegen gefährlicher Körperverletzung verurteilt worden. Jonas L. holte mit dem Fuß aus und trat einem am Boden Kauernden mit Wucht ins Gesicht. „Das Opfer konnte zwei Wochen lang nicht essen und war in Sorge wegen einer möglichen Hirnblutung", schimpft Richterin Eisenmann. [...] L. lag zum Zeitpunkt der Tat knapp unter der 21-Jahre-Grenze. Ihm steht ein dreiwöchiger Arrest bevor, [...]. Auf den Arrest folgt eine engmaschige Intensivbetreuung [...]. L. muss sich um einen Schulabschluss bemühen, zehn Suchtberatungsgespräche absolvieren, und nach Bedarf Psychotherapie und Sozialtraining besuchen. [...] Und, auch eine Strafe: Lesen! Der Verurteilte bekommt ein Buch aufgebrummt. „Für viele das erste im Leben", sagt Kretzschmar. Dieses Buch wird passend zur Lebenssituation ausgesucht.

Wimmer, Susi: Münchens Jugend wird immer braver. In: www.sueddeutsche.de, 26.08.2020

[...] [L]aut der Bundeszentrale für politische Bildung bekommen in Deutschland nur 1,6 Prozent der Jugendlichen eine Haftstrafe ohne Bewährung. Drei Viertel der Verfahren werden eingestellt, der Rest verteilt sich auf „Erziehungsmaßregeln" und „Zuchtmittel". Da gibt es beispielsweise soziale Arbeitsstunden auf dem Friedhof, in der Bücherei oder im Pflegeheim, [...].

Aufgaben

70081-64

1. Erläutere die Aussage der Karikatur **M1**.
2. Erkläre die Funktion von Lesen als Erziehungsmaßregel im Jugendstrafrecht (**M2**, Z. 32 ff.).
3. Erörtere ausgehend von **M1** und **M2** den Erziehungsgedanken des Jugendgerichtsgesetzes.

H zu Aufgabe 1
Nenne zunächst Gründe, weshalb der jugendliche Straftäter „Weichei" denkt, als er den Urteilsspruch hört.

Wir entdecken unsere Gemeinde

Das Jugendcafé in Reutlingen

Innenstadt Reutlingens

Blick auf die Achalm

Was weißt du schon?

70081-65

1. Wo hältst du dich am liebsten auf? Fotografiere die schönsten Plätze in deiner Gemeinde.
2. Gehe an einen Ort, wo du sehr gerne bist und beschreibe, was diesen Ort so besonders macht: was gefällt dir daran und was fühlst du an diesem Ort? Welche Gedanken gehen dir durch den Kopf, wenn du dort bist?
3. Nenne Aspekte, die dir an deiner Gemeinde fehlen.
4. Erläutere, was du an deiner Gemeinde verändern würdest.

7

Politik in der Gemeinde

In eurem Wohnort, eurer Gemeinde verbringt ihr einen großen Teil eurer Freizeit. Und nahezu den ganzen Tag habt ihr mit eurer Gemeinde zu tun. Beim Aufstehen benutzt ihr Strom und Wasser. Wenn ihr das Haus verlasst, trefft ihr vielleicht auf Straßenreiniger oder die Müllabfuhr und vielleicht benutzt ihr auch die öffentlichen Verkehrsmittel, um zu eurer Schule zu gelangen. Wie eure Schule ausgestattet ist, hängt auch in hohem Maße von der Gemeinde ab, ebenso die Freizeitmöglichkeiten wie Schwimmbad, Bibliothek oder Jugendzentrum.

Was lernst du in diesem Kapitel?

- ... welche Möglichkeiten du jetzt und bei deiner Volljährigkeit hast, wenn du an Entscheidungen in deiner Gemeinde beteiligt sein möchtest.
- ... wer alles in einer Gemeinde etwas zu sagen hat, wie die Macht verteilt ist.
- ... wie die einzelnen Organe innerhalb einer Gemeinde zusammen wirken.
- ... wie es gelingt, in einer Gemeinde friedlich zusammenzuleben.
- ... wie eine Gemeinde damit umgeht, wenn ihr zu wenig Geld zur Verfügung steht.

Einen Aktionsplan für eine bessere Gemeinde gestalten

Jeder von euch wohnt in einer Gemeinde. Das kann ein Dorf sein oder, wenn es mehr als 10.000 Einwohnerinnen und Einwohner sind, eine Stadt. Eine Gemeinde regelt die Angelegenheiten der Gemeinschaft selbst und ist dabei auf die Beteiligung ihrer Einwohnerinnen und Einwohner angewiesen. Die Gemeinde betrifft also jeden und jeder hat die Möglichkeit, sich aktiv an der Gestaltung des Gemeindelebens zu beteiligen. Mithilfe dieses Kapitels könnt ihr selbst einen Aktionsplan für eure Gemeinde erstellen.

Geht dabei so vor:

Start

1 Führt eine Umfrage unter einer größeren Anzahl Jugendlicher durch, die in eurer Gemeinde wohnen. Dabei soll jeder die vier Punkte nennen, die am meisten stören, aber auch Wünsche äußern.
(→ Kapitel 7.1: M1)

2 Wertet eure Umfrage aus. Welche Punkte stören die Jugendlichen in deiner Gemeinde am meisten? Bestimmt ein oder mehrere Themen, die ihr untersuchen wollt.

3 Sammelt Informationen zum Thema.
(→ Kapitel 7.2: Methode „Konflikte mithilfe eines Modells analysieren“)

5

Recherchiert, wie die Mitglieder des Gemeinderats, der/die Bürgermeister:in und andere davon betroffene Gruppen zu dem Problem stehen.

4

Findet heraus, wer in der Gemeinde dafür zuständig ist und organisiert ein Experteninterview.
(→ Kapitel 7.1: Methode „Ein Experteninterview durchführen", Kapitel 7.2: M1, M2)

6

Überlegt euch einen Lösungsansatz und stellt diesen vor, indem ihr euch eine Beteiligungsmöglichkeit heraussucht.
(→ Kapitel 7.1: M3)

Ziel

7

Wertet die Arbeit an eurem Aktionsplan mithilfe der Fragen aus:

- An welchen Stellen eures Aktionsplanes hattet ihr Erfolg?
- Wie geht ihr mit Modellen um?
- Welche Möglichkeit erachtet ihr als besonders wirkungsvoll?

7.1 Soll jeder mitmachen?

7.1.1 Können Jugendliche Politik mitgestalten?

Politik heißt mitbestimmen und mitgestalten. Wenn ihr unzufrieden seid, könnt ihr etwas dagegen unternehmen. Dafür müsst ihr eure Möglichkeiten zur Mitgestaltung kennen. Wisst ihr, welche Mitbestimmungsmöglichkeiten ihr habt?

M1 Wie zufrieden bist du mit deiner Gemeinde?

- Es gibt zu wenig Jugendliche in meinem Alter.
- In der Nähe ist kein Geschäft, in dem ich etwas kaufen kann.
- Es gibt zu wenig Platz, sich mit Freundinnen und Freunden zu treffen.
- Es liegt zu viel Müll in der Gegend herum.
- In unserer Wohnung hört man den Verkehrslärm.
- Es gibt zu wenig Möglichkeiten zum Radfahren / Inlineskaten / Rollerfahren.
- Unsere Nachbarn schimpfen ständig, wenn wir uns vor dem Haus treffen.
- Es gibt zu viele schnell fahrende Autos.
- Es gibt zu wenig Bäume und Grünanlagen.
- Es gibt zu wenig Ampeln und Fußgängerüberwege, um die Straßen zu überqueren.
- In meiner Gegend fürchte ich mich vor Einbrechern / vor Jugendbanden.
- Es gibt zu viele hässliche, baufällige Gebäude in der Gegend.
- Eine laute / stinkende Fabrik ist in der Nähe.
- Es gibt zu wenig Freizeitangebote für Jugendliche.

Nach: Jürgen Zinnecker u. a., null zoff & voll busy, Opladen 2002, S. 77

M2 Umfrage zur politischen Beteiligung von Jugendlichen

Eine Umfrage des Deutschen Kinderhilfswerks aus dem Jahr 2012 hat ergeben, dass es bei Kindern und Jugendlichen ein großes Informationsdefizit bei den Themen Mitbestimmung und Beteiligung gibt. 44 % der Befragten wissen nicht, ob sie auf Entscheidungen vor Ort Einfluss nehmen oder sich politisch engagieren können.

Nach: Deutsches Kinderhilfswerk: Umfrage zum politischen Engagement von Kindern und Jugendlichen. In: www.dkhw.de, Abruf am 16.01.2022

Politische Beteiligung

Politische Beteiligung ist jeder Einsatz (also Engagement) für die Gesellschaft.
Ob man in eine Partei eintritt, an Demonstrationen teilnimmt, in Sozialen Netzwerken politische Themen verfolgt, im Freundeskreis politische Fragen diskutiert oder sich sozial engagiert – mit allen diesen Tätigkeiten nehme ich am politischen und gesellschaftlichen Leben teil und beteilige mich. Ein wesentliches Merkmal politischer Beteiligung in unserer Demokratie ist es auch, wählen zu gehen.

M3 Wie kann ich mich einbringen?

Zeitung lesen

einen Brief an den/die Bürgermeister:in oder die Gemeindevertretung schreiben

wählen gehen

Rechtsmittel einlegen

an einer Bürgerversammlung teilnehmen

an einer Demonstration teilnehmen

Leserbrief an die Zeitung schreiben

sich für einen Bürgerentscheid einsetzen

Unterschriften sammeln

einen Infostand organisieren

ein Ehrenamt übernehmen

einer Partei beitreten

an einer Bürgerinitiative mitwirken

Bürgersprechstunden nutzen

sich in einem Bürgerforum beteiligen

ein Flugblatt verfassen

Aufgaben

70081-66

1. a) Führt das Ampelspiel (**Methode**) zu den Fragen aus **M1** durch.
   b) Achtet während der Abstimmung auf Besonderheiten. Wo gab es die meisten Zustimmungen, wo die größten Unterschiede?
2. Führt ein Interview mit einem Experten oder einer Expertin aus eurer Gemeinde durch.
3. a) Sammelt gemeinsam in der Klasse Möglichkeiten, wie ihr euch einbringen könnt.
   b) Vergleicht euer Ergebnis mit **M3**.
   c) Welche Mitmachmöglichkeit haltet ihr für besonders wirkungsvoll (**M3**)?
   d) Begründet eure Wahl.
4. Lege eine Tabelle an und ordne die Formen der Beteiligung (**M2**) folgenden Kategorien zu:
   – sich informieren,
   – seine eigene Meinung zum Ausdruck bringen
   – sich organisieren und aktiv werden.
5. Wähle eine der Möglichkeiten aus **M2** aus, die du umsetzen kannst und berichte von deinen Erfahrungen.

H zu Aufgabe 2
Anregungen zu einem Thema könnt ihr aus **M1** entnehmen. Mögliche Gesprächspartner:innen können der/die Bürgermeister:in, jemand aus der Stadtverwaltung, ein Gemeinderatsmitglied oder Jugendgemeinderatsmitglied sein.

H zu Aufgabe 2
Wie man ein Experteninterview durchführt, kannst du auf der Methodenseite nachlesen.

Meinungsabfrage durch das Ampelspiel

Worum geht es?

Wenn ihr innerhalb eurer Klasse eure Meinung oder Stimmung erfahren wollt, könnt ihr diese mithilfe des Ampelspiels sichtbar machen.
Mithilfe von drei Farbkarten (rot, gelb, grün) könnt ihr zu erkennen geben, ob ihr spontan einer bestimmten Aussage zustimmt, ob ihr unentschlossen seid oder ob ihr sie ablehnt.

Geht dabei so vor:

1. Schritt: Ampelkarten verteilen

Jeder von euch hat einen dreiteiligen Kartensatz: Rot, Gelb, Grün.

↓ ↓ ↓

2. Schritt: Standpunkt festlegen

Nach jeder vorgetragenen Aussage signalisiert ihr euren Standpunkt, indem ihr eine der drei Farbkarten hochhaltet:
Rot = Ablehnung; Gelb = Enthaltung; Grün = Zustimmung

↓ ↓ ↓

3. Schritt: Ampelspiel auswerten

Achtet dabei besonders darauf, wo es die meisten Zustimmungen / Ablehnungen gibt.

Eine Expertenbefragung durchführen

Worum geht es?

Zum Thema Mitbestimmung in der Gemeinde gibt es viele Expert:innen und Betroffene, die fachkundig Auskunft geben und Interessantes berichten können: der/die Bürgermeister:in, (Jugend-)Gemeinderatsmitglieder, Vertreter:innen der kommunalen Parteien, Mitarbeiter:innen der Verwaltung, Gründer:innen von Bürgerinitiativen oder Bürger:innen, die sich für ein bestimmtes Thema einsetzen. Die Expertenbefragung ermöglicht einen ganz konkreten und persönlichen Einblick in ein bestimmtes Aufgaben- und Arbeitsfeld und ist eine interaktive Form der Informationsrecherche – ihr könnt direkt nachfragen, wenn ihr etwas nicht verstanden habt und euch etwas besonders interessiert.

Geht dabei so vor:

1. Schritt: Themenfindung und Expertenauswahl

- Worüber wollt ihr euch informieren? Geht es um die konkrete Arbeit eines Bürgermeisters oder wollt ihr zu einem bestimmten Sachthema diskutieren?
- Wer ist als Expert:in für dieses Thema geeignet? Stellt zusammen, wer persönliche Kontakte hat, und schreibt Anfragen an die entsprechenden Stellen.
- Vereinbart Termin, Ort und Ablauf der Befragung.

2. Schritt: Vorbereitung in der Klasse

- Jede:r Schüler:in formuliert im Vorfeld eine oder mehrere Fragen an den/die Expert:in. Diese werden zusammengetragen und sortiert. Macht vorher aus, wer die Fragen an den/die Expert:in stellt.
- Bereitet den Ablauf der Befragung vor: Wo und in welcher Sitzordnung wird die Befragung durchgeführt? Wie wird sie aufgezeichnet (per Video, Tonband oder Mitschrift)?

3. Schritt: Durchführung / Gesprächsverlauf

- Begrüßt zunächst eure:n Gesprächspartner:in, erläutert Ziele und Ablauf des Gesprächs und stellt die Gesprächsteilnehmer:innen kurz vor.
- Nach den eröffnenden Fragen („Wir interessieren uns für ...“, „Können Sie uns sagen ...?“) ist es wichtig, auch Fragen zum Überblick über das Thema (wer, wo, was, wann, wie, wie viel ...) und zu genaueren Informationen („Können Sie das noch weiter ausführen?“) zu stellen. Weitere Frageformen sind sogenannte offene Fragen („Warum / wie / wozu haben Sie das gemacht?“), Einschätzungen betreffende („Was halten Sie von ...“, „Welche Erfahrungen haben Sie damit gemacht?“) und Bewertungen („Wie beurteilen Sie ...?“, „Was denken Sie ...?“). Wichtig ist, nachzufragen, wenn ihr etwas nicht verstanden habt.
- Denkt am Ende der Befragung daran, euch beim Gast für sein Kommen zu bedanken. Ihr könnt auch ein kleines Präsent überreichen oder einen Dankesbrief schreiben.

4. Schritt: Auswertung

Die Ergebnisse müssen zusammengefasst und bewertet werden. Hierbei helfen u. a. folgende Fragen:

- Welche Informationen wurden gegeben? Gibt es neue Erkenntnisse?
- Worüber wurde aus welchen Gründen nicht gesprochen?
- Bleiben Informationslücken und können diese geschlossen werden?

7.1.2 Mitmachen im Jugendgemeinderat – eine gute Sache?

Mitbestimmen und Mitgestalten bedeutet, du musst aktiv werden. Mit Lukas lernst du einen Schüler kennen, der für den Jugendgemeinderat kandidiert hat und sich in seiner Gemeinde engagiert.

M4 Interview mit einem Mitglied des Jugendgemeinderats

70081-181

Lukas Speidel (17 Jahre) ist Schüler am Albert-Einstein-Gymnasium in Reutlingen und war von 2015-2017 Mitglied im Jugendgemeinderat (JGR) Reutlingen.

Warum machst du mit im JGR?
Es war eigentlich eher eine spontane Aktion, die ich recht schnell, aber auch gut überlegt, getroffen habe. Denn ich hatte nicht viel Bedenkzeit, um ehrlich zu sein. Als ich vom JGR und von den neuen Wahlen mitbekommen hatte, hatte ich noch zwei Wochen Zeit, um mich für eine Kandidatur zu entscheiden. Jedoch war für mich klar, ich möchte etwas in Reutlingen bewegen und zum Besseren verändern sowie die Stadt noch jugendfreundlicher machen. Was ich auch sehr wichtig finde, ist, dass Integration, Verständnis und Toleranz unter Jugendlichen gefördert werden. Den JGR sah ich als eine riesige Möglichkeit zur Verbesserung. So kam es dann eben zu meiner Kandidatur.

konfrontieren
hier: jmd. in eine Situation bringen, mit der er sich mit etwas (Negativem) auseinandersetzen muss.

Caritas
soziale Hilfsorganisation

Der Jugendgemeinderat der Stadt Reutlingen, 2021/22

Was antwortest du den Menschen, die behaupten, ihr hättet in den Gemeinden und Städten zu wenig zu sagen?
Aussagen wie diese halte ich persönlich für Schwachsinn und sie zeigen, dass Leute, die mich mit so etwas versuchen zu konfrontieren, sich nur sehr mangelhaft erkundigt haben, was der JGR, in meinem Fall Reutlingen, in den letzten Jahren alles auf die Beine gestellt hat. Es wurde die Aktion „Spend`n Shirt" gegründet bei der jährlich dutzende Säcke Kleider an Schulen gesammelt werden, um diese an die Caritas zu spenden. Alles alleine vom JGR organisiert und betrieben. Auch wird uns viel Verantwortung und Mitspracherecht gegeben, denn zu den meisten Sachen holt sich die Stadt ein Meinungsbild im JGR ab, wie jetzt zum Beispiel zum Skaterpark neben der Stadthalle, weil der JGR die Stimme der Jugendlichen ist und die Jugend extrem wichtig für die Stadt ist. Das sind alles nur Beispiele, die ich herausgepickt habe, denn ich könnte so noch einige mehr aufzählen [...].

Was war deiner Meinung nach die beste Aktion, die ihr auf die Beine gestellt habt?
Eine gute Frage, da ich in der Regel immer hinter dem stehe, was der JGR tut und was für Aktionen er durchführt, jedoch halte ich die Aktion „Spend`n Shirt" für eine der bewegendsten, da

wir hier extrem viel für Kinder getan und möglich gemacht haben. Etwas, das ohne den JGR wahrscheinlich so nicht möglich gewesen wäre. Kinder, die sich keine teuren oder sogar tauglichen Klamotten leisten können, wird so ein komplett neues Selbstwertgefühl gegeben. Das bewegt mich auch persönlich.

Was hat der JGR in Reutlingen bisher sonst noch erreicht?

Ich denke, hier kann ich ein paar Beispiele aufführen, wie zum Beispiel die enge Zusammenarbeit des JGR mit allen Jugendeinrichtungen der Stadt Reutlingen und Umgebung, wodurch diese nun mehr Unterstützung bekommen. Auch ist der JGR beispielsweise im Kinderferienprogramm aktiv. [...]

Wie können andere dazu gebracht werden, sich im JGR zu engagieren?

Ich denke, hierbei wäre es wichtig, die Reichweite des JGR zu optimieren. Denn viele kennen ihn gar nicht. Und wieso sollten sie sich dann dafür interessieren? Also denke ich, wenn man die Jugendlichen informiert und ihnen das Gefühl gibt, dass sie was bewegen können, wird sich die Jugend in Reutlingen noch mehr engagieren.

Interview: Petra Reiter-Mayer mit Lukas Speidel, 15.12.2015

engagieren
sich für etwas einsetzen

optimieren
verbessern

Jugendgemeinderat (JGR)

Die Gemeinden sind dazu verpflichtet, Kinder und Jugendliche in Entscheidungsverfahren, die sie betreffen, miteinzubeziehen.

Dies geschieht in vielen Gemeinden durch die Jugendgemeinderäte. Ihre Aufgabe ist es, die Interessen von Jugendlichen gegenüber der Gemeinde zu vertreten. Dies geschieht meistens über den Gemeinderat.

Weitere Informationen findest du hier:

70081-105

> Aufgaben

70081-67

1. Beschreibe, weshalb sich Jugendliche im Jugendgemeinderat (JGR) engagieren (**M4**).
2. Der Jugendgemeinderat besitzt ein Vorschlags- und ein Anhörungsrecht. Begründe, inwiefern dies eine wichtige Möglichkeit darstellt, wenn die Gemeinde mitgestaltet werden soll (**M4**).
3. Recherchiert, ob es in deinem Ort einen Jugendgemeinderat gibt und ladet eine:n Vertreter:in zu einem Expertengespräch ein (**M4**).
4. Überprüft mithilfe einer Umfrage in eurer Schule, inwiefern der Jugendgemeinderat in eurer Gemeinde akzeptiert wird.

H zu Aufgabe 3
Wie man ein Expertengespräch durchführt, kannst du auf der Methodenseite nachlesen.

H zu Aufgabe 3
Ihr könnt dem/der Expert:in ähnliche Fragen wie in **M3** stellen.

H zu Aufgabe 4
Mögliche Fragen können sein: Was macht der JGR? Würdest du dich aufstellen lassen? ...

7.1.3 Mehr Mitsprache der Bürgerinnen und Bürger durch Gemeinderatswahlen?

In einer Demokratie ist es wichtig, dass die Menschen wählen, denn dadurch drücken sie ihre Zustimmung zur Demokratie aus. Bei Wahlen stimmen die Menschen darüber ab, welche Parteien sie damit beauftragen wollen, die Politik im Land zu gestalten. In einer Gemeinde übernimmt dies die Gemeinderatswahl. Wie genau wird eigentlich der Gemeinderat in Baden-Württemberg gewählt?

M5 Du hast die Wahl!

70081-182

Bei der Gemeinderatswahl hat jeder Wähler so viele Stimmen, wie Gemeinderäte oder Kreisräte zu wählen sind. Die Anzahl richtet sich nach der Größe der Gemeinde: mindestens 8, maximal 60 Gemeinderäte können gewählt werden. So umfasst beispielsweise der Gemeinderat der Stadt Reutlingen 40 Gemeinderäte.

Bei einer Gemeinderatswahl hat der Wähler zwei Möglichkeiten. Entweder gibt er den Stimmzettel unverändert ab und somit erhält jeder Kandidierende auf dem Stimmzettel eine Stimme. Oder er kann einen Stimmzettel verändern, oder sich aus den verschiedenen Wahlvorschlägen seinen Stimmzettel zusammenstellen.

Stimmzettel können durch Kumulieren und Panaschieren verändert werden.

Kumulieren = Häufeln: Der Wähler muss nicht jedem Bewerber gleich viele Stimmen geben. Er kann Kandidaten, die er besonders gerne im Gemeinderat oder Kreistag sehen möchte, stärker unterstützen und ihnen bis zu drei Stimmen geben. Dieses Anhäufeln von Stimmen nennt man kumulieren. Allerdings darf der Wähler nicht mehr Stimmen vergeben, als er insgesamt hat. In Reutlingen beispielsweise darf er insgesamt nicht mehr als 40 Stimmen vergeben. Werden es mehr, ist der Wahlzettel ungültig.

Panaschieren – Mischen: Der Wähler ist nicht auf einen Stimmzettel beschränkt. Er kann sich Bewerber der verschiedenen Stimmzettel mischen (panaschieren). In der Regel wird er einen oder mehrere Namen von einem anderen Wahlvorschlag in die freien Zeilen seines Stimmzettels schreiben. Und wenn er will, kann er auch diesen Kandidaten mehrere Stimmen geben (kumulieren). Auch hier gilt, wer mehr Stimmen vergibt als Sitze zu vergeben sind, macht seine Wahl ungültig.

Nach: Gawatz, Andreas: Politik und Unterricht aktuell 15: Kommunalwahlen in Baden-Württemberg. 2009, S. 12

M6 Gültig oder ungültig?

In der erfundenen Gemeinde Bad Wurzenried finden Gemeinderatswahlen statt. Die Gemeinde hat knapp 10.000 Einwohner und dementsprechend sind 18 Gemeinderäte zu wählen. Hier findest du vier abgegebene Stimmzettel von vier verschiedenen Wählerinnen und Wählern.

1

Amtlicher Stimmzettel für die Wahl des Gemeinderats in Bad Wurzenried Sozialdemokratische Partei (SPD)		
101	**Mathiesen-Felber, Erika,** Hauptschullehrerin, Saarstr. 36	3
102	**Holderich, Frank-Thomas,** Verwaltungsjurist, Beethovenweg 37	
103	**Schotz, Franziska,** Studiendirektorin, Am Abblick 7	2
104	**Geisel, Anton,** Angestellter, Münzgasse 9	
105	**Gutholz, Jörg,** Betriebsleiter, Münzgasse 18	
106	**Hohlweck, Susanna,** Technische Assistentin, Eichendorfweg 38	
107	**Lang, Hilde,** Studentin, Marktplatz 3	
108	**Dold, Sven,** Anwendungsentwickler, Amschweg 20	
109	**Weber, Udo,** Journalist, Albert-Schweitzer-Str. 3	3
110	**Kerber, Inge,** Dipl. Pädagogin, Reußenbachstr. 28	
111	**Waller, Robert,** Grafiker, Obertorstr. 18	1
112	**Junge, Herbert,** Pfarrer, Kastelstr. 53	2
113	**Dr. Berger, Gerhard,** Arzt, Kastelstr. 67	1
114	**Hörsch, Jürgen,** Krankenpfleger, Wiesengrund 102	
115	**Junge, Jürgen,** Dreher, Haxenweg 22	
116	**Klein, Martin,** Schlosser, Oberziegel hacher Str. 16	
117	**Wilheim, Bernd Christian,** Bäcker, Am Rohrbach 27	
118	**Lang, Hilde,** Referentin, Franzstr. 10	
	Otto Weber	3
	Sonia Düre	3

2

Amtlicher Stimmzettel für die Wahl des Gemeinderats in Bad Wurzenried Christlich Demokratische Union Deutschlands (CDU)		
201	**Dr. Werner, Hans,** Studiendirektor, Buhlstr. 21	1
202	**Maier, Bernd,** Kaufmann, Jordanstr. 2	
203	**Maier-Schotz, Franziska,** Betriebswirtin im Handwerk, Kromerstr. 43	3
204	**Rack, Theo,** Lokomotivbetriebsinsp. A.D., Schmiedsgasse 17	
205	**Stoll, Jutta,** Hausfrau, Johann-Sebastian-Bach-Str. 12	3
206	**Schäufele, Otto,** Richter, Oberriedweg 15	
207	**Maier,Klemens,** Landwirt, Ehrensberg 6	
208	**Wild, Angela,** Diplomverwaltungswirtin (FH), Orffstr. 17	2
209	**Ahrem, Karl,** Gartenbauarchitekt, Mühlenwiesenstr. 9	
210	**Dr. Seeger, Wilfried,** Internist, Schillerstr. 46	
211	**Kiefer, Wilhelm,** Zahntechniker, Eichenweg 11	
212	**Kulisch, Frieder,** Einzelhandelskaufmann, Marktplatz 3	
213	**Marlebis, Barbara,** Studentin, Junkergasse 24	
214	**Klink, Wilhelm,** Schlosser, Schlossgasse 2	
215	**Schinder, Emart ,** Lehrer, Merowingerweg 7	
216	**Winzer, Heidi,** Erzieherin, Stadtbauweg 10	2
217	**Woller, Willi** Kriminalbeamter, Lindenstr. 26	
218	**Kotz, Stephan,** Elektriker, Kernerstr. 6	
	Scholz, Franziska	3
	Schettler, Franziska	3
	Gehr, Heidi	3

3

Amtlicher Stimmzettel für die Wahl des Gemeinderats in Bad Wurzenried Unabhängige Wähler Bad Wurzenried (UW)		
301	**Lichtenberger, Reinhold,** Hauptschullehrerin, Saarstr. 36	3
302	~~**Dr. Olsberger, Florian,** Arzt, Kollegergasse 44~~	
303	**Weber, Otto,** Buchhändler, Mittelstr. 26	3
304	~~**Behalfer, Franziska,** Bankangestellte, Pirsweg 10~~	
305	**Zabel, Wilfried,** Gastwirt, Hohe Str. 9	2
306	**Helle, Andreas,** Unternehmensberater, Konrad-Adenauer-Str. 1	1
307	**Dürr, Sonja,** Fotografin, Edith-Sieg-Str. 10	
308	**Fischer, Jochen,** Studienrat, Fuchsbruhl 3	
309	**Fetzer, Holger,** Krankenpfleger, Schaienweg 30	
310	**Faulmüller, Gerhard,** Industriemeister, Ellerbachstr. 15	
311	**Marquardt, Christina,** Hausfrau, Hauptstr. 7	
312	**Herrgoth, Peter,** Malermeister, Ellerbachstr. 15	
313	**März, Melanie** Kunsttherapeutin, Kennsweg 12	
314	**Brenneisen, Jochen,** Schreinermeister, Riedstr. 18	
315	**Fritz, Holger,** Musikalien-Händler, Innweg 2	
316	**Weigel, Gilbert,** Dipl.-Ingenieur, Buckstr. 36	
317	**Sonderhauser, Hans-Joachim,** Buchhändler, Eichblumstr. 11	
318	**Müller, Eleonora,** Sonderschullehrerin, Bismarckweg 13	
v	Eitel, Andreas	3

4

Amtlicher Stimmzettel für die Wahl des Gemeinderats in Bad Wurzenried Alternative Liste – Die Grünen		
401	**Dr. Gehr, Heidi,** Assistenzärztin, Schwedenschanze 7	3
402	**Wegner, Peter,** Ergotherapeut, Fürstenbergstr. 83	
403	**Mutsch, Louise,** Krankenschwester, Peter-Rosegger-Weg 16	3
404	**Arens, Andreas,** Hausmann, Hahnstr. 21	
405	**Stofte, Marina,** Sonderschullehrerin, Friedhofweg 13	3
406	**Blankenried, Ronald,** Rechtsanwalt, Jahnstr. 25	
407	**Eitel, Andreas,** Bildungsreferent, Schwalbenweg 1	3
408	**Thierger, Thomas,** Reisebürokaufmann, Tulpenweg 21	2
409	**Verdienel, Karin,** Bibliothekarin, Obere Gafusstr. 13	
410	**Weber, Jana,** Studentin, Brühlstr. 17	
411	**Marx-Sonnenschein, Martina,** Krankenschwester, Hofackerstr. 15	
412	**Krauß, Georg Anton,** Diplom-Pädagoge, Breslauer Str. 4	2
413	**Ost, Franz,** Musiker, Nelkenweg 3	
414	**Mann, Dieter,** Antiquar, Saliner Str. 13	
415	**Petersen, Jutta ,** Ergotherapeutin, Henrj-Dunant-Str. 2-1	3
416	**Autenrieth, Corinna,** Hausfrau, Schwalbenweg 1	
417	**Neuguth, Dirk,** Verleger, Kleiner Steig 1	
418	**Groß, Michel,** Student, Konradstr. 2	

Nach: Politik und Unterricht aktuell 15, Kommunalwahlen in Baden-Württemberg, 2009, S. 13

Erklärfilm zur Gemeinderatswahl in Baden-Württemberg

70081-106

Wählen ab 16
In manchen Bundesländern, z. B. in Baden-Württemberg, darf man bei den Kommunalwahlen schon ab 16 Jahren sein aktives Wahlrecht ausüben.

Gemeinderat

Der Gemeinderat ist als Vertretung der Bürgerinnen und Bürger das wichtigste Gremium einer Gemeinde.
In den Gemeinden (Kommunen) und Städten Deutschlands werden Gemeinde- oder Stadträte, die auch manchmal „Stadtverordnetenversammlung" genannt werden, gewählt. In diesen Räten sind die Parteien der Gemeinde, aber auch unabhängige Wählergemeinschaften vertreten, sofern sie genügend Stimmen bei der Wahl bekommen haben. Die Mitglieder der Gemeinderäte kommen zu regelmäßigen Sitzungen zusammen und bestimmen mit, ob zum Beispiel eine neue Umgehungsstraße gebaut wird oder neue Wohngebiete erschlossen werden.

Bürgermeister:in

Der/die Bürgermeister:in ist Chef:in der Gemeindeverwaltung.
Er/Sie wird direkt von den wahlberechtigten Bürgerinnen und Bürgern der Gemeinde in der Regel für 8 Jahre gewählt. Damit ist die Wahl des Bürgermeisters bzw. der Bürgermeisterin unabhängig von der Gemeinderatswahl. Man hat nur eine Stimme und kann damit auch nur eine:n Bewerber:in wählen. Gewählt ist, wer mehr die Hälfte der gültigen Stimmen hat (absolute Mehrheit).

M7 Soll Kumulieren und Panaschieren abgeschafft werden?

a) Pro-Argumente

1. Wenn ein Wahlrecht erst mal lang und breit erklärt werden muss, ist es nicht bürgerfreundlich. Viele gehen deshalb nicht wählen.
2. Wenn ein Wahlsystem so kompliziert ist, gibt es viele ungültige Stimmzettel. Somit werden die abgegebenen falschen Stimmzettel nicht berücksichtigt, obwohl die Bürgerinnen und Bürger doch wählen wollten.
3. Auch auf kommunaler Ebene sind viele Kandidatinnen und Kandidaten den Wahlberechtigten nicht bekannt. Deshalb braucht es keine Personalisierungsmöglichkeit.
4. Wenn besser informierte und gebildete Menschen das Wahlrecht verstehen, können diese die Möglichkeit mehr nutzen. Das bedeutet, sie haben mehr Mitsprache und das entschärft die soziale Spaltung.
5. Weil die Wahlberechtigten sich an den Zielen der Parteien in deren Wahlprogrammen orientieren, ist es oft nicht klar, inwiefern Kandidatinnen und Kandidaten einer Liste eine andere Position zu einem Thema haben als andere.
6. Bekannte Personen oder Menschen mit bestimmten Berufen, z. B. Ärzte und Ärztinnen, haben so höhere Chancen, obwohl sie eventuell nicht die geeigneten Kandidatinnen oder Kandidaten sind.

b) Kontra-Argumente

1. Wenn Parteien Listen ohne Personalisierungsmöglichkeiten zusammenstellen und nur der Platz auf der Liste entscheidet, ob jemand in den Gemeinderat gelangt, haben die Wahlberechtigten weniger Möglichkeit mitzubestimmen.
2. Viele Kandidatinnen und Kandidaten sind nur deshalb gewählt worden, weil kumulieren und panaschieren erlaubt war. Ohne diese Möglichkeit, wären Kandidatinnen und Kandidaten in den Gemeinderat gelangt, die vor ihnen auf der Liste standen.
3. In Baden-Württemberg nutzen in manchen Gemeinden mehr als 90 % der Wahlberechtigten diese Möglichkeit.
4. Wahlberechtigte müssen nicht kumulieren oder panaschieren, sie können auch einfach nur eine komplette Liste ankreuzen.
5. Bürgerinnen und Bürger müssen das Wahlsystem kennen, auch wenn dieses kompliziert erscheint. Das ist ihre Pflicht.
6. Bei Gemeinderatswahlen ist oft nicht eindeutig erkennbar, wofür die jeweiligen Parteien stehen. Deshalb ist es sinnvoll, dass auch geeignete Personen direkt ausgewählt werden können, auch wenn sie auf anderen Listen stehen.

Aufgaben

70081-68

1. Erkläre, wie eine Gemeinderatswahl abläuft (**M5**).

2. Recherchiere den Gemeinderat deiner Gemeinde:
a) Wie viele Mitglieder hat der Gemeinderat eurer Gemeinde?
b) Welche Parteien und Wählergruppen sind im Gemeinderat vertreten?

3. Richtig oder falsch? Überprüfe folgende Aussagen mithilfe von **M5**.

Aussage	R	F
a) Man muss sich nicht für eine Partei entscheiden.		
b) Für jede Partei, die antritt, hat der Wähler eine Stimme.		
c) Kommunalwahlen sind oft Personenwahlen. Deswegen darf man auch einer/einem Kandidat:in drei Stimmen geben.		

4. Überprüfe, welche der abgegebenen Stimmzettel gültig und welche ungültig sind und begründe deine Entscheidung (**M6**).

5. Beurteile, inwiefern Gemeinderatswahlen den Bürgerinnen und Bürgern mehr Mitsprache einräumen.

6. Soll Kumulieren und Panaschieren abgeschafft werden?
a) Führt mithilfe der Argumente aus **M7** eine Pro-Kontra-Diskussion durch.
b) Entscheide dich für eine Position und nenne das für dich ausschlaggebende Argument.

7.1.4 Brauchen wir mehr Demokratie?

Ihr kennt das sicherlich auch: In eurer Klasse sind heftige Diskussionen im Gange, beispielsweise darüber, wo der nächste Klassenausflug hingehen soll. Ihr stimmt dann vielleicht so darüber ab, dass jeder auf einen Zettel schreiben kann, wohin es gehen soll und die Mehrheit entscheidet in einer Abstimmung über euer Ausflugsziel. Ihr stimmt also direkt ab. Funktioniert das auch in größerem Rahmen?

M8 Zwei Formen der Demokratie

Selber abstimmen

Abstimmen lassen

Direkte Demokratie

Das Volk übt die Staatsgewalt unmittelbar (= direkt) aus, zum Beispiel in einer Volksversammlung. Es entscheidet mit Volksabstimmungen („Plebiszit“) über alle politisch wichtigen Anliegen, einschließlich der Wahl und Abwahl wichtiger Amtsträger:innen in Staat und Gesellschaft.

Erklärfilm zu Demokratie

70081-107

M9 Soll das Volk mitentscheiden?

Bürgerinitiative und Landwirte protestieren gegen die B31 West.

Radschutzstreifen an der Reutlinger Straße in Sielmingen sollen Radfahrer:innen schützen. Eine Bürgerinitiative bezweifelt allerdings den Nutzen.

Bürgerinitiativen
spontane, zeitlich meist begrenzte, lockere Zusammenschlüsse von Bürgerinnen und Bürgern, die sich mit verschiedenen Aktionen gegen politische Maßnahmen, öffentliche Planungen, Missstände und befürchtete Fehlentwicklungen wehren. Themen sind z. B. Kindergärten und Spielplätze, Verkehr und Straßenbau, Stadtentwicklung und -sanierung, Randgruppen oder kulturelle Themen sowie häufig Umweltthemen.

Repräsentative Demokratie

Das Volk übt die Staatsgewalt mittelbar (= indirekt) aus.
Dazu wählt das Volk Abgeordnete, die dann Repräsentant:innen des Volkes sind und in eigener Verantwortung zeitlich befristet handeln. Ihren Auftrag dazu bekommen die Abgeordneten in regelmäßig stattfindenden Wahlen.

M10 Auszug aus der Landesverfassung Baden-Württemberg

70081-183

Artikel 59

(1) Gesetzesvorlagen werden von der Regierung, von Abgeordneten oder vom Volk durch Volksbegehren eingebracht.
(2) Dem Volksbegehren muss ein ausgearbeiteter und mit Gründen versehener Gesetzentwurf zugrunde liegen. Das Volksbegehren ist zustande gekommen, wenn es von mindestens einem Sechstel der Wahlberechtigten gestellt wird. [...]
(3) Die Gesetze werden vom Landtag oder durch Volksabstimmung beschlossen.

Artikel 60

(1) Eine durch Volksbegehren eingebrachte Gesetzesvorlage ist zur Volksabstimmung zu bringen, wenn der Landtag der Gesetzesvorlage nicht unverändert zustimmt. In diesem Fall kann der Landtag dem Volk einen eigenen Gesetzentwurf zur Entscheidung mitvorlegen.

Landesverfassung Baden-Württemberg, letzte Änderung vom 07.02.2011

M11 Direkt oder repräsentativ?

70081-184

- **A** **Direkte Demokratie**
- **B** **Repräsentative Demokratie**

1. Gemeinderatswahl
2. Leserbrief verfassen
3. Für eine Partei kandidieren
4. Bürgermeisterwahl
5. Volksabstimmung
6. Demonstrieren
7. Volksbegehren
8. Einen Bürgerantrag stellen, damit sich der Gemeinderat mit einem bestimmten Thema befasst
9. Antrag auf Einberufung einer Bürgerversammlung

M12 Direkte Demokratie, Volksbegehren, Volksentscheid

70081-185

Erklärfilm zu Volksentscheid

70081-108

Legislaturperiode
Bezeichnung für die Amtszeit einer Regierung; Zeitspanne zwischen zwei Wahlen

Mit dem Begriff direkte Demokratie oder unmittelbare Demokratie werden mittlerweile eine Vielzahl von Formen der politischen Beteiligung des Volkes bezeichnet. Sie gewährt dem Volk die Möglichkeit, auch während der Legislaturperiode auf konkrete Sachfragen bezogen Einfluss zu nehmen.

Bei einem Volksbegehren zum Beispiel sammeln die Bürgerinnen und Bürger in einer bestimmten Frist eine festgelegte Zahl an Unterschriften von Wahlberechtigten. Wenn dies geschafft wurde, muss sich das Parlament mit dem Thema beschäftigen, bleibt aber in seiner Entscheidung frei.

Wird die Vorlage abgelehnt, besteht für die Bürgerinnen und Bürger die Möglichkeit, einen Volksentscheid und damit eine direkte Abstimmung der Wahlberechtigten zu verlangen.

M13 Brauchen wir mehr direkte Demokratie?

70081-186

a) Bloß nicht!

Volksentscheide sind eine der gefährlichsten Mittel, die auch eine Demokratie, die ja vom Volke ausgeht, zugrunde richten kann.

Wir leben in einer Republik, und diese ist auch dadurch definiert, dass wir bestimmte Personen wählen, von denen wir glauben, dass sie uns am besten vertreten. Nun, wo liegt der Unterschied, ob ich nun selbst meine Meinung kundtue, indem ich zum Volksentscheid gehe, oder ob ich jemanden beauftrage, für mich zu reden und abzustimmen (im kleineren Kreis)?

Der Unterschied liegt schlicht und ergreifend darin, dass Politiker [...] sich ständig mit der Politik auseinandersetzen [...]. Als Normalbürger hat man diese Zeit schon gar nicht! Fehlentscheidungen, die auf unwissenschaftlicher Basis, Emotionalität, Unwissenheit und Populismus basieren [...] sind die Folge. Lassen Sie mich ein Beispiel nennen: Würden wir abstimmen, ob Kinderschänder, Terroristen oder sonstige in vielerlei Augen „Unpersonen" misshandelt, gefoltert oder mit der Todesstrafe bestraft werden sollten, so wären die Ergebnisse mehr als bedenklich [...].

Lucas Müller, Kennzeichen Digital, Das Blog, 18.7.2010 15:09

Populismus
eine Politik, die durch Übertreibung und starke Vereinfachung versucht, die Unterstützung breiter Massen zu erlangen

b) Eine super Idee

Es gibt ein Land, welches erfolgreich vom Volk regiert wird – die Schweiz. Wir haben unsere Rechte an das Parlament abgegeben, die Schweizer können von der Politik Gesetze verlangen und einfordern. Ist die Schweiz damit schlechter dran als Deutschland? Nein. In der Schweiz steht das Volk über allem und es regiert gut. Die Politiker sind nur Beauftragte des Volkes, denen notfalls die Gesetze diktiert werden. In Deutschland sind wir nur Stimmvieh, welches seine Rechte bei der Wahl abgibt. Wir sollten uns die einzige vollendete Demokratie der Welt als Vorbild nehmen.

Stefan Thien, Demokrat, Kennzeichen Digital, Das Blog, 18.7.2010 15:47

M14 Mitgestalten – ja, aber wie?

Ich möchte etwas verändern oder mir passt etwas nicht.

Ich kann Leserbriefe verfassen, im Internet bloggen oder Unterschriften sammeln.

Ich kann dafür sorgen, dass die Stadtverwaltung, der Gemeinderat Briefe erhalten.

Wenn von Seite der Gemeinde keine Reaktion erfolgt, kann ich eine Bürgerinitiative gründen und gehe verstärkt an die Öffentlichkeit, um weitere Mitstreiter:innen zu finden.

Der Gemeinderat befasst sich mit meinem Anliegen und bereitet eine Lösung vor, die dann beschlossen wird.

Meine Bürgerinitiative bringt einen Antrag zur direkten Abstimmung ein.

Bürgerbegehren und Bürgerentscheid

Bürgerbegehren: Um einen Bürgerentscheid durchführen zu können, muss zunächst das Bürgerbegehren erfolgreich sein. Es muss schriftlich beantragt und in der Regel von 7 % der wahlberechtigten Bürgerinnen und Bürger unterschrieben worden sein.
Bürgerentscheid: Mit einem Bürgerentscheid können Bürgerinnen und Bürger Angelegenheiten, für die der Gemeinderat zuständig ist, selbst entscheiden. Die gestellte Frage ist in dem Sinne entschieden, indem sie von der Mehrheit der gültigen Stimmen beantwortet wurde. Diese Mehrheit muss aber mindestens 20 Prozent der Stimmberechtigten betragen (Quorum). Wird das Quorum nicht erreicht, entscheidet der Gemeinderat über die Angelegenheit.

> Aufgaben

70081-69

1. a) Entscheide dich spontan für einen Demokratietyp (**M8**).
   b) Nenne das wichtigste Argument, das für deine Entscheidung ausschlaggebend war.
2. Nenne Themen, über die Bürgerinnen und Bürger in Baden-Württemberg deiner Meinung nach direkt abstimmen sollten (**M9**).
3. Erkläre, welche Möglichkeiten der direkten Demokratie es in Baden- Württemberg gibt (**M10**, **M12**).
4. Ordne die Beteiligungsmöglichkeiten den Demokratietypen zu (**M11**).
5. Sollte es mehr direkte Demokratie geben (**M12-M14**)?
   a) Positioniert euch auf einer Entscheidungslinie.
   b) Begründet eure Position.
6. Erstelle eine Positionsquadrat zur Fragestellung: „Brauchen wir mehr Demokratie?“

Ein Positionsquadrat erstellen

Worum geht es?

Wenn wir eine Entscheidung treffen oder die Positionen anderer bewerten wollen, müssen wir die Begründungen genauer betrachten. Häufig sind es bestimmte Wertmaßstäbe, die einer Entscheidung oder einer Position zugrunde liegen. Manchmal ist zum Beispiel der Umweltschutz der wesentliche Maßstab, manchmal ist es die „Gerechtigkeit zwischen den Generationen“ usw. Mit einem Positionsquadrat geht ihr diesen Wertmaßstäben genauer auf den Grund.

Geht dabei so vor:

1. Schritt: Positionsquadrat zeichnen und die Achsen beschriften

Zeichnet das Positionsquadrat in euer Heft oder auf ein leeres Blatt und beschriftet die Enden der x-Achse, indem ihr „ja“ oder „nein“ zur gestellten Frage eintragt. Beschriftet die Enden der y-Achse, indem ihr zwei für das Thema wichtige Wertmaßstäbe an den Enden eintragt.

↓ ↓ ↓

2. Schritt: Positionen einordnen

Ordnet die Aussagen (Positionen) in das Positionsquadrat ein. Entscheidet zunächst, wo ihr die Position auf der x-Achse ansiedeln würdet und macht dort ein Kreuz. Entscheidet dann, wie die Position im Wesentlichen begründet wird, indem ihr sie auf der y-Achse einordnet. Macht auch dort ein Kreuz. Legt dann einen gemeinsamen Punkt für die Position fest (vgl. Grafik).

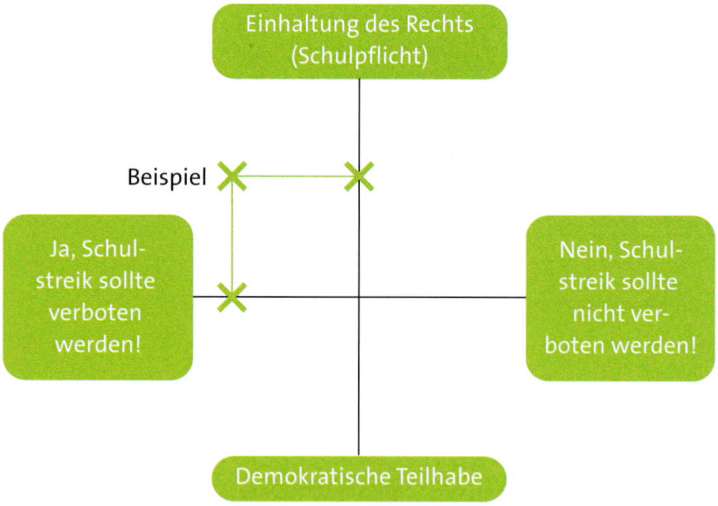

↓ ↓ ↓

3. Schritt: Einordnungen in der Klasse vergleichen

Vergleicht und begründet eure Einordnungen, indem ihr z. B. mit verschiedenen Farben eure Kreuze in ein gemeinsames Positionsquadrat an der Tafel zeichnet.

Bearbeiterin

Soll jeder mitmachen?

Beteiligungsmöglichkeiten für Jugendliche

> M1-M3

Du hast viele Möglichkeiten, dich zu beteiligen, wenn du in deiner Gemeinde etwas verändern möchtest. Du kannst deine Meinung zum Beispiel durch einen Brief an den/die Bürgermeister:in oder einen Leserbrief zum Ausdruck bringen. Damit dein Anliegen erfolgreich umgesetzt werden kann, brauchst du möglichst viele Mitstreiter:innen.

Übung

82000-963

Jugendgemeinderat (JGR)

> M4

Du hast ein Recht darauf, bei jugendrelevanten Themen in deiner Stadt mitzusprechen. Dazu kann die Gemeinde oder auch du selbst einen Jugendgemeinderat ins Leben rufen. Dazu brauchst du nur Unterschriften von Jugendlichen, die in deiner Stadt wohnen. Wenn es in deiner Stadt schon einen Jugendgemeinderat gibt, habt ihr jetzt auch ein Recht auf Beteiligung in Gemeinderatssitzungen bei jugendrelevanten Themen sowie ein Rede-, Anhörungs- und Antragsrecht.

Übung

82000-964

Kommunalwahlen

> M5-M7

Gemeinderatswahlen werden auch Kommunalwahlen genannt. Eine Besonderheit der Kommunalwahlen besteht darin, dass man die Stimmen auf verschiedene Kandidat:innen (auch von unterschiedlichen Parteien) verteilen (panaschieren) oder einem:r Kandidat:in bis zu drei Stimmen geben kann (kumulieren). In manchen Bundesländern, z. B. in Baden-Württemberg, darf man bei den Kommunalwahlen schon mit 16 Jahren sein aktives Wahlrecht ausüben. Wenn ihr selbst gewählt werden wollt, geht das auch mit dem Beginn der Volljährigkeit. Ihr lasst euch als Kandidat:in aufstellen, könnt dann also gewählt werden. Das nennt man passives Wahlrecht.

Übung

82000-965

Direkte und repräsentative Demokratie

> M8-M14

In der repräsentativen Demokratie werden die politischen Entscheidungen nicht direkt von den Bürgerinnen und Bürgern, sondern von gewählten Politikerinnen und Politikern, den Repräsentant:innen, im Parlament getroffen. Die Abgeordneten werden in freien Wahlen bestimmt und können bei der nächsten Wahl auch wieder abgewählt werden. Durch direkte Bürgerbeteiligung – z. B. in den Gemeinden – kann unmittelbar auf die politischen Entscheidungsprozesse Einfluss genommen werden. In Deutschland sind die Möglichkeiten direkter Demokratie auf Bundesebene allerdings äußerst begrenzt. Deshalb wird immer wieder gefordert, auch hier direktdemokratische Elemente einzuführen.

Übung

82000-966

7.2 Wer soll in einer Gemeinde bestimmen?

7.2.1 Wie funktioniert die Gemeinde?

Im Zusammenhang mit deiner Gemeinde sind dir sicherlich schon die Begriffe Bürgermeister:in, Gemeinderat oder Stadtverwaltung begegnet. Sie alle sind Teil einer Gemeinde und tragen dazu bei, dass das Leben möglichst reibungslos abläuft. Doch wie funktioniert das alles?

M1 Wer macht was in der Gemeinde?

70081-187

Wo werden Entscheidungen getroffen?
Wenn in den Gemeinden Entscheidungen getroffen werden, geschieht dies im Gemeinderat. Dieser wird alle fünf Jahre in geheimer Wahl gewählt. Ein Gemeinderat trifft sich in regelmäßigen Sitzungen und bestimmt mit, ob zum Beispiel eine neue Umgehungsstraße gebaut wird oder neue Wohngebiete erschlossen werden. Ein Gemeinderat entscheidet auch über den Haushaltsplan. Das heißt, hier wird festgelegt, für welche Aufgaben im kommenden Jahr wieviel Geld zur Verfügung stehen wird (= Etatrecht). Er berät und beschließt Vorlagen der Verwaltung und Anträge der Fraktionen. Darüber hinaus kontrolliert der Gemeinderat auch die Verwaltung.

Wer ist der/die „Chef:in" der Gemeinde?
Eine Gemeinde wird von einem Bürgermeister oder einer Bürgermeisterin geleitet. Er oder sie wird für eine bestimmte Zeit gewählt. Eine wichtige Aufgabe ist es, den Gemeinderat oder den Stadtrat zu leiten und er/sie ist auch Chef:in der Verwaltung und Vorsitzende:r der Ausschüsse. Der/die Bürgermeister:in berät und entscheidet mit, ob zum Beispiel ein neues Jugendzentrum gebaut oder Geld für eine Sportanlage ausgegeben wird. Er/Sie führt das Rathauspersonal, repräsentiert eine Gemeinde nach außen und vertritt die Interessen auf Landesebene.

Wo werden Entscheidungen vorbereitet?
Nicht alle Angelegenheiten, die eine Gemeinde betreffen, können im Gemeinderat ausführlich beraten und diskutiert werden, da dies zu viel Zeit in Anspruch nehmen würde. Außerdem braucht man hin und wieder auch den Rat von Expert:innen, die sich in einer Angelegenheit richtig gut auskennen. Diese Expert:innen treffen sich zur Vorarbeit in den Ausschüssen. Die Ausschüsse setzen sich zusammen aus den Vertreterinnen und Vertretern des Gemeinderats und sachkundigen Bürgerinnen und Bürgern.

Wer setzt die getroffenen Entscheidungen um?
Bürgermeister:in und Gemeinderatsmitglieder sind gewählte Vertreter:innen der Einwohnerinnen und Einwohner einer Gemeinde. In der Verwaltung arbeiten jedoch Angestellte der Stadt. Chef:in ist der/die Bürgermeister:in. Da sich die Verwaltungsangestellten hauptberuflich mit den Angelegenheiten einer Gemeinde befassen, sind sie Spezialisten. Deswegen kommen die meisten Vorschläge auch von ihnen und werden vom Bürgermeister:in in die Gemeinderatssitzungen eingebracht. Die Aufgaben einer Verwaltung bestehen also im laufenden Verwaltungsgeschäft, der Durchführung von staatlichen Auftragsangelegenheiten, dem Erfassen von Beschlussvorlagen und deren Umsetzung.

M2 Ein Gemeinderat berichtet

Helmut Treutlein ist Schulleiter der Pestalozzi Schule in Tübingen und Vater von sieben Kindern. In den Reutlinger Gemeinderat wurde er für die SPD bei den Kommunalwahlen 2014 wiedergewählt und war deren Fraktionsvorsitzender. Das folgende Interview wurde mit ihm im November 2015 geführt.

Helmut Treutlein (SPD) war Mitglied des Reutlinger Gemeinderats und Fraktionsvorsitzender.

Warum haben Sie für den Gemeinderat kandidiert?
Ich möchte an der Gestaltung der Stadt mitwirken. Im Gemeinderat wird demokratisch darüber entschieden, wie unsere Stadt künftig aussehen soll. Ich bin seit vielen Jahren in der SPD aktiv und beteilige mich an der politischen Diskussion in unserer Stadt. Im Gemeinderat wird die konkrete Lebenswirklichkeit der Menschen gestaltet und es wird entschieden, wie Gesetze umgesetzt werden.

Was kann man als Gemeinderat denn bewegen?
Wie sollen sich die Menschen in der Stadt bewegen? Mehr Raum für Fußgänger, Radfahrer und mehr Bus und Bahn! Wir wollen ein Theater bauen und die Spielplätze sollen für Kinder attraktiv sein. Es muss genügend Kinderbetreuungsplätze geben und jetzt müssen wir dafür sorgen, dass die Flüchtlinge, welche unserer Stadt zugewiesen werden, menschenwürdig untergebracht werden und alles getan wird, damit die Integration gelingt. Wir brauchen genügend Grün in der Stadt. [...] Das alles wird im Gemeinderat entschieden.

Was und wieviel hat man da zu tun?
Ein Gemeinderat hat viel Arbeit und braucht dazu sehr viel Zeit: Vorlagen lesen, mit Bürgern sprechen, in der Fraktion und in der Partei diskutieren, vor Ort besichtigen und besprechen, Vorschläge entwickeln, Anträge schreiben, in Sitzungen arbeiten: [...] Jede Woche braucht man dazu zwischen 12 und 20 Stunden, meist am Abend.

Mit welchen Argumenten überzeugen Sie Mitmenschen, für den Gemeinderat zu kandidieren?
Es ist eine tolle Sache, wenn man erlebt, wie man in der Demokratie die kleinen und großen Fragen diskutiert und entscheidet. Die Demokratie ist die beste Herrschaftsform in der Welt. Dazu braucht es Menschen, die bereit sind mitzuwirken, sich für die Wahl zur Verfügung zu stellen und nach der Wahl die Verpflichtung des Amtes verantwortungsvoll wahrzunehmen. Das ist schwer, manchmal belastend und man muss auch bereit sein, zu verlieren. Aber nur so lebt Demokratie.

Interview: Petra Reiter-Mayer mit Helmut Treutlein, 21.11.2015

Fraktion
Gruppe von Abgeordneten im Parlament

Partei
Zusammenschluss von Menschen, die für die gleichen politischen Ziele kämpfen

Aufgaben

1. Stelle grafisch in einem Schaubild dar, wie eine Gemeinde funktioniert (**M1**).
2. Erläutere, wie wichtig ein Gemeinderat für deine Gemeinde ist (**M2**).
3. Beurteile, inwiefern Bürgerinnen und Bürger an Entscheidungen in der Gemeinde beteiligt sind (**M1, M2**).

7.2.2 Wofür soll eine Gemeinde ihr Geld ausgeben?

Die vielen Aufgaben, die eine Gemeinde zu erledigen hat, kosten Geld: Ob Kindergärtnerin oder Feuerwehrmann, Busfahrerin oder Hausmeister, Bibliothekar oder Steuerbeamtin – alles(!) muss bezahlt werden. Auch die Kosten für Strom, Porto und Telefon usw. Welche Aufgaben hat die Gemeinde? Woher bekommt sie ihr Geld? Wie schwer ist es, mit diesem Geld die zahlreichen Aufgaben zu finanzieren?

M3 Welche Aufgaben hat die Gemeinde?

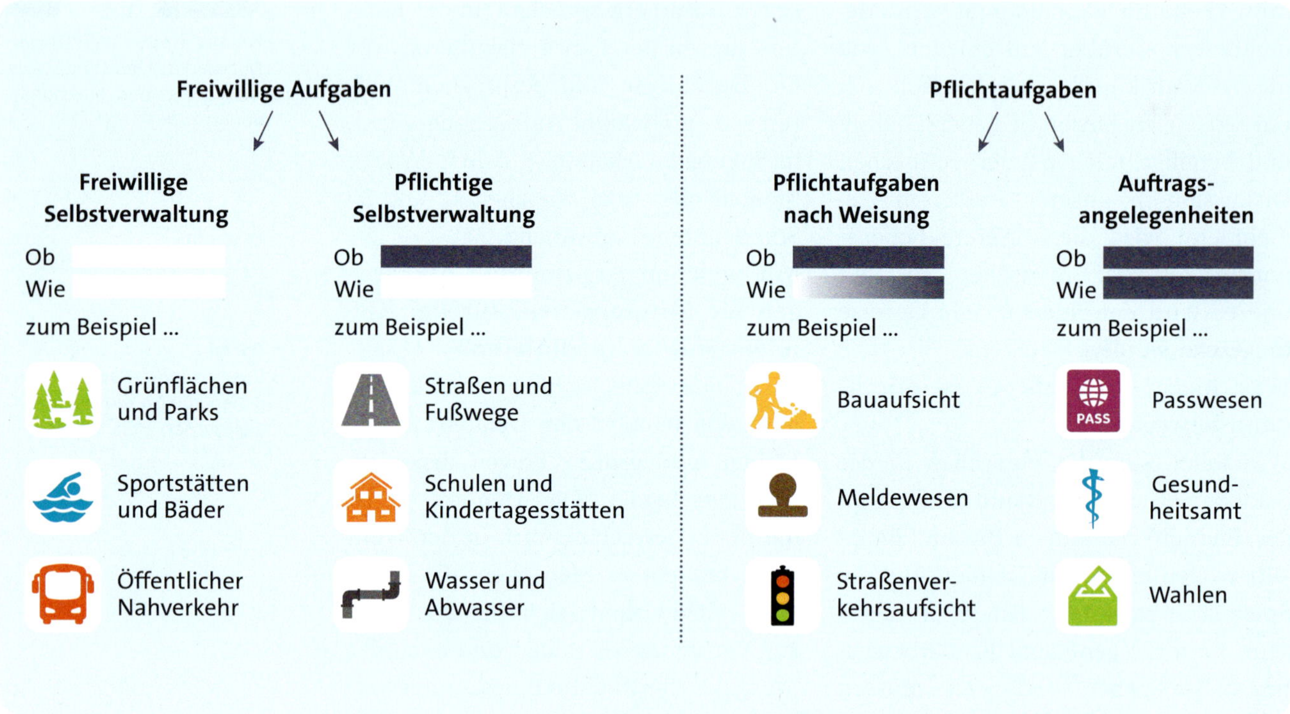

M4 Woher bekommen die Gemeinden ihr Geld?

70081-189

Einen Großteil des Geldes erhält die Gemeinde durch Steuern. Steuern sind allgemeine Abgaben der Bürger:innen und Unternehmen, für die sie keine konkrete Gegenleistung erwarten können. Manche dieser Steuern erhebt die Gemeinde selbst, wie zum Beispiel die Gewerbesteuer, die Grundsteuer oder die Hundesteuer. Von anderen Steuern, die das Land oder der Bund erheben, bekommt die Gemeinde einen Anteil. Außerdem bekommt die Gemeinde Zuschüsse von Bund und Land für konkrete Projekte. Wenn du ins Schwimmbad gehst und dort Eintritt bezahlst, zählt das auch zu den Einnahmen einer Gemeinde. Genauso wie die Gebühren für die Abwasserentsorgung und die Müllabfuhr. Auch das Geld für Strafzettel fließt in die Gemeindekasse. Wenn die Gemeinde nicht genügend Geld hat, um alle Ausgaben zu finanzieren, kann sie auch einen Kredit aufnehmen, d. h., dass sie sich zusätzlich Geld, z. B. von einer Bank, leihen muss.

M5 Die Einnahmen und Ausgaben der Stadt Baselberg

a) Beispiele für Ausgaben

b) Beispiele für Einnahmen

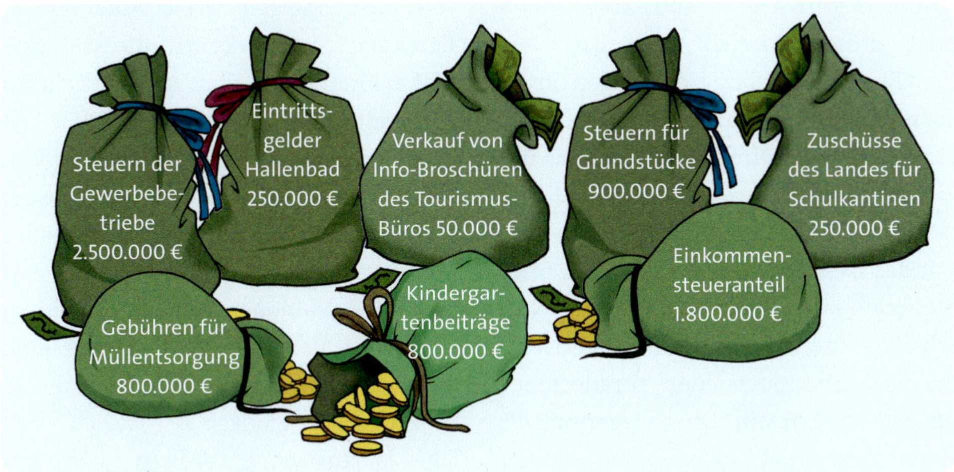

Haushaltsplan

70081-109

Aufgaben

70081-71

1. Erkläre, woher Gemeinden ihr Geld bekommen (**M4**).
2. Ordne die Ausgaben und Einnahmen aus **M5** in den Haushaltsplan (**QR-Code**) ein.
3. Die Gemeinde Baselberg bekommt ein Problem: Aufgrund einer Wirtschaftskrise brechen die Einnahmen aus der Gewerbe- und der Einkommenssteuer um 4 Mio. € ein. Die Gemeinde muss jetzt sparen (**M5**).
   a) Bildet Gruppen und versetzt euch in die Rollen von Gemeinderatsmitgliedern. Überlegt, welche Vorhaben ihr streichen oder kürzen wollt.
   b) Berücksichtigt die Aufgaben, die ihr unbedingt erfüllen müsst (**M3**).
   c) Präsentiert und diskutiert eure Pläne in der Klasse.

7.2.3 Soll es kostenlosen Nahverkehr für alle geben?

Stell dir vor, du stehst an einer Tübinger Bushaltestelle und steigst einfach ein, ohne Fahrschein – egal wann, egal wo.

M6 Kostenfreies Busfahren in Tübingen?

70081-190

Tübus umsonst – so lautet eine Schlagwort, das in der Universitätsstadt Tübingen derzeit diskutiert wird. Dabei ist der Begriff irreführend. Zwar sollen nach diesem Modell möglichst viele den Bus nutzen, ohne ein Ticket lösen zu müssen, doch Kosten entstehen natürlich dennoch. Im Grunde geht es um eine Umverteilung der Kosten. [...] Wobei rund die Hälfte der anfallenden Kosten des Busverkehrs bereits heute über Steuereinnahmen finanziert wird. Nun wird an eine Erhöhung der Grundsteuer, Gewerbesteuer oder Hundesteuer gedacht. [...] [Dem Oberbürgermeister Boris] Palmer geht es um einen „echten Diskurs", um ein rationales Abwägen aller Argumente. [...] Für Palmer ist klar, dass [...] die breite Mehrheit der Bürger dahinter stehen muss. [...] Die Ausgangslage ist unbestritten. Immer mehr Menschen wollen in Tübingen wohnen, „doch das Straßennetz wächst nicht mit", argumentiert der Oberbürgermeister. Dazu wäre den Klimaschutzzielen der Stadt gedient, wenn weniger Menschen das Auto nutzen. 45 Prozent aller Fahrten in Tübingen [...] werden laut Palmer mit dem Auto zurückgelegt. Das Stadtoberhaupt erinnert in diesem Zusammenhang an die Stauvermeidung und ist überzeugt davon, dass eine ticketfreie Nutzung des Tübinger Stadtverkehrs die billigste Maßnahme wäre, den Autoverkehr in der Stadt zu reduzieren.

Erste Zahlen machen die Runde: Von 16 Millionen Euro zusätzlicher Kosten jährlich ist die Rede: Nach Abzug aller Zuschüsse müsste die Stadt neun statt bisher 3,5 Millionen Euro übernehmen – Jahr für Jahr. Inbegriffen wäre eine Ausweitung des Busverkehrs um 20 Prozent in der Stadt. [...]

Die Diskussionen drehen sich um Grundsätzliches. Dass viele Menschen für vieles bezahlen müssen, das sie nicht nutzen, sei das Wesen von Steuern, sagt Palmer, „auch Pazifisten bezahlen die Bundeswehr". Warum nicht „Freibad umsonst" oder „Kultur umsonst" wird ihm entgegengehalten. Der kontert damit, dass jene Vorschläge weder dem Klimaschutz noch der Entlastung der Straßen dienten.

Michael Petersen, www.stuttgarter-zeitung.de, 27.8.2015

Diskurs
Erörterung, Diskussion

rational
vernünftig, sinnvoll

Pazifist
Pazifismus bezeichnet eine Grundhaltung, die jede Anwendung von Gewalt ablehnt und mit aller Kraft für den Frieden eintritt. Ein Pazifist lehnt aus Gewissensgründen jede Form von Krieg grundsätzlich ab.

kontern
entgegnen

M7 Wie kommen Entscheidungen in der Gemeinde zustande?

Die Vorlagen und Anträge werden an die Fraktionen gegeben. Dort bilden die Gemeinderäte auf der Fraktionssitzung eine gemeinsame Position.

↓

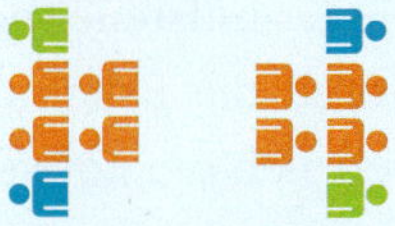

Die Vorlagen und Anträge werden in den fachlich zuständigen Ausschüssen vorberaten. Hier können Gemeinderäte Änderungsanträge stellen.

↓

Die Beschlussempfehlung des federführenden Ausschusses wird in der Gemeinderatssitzung debattiert. Findet der Vorschlag (oder ein Änderungsantrag) eine Mehrheit, dann ist er beschlossen.

→

Lehnt der Gemeinderat ein Bürgerbegehren ab, gibt es einen Bürgerentscheid. Alle Wahlberechtigten stimmen über den Vorschlag ab. Findet der Vorschlag eine Mehrheit, dann ist er beschlossen.

←

↓

Nun ist die Gemeindeverwaltung dafür zuständig, die gefassten Beschlüsse umzusetzen.
Die Gemeinderäte können durch Anfragen die Umsetzung kontrollieren.

federführend
hauptverantwortlich

debattieren
ein Streitgespräch mit formalen Regeln führen

M8 TüBus umsonst – ernsthaft?

Dietmar Schöning, Vorsitzender der FDP-Fraktion im Gemeinderat Tübingen ist gegen einen kostenlosen TüBus […]

Einer ernsthaften Prüfung hält all das, was zurzeit unter den Stichworten „ticketfreier Nahverkehr" oder „TüBus umsonst" in Tübingen gehandelt wird, nicht stand.

Wer z. B. – mit Bezug auf die Schwächeren in unserer Stadt – ein Grundrecht auf Mobilität ins Feld führt, tut sich schwer mit der Begründung, warum deshalb alle in den Genuss eines für den Nutzer kostenfreien ÖPNV kommen sollten. Auch verkehrspolitische Gründe sprechen […] nicht für „TüBus umsonst". […] Niedrigere Preise allein führen nicht zum Umsteigen, weil es viele gute Gründe gibt, einen PKW zu benutzen, die sich nicht wegsubventionieren lassen.

Schließlich die Klimabelastung durch CO_2 und andere Luftschadstoffe: Kein Zweifel, der Bus, gut besetzt, schneidet besser ab als ein PKW mit einem Insassen. Aber ein Bussystem, das von 6 bis 24 Uhr alle Linien mindestens im Halb-Stunden-Takt bedienen soll, gerät immer mehr in die Gefahr, auch Linien zu betreiben, deren umweltpolitischer Nutzen bei wenigen Fahrgästen zweifelhaft wird.

Dietmar Schöning, www.fdpbwportal.de, 13.8.2015

Dietmar Schöning ist Vorsitzender der FDP-Fraktion im Gemeinderat Tübingen.

M9 Kompromiss und andere Bedenken

Einen Kompromiss schlägt die SPD-Gemeinderatsfraktion vor. Statt rund 40 Euro soll eine Monatskarte künftig 15 Euro kosten, abends nach 19 Uhr und an Wochenenden soll der Bus kostenfrei genutzt werden dürfen. So könnten gegenüber dem Nulltarifmodell Kosten gespart und Erfahrungen gesammelt werden. [...] Jeder Tübinger mit Erstwohnsitz soll [...] einen Gutschein erhalten, den er gegen eine Jahreskarte eintauschen kann. Alle Bus-Fahrgäste hätten somit ein Ticket. [...]

Dem CDU-Stadtrat Hubert Wicker sind die Annahmen der Stadtverwaltung zu vage. Womöglich würden nur Radfahrer und Fußgänger das Angebot nutzen, „und kaum ein Auto weniger ist unterwegs", sagt der frühere Regierungspräsident und amtierende Landtagsdirektor. Wicker geht nicht davon aus, dass die Gewerbesteuer deutlich erhöht wird, „also müsste die Grundsteuer verdoppelt werden." Durch die Erhöhung anderer Steuern ließen sich die notwendigen Summen nicht einnehmen. Eine Möglichkeit sieht er dennoch: „Als Pilotprojekt mit Unterstützung des Landes kann ich mir den kostenfreien Busverkehr vorstellen."

Michael Petersen, www.stuttgarter-zeitung.de, 27.8.2015

Aufgaben

70081-72

H zu Aufgabe 1b
So könnte eure Tabelle aussehen:

Sollte es auch in unserer Stadt einen kostenlosen Bus für alle geben?

Pro	Kontra
...	...
...	...

1. Entscheide dich spontan: Sollte es auch in deiner Stadt einen kostenlosen Bus für alle geben (**M6**)?
   a) Nenne das für dich wichtigste Argument deiner Begründung.
   b) Haltet die Argumente der Klasse in einer Pro- und Kontra-Liste fest.

2. (Wie) Funktioniert ein kostenloser Bus für alle (**M7**)?
   a) Notiere alle Fragen, die dir einfallen.
   b) Tausche dich mit einem Partner über eure Fragen aus.
   c) Einigt euch auf die drei wichtigsten Fragen, die eurer Meinung nach geklärt werden müssen.
   d) Diskutiert eure Fragen in der Klasse.

3. Beschreibe das Verfahren, das zu einem kostenlosen Busfahren für alle führen könnte (**M7**).

4. Arbeite die Argumente des Tübinger Oberbürgermeisters Boris Palmer für kostenfreies Busfahren heraus (**M6**).

5. Analysiere mithilfe des Konfliktmodells den Tübinger Streit um den „TüBus umsonst" (**M6-M9**).

6. Überprüfe dein spontanes Urteil aus Aufgabe 1.

Konflikte mithilfe eines Modells analysieren

Worum geht es?

Wenn du wissen möchtest, wie was Großes funktioniert, kannst du das in einem Modell betrachten. Du kannst Flugzeuge, Häuser oder Autos als Modelle nachbauen. Diese Modelle zeigen also im Kleinen, wie das große Original aufgebaut ist und wie es funktioniert. Modelle versuchen die Wirklichkeit vereinfacht darzustellen, was umso wichtiger ist, weil die Wirklichkeit oft sehr kompliziert ist. Modelle konzentrieren sich auf das Wichtigste und lassen unnötige Einzelheiten weg. Du kannst auch in Gemeinschaftskunde mit Modellen arbeiten, vor allem dann, wenn es darum geht, komplizierte Konflikte zu analysieren.

Geht dabei so vor:

1. Schritt:

Wer streitet sich mit wem? Welche unterschiedlichen Interessen haben die Beteiligten (= Akteur:innen) und wie können sie ihre Interessen durchsetzen?

↓ ↓ ↓

2. Schritt:

Worum wird gestritten? Was ist das knappe Gut?

↓ ↓ ↓

3. Schritt:

Wie kann der Streit gelöst werden? Wer darf darüber entscheiden?

↓ ↓ ↓

4. Schritt:

Wie könnte ein gerechter Interessenausgleich aussehen?

Arbeitsblatt: Konfliktanalyse

70081-110

Wer soll in einer Gemeinde bestimmen?

Organisation einer Gemeinde

> M1

Die Verwaltung der Gemeinde wird von der Bürgermeisterin oder dem Bürgermeister geleitet. Bürgermeister:in und Verwaltung führen die Beschlüsse der Gemeindevertretung aus.

Wenn in den Gemeinden in Deutschland Entscheidungen getroffen werden, müssen daran auch die Bürgerinnen und Bürger beteiligt werden. Daher gibt es auch hier Parlamente, die „Gemeinderat" genannt werden (in Städten „Stadtrat"). Dieser wird alle fünf Jahre von den Einwohnerinnen und Einwohnern gewählt, die über 18 Jahre alt sind und die deutsche Staatsangehörigkeit besitzen oder einem EU-Staat angehören. Die Gemeinderatsmitglieder kommen zu regelmäßigen Sitzungen zusammen, beschließen den Haushaltsplan und bestimmen mit, welche freiwilligen Aufgaben die Gemeinde übernimmt

Übung
82000-967

Aufgaben einer Gemeinde

> M3

Eine Gemeinde hat viele Aufgaben, die das tägliche Leben betreffen. Diese lassen sich in Pflichtaufgaben (z. B. Wasserversorgung, Abfallentsorgung, Straßenbau etc.) und freiwillige Aufgaben (z. B. Freibäder, Sporthallen, Bibliotheken) unterteilen. Darüber hinaus muss eine Gemeinde auch im Auftrag von Bund und Land Verwaltungsaufgaben ausführen (z. B. Pass- und Meldewesen, Durchführen von Wahlen etc.).

Übung
82000-968

Finanzierung einer Gemeinde

> M4

Damit eine Gemeinde ihren Aufgaben nachkommen kann, benötigt sie Geld. Deshalb sind Gemeinden dazu berechtigt, Steuern (z. B. Grund- und Gewerbesteuern, Hundesteuer etc.), Verwaltungsgebühren, Benutzungsgebühren und Beiträge für die Investitionen in die Infrastruktur zu erheben. Darüber hinaus erhalten die Gemeinden einen Anteil aus den Steuern von Bund und Land sowie zweckgebundene Zuweisungen.

Übung
82000-969

Gemeinderat

> M1, M2

Der Gemeinderat (in Städten: Stadtrat) ist das Hauptorgan der Gemeinde. Er entscheidet über wichtige Fragen, die die Gemeinde betreffen, z. B. über den Gemeindehaushalt und die Höhe der gemeindlichen Abgaben. Die Ratsmitglieder sind ehrenamtlich tätig und werden von der wahlberechtigten Bevölkerung auf fünf Jahre gewählt.

Übung

82000-970

Im Gemeinderat tätig sein

> M2

Wer an der Gestaltung einer Gemeinde aktiv mitmachen möchte, kandidiert für die Wahlen zum Gemeinderat. Dort kann jedes Mitglied die konkrete Lebenswirklichkeit der Menschen innerhalb einer Gemeinde gestalten.
Die Arbeit als Gemeinderat beschäftigt sich unter anderem mit den Problemen, wie sich die Menschen innerhalb der Gemeinde bewegen sollen oder ob es neue Spielplätze geben soll usw.
Die Arbeit eines Gemeinderats kostet viel Zeit, denn man muss Vorlagen durchlesen, mit den Bürgerinnen und Bürgern sprechen, diskutieren, Vorschläge entwickeln, Anträge schreiben und in den entsprechenden Sitzungen mitarbeiten.

Übung

82000-971

Bürgermeister:in

> M1

Die Bürgermeisterin oder der Bürgermeister ist Vorsitzender des Verwaltungsausschusses und leitet die Gemeindeverwaltung. Sie/Er hat im Gemeinderat kraft ihres/seines Amtes Antrags-, Rede- und Stimmrecht. Der Bürgermeister bzw. die Bürgermeisterin informiert die Einwohnerinnen und Einwohner über wichtige Angelegenheiten der Gemeinde und repräsentiert die Gemeinde nach außen. Er/Sie hat also eine herausragende Stellung in der Gemeinde. Er/sie wird auf acht Jahre von den stimmberechtigten Einwohnerinnen und Einwohnern direkt gewählt.

Übung

82000-972

Selbsteinschätzung

Du hast in diesem Kapitel die Gemeinde entdecken können und weißt nun, wie eine Gemeinde funktioniert. Mithilfe der Tabelle kannst du nun unter anderem überprüfen, ob du noch weißt, welche Möglichkeiten du hast, um dich zu beteiligen, welche zwei verschiedenen Demokratieformen es gibt und wie bei uns der Gemeinderat gewählt wird.

Ich kann ...	Das klappt schon ...	Hier kann ich noch üben ...
... meine Gestaltungsmöglichkeiten in der Gemeinde beschreiben.		Kapitel 7.1: M2-M4, #Jugendgemeinderat
... beschreiben, wie eine Gemeinderatswahl funktioniert.		Kapitel 7.1: M5, M6, #Gemeinderat
... die beiden Demokratieformen direkte und repräsentative Demokratie beschreiben.		Kapitel 7.1: M8-M14, #Direkte Demokratie, #Repräsentative Demokratie
... die Beteiligungsmöglichkeiten den Demokratieformen zuordnen.		Kapitel 7.1: M11
... Aufbau und Aufgaben einer Gemeinde darstellen.		Kapitel 7.2: M1, M3
... einen kommunalen Konflikt analysieren.		Kapitel 7.2: M6-M9
... die Möglichkeiten der Einflussnahme von Bürgerinnen und Bürgern auf einen kommunalen Konflikt erläutern.		Kapitel 7.1: M7, #Gemeinderat, #Kreistag

M1 Würfelspiel: Rathausrallye

1) Organisiere eine Radwanderkarte, deine Großeltern kommen zu Besuch.
2) Für das Schulfest willst du Plakate in der Stadt aufhängen. Besorge dir eine Genehmigung im Ordnungsamt.
3) Erkundige dich, wann das Sommer-Open-Air-Konzert stattfindet.
4) Besorge dir Wertstoffsäcke im Bürgerbüro.
5) Du gehst zum Geld verdienen für deine Nachbarn einkaufen. Erkundige dich, ob du dafür einen Gewerbeschein benötigst.
6) Du hast einen kleinen Hund aus dem Tierheim geholt. Frage bei der Kämmerei nach der Höhe der Hundesteuer.
7) Die Läuse sind wieder an eurer Schule! Frage nach, wie man sie am besten bekämpft.
8) Ein Freund von dir hat großen Streit mit seinen Eltern. Erkundige dich, wie du ihm helfen kannst.
9) Reserviere deiner großen Schwester einen Hochzeitstermin im nächsten Jahr.
10) Hinterlasse deine neue Adresse nach deinem Umzug.
11) Besuche das Sozialamt und finde heraus, ob und wie man einen Zuschuss für die Klassenfahrt bekommen kann.
12) Frage nach, ob dein Schlüssel abgegeben wurde.

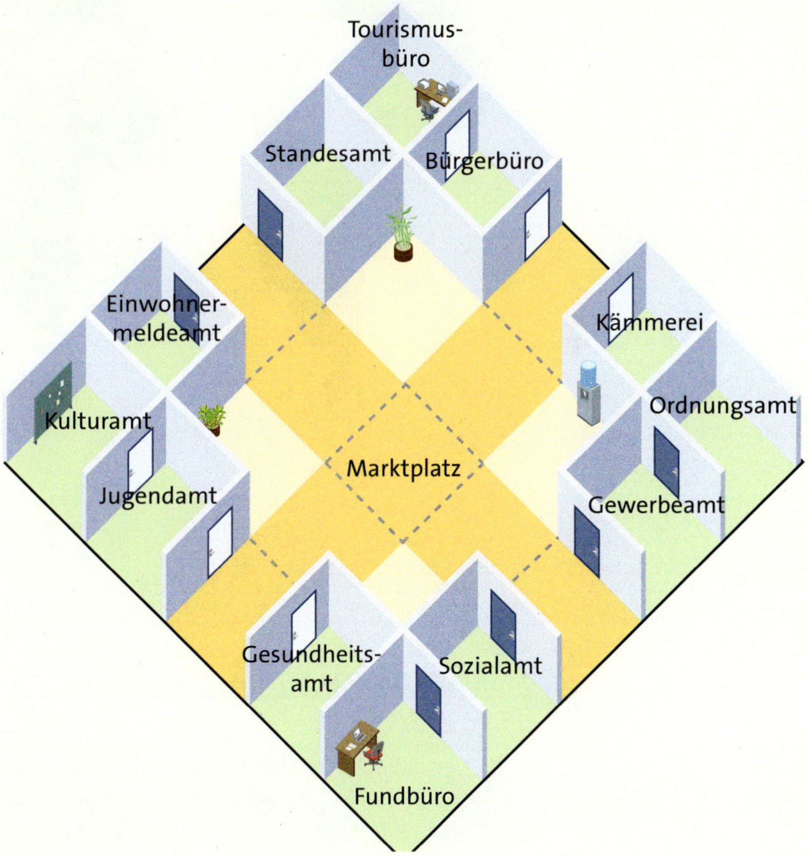

Aufgaben

70081-73

Jeder Spieler stellt eine Spielfigur auf den Marktplatz. Der jüngste Mitspieler beginnt, würfelt und rückt in eine beliebige Richtung vor. In dem Büro oder Amt, in dem du stehen bleibst, kannst du in der nächsten Runde einen Auftrag erledigen. Zunächst würfelt und zieht der nächste Spieler. Bis du wieder an der Reihe bist, liest du dir die Aufträge durch. Suche den Auftrag, für den das Amt zuständig ist, in dem du stehst. Ein Auftrag ist erledigt, wenn du eine 5 oder eine 6 würfelst. Das Spiel ist zu Ende, wenn alle Aufträge erledigt sind. Wer die meisten erledigt hat, hat gewonnen.

Was weißt du schon?

70081-74

1. Verteilt euch im Klassenzimmer (Tische und Stühle beiseite räumen). Der Boden ist jetzt eine große Landkarte. Einigt euch, wo Norden und wo Süden ist. In der Mitte ist euer Schulort. Klärt gemeinsam, wo ungefähr die nächsten größeren Städte und wo z. B. Polen oder die Türkei oder Frankreich liegen.
   a) Stellt euch in der ersten Runde dort hin, wo ihr geboren wurdet.
   b) In der zweiten Runde dort, wo eure Mutter geboren wurde.
   c) Dritte Runde: Und wo wurde eure Großmutter geboren?
   d) Vielleicht wisst ihr sogar, wo die Mutter eurer Großmutter geboren wurde? Dann könnt ihr eine vierte Runde spielen.

   Berichtet, was euch bei dem Spiel auffällt.
2. Richtet ein Erzählcafé aus, in dem ihr euch gegenseitig von der Herkunft eurer Familien berichtet.
3. a) Stellt euch gegenseitig „Schätzfragen“ zum Thema „Einwanderung“. *Beispiel: Wie viele Menschen, die aus einer zugewanderten Familie stammen, leben in eurer Gemeinde, in Baden-Württemberg, in Deutschland?*
   b) Überlegt euch Möglichkeiten, wie ihr überprüfen könnt, welche eurer Schätzungen stimmen.

8

Einwanderungsland Deutschland – wie gelingt die Integration von Zugewanderten?

In Deutschland leben Menschen, die ursprünglich aus Deutschland stammen, zusammen mit Menschen, die selbst oder deren Familien aus anderen Staaten nach Deutschland eingewandert sind. In den letzten Jahren hat die Zuwanderung nach Deutschland sogar zugenommen, besonders durch viele Geflüchtete, die Zuflucht in einem sicheren Land suchen. Wie gut sind Zuwandererinnen und Zuwanderer in die deutsche Gesellschaft integriert? Welche Chancen und welche Probleme hat das Einwanderungsland Deutschland?

Was lernst du in diesem Kapitel?

- ... warum und in welchem Ausmaß es Zuwanderung nach Deutschland gibt.
- ... wie sich die Bevölkerung Deutschlands nach Herkunft und Alter der Menschen zusammensetzt.
- ... was die Zugewanderten einerseits und was die deutsche Gesellschaft andererseits für eine gute Integration leisten müssen.
- ... welche Chancen und welche Schwierigkeiten es durch Zuwanderung gibt.
- ... ob es in Deutschland mehr Zuwanderung geben muss.

Integrationsprojekte in unserer Gemeinde erkunden

Erkundet in Projektgruppen, wie die Integration von zugewanderten Jugendlichen und Erwachsenen in eurer Gemeinde gelingt. Dokumentiert eure Zwischenergebnisse in eurem Arbeitsheft und stellt euer Gesamtergebnis abschließend auf Plakaten vor.

Geht dabei so vor:

Start

1

Sammelt mithilfe einer Kartenabfrage Ideen zum Thema „Einwanderung in meiner Gemeinde – wie gut sind zugewanderte Menschen integriert?“.

2

Erarbeitet euch mithilfe dieses Kapitels Grundlagenwissen, um euch auf eure Fragen gut vorbereiten zu können:

a) Was sind die Ursachen der Einwanderung nach Deutschland? (→ Kapitel 8.1: M2, Kapitel 8.2: M3, Kapitel 8.3: M2)
b) Wie viele Ausländer:innen und Zugewanderte leben in Deutschland? Wie ist die Bevölkerung in Deutschland zusammengesetzt? (→ Kapitel 8.1: M3-M8)
c) Was versteht man unter Integration? Was trägt zu einer guten Integration bei und welches Verhalten behindert Integration? (→ Kapitel 8.2: M3-M6, Kapitel 8.3: M1-M10)
d) Wie können Ausländer:innen die deutsche Staatsbürgerschaft erhalten? (→ Kapitel 8.3: M6)

3

Recherchiert Orte und Institutionen, die sich um die Integration von Zugewanderten kümmern, z. B. Schulen, Arbeitskreis Asyl, Sportvereine, eine Beratungsstelle in der Gemeindeverwaltung, der AWO (Arbeiterwohlfahrt) oder einer Kirche.

4

Bildet Gruppen, die jeweils ein Integrationsprojekt vorstellen und vor Ort Expert:innen befragen.
(→ Kapitel 7.1: Eine Expertenbefragung durchführen)

5

Präsentiert euch gegenseitig eure Ergebnisse. Ihr könnt dazu auch eine Ausstellung im Schulhaus gestalten.

Ziel

6

Wie gut gelingt die Integration von Zugewanderten in eurer Gemeinde? Diskutiert eure Projektergebnisse.

Tipp:
Das Bundesamt für Migration und Flüchtlinge (*www.bamf.de*) stellt auf seiner Internetseite regelmäßig „Integrationsprojekte vor Ort“ vor.

70081-111

8.1 Zuwanderungen nach Deutschland – neue Vielfalt unter Deutschen?

8.1.1 Warum Deutschland? Herkunftsgeschichten von Zugewanderten

In den letzten Jahrzehnten sind Menschen aus unterschiedlichen Gründen nach Deutschland eingewandert. In den 1950er und 1960er Jahren haben deutsche Unternehmen dringend Mitarbeiter:innen gesucht und im Ausland angeworben. Es kamen insgesamt mehrere Millionen „Gastarbeiter:innen", vor allem aus Italien, Spanien, Griechenland und Portugal. Das war die erste große Einwanderungswelle. Mittlerweile können alle EU-Bürgerinnen und Bürger innerhalb der Europäischen Union frei umziehen. Für Menschen aus „Nicht-EU Staaten" ist es sehr viel schwieriger und aufwändiger, dauerhaft in Deutschland leben zu dürfen.

M1 Mein Zuhause – meine Heimat ...

BITTE INS HEFT!

M2 Welche Gründe gibt es, das Zuhause und die Heimat zu verlassen?

70081-191

a) Roula Al Sagheer

Sie ist gerade mal 18 Jahre alt. [...] Als sie 2014 mit ihren Eltern und vier Geschwistern in Deutschland ankam, hatte sie bereits eine mehrjährige Fluchtgeschichte hinter sich. Mit neun Jahren verabschiedete sie sich wegen des Krieges von ihrer syrischen Heimat: „In meinem Viertel Kabun war alles zerstört." Über Ägypten nach Libyen, von dort mit dem Boot übers Mittelmeer nach Italien, dann Österreich, schließlich Deutschland: Al Sagheer hat viel erlebt.

Schreil, Jacqueline: Gar nicht mehr so schüchtern. In: www.tagblatt.de, 07.10.2020

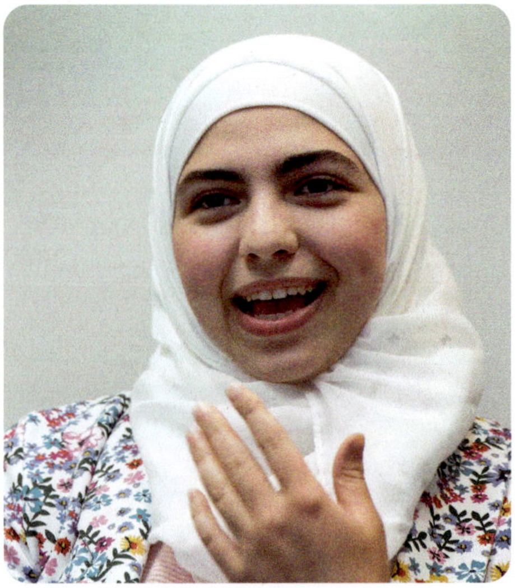

Roula Al Sagheer

b) Mutherem Aras

Deutsche Politikerin Mutherem Aras (Die Grünen) und seit 2011 Abgeordnete des Landtags Baden-Württemberg. Seit Mai 2016 ist sie Landtagspräsidentin.

Muhterem Aras wurde am 2. Jan. 1966 in der Türkei im ostanatolischen Dorf Elmaağaç in der Nähe von Bingöl geboren. Sie stammt aus einer kurdischen Familie und gehört der Glaubensgemeinschaft der Aleviten an. 1978 kam sie mit den Eltern und vier Geschwistern nach Filderstadt. Ihr Vater wurde Fabrikarbeiter bei Thyssen.

„Mit der Türkei verbinde ich den Honig. Nicht irgendeinen, sondern einen ganz außergewöhnlichen Wabenhonig. In den ersten Jahren in Deutschland brachten meine Eltern keinen Honig aus dem Türkeiurlaub mit, weil er zu teuer war. Erst als sie es sich leisten konnten, nahmen sie welchen mit."

Aras, Mutherem: Vollkornbrot und Honig. In: www.swr.de, 08.06.2021

Migration

Migration bedeutet Zu- und Abwanderung von Menschen.
So viele Menschen wie nie zuvor auf der Welt sind Migrantinnen und Migranten. Das heißt, sie haben ihr Land verlassen, um in einem anderen Land zu leben. Das betrifft laut UNO (Vereinte Nationen) über 230 Millionen Menschen. Die meisten Menschen wandern aus Asien und Südamerika aus.

Push- und Pullfaktoren für Migration

Push-Faktoren: Menschen sind zur Flucht durch die Lebensumstände im eigenen Land oder durch persönliche Verfolgung gezwungen.
Beispiele dafür sind (Bürger-)Kriege oder Verfolgung aus ethnischen oder religiösen Gründen, aufgrund politischer Verfolgung oder Verfolgung aufgrund der sexuellen Orientierung. Im Wesentlichen sind diese Gründe durch die Genfer Flüchtlingskonvention abgedeckt, sind also grundsätzlich mögliche Gründe, um in einem anderen Land Asyl zu beantragen und zu erhalten.
Pull-Faktoren: Ausschlaggebend für die Flucht oder die Emigration sind Merkmale des Ziellandes oder der Zielregion.
Beispiele hierfür sind günstigere Arbeitsmarktbedingungen, ein höheres Wohlstandsniveau, ein funktionierender Sozialstaat oder günstigere klimatische Bedingungen. Diese Fluchtmotive sind im Wesentlichen nicht von der Genfer Flüchtlingskonvention abgedeckt.

Bund für Bildung: Definition Push- und Pullfaktoren. In: www.flucht.bundfuerbildung.de, Abruf am 22.09.2022

to push (= engl.)
ziehen

to pull (= engl.)
drücken

M3 Zuwanderung und Abwanderung

70081-192

Saldo
Saldo heißt Differenz, Unterschied

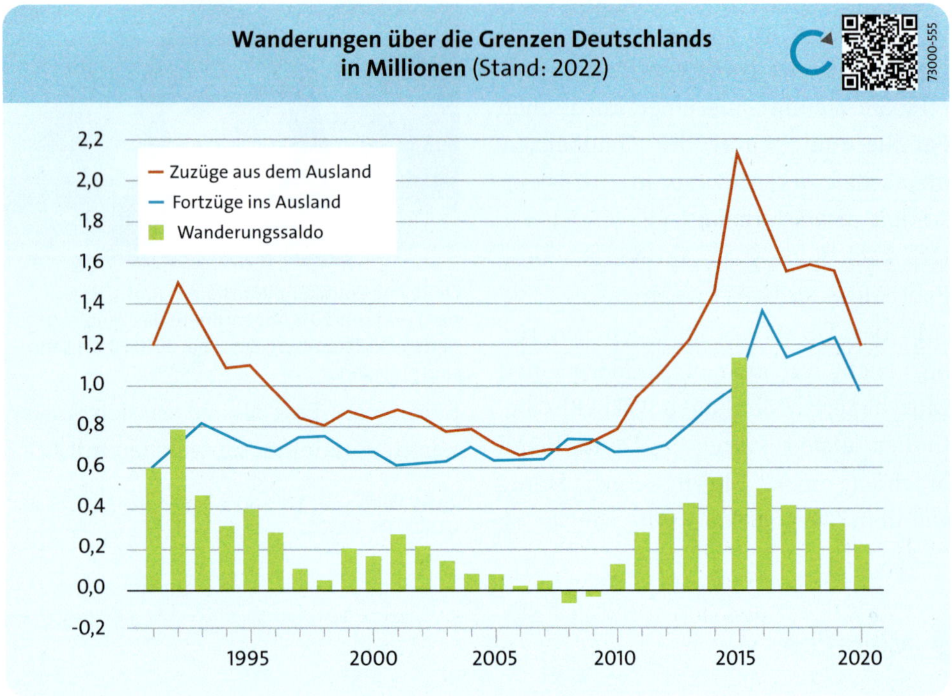

©C.C. Buchner Verlag, aktuelle Daten nach: ©Statistisches Bundesamt, 2022

Einwanderungsland

Ein Einwanderungsland ist ein Land mit vielen Zugewanderten.
In klassischen Einwanderungsländern wie USA, Kanada oder Brasilien ist die Einwanderung wegen Arbeitskräftemangel gezielt gefördert worden. Dort ist es also oft gesetzlich geregelt, dass Menschen unter bestimmten Bedingungen zuwandern können. Deutschland ist eines der beliebtesten Zuwanderungsländer. Immer wieder gibt es politische Konflikte um die Frage, ob die Integration Zugewanderter gut gelingt und ob die Zuwanderung nach Deutschland durch Gesetze stärker geregelt werden soll.

Aufgaben

70081-75

1. Gestalte aus **M1** Symbole, die für dich dein Zuhause widerspiegeln.
   a) Präsentiert euch gegenseitig eure Symbole und vergleicht sie (**M1**).
   b) Markiert die Symbole, die für euch auch das Wort „Heimat" widerspiegeln.
   c) Diskutiert die unterschiedliche Bedeutung von „Zuhause" vs. „Heimat".
2. a) Vergleiche die Gründe von Roula und Mutherem, ihre Heimat zu verlassen (**M2**).
   b) Ordne zu, bei welchem Grund es sich um einen Push- oder einen Pullfaktor handelt.
3. Analysiere die Grafik (**M3**).

H zu Aufgabe 1
Achte dabei darauf, dass du die rechteckige Form in deine Zeichnung einbaust und sie nicht nur als Rahmen für das Bild benutzt.

F zu Aufgabe 3
Diskutiert, ob der deutsche Staat unterscheiden sollte zwischen Migrant:innen, für deren Ankunft Pushfaktoren ausschlaggebend waren, und solchen, die aus Gründen der Kategorie Pullfaktoren ins Land kommen.

Ein Erzählcafé veranstalten

Worum geht es?

Erzählcafés sind Veranstaltungen, bei denen Menschen ihre Lebensgeschichte erzählen. So kommen verschiedene Generationen und Kulturen in Kontakt und hören ganz persönliche Erfahrungen.

Geht dabei so vor:

1. Schritt: Brainstorming

Überlegt gemeinsam in der Klasse, wer von euch Kontakt zu Menschen mit Migrationserfahrung hat. Vielleicht gibt es in eurer Klasse auch Nachfahren von Vertriebenen oder Aussiedlern.

↓ ↓ ↓

2. Schritt: Planung

Verteilt die anstehenden Aufgaben:

a) Es muss einen oder zwei Hauptverantwortliche geben, die alles im Blick behalten und nach dem Stand der Planung fragen.
b) Eine Arbeitsgruppe formuliert ein Einladungsschreiben und stellt dies in der Klasse vor. (Denkt daran, dass es spannend sein könnte, Fotos und Erinnerungsstücke mitbringen zu lassen.)
c) Eine Arbeitsgruppe kann sich um die Gestaltung und Organisation der Einladung kümmern: Wollt ihr einen Brief ausdrucken, ihn per Post schicken oder privat einwerfen? Erstellt eine Liste der Adressen der Eingeladenen.
d) Eine Arbeitsgruppe kümmert sich um die Organisation des Nachmittags: Damit eine angenehme Atmosphäre entsteht, gibt es häufig Kaffee und Kuchen. Dazu müssen Kaffeemaschinen zur Verfügung stehen und eingekauft werden.
e) Eine Arbeitsgruppe kann Frage-Impulse für die Gespräche am Nachmittag entwerfen. (Zum Beispiel: „Wie lange ist die Migration her?" „Fühlen Sie sich mittlerweile hier zuhause?" „Inwiefern wurden Sie von der Migrationserfahrung geprägt?" ...) Diese sollen auf Kärtchen geschrieben werden und an den Tischen verteilt ausliegen.

↓ ↓ ↓

3. Schritt: Durchführung

Richtet ein Erzählcafé aus! Vielleicht könnt ihr Fotos und anschließend eine Ausstellung von der Veranstaltung machen.

↓ ↓ ↓

4. Schritt: Auswertung

Tauscht euch anschließend in der Klasse über die von euch geführten Gespräche und gewonnenen Eindrücke aus. Welches Detail hat euch am meisten überrascht oder beeindruckt? Was nehmt ihr aus der Veranstaltung mit?

8.1.2 Wie setzt sich die Bevölkerung in Deutschland zusammen?

Hier könnt ihr erfahren, was genau man unter der Einwanderungsgesellschaft verstehen kann. Dazu trainiert ihr, verschiedene Arten von Statistiken und Schaubildern zu analysieren. Dieses methodische Handwerkszeug braucht ihr auch für viele andere Themen im Fach Gemeinschaftskunde.

M4 Wie viele von uns haben einen Migrationshintergrund?

70081-193

Deutsche Bevölkerung in Privathaushalten nach Migrationshintergrund (Stand: 2022)

73000-556

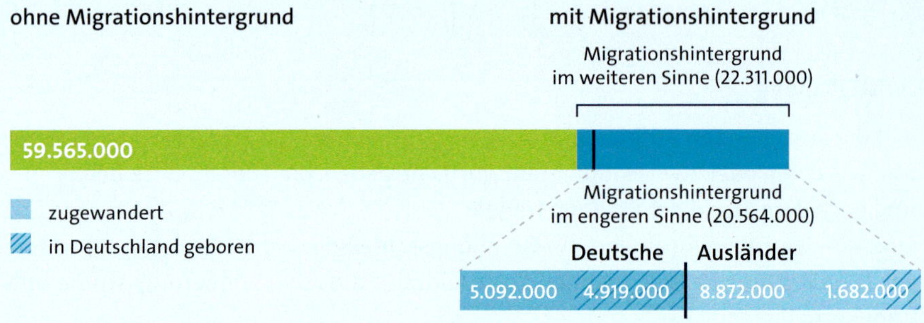

*Migrationshintergund: Die Person oder min. ein Elternteil besitzt die deutsche Staasangehörigkeit nicht durch die Geburt.
Migrationshintergrund im engeren Sinne: Nur die Informationen über die Eltern, die im gleichen Haushalt leben, werden genutzt.
Migrationshintergrund im weiteren Sinne: Alle Informationen über die Eltern werden genutzt.

©C.C. Buchner Verlag, aktuelle Daten nach: ©Statistisches Bundesamt (Destatis), 2019

M5 Aus welchen Ländern stammen die Zuwanderer?

70081-194

Ausländische Bevölkerung nach ausgewählten Staaten
Stand: 2021

73000-557

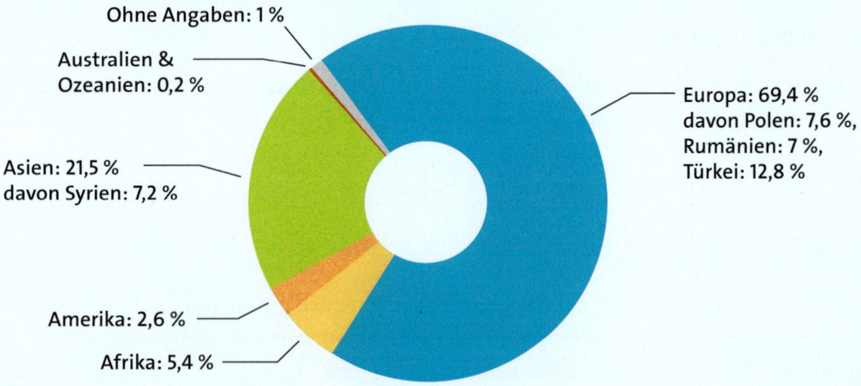

©C.C. Buchner Verlag, aktuelle Daten nach: ©Statistisches Bundesamt, 2021

M6 Verteilung in der Bundesrepublik Deutschland

©C.C. Buchner Verlag, aktuelle Daten nach: ©Statista 2022

M7 Fluchtziel Deutschland

70081-195

„Wir schaffen das", sagte Bundeskanzlerin Merkel, als vor sieben Jahren [2015] hunderttausende Menschen nach Europa flüchteten. Allein 2015 und 2016 beantragten rund 1,2 Millionen Menschen in Deutschland Asyl. Damals gingen Prognosen davon aus, dass noch Millionen weitere hierherkommen würden. „Die Bundesregierung erwarte bis 2020 insgesamt rund 3,6 Millionen Flüchtlinge", so der ARD-Faktenfinder. Tatsächlich sind es laut Bundesamt für Migration und Flüchtlinge deutlich weniger geworden. Zwischen 2017 und 2020 gingen dort insgesamt 605.338 Erstanträge auf Asyl ein - jedes Jahr einige zehntausend weniger, wie die Statista-Grafik zeigt. Im vergangenen Jahr stiegen die Asylanträge erstmals wieder – knapp 150.000 Personen haben 2021 in Deutschland ihren Erstantrag gestellt.

Mit dem russischen Angriffskrieg auf die Ukraine wird die Zahl der Antragssteller:innen in Zukunft voraussichtlich wieder über dem Niveau der letzten Jahre liegen. Laut BMI sind seit Anfang März bereits rund 320.000 Ukrainer:innen (Stand: 08. April 2022) nach Deutschland geflohen. Wie viele davon letztendlich Asyl in Deutschland beantragen bleibt abzuwarten. Bis zum März wurden etwa 44.908 Asylgesuche in der Bundesrepublik eingereicht, diese entfallen allerdings nicht auf Kriegsgeflohene aus der Ukraine.

Bocksch, René: Fluchtziel Deutschland. In: www.statista.de, 11.04.2022

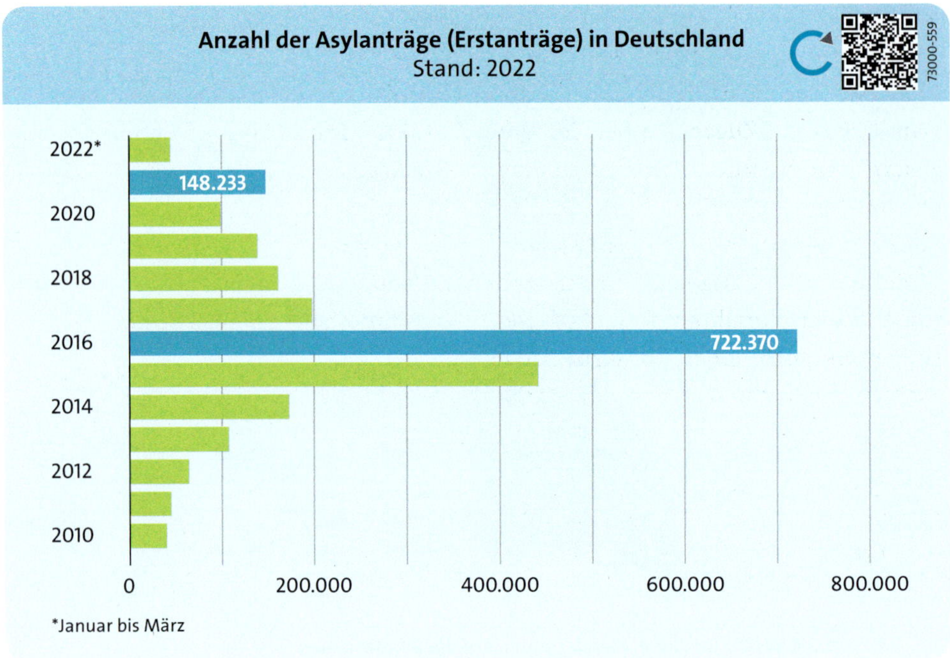

©C.C. Buchner Verlag, aktuelle Daten nach: Bundesamt für Migration und Flüchtlinge, 2022

Ausländer:innen – Deutsche mit Migrationshintergrund

Ein Mensch ist Deutscher, wenn er einen deutschen Personalausweis hat.
Deutsche Bürgerinnen und Bürger dürfen an allen Wahlen in ihrer Gemeinde, ihrem Bundesland und bei den Wahlen zum Deutschen Bundestag (Parlament der Bundesrepublik Deutschland) teilnehmen. Sie sind automatisch auch Bürgerinnen und Bürger der Europäischen Union. Wer dauerhaft in Deutschland lebt, aber keine deutsche Staatsangehörigkeit hat, ist ein **Ausländer oder eine Ausländerin**. Ein Teil der Deutschen ist jedoch nach Deutschland eingewandert. Wenn man von dieser Gruppe sprechen möchte, dann wird oft der Begriff **Menschen mit Migrationshintergrund** verwendet.

Geflüchtete und Asylsuchende

Geflüchtete, die in Deutschland Schutz vor Verfolgung beantragen, sind Asylsuchende.

Asyl ist ein Grundrecht in Deutschland, das man beantragen darf, wenn man nicht aus einem sicheren Drittstaat einreist. Auch die Genfer Flüchtlingskonvention schützt Geflüchtete in Deutschland. Das Grundrecht auf Asyl wird normalerweise in jedem Einzelfall geprüft. Geflüchtete können in Deutschland bleiben, wenn sie glaubhaft nachweisen können, dass sie in ihrer Heimat verfolgt wurden. Armut ist allerdings kein anerkannter Asylgrund. Nur ein Teil der Asylsuchenden erhält daher ein Bleiberecht. Nicht anerkannte Asylsuchende müssen Deutschland wieder verlassen.

Genfer Flüchtlingskonvention
Die Genfer Flüchtlingskonvention ist das wichtigste internationale Schutzdokument für Flüchtlinge. Fast jedes Land der Welt hat sich verpflichtet, Menschen Schutz zu geben, die vor einem Krieg fliehen.

M8 Asylsuchende in Baden-Württemberg

„Im Jahr 2020 kamen rund 7.000 Asylsuchende nach Baden-Württemberg. Damit sind die Zugangszahlen im Vergleich zum Vorjahr weiter gesunken. Für das Jahr 2019 wurden rund 10.000 Zugänge registriert. Damit setzt sich der Trend der rückläufigen Flüchtlingszahlen aus den Vorjahren fort. Auf dem Höhepunkt der Flüchtlingskrise 2015 suchten in Baden-Württemberg 98.000 Menschen Schutz. In den Jahren 2016 waren es 33.000, 2017 16.000 und 2018 11.000 Menschen. Der nochmalige Rückgang der Zugangszahlen 2020 im Vergleich zu 2019 um rund 3.000 ist mutmaßlich auch auf die SARS-CoV-2-Pandemie zurückzuführen", erklärte Innenminister Thomas Strobl.

Jahresbilanz Flüchtlinge 2020. In: www.baden-wuerttemberg.de, Abruf am 29.08.2022

Aufgaben

70081-76

1. Analysiert arbeitsteilig die Schaubilder **M4-M7**.
2. Vergleicht die Zusammensetzung eurer Klasse mit der Zusammensetzung der Bevölkerung (**M4**).
3. Überprüft eure Antworten der Schätzfragen von der Auftaktseite. Recherchiert dazu weitere Zahlen und Fakten, wenn nötig.
4. Erstellt aus den Daten aus **M8** ein Balken- oder Säulendiagramm mit aussagekräftiger Überschrift.
5. a) Ausländer:innen? Menschen mit Migrationshintergrund? Neu-Deutsche? Findet weitere Bezeichnungen, die zutreffend und nicht beleidigend sind.
   b) Diskutiert in der Klasse, welche Begriffe für Zugewanderte am besten passen.

F zu Aufgabe 2
Diskutiert mögliche Gründe für Abweichungen.

H zu Aufgabe 3
Nutze als verlässliche und übersichtliche Quelle die Seite des Statistischen Bundesamtes *www.destatis.de*.

Diagramme und Schaubilder analysieren

(a)

Balkendiagramm

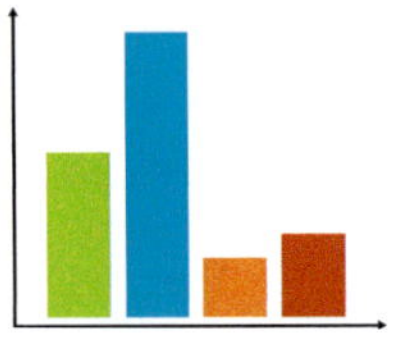

Säulendiagramm

(b)

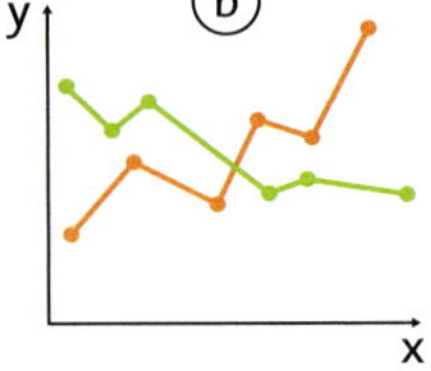

Liniendiagramm

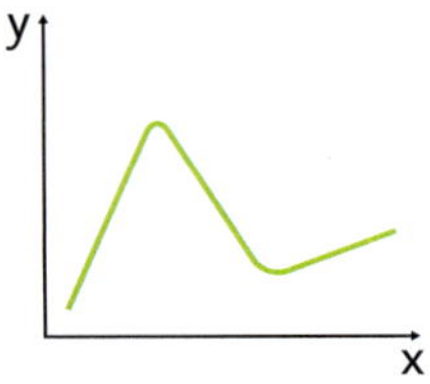

Kurvendiagramm

(c)

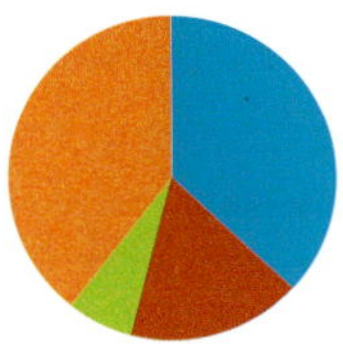

Kreisdiagramm

1. Schritt: Fragestellung / Thema bestimmen

Was ist das Thema des Diagramms / Schaubilds? Lies genau die Überschrift der Darstellung.

2. Schritt: Darstellungsform bestimmen

Um welche Darstellungsform (Schaubild), welche Art von Diagramm handelt es sich? Diagramme sind gezeichnete Zahlenwerte. Es gibt verschiedene Arten:

a) in **Balken- und Säulendiagramm** lassen sich verschiedene Zahlenwerte gut miteinander vergleichen,

b) durch **Linien- und Kurvendiagramm** können zeitliche Entwicklungen gut dargestellt werden,

c) **Kreisdiagramme** lassen die jeweiligen Anteile an der Gesamtmenge gut erkennen.

3. Schritt: Diagramm / Schaubild beschreiben

- In welcher Maßeinheit sind die Zahlenwerte angegeben? Handelt es sich um absolute Zahlen? Dann steht dort z. B. „in Tausend" oder „in Millionen". Oder sind relative Zahlen dargestellt? Diese Angaben erfolgen in Prozent (%) oder „von 100" und geben den Anteil der betrachteten Gruppe an.
- Welcher Zeitpunkt oder Zeitraum ist dargestellt?
- Woher kommen die Zahlen, was ist als Quelle der Darstellung angegeben?

4. Schritt: Analysieren und Aussagen formulieren

- Was zeigen die Zahlen und Daten? Ist eine (zeitliche) Entwicklung zu erkennen?
- Gibt es Besonderheiten oder Auffälligkeiten? Können Höchst-, Tiefst- oder Durchschnittswerte abgelesen werden?
- Was ist die Gesamtaussage des Diagramms? Versuche diese in einem Satz zu formulieren.

5. Schritt: Schaubild kritisch beleuchten und erklären

Ist die Form der Darstellung korrekt? Passen die Abstände im Koordinatensystem, sind die Einheiten nicht gestreckt oder gestaucht, sondern vergleichbar?
Wie ist die Aussage des Schaubilds / Diagramms in das Thema einzuordnen? Berücksichtige hierbei, was du schon alles zu dem Thema gelernt hast. Bestätigen sich deine Vorkenntnisse oder sind Widersprüche oder neue Aspekte zu erkennen?

Neue Vielfalt in Deutschland?

Einwanderungsland Deutschland

> M1-M4

Einwanderung ist ein Merkmal der deutschen Gesellschaft. Migration findet als Auswanderung aus Deutschland, in den letzten Jahren aber vor allem als Einwanderung nach Deutschland, statt.
Zu den Push-Faktoren, die Menschen dazu bringen, ihre Heimat zu verlassen, gehören politische und religiöse Verfolgung, Kriege und Bürgerkriege, Hunger und Armut, zu wenig Sicherheit und Mitbestimmungsrechte, schlechte Ausbildungsbedingungen, aber auch Missernten und Naturkatastrophen.
Pull-Faktoren sind Anziehungskräfte. Die Pull-Faktoren, die Deutschland attraktiv für Zuwanderung machen, sind: Frieden, Sicherheit, die Gewährleistung von Menschenrechten und Demokratie in den Staaten der Europäischen Union, die Möglichkeit, Asyl zu beanspruchen, die Wirtschaftskraft und geringe Arbeitslosigkeit in Deutschland, soziale Absicherung. Auch die Möglichkeit zum Familiennachzug bringt Zuwanderung mit sich.

Übung
82000-973

Zusammensetzung der Bevölkerung

> M4, M6

Insgesamt haben über 25 Prozent der Menschen in Deutschland einen Migrationshintergrund, das heißt, sie oder ihre Familien (die Eltern) sind nach Deutschland zugewandert.
In Deutschland leben etwa sieben Prozent Ausländer:innen, das sind Menschen ohne deutschen Pass. Sie müssen in Deutschland Steuern zahlen und erhalten ggf. auch Sozialleistungen, dürfen aber nicht an Wahlen teilnehmen. EU-Staatsbürger:innen dürfen allerdings auch in Deutschland an kommunalen Wahlen und an der Europawahl teilnehmen.

Übung
82000-974

Mehr Zuwanderung durch Geflüchtete

> M7

Die Zuwanderung nach Deutschland ist zwischen 2014 und 2016 vor allem auch durch die Geflüchteten sprunghaft angestiegen. Seit 2016 sinkt sie wieder stark und kontinuierlich. Geflüchtete, die politisch verfolgt werden, können in Deutschland Asyl oder zumindest ein Aufenthaltsrecht nach der Genfer Flüchtlingskonvention oder anderer Schutzvorschriften erhalten. Der Anspruch auf Schutz wird in jedem Einzelfall geprüft.

Übung
82000-975

8.2 Zuwanderungen – mehr Chancen als Risiken für die deutsche Gesellschaft?

8.2.1 Wie gelingt bislang die Integration in der Schule und auf dem Arbeitsmarkt?

Viele sehen Chancen in der Zuwanderung und weisen darauf hin, dass die Gesellschaft in Deutschland immer älter wird und junge Migrant:innen braucht. Es gibt aber auch kritische Fragen zu möglichen Problemen der Zuwanderung: Wie gut sind Kinder und Jugendliche während ihrer Schulzeit und Ausbildung integriert? Welche Folgen hat Zuwanderung für den Arbeitsmarkt? Sollte es weniger, mehr oder besser qualifizierte Zuwanderer und Zuwanderinnen geben?

M1 Wie groß ist der Anteil an Schüler:innen mit ausländischer Staatsbürgerschaft?

70081-196

Von den rund 10,9 Millionen Schüler:innen im Schuljahr 2020/2021 haben 1,3 Millionen eine ausländische Staatsbürgerschaft, das sind 1,8 % mehr als im Schuljahr 2019/2020. Damit haben 12,1 % aller Schüler:innen einen ausländischen Pass.

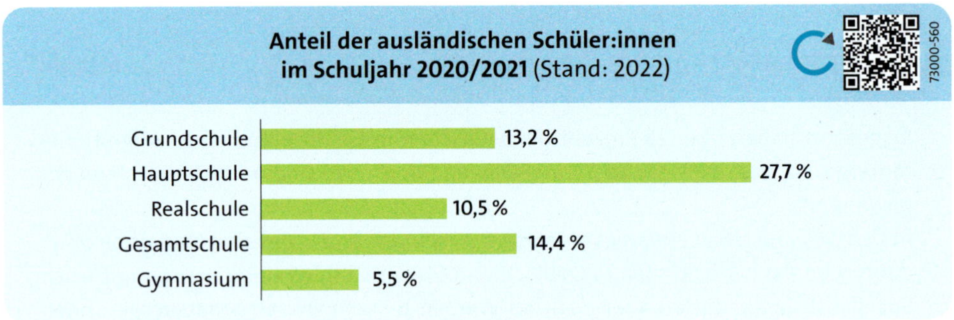

©C.C. Buchner Verlag, aktuelle Daten nach: ©Statistisches Bundesamt, 2022

M2 Wer hat welchen Schulabschluss?

70081-197

Bevölkerung in Privathaushalten nach Schulabschluss und Migrationshintergrund in Deutschland 2019 in 1000 (Stand: 2021)

73000-561

	Anzahl insgesamt	Ohne Migrationshintergrund	Mit Migrationshintergrund
Noch in Ausbildung	2.500	1.601	899
Hauptschulabschluss	20.202	16.250	3.952
Mittlerer Abschluss	16.635	13.372	3.262
Fachhochschule/ Hochschulreife	23.656	18.233	5.424
Ohne Abschluss	2.855	842	2.014

©C.C. Buchner Verlag, aktuelle Daten nach: ©Statistisches Bundesamt (Destatis), 2021

M3 Vom Programmierer zum Lagerlogistiker

70081-198

Insgesamt 15 Stipendiat:innen des Tübinger Ausbildungsstipendiums für Geflüchtete haben ihre Ausbildung abgeschlossen. Mohammad Alamira aus dem Irak ist einer von ihnen.

Vor kurzem hat der 26-jährige Iraker [Mohammad Alamira] seine Ausbildung zum Fachmann für Lagerlogistik beim Tübinger Instrumentenversand Reinhardt abgeschlossen. Alamira ist einer von 15 Absolventen, die von der Stadt mit einem Ausbildungsstipendium für Geflüchtete unterstützt wurden. Die Fachabteilung „Hilfen für Geflüchtete" hat für die Stipendiaten das Gehalt für die ersten sechs Monate der Ausbildung übernommen. Außerdem können Geflüchtete während der Ausbildung Sprachkurse und Nachhilfestunden besuchen. Seine Ausbildung bei Reinhardt hat Alamira 2018 begonnen. Der Geschäftsführer Gunter Reinhardt erinnert sich noch gut an sein erstes Ausbildungsjahr. „Ich habe die Sprachprobleme anfangs falsch eingeschätzt", sagt er. „Im Arbeitsalltag war das nicht so schlimm, aber wenn man in der Berufsschule seine Klassenarbeit unter Hektik schreiben muss, ist das nochmal eine andere Ebene." [...] Die Integrationsmanagerin hat ihn während seiner Ausbildung regelmäßig besucht. Sie erinnert sich an einen Runden Tisch mit Geschäftsführer Reinhardt und Alamira. Dabei diskutierten sie, ob Alamira zuerst eine Ausbildung zum Fachlageristen machen sollte. Diese dauert nur zwei Jahre und sei einfacher. Trotzdem hat der Auszubildende sich für die höherwertige Ausbildung [...] entschieden. „Er hat gesagt, dass er das schafft und hat seinen Dickkopf durchgesetzt". [...] Im Irak hat Alamira als selbständiger Programmierer gearbeitet. Er ist vor dem Islamischen Staat über Syrien in die Türkei geflüchtet. Mit einem Boot kam er auf Lesbos in Griechenland an. [...] Im Oktober 2015 ist er nach Tübingen gekommen. Dort hat er Deutsch gelernt und 2018 zunächst als Minijobber bei Reinhardt angefangen. [...] Geschäftsführer Gunther Reinhardt hat Alamira übernommen. Gerne würde er wieder einen Geflüchteten ausbilden. „Die Geflüchteten sind sehr motiviert und wollen was erreichen", sagt er.

Deistler, Sophie: Vom Programmierer zum Lagerlogistiker. In: www.tagblatt.de, 02.09.2021

Aufgaben

70081-77

1. a) Analysiert in Partnerarbeit **M1-M2**.
   b) Vergleicht und ergänzt eure Ergebnisse.
2. Arbeitet aus **M3** heraus, wie sich das Ausbildungsstipendium für Geflüchtete von einer normalen Ausbildung unterscheidet.
3. a) Analysiert arbeitsteilig die Grafiken (QR-Code).
   b) Tauscht eure Ergebnisse aus und formuliert ein Gesamtfazit.
4. Diskutiert, ob Migrant:innen die gleichen Chancen in Schule und Ausbildung haben.

H zu Aufgabe 1
Nutzt die Methode „Diagramme und Schaubilder analysieren".

Zusatzmaterial: Auswirkungen der Corona-Pandemie auf die Arbeitsmarktsituation

70081-112

8.2.2 Braucht Deutschland mehr Zuwanderung?

In Deutschland gibt es eine große öffentliche Diskussion darüber, ob Deutschland die starke Zuwanderung gut verkraften kann und ob Deutschland die Zuwanderung vielleicht sogar braucht. Im Mittelpunkt der Diskussion steht immer die Überlegung, ob es nicht einen Bedarf an vielen jungen Arbeitskräften gibt und ob die Integration von Migrant:innen von Staat und Gesellschaft bewältigt werden kann.

M4 Schlagzeilen

Fachkräftemangel –
Deutschland braucht mehr Zuwanderung

Immer mehr alte Menschen –
Pflegekräfte fehlen

Integrationsprobleme –
Deutschland braucht ein besseres Einwanderungsgesetz

Flüchtlingszahlen –
Bedarf an Integration auf dem Arbeitsmarkt

Zugewanderte bringen mehr Geld in die Soziale Sicherung in Deutschland

Hohe Kosten für Integration –
Zuwanderung belastet die Sozialkassen

Demografischer Wandel

In Deutschland gibt es immer mehr ältere Menschen. Die Bevölkerung wird ohne Zuwanderung schrumpfen.

Deutschland hat eine niedrige Geburtenrate und die Menschen werden durch eine gute medizinische Versorgung und gute Ernährung immer älter. Frauen in Deutschland bekommen im Schnitt nur 1,41 Kinder. Dadurch gibt es im Verhältnis zu den Älteren immer weniger junge Menschen. Der demografische Wandel bringt Probleme mit sich, weil die arbeitenden jüngeren Menschen Sozialbeiträge und Steuern zahlen. Davon bekommen ältere Menschen ihre Renten und Pensionen. Auch die Finanzierung der Gesundheitskosten ist in einer älteren Bevölkerung schwierig. Außerdem klagen viele Unternehmen über einen Arbeitskräftemangel, z. B. im Pflege- und Gesundheitswesen. Nur durch Zuwanderung kann es einen Netto-Zuwachs der Bevölkerung geben.

Erklärfilm
Demografischer Wandel

70081-113

M5 Wie hätte sich Deutschland ohne Zuwanderung entwickelt?

70081-199

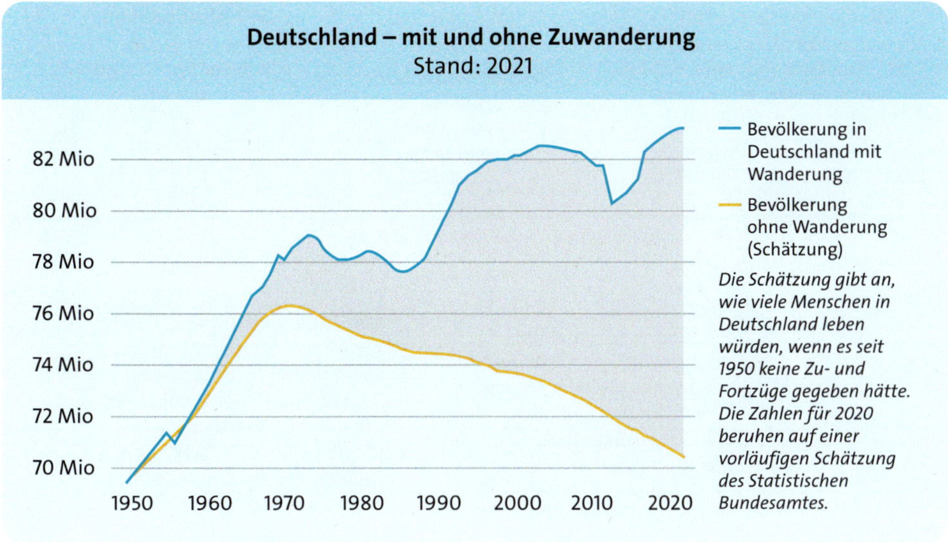

Nach: ©Mediendienst Integration, 2021

M6 Braucht Deutschland mehr Zuwanderung?

Einwanderung wird es aus den unterschiedlichsten Gründen immer geben, Deutschland muss sich einfach als Einwanderungsland begreifen.

Es soll nur bleiben dürfen, wer den Unterhalt für sich und seine Familie selbst aufbringen kann.

Durch die vielen lang andauernden Kriege weltweit, werden immer Geflüchtete aus diesen Ländern nach Deutschland kommen. Sie müssen aufgenommen werden, um in Sicherheit leben zu können.

Entgegen vieler Erwartungen sinken die Flüchtlingszahlen seit 2016 massiv.

Wenn wir den Zugang zum Arbeitsmarkt für Flüchtlinge erleichtern, dann haben sie die Chance, in die sozialen Kassen einzuzahlen und dann profitiert die gesamte Gesellschaft davon.

Menschen sollten grundsätzlich die Freiheit haben, dort zu leben und zu arbeiten, wo sie es möchten – ganz so wie in der Europäischen Union.

Zugewanderte haben nur ein Interesse sich zu integrieren, wenn sie in Deutschland eine langfristige Perspektive haben, bleiben zu dürfen.

Es kommen einfach zu viele junge, alleinstehende Männer.

Wegen des demografischen Wandels braucht Deutschland mehr Zuwanderung, besonders in den Berufsfeldern, in denen Arbeitskräfte fehlen, wie zum Beispiel in der Pflege.

Menschen sollten grundsätzlich dort bleiben, wo sie geboren wurden.

Schlecht ausgebildete Geflüchtete haben Probleme, die deutsche Sprache zu lernen und können nur schwer in den Arbeitsmarkt integriert werden.

Es ist schwierig, die Kinder der Zugewanderten in das deutsche Schulsystem zu integrieren, weil der Staat dafür mehr Geld und zusätzliche Lehrerstellen zur Verfügung stellen müsste, um schulische Erfolge der Kinder zu unterstützen.

Mehr Zuwanderung bedeutet immer auch mehr Integrationsprobleme, z. B. haben viele Zugewanderte aus arabischen Staaten ein Frauenbild, das nicht auf Gleichberechtigung, sondern einer Vormachtstellung von Männern beruht.

Autorentext

Aufgaben

70081-78

1. Ordne jeder Schlagzeile in **M4** ein selbst gewähltes Beispiel zu.
2. a) Deutschland 2060: Gestaltet eine Reportage über eine Gesellschaft, in der es viel mehr alte Menschen als junge gibt. Wie könnte sich das auf Schulen, Sportvereine, Supermärkte, Unternehmen usw. auswirken?
   b) Berichtet als Reporter:innen von verschiedenen Orten .
   c) Spielt die Reportage in der Klasse vor.
3. Braucht Deutschland mehr oder weniger Zuwanderung (**M6**)?
   a) Notiert die Aussagen aus dem Argumentepool auf Karten.
   b) Ergänzt weitere mögliche Argumente.
   c) Sortiert die Argumente auf eurem Tisch nach inhaltlicher Zusammengehörigkeit.
   d) Wählt aus, welche Argumente euch am meisten überzeugen. Stellt eure Meinung in der Klasse vor und begründet eure Auswahl.

F **zu Aufgabe 3**
Überprüft die Argumente z. B. mit Hilfe des Faktenchecks der UNO Flüchtlingshilfe unter *https://www.uno-fluechtlingshilfe.de/informieren/faktencheck*

Braucht Deutschland Zuwanderung?

Integration in Schule und Beruf

> M1-M3

In der Schule und der Arbeitswelt gibt es weiterhin Unterschiede zwischen Menschen mit und ohne Migrationshintergrund. So haben Kinder aus Einwandererfamilien oft eine schlechtere Schulbildung und Migrant:innen sind häufiger arbeitslos. Viele Unternehmen in Deutschland sind allerdings auch auf zugewanderte Arbeitskräfte angewiesen. Die Integration in den Arbeitsmarkt gelingt dann, wenn Menschen gut ausgebildet sind. In vielen Städten und Gemeinden gibt es daher Paten- und Unterstützungsprogramme, mit denen vor allem Jugendliche aus Einwandererfamilien gefördert werden.

Übung
82000-976

Demografischer Wandel

> M4-M5

Demografie ist die Beschreibung einer Bevölkerung in ihrer Alterszusammensetzung. Die deutsche Gesellschaft wird im Durchschnitt immer älter.
Die älteren Menschen in Deutschland leben immer länger, weil die gesundheitliche Versorgung so gut ist. Außerdem werden weniger Kinder geboren, als das früher der Fall war. Frauen in Deutschland bekommen im Durchschnitt 1,4 Kinder (vor fünfzig Jahren waren es durchschnittlich über zwei Kinder). Die Sterberate liegt in Deutschland also über der Geburtenrate. Das heißt, es gibt immer mehr alte Menschen und zu wenig Neugeborene, um das auszugleichen. Diese Alterung der Gesellschaft ist ein Merkmal des demografischen Wandels in Deutschland.
Je nachdem, wie viel Zuwanderung es in den nächsten Jahren geben wird, wird die Alterung der Gesellschaft stärker oder schwächer sein.

Übung
82000-977

Vorteile und Nachteile von Zuwanderung

> M6

Die Befürworter:innen einer starken Zuwanderung sehen zum einen die moralische Verpflichtung, Geflüchteten Schutz zu gewähren, und zum anderen weisen sie darauf hin, dass Unternehmen in Deutschland mehr Arbeitskräfte brauchen. Der Vorteil wird auch darin gesehen, dass junge Zuwanderer und Zuwanderinnen, die eine Arbeitsstelle finden, Steuern und Sozialabgaben zahlen und dadurch auch die soziale Sicherung in Deutschland (Rentenversicherung, Krankenversicherung) mitfinanzieren.
Kritiker:innen einer zu großen Zuwanderung weisen vor allem darauf hin, dass die Integration von Einwanderern und Einwanderinnen Kosten für soziale Unterstützung, Sprachkurse und Ausbildung verursacht. In Deutschland wird gerade darüber diskutiert, inwiefern man die Themen Arbeitszuwanderung und Schutz von geflüchteten Menschen voneinander unterscheiden kann oder muss.

Übung
82000-978

8.3 Herausforderung Integration

8.3.1 Guter Wille auf beiden Seiten?

Sowohl die Zuwanderer und Zuwanderinnen müssen bereit sein, sich auf ihr neues Land einzulassen, und die Einheimischen müssen vielleicht auch Zugeständnisse machen, damit das Zusammenleben funktioniert. Wie viel Entgegenkommen müssen beide Seiten zeigen? Was ist der Kern des Zusammenlebens in Deutschland, mit dem alle einverstanden sein müssen?

M1 Wann ist man integriert?

70081-200

Eine Person ist in die deutsche Gesellschaft integriert, wenn ...

Kategorie	Zustimmung	Ablehnung
... sie arbeitet.		
... sie die deutsche Sprache versteht.		
...		

BITTE INS HEFT!

Diskriminierung

Wenn einzelne Menschen oder Gruppen benachteiligt werden, weil sie zum Beispiel eine andere Hautfarbe oder eine andere Religion haben, so werden sie diskriminiert. Die Gründe dafür können sehr unterschiedlich sein. Oft spielen Vorurteile eine Rolle. So haben manche Menschen ohne Grund eine schlechte Meinung von Menschen fremder Herkunft oder mit fremdländischem Aussehen. Sie behandeln diese Menschen deshalb unfair und ungerecht. Das ist Diskriminierung.

Schneider, Gerd/Toyka-Seid Christiane: Diskriminierung. In: www.hanisauland.de, Abruf am 12.01.2023

M2 Erfreuliche und weniger erfreuliche Erfahrungen

70081-201

2015 kamen fast eine Million Flüchtlinge nach Deutschland. Der ehemalige Tübinger Gymnasiallehrer Michael Kuckenburg hat drei von ihnen ehrenamtlich begleitet.

Es gibt junge Migrantinnen und Migranten, die in verschiedener Hinsicht eine Bereicherung für unsere Gesellschaft sein werden oder die sich zumindest um Integration bemühen. Und es gibt andere, die keine Belastung sein müssten, aber durch ihr Verhalten eine Belastung sind. Für die gilt, das habe ich ursprünglich anders gesehen, Boris Palmers „Wir können nicht allen helfen".

a) Elenya

Elenya hat meistens eine Art Skimütze auf, ein Kompromiss zwischen eigenem Freiheitsdrang und dem Konformitätsdruck der arabischen Community. Seit drei Jahren treffe ich sie samstags in der Stadtbibliothek. Sie wird kommenden Sommer Abitur an einem beruflichen Gymnasium machen [...]. Kennengelernt habe ich sie an der Gemeinschaftsschule West. Damals waren sie noch zu fünft. [...]

Elenyas Situation ist noch einmal anders. Ihr Vater war ein syrischer Palästinenser und ist bei einem Unfall ums Leben gekommen, ihre Mutter, ebenfalls aus Syrien, lebt in Jordanien und ist Zahnärztin (Elenya besucht sie gelegentlich).

Eigentlich ist Elenya ein klassischer Fall von erfolgsorientierter Zuwanderung. Sie will Medizintechnik studieren und wäre insofern ein Gewinn für Deutschland. Syrien bräuchte sie – nach Ende des Bürgerkriegs – aber dringender für den Wiederaufbau. Nur: Habe ich das Recht ihr vorzuschreiben, wo oder wie sie glücklich werden möchte?

Kuckenburg, Michael: Manchen kann man wirklich nicht helfen. In: www.tagblatt.de, 04.01.2021 (Namen geändert)

b) Ousman

Ousman hat auch nach vier Jahren noch keinen einzigen Satz auf Deutsch sprechen können, die Kommunikation mit ihm ging über ein Knäuel deutscher und englischer Brocken, sowie über ein Mandinka-Wörterbuch. Bei wichtigen Anlässen hat ein Gambier aus einer Nachbargemeinde geholfen, der seit 20 Jahren hier lebt. Gerade für Ousman wäre intensivere Kommunikation wichtig gewesen; aber er ist nur sehr unregelmäßig zum Deutschkurs [...] gegangen, und dort hat er sich regelmäßig mit der weißrussischen Lehrerin angelegt. Bei jedem Test hat er die Mindestmarke deutlich unterschritten.

Ousmans erster Zimmernachbar ist als Dealer verurteilt worden. Er selbst hat, hoffe ich, nicht gedealt. Dafür hat er andere Probleme gehabt: Er hat regelmäßig sofort nach Geldeingang auf seinem Konto 150 Euro an seine Mutter überwiesen, den Rest hat er in bar abgehoben. Deshalb konnte er auch die Bußgelder fürs Schwarzfahren [...] nicht bezahlen, für die fälligen Mahngebühren hatte er erst recht kein Geld; die habe ich bezahlt, insgesamt drei Mal. [...]

Während dieser Streitigkeiten Anfang 2017 ist Ousmans Asylantrag abgelehnt worden. Er hatte als Asylgrund angegeben, dass er in Gambia mehrere Freunde um etliches Geld betrogen habe und deshalb bei seiner Rückkehr um seine Gesundheit fürchten müsse: das hat das BAMF nicht anerkannt. [...]

Dann im Juli habe ich Ousman auf dringendes Anraten des Hautarztes (er hatte [...] Ekzeme an den Füßen) Sandalen gekauft, zwei Stunden später hat die Schule angerufen: Die Polizei hat ihn gerade aus dem Unterricht geholt, er ist beim Klauen eines Parfumtesters erwischt worden – eines Parfumtesters! Den braucht er höchstens zum Weiterverticken. Daraufhin habe ich den Kontakt abgebrochen.

Kuckenburg, Michael: Manchen kann man wirklich nicht helfen. In: www.tagblatt.de, 04.01.2021 (Namen geändert)

c) Davin

Davin war beim Treffen heute glücklich: „Ich habe eine 4,2 in der Deutscharbeit!" In anderen Fächern hat er Noten zwischen Zwei und Drei (in Mathe eine Eins); [...]

Wir treffen uns seit diesem Schuljahr immer freitags [...]. Die größten Probleme gibt es im Deutschunterricht: Davin spricht für die vier Jahre in Deutschland fantastisch Deutsch, aber bei Klassenarbeiten braucht er einfach länger als andere, um die Texte zu verstehen, und hat dann weniger Zeit für die Bearbeitung. Er wird künftig Nachteilsausgleich kriegen und die Texte früher zu lesen bekommen. [...]

Heute hat er mich gefragt, welche Adressaten-Wirkung die rhetorischen Mittel Ironie und Alliteration haben - das wollte in 39 Berufsjahren kaum jemand von mir wissen. [...]

Ihre positive Einstellung, ihr Fleiß, ihre Anstrengung sich zu integrieren, machen mir Hoffnung für ihre Zukunft. [...]

Davin hat dieser Tage mit seinem Vater im Iran geskypt. Der ist gläubiger Moslem und hat von ihm verlangt: Lies den Koran! Aber akzeptiere nur das, was dich zu einem besseren und friedlicheren Menschen macht" „Und, Davin, was ist wichtiger: Koran oder Grundgesetz?" „Natürlich das Grundgesetz".

Kuckenburg, Michael: Manchen kann man wirklich nicht helfen. In: www.tagblatt.de, 04.01.2021 (Namen geändert)

Integration

Integration ist ein langfristiger Prozess, der zum Ziel hat, alle Menschen, die dauerhaft und rechtmäßig in Deutschland leben, in die Gesellschaft einzubeziehen.

Ziel der staatlichen Integrationspolitik ist es, Zugewanderten mit einer langfristigen Bleibeperspektive die gleichen Chancen auf Teilhabe in wirtschaftlichen, sozialen und gesellschaftlichen Bereichen wie der einheimischen Bevölkerung zu ermöglichen. Zugewanderte haben die Pflicht, die deutsche Sprache zu erlernen sowie die Verfassung und die Gesetze zu kennen, zu respektieren und zu befolgen.

BMI Lexikon: Integration. In: www.bmi.bund.de, Abruf am 30.08.2022

M3 „NesT“ – Neustart im Team: ein Pilotprojekt der Bundesregierung

„Neustart im Team“ (NesT) ist ein Pilotprojekt, in dessen Rahmen die Aufnahme von bis zu 500 besonders schutzbedürftigen Flüchtlingen im Zusammenhang mit den von der deutschen Regierung durchgeführten humanitären Aufnahmen ermöglicht wird. Der neue Ansatz: Staat und Zivilgesellschaft arbeiten dabei von Anfang an zusammen, um die Integration zu erleichtern. NesT baut dabei auf Mentorinnen und Mentoren, die den Flüchtlingen das Ankommen erleichtern. Mindestens fünf Personen müssen sich gemeinsam dazu verpflichten, einen Flüchtling oder eine Familie ideell und finanziell zu unterstützen.

UNHCR: NesT – Neustart im Team. In: www.unhcr.org, Abruf am 30.08.2022

„Neustart im Team (NesT)“ ist ein staatlich-gesellschaftliches Aufnahmeprogramm für besonders schutzbedürftige Flüchtlinge. Es wird gefördert vom Bundesamt für Migration und Flüchtlinge.

Aufgaben

70081-79

1. Erstellt gemeinsam eine Liste mit Ideen, wann eine Person in Deutschland integriert ist (**M1**).
2. Gestaltet ein Plakat „Für uns ist Integration...“ mit den Ergebnissen aus **M1**.
3. a) Bearbeitet den Text von Michael Kuckenburg (**M2**) arbeitsteilig (3er-Gruppen).
   b) Vergleicht die drei Biografien.
   c) Findet für jeden der jungen Menschen eine Position auf der Positionslinie.
   voll integriert ———————————— nicht integriert
   d) Diskutiert, welche Faktoren aus eurer Sicht Integration erfolgreich machen.
4. Vergleicht eure Ergebnisse aus **M1** mit der Begriffskarte **#Integration**.
5. Diskutiert, ob ihr bereit wärt, am Pilotprojekt „NesT“ teilzunehmen (**M3**).

H zu Aufgabe 1
Sammelt zuerst alle Kategorien, erhebt dann in der Klasse die Zustimmung und Ablehnung für jede einzelne Kategorie.

F zu Aufgabe 3c
Ergänzt zwei weitere Beispiele aus eurem Freundes- bzw. Bekanntenkreis.

8.3.2 Neues Land und neuer Pass = integriert?

In vielen Gemeinden in Baden-Württemberg ist Integrationspolitik ein wichtiges Thema. Aber wie gut funktioniert die Integrationspolitik? Sollten sich zum Beispiel Ausländer:innen grundsätzlich einbürgern lassen, um besser in die deutsche Gesellschaft integriert zu sein?

M4 Warum ich Deutsche:r geworden bin

Davut C., 21 Jahre, Mechatroniker
Ich bin Mannheimer. Hier bin ich geboren und ich fühle mich nicht als Türke, Deutscher oder Deutschtürke. Die deutsche Staatsangehörigkeit habe ich angenommen, weil ich hier schon immer lebe. Hätte ich mich für die türkische Staatsangehörigkeit entschieden, dann hätte ich den Wehrdienst in der Türkei ableisten müssen. Das wollte ich nicht.

Acelya D., 20 Jahre, Studentin
Meine Mutter ist Griechin, mein Vater Türke und ich bin Deutsche. So einfach ist das. Ich bin in Bochum geboren und lebe dort sehr gerne. Außerdem studiere ich für das Lehramt an Haupt- und Realschulen und möchte Beamtin werden. Das geht nur mit der deutschen Staatsangehörigkeit.

Cyrus P., 19 Jahre, Auszubildender bei einer Bank
Ich bin mit meinen Eltern vor zehn Jahren aus dem Iran geflohen. Wir wurden als politische Flüchtlinge anerkannt. Gefühlsmäßig ist es nicht leicht, die deutsche Staatsangehörigkeit anzunehmen. Aber die Vorteile liegen klar auf der Hand: gesicherter Aufenthaltsstatus, Wahlrecht.

M5 Ein Pass, zwei Pässe

Optionspflicht
Bislang mussten in Deutschland geborene Kinder ausländischer Eltern nach Erreichen der Volljährigkeit erklären, ob sie die deutsche oder die ausländische Staatsangehörigkeit behalten wollen.

Kinder ausländischer Eltern, die in Deutschland geboren sind, werden zukünftig unter bestimmten Voraussetzungen von der so genannten Optionspflicht befreit. In bestimmten Fällen wird damit die Mehrstaatigkeit akzeptiert.
Die Befreiung von der Optionspflicht betrifft in Deutschland geborene Kinder ausländischer Eltern, die eine andere ausländische Staatsangehörigkeit als die eines anderen Mitgliedstaates der Europäischen Union oder der Schweiz besitzen, wenn sie im Inland aufgewachsen sind. Im Inland aufgewachsen ist, wer sich seit acht Jahren gewöhnlich im Inland aufgehalten hat, sechs Jahre im Inland eine Schule besucht hat oder über einen im Inland erworbenen Schulabschluss oder eine im Inland abgeschlossene Berufsausbildung verfügt.

Bundesverwaltungsamt: Optionspflicht neu geregelt: Bundestag beschließt Reform des Staatsangehörigkeitsrechts. In: www.bva.bund.de, Abruf am 30.08.2022

M6 Wege zur deutschen Staatsangehörigkeit

Staatsangehörigkeit: DEUTSCH
Die deutsche Staatsangehörigkeit wird erworben durch ...

Abstammung von deutschen Eltern

Ein Kind, bei dem mindestens ein Elternteil deutscher Staatsbürger ist, erhält mit der Geburt die deutsche Staatsangehörigkeit.

Geburt in Deutschland

Ein Kind ausländischer Eltern, die dauerhaft in Deutschland leben, erhält mit der Geburt die deutsche Staatsangehörigkeit und außerdem meist die Staatsangehörigkeit der Eltern (doppelte Staatsbürgerschaft).

Zwischen dem 18. und dem 23. Geburtstag muss es sich für eine der beiden Staatsbürgerschaften entscheiden.

Einbürgerung

Nachträglicher Erwerb der deutschen Staatsbürgerschaft auf Antrag. Voraussetzungen dafür sind unter anderem:

mindestens 8 Jahre Aufenthalt in Deutschland, Bekenntnis zum Grundgesetz, gesicherter Familienunterhalt, ausreichende Deutschkenntnisse, Straflosigkeit, Aufgabe der bisherigen Staatsangehörigkeit, Kenntnisse über die deutsche Rechts- und Gesellschaftsordnung (Einbürgerungstest)

Nach: ©Bergmoser + Höller Verlag AG, Zahlenbilder 130385

Staatsangehörigkeit
Als Staatsbürger:in besitzt man bestimmte Rechte und Pflichten in dem jeweiligen Land. So darf man wählen oder gewählt werden, muss aber auch Steuern bezahlen oder als Mann z. B. Wehr- oder Zivildienst leisten. Die Staatsangehörigkeit regeln die Staaten ganz unterschiedlich.

Aufgaben

70081-80

1. Erläutere, welche Bedeutung es für die drei jungen Menschen in **M4** hat, dass sie jetzt deutsche Staatsbürger:innen sind.
2. Sibel ist 21 Jahre alt und hat nach ihrem Realschulabschluss in Tuttlingen eine Ausbildung zur Fachinformatikerin abgeschlossen. Ihre Großeltern stammen aus der Türkei und ihre Eltern haben die türkische Staatsbürgerschaft. Sie sind in Baden-Württemberg aufgewachsen. Sibel will sich einbürgern lassen, doch ihre Eltern werfen ihr vor, sie verrate damit ihre türkische Herkunft (**M5**-**M6**).
   a) Gestaltet ein Rollenspiel zu dem Konflikt.
   b) Überprüft, ob Sibel die deutsche Staatsbürgerschaft bekommen kann (**M6**).
3. Überprüft, ob ihr genug über Deutschland wisst, um eingebürgert werden zu können.

H zu Aufgabe 2b
Verfasst zu jeder Person eine Rollenkarte: Wer ist die Person? Welches Anliegen / Welches Interesse hat sie? Welche Rolle nimmt sie in der Familie ein? Wie könnte sich die Person im Rollenspiel verhalten?

H zu Aufgabe 3
Auf der Internetseite www.bamf.de (Bundesamt für Migration und Flüchtlinge) findet ihr Online-Versionen des Einbürgerungstestes zum Ausprobieren.

8.3.3 Integration vor Ort: Ist das Mössinger Konzept ein Modell für die Zukunft?

Die große Kreisstadt Mössingen liegt am Fuße der Schwäbischen Alb, ca. 20 Kilometer südlich von Tübingen. Über 20.000 Menschen sind dort zuhause, etwa 27 % der Einwohner:innen haben einen Migrationshintergrund.

M7 Integration ist ...

„Integration ist eine Lebensaufgabe für beide Seiten."

Yassir Eric, ev. Theologe an der Universität Heidelberg

M8 Integration mit Konzept

70081-202

Zusammenleben in Mössingen – Auftaktveranstaltung zur Erarbeitung eines Integrationskonzepts

Schon ein Blick auf die rund 60 Teilnehmenden an diesem Samstagnachmittag im Mössinger Bürgersaal stimmte optimistisch. Es war etwas gelungen, womit sich viele Kommunen in Bürgerbeteiligungsprozessen schwertun: Eine bunte Mischung an Beteiligten einzubinden. Gemeinderäte, KiTa-Leiterinnen, Sozialarbeiter und Vertreter der Verwaltung trafen auf Bürgerinnen und Bürger jeden Alters, aus allen Ortsteilen und unterschiedlicher Herkunft. Zunächst begrüßte Oberbürgermeister Michael Bulander und machte deutlich: „Bei über 5.000 Menschen mit internationalen Wurzeln ist Vielfalt in Mössingen im Grunde eine Normalität." Gleichzeitig wolle man Probleme nicht verschweigen, sondern offen und konstruktiv diskutieren [...]. An diesem Samstag nahm der Prozess seinen offiziellen Anfang: Die Stadt möchte in einem – möglichst konkreten und greifbaren – Integrationskonzept Leitlinien, Ziele und Maßnahmen festlegen und dabei einen ganzheitlichen Blick auf das Thema Integration einnehmen. Als Handlungsfelder für die folgende Arbeit an den Thementischen standen zur Auswahl: Bildung und Betreuung, Arbeit und Beschäftigung, Wohnen und Wohnumfeld [...].

Stadt Mössingen: Integrationskonzept. In: www.moessingen.de, 24.11.2018

M9 Muttersprachlicher Unterricht für Kinder mit Migrationshintergrund

70081-203

Der Mössinger Gemeinderat diskutiert die Umsetzung des Integrationskonzepts 3 Jahre nach dessen Einführung.

Bei einem Thema im Bereich Integration gehört Mössingen zu den Vorreitern. Gefördert von der Baden-Württemberg-Stiftung bietet man muttersprachlichen Unterricht an, bei den Migranten, die früher Lehrer waren, ihr Wissen an die Schüler weitergeben. Luis Eisold (FWV) sah das Ganze allerdings kritisch. Wichtiger fand er, dass Deutsch gelernt wird, bevor es muttersprachlichen Unterricht gibt. Verbunden war das mit der Sorge, dass die Kinder dann am Ende weder des Deutschen noch der Muttersprache so richtig mächtig sind. Diese Sorge, betonte Boris Kühn, sei durch die Sprachwissenschaft widerlegt. „Wenn man die Muttersprache gut kann, lernt man auch die nächste Sprache besser." Man sehe daher keine Konkurrenz. Claudia Jochen von der Linken im Steinlachtal verwies auf eigene Erfahrungen, dass Kinder Sprachen aufnehmen können wie ein Schwamm. Das müsse man auf jeden Fall unterstützen, denn „jede Sprache bedeutet eine andere Sicht auf die Welt". Dass Mössingen beim muttersprachlichen Unterricht auf dem richtigen Weg ist, sieht man wohl auch beim Land so. Immerhin hat das Handlungsziel muttersprachlicher Unterricht auch den Weg in den neuen Koalitionsvertrag des Landes gefunden, so Kühn.

Lenschow, Arnfried: So soll in Mössingen die Integration gelingen. In: www.gea.de, 21.05.2021

M10 Ein gescheitertes Integrationsprojekt: „Aus für den Tafelgarten"

Vier Jahre beackerten Geflüchtete und Tafelkund:innen den Tafelgarten in der Mössinger Grabenstraße. Jetzt ist das Projekt Geschichte, die Fläche wird verkauft.

Das Gras ist schon etwas höher gewachsen, das Haus in der Grabenstraße 21 sieht verlassen aus. Im Tafelgarten, der Fläche hinter dem beigefarbenen Haus, liegen die Flächen brach. Die Pandemie hat den gemeinschaftlichen Anbau unterbunden. Das Integrationsprojekt, das Geflüchteten und Kunden des Tafelladens die Möglichkeit bot, ihr eigenes Gemüse anzubauen, wurde Ende April beendet. Wo vor einiger Zeit sich noch Tomaten neben Okraschoten reihten, Melonen und Lavendelsträucher wuchsen, ist nun Schluss mit der Bewirtschaftung.

Der interkulturelle Tafelgarten soll verkauft werden.

Möller, Hannah: Aus für den Tafelgarten. In: www.tagblatt.de, 03.05.2021

Aufgaben

70081-81

1. Erkläre das Zitat in **M7**.
2. a) Listet Argumente auf, die für und gegen die Erstellung eines Integrationskonzepts wie in der Stadt Mössingen sprechen (**M8**).
   b) Recherchiert, ob es in eurer Kommune auch ein Integrationskonzept gibt und wenn ja, was darin enthalten ist.
3. Diskutiert, ob muttersprachlicher Unterricht eine Chance oder ein Risiko für Kinder mit Migrationshintergrund ist (**M9**).
4. Formuliert einen Leserbrief zum Artikel aus **M10**.

F **zu Aufgabe 2**
Erörtert die Problematik, dass in einem Integrationsbericht zwangsläufig die Kategorien „Menschen mit und ohne Migrationshintergrund" gegenübergestellt werden.

(Wie) Kann Integration gelingen?

Integration

> M1-M3, M8-M11

Das Wort Integration kommt aus der lateinischen Sprache und bedeutet, dass Teile zu einem Ganzen zusammengefügt werden. Die Frage, wie gut Menschen unterschiedlicher Herkunft in einem Staat zusammenleben, ist eine Frage der Integration. Integration wird von Expert:innen als eine Entwicklung angesehen, zu der beide Seiten der Gesellschaft einen Beitrag leisten können. Von den Zugewanderten auf der einen Seite wird erwartet, dass sie die deutsche Sprache lernen und sich gut verständigen können. Sie müssen sich auch wie alle Bürgerinnen und Bürger an die Verfassung der Bundesrepublik Deutschland halten. Darin werden Grundrechte, wie zum Beispiel die Gleichberechtigung von Frauen und Männern und die Religionsfreiheit, gewährleistet. Außerdem müssen Zugewanderte die in Deutschland gültigen Regeln und Gesetze beachten.

Auf der anderen Seite müssen sicher auch die Einheimischen etwas zur Integration beitragen. Denn Integration wird erschwert oder verhindert, wenn die aufnehmende Gesellschaft nicht tolerant genug gegenüber Zugewanderten oder Ausländer:innen ist und sich fremdenfeindlich verhält.

Es ist in der deutschen Öffentlichkeit umstritten, wieviel Anpassung der Einwandererinnen und Einwanderer (z. B. bei der Bekleidung, Freizeitgestaltung) über die Sprachkenntnis und Anerkennung der Gesetze hinaus notwendig ist, damit die Integration gelingt.

Übung

82000-979

Fremdenfeindlichkeit und Diskriminierung

> M2c, siehe auch 8.2 M7

Eine Hürde bei der Integration von Zugewanderten in die Gesellschaft ist Ausländer- oder Fremdenfeindlichkeit. Davon spricht man, wenn Menschen Ausländer:innen (auch: Menschen mit anderer Religion) generell ablehnen. Fremdenfeindlichkeit beruht oft auf Vorurteilen. Wenn die Vorurteile dazu führen, dass eine Minderheit ausgegrenzt oder benachteiligt wird, spricht man von Diskriminierung. Ausländer- und Fremdenfeindlichkeit kann zu Beleidigungen oder tätlicher Gewalt gegen Menschen anderer Herkunft, Hautfarbe oder Religion führen. Es gibt in Deutschland Gesetze, die Menschen davor schützen sollen, dass sie aufgrund ihrer Herkunft, Religion, ihres Geschlechts, ihres Alters oder ihrer sexuellen Identität diskriminiert werden. Ausländerfeindliche Straftaten werden auch polizeilich verfolgt.

Übung

82000-980

Integrationspolitik

> M3, M10

Der Staat will die Integration von Zuwanderinnen und Zuwanderern durch politische Maßnahmen fördern. Dabei geht es oft um Projekte zur Förderung der Sprachkompetenz und der Bildung.
Sowohl das Land Baden-Württemberg als auch die Stadt Stuttgart werben zum Beispiel dafür, dass sich Ausländerinnen und Ausländer einbürgern lassen. Mit der Einbürgerung bekommen Ausländer:innen die deutsche Staatsangehörigkeit und dürfen wählen gehen. Der Staat Deutschland hat es im Jahr 2000 einfacher gemacht, Deutsche:r zu werden.

Übung

82000-981

Einbürgerungsgesetz

> M6

Kinder von deutschen Eltern sind durch ihre Abstammung immer deutsche Staatsbürger:innen.
Auch Ausländer:innen können die deutsche Staatsangehörigkeit erwerben, wenn sie bestimmte Voraussetzungen erfüllen. Sie müssen mindestens acht Jahre lang rechtmäßig in Deutschland leben, ausreichende deutsche Sprachkenntnisse haben und mit einem deutschen Schulabschluss oder dem Einbürgerungstest nachweisen können, dass sie die Rechts- und Gesellschaftsordnung Deutschlands kennen und akzeptieren. Sie müssen für ihren eigenen Lebensunterhalt sorgen können und dürfen nicht wegen einer Straftat verurteilt worden sein.
Die Kinder von ausländischen Staatsangehörigen erhalten automatisch die deutsche Staatsangehörigkeit, wenn sie in Deutschland geboren wurden und ein Elternteil seit mindestens acht Jahren rechtmäßig in Deutschland lebt.

Übung

82000-982

Selbsteinschätzung

In diesem Kapitel hast du dich mit dem Einwanderungsland Deutschland auseinandergesetzt und bist der Frage nachgegangen, wie Integration von Zugewanderten gelingen kann. Die Folgende Tabelle hilft dir, herauszufinden, welche Inhalte und Fähigkeiten du dabei erworben hast. Zugleich zeigt sie dir, wo du noch weiter üben kannst.

Ich kann ...	Das klappt schon ...	Hier kann ich noch üben ...
... mindestens drei Gründe beschreiben, warum Menschen ihre Heimat verlassen (Push-Faktoren) und nach Deutschland kommen (Pull-Faktoren).		Kapitel 8.1: M2, #Push- und Pullfaktoren
... die Einwanderung nach Deutschland mit zutreffenden Daten/Zahlen beschreiben.		Kapitel 8.1: M3-M8, Methode: Diagramme und Schaubilder analysieren, #Zusammensetzung der Bevölkerung #Mehr Zuwanderung durch Flüchtlinge
... die Alterung der Gesellschaft in Deutschland beschreiben.		Kapitel 8.2: M4-M5, #Demografischer Wandel
... beschreiben, was Zugewanderte einerseits und die deutsche Gesellschaft andererseits zu einer guten Integration beitragen können.		
... mindestens zwei Schwierigkeiten und zwei Vorteile von Integration und Einwanderung erläutern.		Kapitel 8.2: M6 #Vorteile und Nachteile von Zuwanderung
... an einem Beispiel beschreiben, wie Zugewanderte durch politische Regeln oder Maßnahmen besser integriert werden.		Kapitel 8.3: M1-M10 #Einbürgerungsgesetz

M1 Deutsch sein bedeutet ...

Karikatur: Gerhard Mester

Aufgaben

70081-82

1. a) Beschreibe die Karikatur (**M1**).
   b) Erläutere, welche Meinung der Karikaturist zum Thema Integration hat.
2. a) Erstelle eine Tabelle mit Stichworten:

Was die Integration von Zugewanderten erleichtert ...	Was die Integration von Zugewanderten erschwert ...

BITTE INS HEFT!

   b) Ordne zu, wer jeweils für die genannten Punkte verantwortlich ist: die Zugewanderten selbst, die deutsche Gesellschaft, politische Regeln/Maßnahmen.
3. Gestalte ein Plakat für eine Einwanderungsgesellschaft, das für mehr wechselseitiges Verständnis zwischen den Einheimischen und den Zugewanderten wirbt.
4. Braucht Deutschland mehr Zuwanderung? Verfasse eine kurze Rede mit drei wichtigen Argumenten.

Was weißt du schon?

70081-83

1. Ergänze jeweils die Satzenden in den Sprechblasen zu den Situationen auf den Fotos a-d.
2. a) Formuliere eine weitere Forderung.
   b) Beschreibe ein dazu passendes Bild.
3. Vergleiche deine Ergebnisse mit denen eines Partners / einer Partnerin.

Grundrechte

9

Sobald wir mit mehreren Menschen zusammentreffen, handeln wir miteinander Regeln aus, an die wir uns halten. In einem Staat wie der Bundesrepublik Deutschland sind diese Regeln, die das Zusammenleben in der Gesellschaft ermöglichen, als Gesetze formuliert. Jede:r muss sich an diese Gesetze halten. Den wichtigsten Rahmen unserer Rechtsordnung stellt unsere Verfassung, das Grundgesetz für die Bundesrepublik Deutschland, dar. Hier sind unsere Grundrechte festgeschrieben, die in ihrem Wesen unveränderlich sind.

Was lernst du in diesem Kapitel?

- ... welche Bedeutung die Grundrechte sowohl für das Zusammenleben der Menschen in Deutschland als auch für den Einzelnen in unserer Gesellschaft haben.
- ... welche Rechte und Regeln es zum Schutz der Grundrechte gibt.

Eine Foto-Safari zur Bedeutung der Grundrechte in unserem Alltag erstellen

Bei der Beschäftigung mit diesem Kapitel werdet ihr schnell feststellen, wie eng die hier behandelten Themen mit eurem Lebensalltag verbunden sind. Im Mittelpunkt stehen die Grundrechte. Aber wo genau begegnen euch diese Grundrechte in eurem Alltag? Fotografiert Situationen, die besonders eindrucksvoll diese Grundrechte in eurem Alltag beschreiben.

Geht dabei so vor:

Start

1. Arbeitet in Gruppen von bis zu vier Schülerinnen und Schülern.

2. Klärt zunächst folgende Fragen:
Was sind eigentlich Grundrechte?
(→ Kapitel 9.1: M2, M3)
Welche Rolle spielen Grundrechte in unserem Alltag?
(→ Kapitel 9.1: M1)
Weshalb können Grundrechte manchmal im Konflikt zueinander stehen?
(→ Kapitel 9.1: M4-M7)
Schützt unsere Rechtsordnung Minderheiten? Wenn ja, wie?
(→ Kapitel 9.2: M4)

3. Nennt fünf Situationen, in denen ihr dem Thema „Grundrechte“ regelmäßig in eurem Alltag begegnet. Versucht dabei auch, Situationen zu finden, in denen Grundrechte im Konflikt zueinander stehen (→ Kapitel 9.1: M4-M7) oder in denen sich der besondere Schutz von Minderheiten zeigt. (→ Kapitel 9.2: M1-M4)

4

Fotografiert dann die eurer Meinung nach jeweils aussagekräftigste Situation. Achtung: Bedenkt, dass ihr die Persönlichkeitsrechte Anderer nicht verletzen dürft. Klärt gegebenenfalls, ob ihr andere Personen fotografieren dürft. Vermeidet es, die Fotos (z. B. auf sozialen Netzwerken) zu verbreiten. Druckt die Fotos aus.

5

Erstellt ein Ranking der von euch in Kleingruppen fotografierten Grundrechtesituationen:
1 = besonders wichtig in meinem Alltag, 5 = am wenigsten wichtig in meinem Alltag. Begründet eure Reihenfolge.

6

Klebt die Fotos entsprechend eures Rankings auf ein Poster.

Ziel

7

Führt abschließend eine Ausstellung durch, indem ihr alle Poster (pro Kleingruppe = 1 Poster) im Klassenzimmer aufhängt.

9.1 Grundrechtegarantie – Qualitätsmerkmal unserer Gesellschaft

9.1.1 Grundrechte: Herausforderung im Alltag?

Recht – damit hast du nichts zu tun? Du wirst schnell merken, dass du täglich damit in Berührung kommst. Das Recht bildet einen wichtigen Rahmen, der es uns überhaupt erst möglich macht, unsere Rechte und Freiheiten in Anspruch zu nehmen. Aber du wirst auch sehen, dass es Situationen im Alltag gibt, in denen die unbedingte Grundrechtsbindung nicht nur eine Sicherheit für den Einzelnen, sondern auch eine Herausforderung für die Gesellschaft sein kann.

M1 Entscheidungsspiel: Geht oder geht nicht?

1 In der letzten Zeit gibt es in der Klasse 8c häufig Streit, einzelne Cliquen haben sich gebildet. Die Konflikte spitzen sich so zu, dass peinliche Fotos Einzelner, die auf der letzten Klassenparty aufgenommen worden waren, in ein soziales Netzwerk gestellt werden.

2 Vor einem Einkaufsmarkt in Stuttgart sitzen zwei Frauen mit Kopftuch und unterhalten sich. Zwei Jugendliche kommen hinzu und fordern die beiden auf, die Bank zu räumen, denn mit Kopftüchern hätten sie hier in der Öffentlichkeit nichts zu suchen.

3 Malina (16) hat sich für einen Aushilfsjob in einer Druckerei beworben. Im Bewerbungsgespräch teilt ihr der Chef mit, dass seine Druckerei auf dem absolut neuesten technischen Stand sei, man für diese Aushilfstätigkeit viel technisches Verständnis mitbringen müsse und er an eine männliche Aushilfe gedacht hatte.

4 Alle Kinder mit Ausnahme von Mattis (13) sind zum evangelischen Religionsunterricht angemeldet. Der Schulleiter bestimmt, dass auch Mattis am evangelischen Religionsunterricht teilnehmen muss. Er begründet seine Entscheidung damit, dass die Schule sonst ein Problem in ihrer Aufsichtspflicht sieht.

5 Ein schwerer Verkehrsunfall mit Toten und Verletzten hat sich ereignet. Reporter kommen an den Ort und fotografieren die Szenerie.

Dörthe Hecht, Politik betrifft uns, 3/2013

M2 Ist ein Ranking möglich?

Auszug aus den Grundrechten des Grundgesetzes für die Bundesrepublik Deutschland:

Glaubens-, Gewissens- und Bekenntnisfreiheit
(1) Die Freiheit des Glaubens, des Gewissens und die Freiheit des religiösen und weltanschaulichen Bekenntnisses sind unverletzlich. [...]

Schulwesen
(1) Das gesamte Schulwesen steht unter Aufsicht des Staates. [...]

Persönliche Freiheitsrechte
(1) Jeder hat das Recht auf freie Entfaltung seiner Persönlichkeit [...].

Unverletzlichkeit der Wohnung
(1) Die Wohnung ist unverletzlich. [...]

Gleichheitsgrundsatz
(1) Alle Menschen sind vor dem Gesetz gleich. [...]

Versammlungsfreiheit
(1) Alle Deutschen haben das Recht, sich ohne Anmeldung oder Erlaubnis friedlich und ohne Waffen zu versammeln.

Ehe, Familie, Kinder
(1) Ehe und Familie stehen unter einem besonderen Schutze der staatlichen Ordnung. [...]

Meinungs-, Informations-, und Pressefreiheit; Kunst- und Wissenschaft
(1) Jeder hat das Recht, seine Meinung in Wort, Schrift und Bild frei zu äußern und zu verbreiten [...].

Vereinigung- , Koalitionsfreiheit
(1) Alle Deutschen haben das Recht, Vereine und Gesellschaften zu bilden. [...]

Brief-, Post- und Fernmeldegeheimnis
(1) Das Briefgeheimnis, sowie das Post- und Fernmeldegeheimnis sind unverletzlich. [...]

Menschenwürde
(1) Die Würde des Menschen ist unantastbar. [...]

Grundgesetz

Das Grundgesetz (GG) ist das wichtigste Gesetz in Deutschland.
Es regelt, wie der Staat aufgebaut ist. Hier finden sich auch die bedeutendsten Regeln: die Grundrechte.

Grundrechte

Die Grundrechte stehen ganz am Anfang des Grundgesetzes in den Artikeln 1-19. Sie dürfen in ihrem Wesen nicht verändert oder gar entfernt werden.
Dies spiegelt die besondere Bedeutung der Grundrechte wider. Die Grundrechte verpflichten auch den Staat und alle staatlichen Gewalten, diese Grundrechte einzuhalten und zu schützen. In Artikel 1 GG findet sich das wohl bedeutendste Grundrecht: „Die Würde des Menschen ist unantastbar. Sie zu achten und zu schützen ist Verpflichtung aller staatlichen Gewalt.“

M3 Die Grundrechte im Überblick

©Bergmoser + Höller Verlag AG, Zahlenbilder 60 110

Der deutsche Rechtsstaat garantiert die Grundrechte seiner Bürgerinnen und Bürger (Artikel 1 bis 19 des Grundgesetzes) und schützt sie vor staatlicher Willkür. Er gewährt allen Bürgerinnen und Bürgern neben unbedingter Rechtssicherheit (d.h. Klarheit, Bestimmtheit und Beständigkeit staatlicher Entscheidungen) auch Rechtsgleichheit (d.h. vor dem Gesetz sind alle gleich – unabhängig davon, aus welcher Familie sie stammen, wie viel Geld sie besitzen oder wie berühmt sie sind). Alle staatlichen Eingriffe bedürfen einer gesetzlichen Grundlage (Gesetzesvorbehalt) und sämtliche Entscheidungen müssen von unabhängigen Gerichten überprüft werden können. Das nennt man Rechtsgebundenheit von Regierung, Verwaltung und Justiz.

Aufgaben

70081-84

1. a) Entscheide für die Situationen 1-5, ob so verfahren werden darf. Begründe deine Entscheidung (**M1, M2**).
   b) Vergleiche deine Ergebnisse mit denen eines Partners/einer Partnerin.
   c) Beschreibt, wie ihr vorgehen müsst, um eure Ergebnisse zu überprüfen.
2. Erstelle ein „Grundrechte-Ranking“. Beginne dabei mit dem für dich wichtigsten Grundrecht. Begründe jeweils deine Entscheidung (**M2**).
3. Vergleiche deine Ergebnisse aus Aufgabe 2 mithilfe des Grundrechtekatalogs des Grundgesetzes (**M3**).

H zu Aufgabe 3
Bittet eure Lehrkraft, euch ein Grundgesetz zu geben.

Das Grundgesetz lesen

Worum geht es?

Das Grundgesetz wird jeder Schülerin und jedem Schüler im Verlauf der Schullaufbahn ausgehändigt. Als Verfassung unseres Landes ist es das wichtigste Dokument über die Organisation und den Aufbau des Staates, weswegen es auch wichtig ist, damit umzugehen und es richtig lesen zu können.

Geht dabei so vor:

1. Schritt: Betrachtung des äußeren Aufbaus

Du kannst es bereits auf dem Umschlag und an der Farbgebung erkennen: Hier sind sogar zwei Verfassungen enthalten. Einmal das Grundgesetz der Bundesrepublik Deutschland und die jeweilige Landesverfassung. Außerdem gibt es meist ein Stichwortverzeichnis, in dem Schlagwörter gesucht werden können.

↓ ↓ ↓

2. Schritt: Untersuchung des inneren Aufbaus

Eine erste Übersicht über die thematischen Abschnitte gibt zunächst einmal ein **Inhaltsverzeichnis**. Hier erkennst du auch die übergeordneten Themenblöcke, die mit den **Grundrechten** beginnen.
Es folgt eine Liste von zahlreichen **Abänderungen**. Das Grundgesetz wurde immer wieder verändert, denn obwohl das Grundgesetz möglichst stabile Regeln für die Gesellschaft festlegen soll, muss es trotzdem von Zeit zu Zeit geändert werden, da sich auch die Gesellschaft wandelt.
Und gleich nach der **Präambel** geht es mit den Grundrechten los. Diese werden in **Artikel, Absätze und Sätze** unterteilt, wie z. B. Artikel 3 Absatz 2 Satz 1: „Männer und Frauen sind gleichberechtigt.“ So findet man genauer Stellen wieder und kann diese eindeutig zitieren, falls man Bezug auf dessen Inhalt nimmt.
Um sich noch besser orientieren zu können, gibt es am Seitenrand **Kurztitel** zum Inhalt der Artikel.
Deutlich konkreter wirken die Formulierungen, wenn du statt „des Menschen“, „Jeder“ oder „Alle Deutschen“ beim Durchlesen deinen eigenen Namen einsetzt.

Präambel
So bezeichnet man das Vorwort bzw. die Einleitung einer Urkunde.

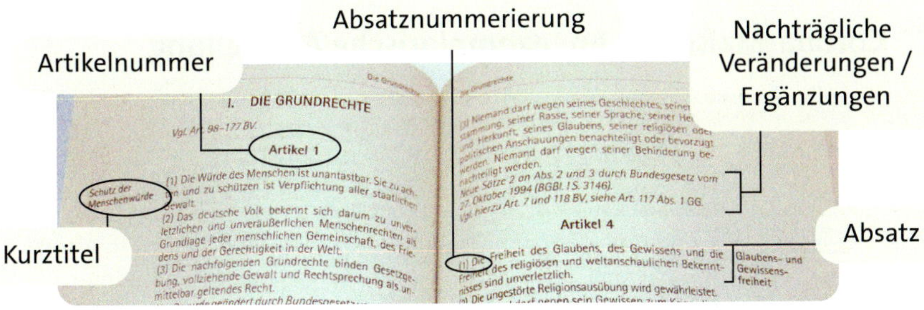

9.1.2 Einschränkung der Grundrechte durch Corona-Maßnahmen zum Schutz der Bevölkerung?

Nicht immer ist es einfach, alle Grundrechte in der Realität wirklich angemessen zu gewährleisten. Manchmal können Grundrechte sogar miteinander in Konflikt stehen. Im Einzelfall müssen dann Gerichte entscheiden, welches Grundrecht in einem ganz konkreten Fall wichtiger als ein anderes ist. Darf der Staat die Gesundheit der Allgemeinheit höher gewichten als die persönliche Freiheit des Einzelnen?

M4 Zum Schutz der Allgemeinheit?

Karikatur: Oliver Schopf, 14.09.2020

RKI
Robert-Koch-Institut, Einrichtung der Bundesregierung auf dem Gebiet der Krankheitsüberwachung und -prävention

M5 Corona-Maßnahmen: exemplarische Aufstellung

- Maskenpflicht
- Quarantäneanordnung
- Besuchsverbot in Alten- und Pflegheimen
- Einschränkung der Versammlungsfreiheit
- Verbot der Ausübung körpernaher Berufe
- Schulschließung

M6 Hintergrund: Ausrufung einer epidemischen Lage

70081-204

Corona brachte nie dagewesene Grundrechtseinschränkungen: Grundlage dieser Eingriffe ist u.a. die Ausrufung einer „epidemischen Lage von nationaler Tragweite". […] Das soll die Voraussetzung schaffen, […] mit Rechtsverordnungen Corona-Grundrechtseinschränkungen zu erlauben. […]

Geregelt ist die Ausrufung einer epidemischen Lage von nationaler Tragweite in § 5 IfSG. […] die Feststellung einer epidemischen Lage von nationaler Tragweite setzt voraus, dass

- eine ernsthafte Gefahr für die öffentliche Gesundheit in der gesamten Bundesrepublik Deutschland besteht,
- dass die WHO eine gesundheitliche Notlage von internationaler Tragweite ausgerufen hat oder
- eine dynamische Ausbreitung einer bedrohlichen übertragbaren Krankheit über mehrere Länder in der Bundesrepublik Deutschland droht oder stattfindet.

Haufe Online-Redaktion: Sind die Corona-Einschränkungen noch GG-konform? In: www.haufe.de, 09.06.2021

M7 Grundrechtseinschränkungen als Gratwanderung zwischen rechtlich Zulässigem und Zumutbaren?

70081-205

Unsere Regierung hat zur Bekämpfung der Corona-Pandemie eine beträchtliche Anzahl an Beschränkungen der Freiheitsrechte der Bürger:innen verfügt. Entsprechend wurden Verstöße mit zum Teil harten Bußgeldern oder gar als Straftat geahndet. Dass die Bundesregierung – wenn auch in Pandemiezeiten – ohne die Beteiligung des Parlamentes-Einschränkungen in Freiheitsrechte vornimmt, ist allerdings keineswegs unumstritten. Diese Vorgehensweise stellt als Gratwanderung des rechtlich Zulässigen und Zumutbaren eine ernstzunehmende Herausforderung unserer Demokratie dar. Die Frage, die sich stellt, ist die grundsätzliche Frage danach, ob der Staat in einer solchen Situation diese gravierenden Einschränkungen in die Freiheitsrechte vornehmen durfte bzw. auch zukünftig darf oder ob er damit seine Kompetenzen überschreitet.

a) PRO

Im vergangenen Jahr [2020] haben die Gerichte […] die Grenzen zulässiger Eingriffe in das vom Grundgesetz geschützte Versammlungsrecht aufgezeigt. So durften in Hamburg statt der ursprünglich von den Behörden erlaubten 2.000 Teilnehmer 10.000 Teilnehmer an einer von „Fridays-for-Future" […] veranstalteten Demonstration zum Klimaschutz teilnehmen (VG Hamburg, Beschluss v. 25.9.2020, 14 E 4035/20). Auch eine von einem NPD-Mitglied angemeldete Versammlung in Worms durfte wegen der überragenden Bedeutung der durch Art. 8 GG geschützten Versammlungsfreiheit stattfinden (OVG Rheinland-Pfalz, Beschluss v. 4.6.2020 20,7 B 10688/20).

Haufe Online-Redaktion: Sind die Corona-Einschränkungen noch GG-konform? In: www.haufe.de, 09.06.2021

b) KONTRA

Das BVerfG bewertet allerdings gelegentlich den Schutz der Bevölkerung vor Gesundheitsgefahren höher als die Versammlungsfreiheit. So hat das BVerfG im vergangenen Jahr eine Entscheidung des OVG Bremen bestätigt, in der dieses den Antrag einer Bremer Querdenkerorganisation gegen das Verbot einer Versammlung mit einer Teilnehmerzahl von erwarteten ca. 20.000 Personen ablehnte. Der durch das Verbot angestrebte Zweck, die Verbreitung übertragbarer Krankheiten zu verhindern und das Recht der Allgemeinheit auf Leben und körperliche Unversehrtheit gemäß Art. 2 Abs. 2 GG zu schützen, überwiege das grundsätzlich ebenfalls schützenswerte Interesse des Antragstellers auf Schutz der verfassungsrechtlich gewährten Versammlungsfreiheit gemäß Art. 8 Abs. 1 GG (BVerfG, Beschluss v. 5.12.2020,1 BvQ 145/20; ähnlich: BVerfG, Beschluss v. 21.11.2020, 1 BvQ 135/20).

Haufe Online-Redaktion: Sind die Corona-Einschränkungen noch GG-konform? In: www.haufe.de, 09.06.2021

Aufgaben

70081-85

1. a) Nenne das in der Karikatur **M4** dargestellte Problem.
   b) Wie würdest du dich entscheiden? Begründe, ob du dich eher für die Durchsetzung persönlicher Freiheiten oder für die Verantwortung gegenüber der gesamten Bevölkerung entscheiden würdest.
2. Positioniert euch zu der Frage, ob der Staat in Pandemiezeiten durch entsprechende Maßnahmen (**M5**) Grundrechte zum Schutz der Bevölkerung einschränken soll.

   Ja ◄- ► Nein
3. Stelle mithilfe von **M6** dar, unter welchen Bedingungen der Staat Grundrechte einschränken darf.
4. Eine sehr umstrittene Grundrechtseinschränkung im Zusammenhang mit Corona stellt die Versammlungsfreiheit dar. Erörtere ausgehend von **M7** diese Grundrechtseinschränkung.
5. Bewerte ausgehend von der Karikatur **M4** die Ansicht, Grundrechteeinschränkung seien zum Schutz der Allgemeinheit vor einer weiteren Ausbreitung von Corona notwendig gewesen.

H zu Aufgabe 1
Gehe entsprechend der Methode „Karikaturen analysieren" (Kap. 6) vor.

H zu Aufgabe 4
Stelle zunächst die in **M7a** und **M7b** genannten Pro/Kontra-Argumente in einer Tabelle gegenüber. Ergänze ggf. eigene Argumente.

H zu Aufgabe 5
Gehe dabei entsprechend der Methoden „Vom Bauchgefühl zum begründeten Urteil" und „Kriteriengeleitet Urteilen" vor. Folgende Hilfsfragen können dir bei deiner Bewertung helfen:
- Sind die getroffenen Maßnahmen geeignet, um die Pandemie zu begrenzen?
- Sind die Maßnahmen erforderlich?
- Sind die Maßnahmen zumutbar?

Vom Bauchgefühl zum begründeten Urteil

Worum geht es?

Bei kontroversen politischen Fragestellungen wird häufig spontan „aus dem Bauch heraus“ geurteilt. Ein politisches Urteil allerdings ist eine begründete Aussage als Ergebnis eines gründlichen Denkprozesses. In der Regel geht es um Maßnahmen/Forderungen zur Lösung politischer Probleme, deren Dringlichkeit für die Betroffenen ein Handeln erfordern. Das kann z. B. die Antwort auf die Frage „Sollen Grundrechte pandemiebedingt zum Schutz der Allgemeinheit eingeschränkt werden?" sein. Als Ergebnis stehen Ja/Nein-Entscheidungen, die unter Berücksichtigung ausgewählter Kriterien getroffen und begründet werden.

Geht dabei so vor:

1. Schritt: Ein spontanes Urteil fällen

Eine kontroverse politische Entscheidung zwingt dich, Position zu beziehen. Du fällst ein spontanes Urteil „aus dem Bauch heraus“.

↓ ↓ ↓

2. Schritt: Das spontane Urteil anhand von Kriterien überprüfen

Anhand von Kriterien (vgl. "Kriteriengeleitet Urteilen), die du offenlegen musst, damit Andere dein Urteil nachvollziehen können, überprüfst du dein Spontanurteil. Am Ende der Überprüfung eines Kriteriums (z. B. Legalität, Effektivität, Effizienz, Legitimität, Nachhaltigkeit) formulierst du jeweils ein Teilurteil mit Bezug auf die Problemfrage.

↓ ↓ ↓

3. Schritt: Zu einem Gesamturteil kommen

Du fasst die Teilurteile zusammen und wägst sie gegeneinander ab. Als Ergebnis wirst du entweder dein Spontanurteil bestätigen können oder aber du musst es nach Abwägung aller Kriterien revidieren und neu formulieren.

Kriteriengeleitet urteilen

Worum geht es?

Hier findest du ausgewählte Kriterien und entsprechende Hilfsfragen, die dir die kriteriengeleitete Überprüfung (vgl. Schritt 2) deines Spontanurteils erleichtern:

Urteilskriterien, z. B	Kategorien	Hilfsfragen
Legalität		Entsprechen die Verfahren zur Entscheidungsfindung und die getroffenen Entscheidungen den rechtlichen Grundlagen (v. a. des Grundgesetzes)?
Effektivität		Ist ein politisches Programm/eine Forderung geeignet, ein vorhandenes politisches Problem zu lösen?
Effizienz		Stehen Aufwand und Ertrag in einem angemessenen Verhältnis, oder ist das gleiche Ziel mit geringeren Mitteln auch erreichbar?
Legitimität: Kann die politische Entscheidung anerkannt werden?	Gerechtigkeit	Ist ein politische eine Forderung/Maßnahme gerecht? Werden die Interessen der Beteiligten berücksichtigt?
	Transparenz	Verläuft der Entscheidungsprozess öffentlich? Ist die Einflussnahme der unterschiedlichen Akteure für die Öffentlichkeit nachvollziehbar?
	Partizipation/ Teilhabe	Können die betroffenen gesellschaftlichen Gruppen ihre Interessen in den politischen Entscheidungsprozess einbringen, d. h. haben sie vergleichbare Chancen zur Teilhabe? Reichen die vorhandenen Teilhabenmöglichkeiten aus?
	Repräsentation	Werden die Interessen aller betroffenen gesellschaftlichen Gruppen ausreichend vertreten?
Nachhaltigkeit		Ist eine politische Forderung/ Maßnahme geeignet, das Problem dauerhaft zu lösen? Lösung des Problems? Wird die ökologische, ökonomische und soziale Nachhaltigkeit gewährleistet? Wird die demokratische Ordnung durch die betreffende politische Forderung/ Maßnahme gefestigt (politische Nachhaltigkeit)?

Was macht das Grundgesetz aus?

Grundgesetz

> M2

Das Grundgesetz, unsere Verfassung, ist das wichtigste Gesetz der Bundesrepublik Deutschland. Das Grundgesetz ist nicht in Paragrafen, sondern in Artikel unterteilt. Es gibt 146 Artikel, wobei die ersten 19 Artikel die wichtigsten sind, denn sie enthalten die Grundrechte.
Durch die Ewigkeitsklausel (Art. 79,3 GG) sind die Art. 1 GG (Menschenwürde) und Art. 20 GG (Staatsprinzipien) geschützt, d. h. man darf diese niemals ändern. Alle anderen Artikel des Grundgesetzes dürfen nur mit 2/3-Mehrheit des Bundestages und des Bundesrates geändert werden.

Übung
82000-983

Das Wesen der Grundrechte

> M2-M3

Die im Grundgesetz verankerten Grundrechte sind Abwehrrechte gegen den Staat und geben unserem Zusammenleben den bedeutsamsten Rahmen. Hier steht, was der Staat im Umgang mit den Bürgerinnen und Bürgern darf und was er nicht darf: Die Artikel 1–19 GG garantieren Gleichheits- und Freiheitsrechte und verpflichten zugleich den Staat und alle staatlichen Gewalten, diese Grundrechte zu gewähren und zu schützen. Stehen Grundrechte miteinander im Konflikt, muss für den Einzelfall ein Gericht urteilen, welches Recht schwerer wiegt.

Übung
82000-984

Grundrechte im Konflikt

> M4-M7

Manchmal können Grundrechte zueinander in Konflikt stehen. Dann muss abgewogen werden, welche Einschränkungen das Gesetz erlaubt und welche Rechte im Einzelfall schwerer wiegen. So muss der Staat laut Artikel 2 GG zum Beispiel die persönlichen Freiheitsrechte seiner Bürgerinnen und Bürger gewähren. Zugleich muss er aber auch dafür sorgen, dass sie dieses Recht in Anspruch nehmen können, d. h. der Staat muss für die Sicherheit seiner Bürgerinnen und Bürger sorgen. Ein zu hohes Maß an Sicherheit aber schränkt die Freiheit des Einzelnen ein. Insbesondere im Zusammenhang mit terroristischen Anschlägen wird deshalb immer wieder die Frage diskutiert, ob der Staat die Freiheit seiner Bürgerinnen und Bürger zugunsten von mehr Sicherheit, z. B. durch eine stärkere Überwachung, einschränken darf.

Übung
82000-985

9.2 Minderheitenschutz durch einen Staatsvertrag?

Nationale Minderheiten haben es häufig schwer, ihre Kultur, ihre Sprache und Traditionen zu bewahren. Noch schwieriger wird das Leben für Minderheiten, wenn sie durch Teile der Mehrheitsgesellschaft ignoriert, im schlimmeren Fall sogar diskriminiert, werden. Am Beispiel der Sinti und Roma erfahrt ihr hier, weshalb die Einhaltung der Grundrechte eine besondere Bedeutung für Minderheiten und gleichzeitig eine große Herausforderung für die deutsche Gesellschaft darstellt.

M1 (Diskriminierungs-)Szene aus dem Alltag

70081-206

Unfassbarer antiziganistischer Rassismus bei RTL „Punkt 12"

Romani Rose fordert nach skandalösem Antiziganismus in der Sendung RTL „Punkt 12" von RTL-Chefredakteur Michael Wulf eine öffentliche Entschuldigung in der Sendung sowie personelle Konsequenzen für die Moderatorin Katja Burkhard. [...] In einem Brief an den Chefredakteur von RTL, Michael Wulf, schrieb, Romani Rose [...]: *„Wenn eine erfahrene Moderatorin wie Katja Burkhard, ein Medienprofi, solche hetzerischen, beleidigenden und antiziganistischen Aussagen unwidersprochen in Ihrem Sender tätigen kann, dann unterstelle ich eine Absicht und verlange Konsequenzen. [...]"*

Romani Oskar Rose
Vorsitzender des Zentralrats Deutscher Sinti und Roma

In der Sendung RTL Punkt 12 vom 8. Juli 2021 hat die Moderatorin Katja Burkhard gesagt: *„Solange die Kinder noch klein sind, nicht in die Schule gehen, da geht das ja glaube ich noch, oder? Wenn die dann älter sind, so wie unsere Roberta, dann ist nix mehr mit Zigeunerleben."* [...]

Weiter schrieb Rose an Wulf:
Den von Katja Burkhard als „Zigeuner" diffamierten Menschen, [...] wird durch ihre Aussage unterstellt, sie hätten keine Verpflichtungen, würden nicht arbeiten gehen und hätten daher Zeit umherzureisen, während dies dem deutschen Durchschnittsbürger nicht möglich sei. Dieser gehe einer geregelten Arbeit nach, seine Kinder müssten in die Schule, während dies bei den „Zigeunern" offensichtlich nicht der Fall sei. Die bösartige Verbreitung solcher über Jahrhunderte tradierten antiziganistischen Diffamierungen sind der Grund, warum Angehörigen der Minderheit der Sinti und Roma in unserer Gesellschaft noch heute große Ablehnung entgegenschlägt und sie noch immer als Fremde wahrgenommen werden."

Diese Einschätzung bestätigt auch der Abschlussbericht der vom Bundestag eingesetzten Unabhängigen Expertenkommission Antiziganismus [...].

Zentralrat Deutscher Sinti und Roma: Pressemitteilung zu RTL „Punkt 12". In: www.zentralrat.sintiundroma.de, 09.07.2021

M2 Wer genau sind Sinti und Roma?

„Zigeuner" ist eine von Klischees überlagerte Fremdbezeichnung der Mehrheitsgesellschaft, die von den meisten Angehörigen der Minderheit als diskriminierend abgelehnt wird – so haben sich die Sinti und Roma nämlich niemals selbst genannt. […] „Sinti" bezeichnet die in Mitteleuropa seit dem ausgehenden Mittelalter beheimateten Angehörigen der Minderheit, „Roma" jene ost- bzw. süd-osteuropäischer Herkunft. Die nationalen Sinti- und Roma-Gemeinschaften sind durch die Geschichte und Kultur ihrer jeweiligen Heimatländer stark geprägt. Dies hat sich auch in der Sprache der Sinti und Roma, dem Romanes, niedergeschlagen: Durch die Aufnahme von Lehnwörtern aus der jeweiligen Landessprache haben sich in den verschiedenen Staaten Europas über die Jahrhunderte unterschiedliche Romanes-Sprachen herausgebildet. Außerhalb des deutschen Sprachkreises wird „Roma" – oder einfach „Rom" (das bedeutet „Mensch") – auch als Sammelname für die gesamte Minderheit verwendet. In Deutschland bilden Sinti seit jeher die größte Gruppe, daher wird hier die Bezeichnung „Sinti und Roma" bevorzugt.

Zentralrat Deutscher Sinti und Roma: Erläuterungen zum Begriff „Zigeuner", Stellungnahmen. In: www.zentralrat.sintiundroma.de, 09.10.2015

Nationale Minderheiten

In Deutschland leben vier nationale Minderheiten: die Dänen, die friesische Volksgruppe, die deutschen Sinti und Roma sowie das sorbische Volk.

Als nationale Minderheiten werden in Deutschland Bevölkerungsgruppen bezeichnet, die folgenden Kriterien erfüllen: Ihre Angehörigen sind deutsche Staatsangehörige. Sie haben eine eigene Sprache, Kultur und Geschichte und wollen diese bewahren. Sie leben in der Regel seit Jahrhunderten in Deutschland in eigenen Siedlungsgebieten. Zum letztgenannten Kriterium gibt es eine Ausnahme: die deutschen Sinti und Roma. Sie sind in Deutschland als nationale Minderheit anerkannt, obwohl sie meist in kleinerer Zahl nahezu in ganz Deutschland und nicht in abgegrenzten eigenen Siedlungsgebieten leben.

Bundesministerium des Innern und für Heimat: Nationale Minderheiten in Deutschland. In: www.bmi.bund.de, 02.08.2021

M3 Auszüge aus der RomnoKher-Studie 2021

70081-207

Mit der RomnoKher-Studie 2021 wurden mehr als 600 einheimische und zugewanderte Sinti und Roma mit bis zu 100 Fragen aus den Bereichen Familiensituation, Bildungssituation, Diskriminierungserfahrungen, Beschäftigung, Wohnsituation, Traumatisierung und Einschätzungen zur gesellschaftlichen Entwicklung und zu Handlungsbedarfen befragt.

a) Welchen Schulabschluss haben die Befragten?

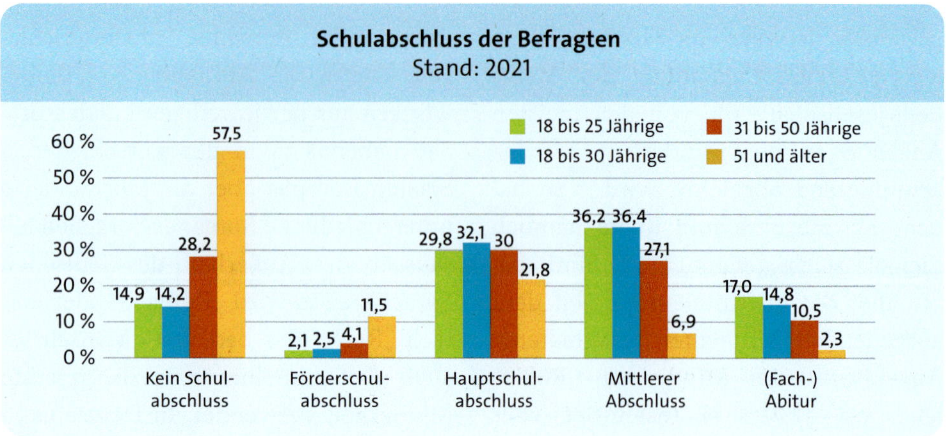

Nach: RomnoKher-Studie 2021: Ungleiche Teilhabe – Zur Lage der Sinti und Roma in Deutschland. In: www.mediendienst-integration.de, Abruf am 24.08.2022

b) Welchen Bildungsabschluss haben die Eltern?

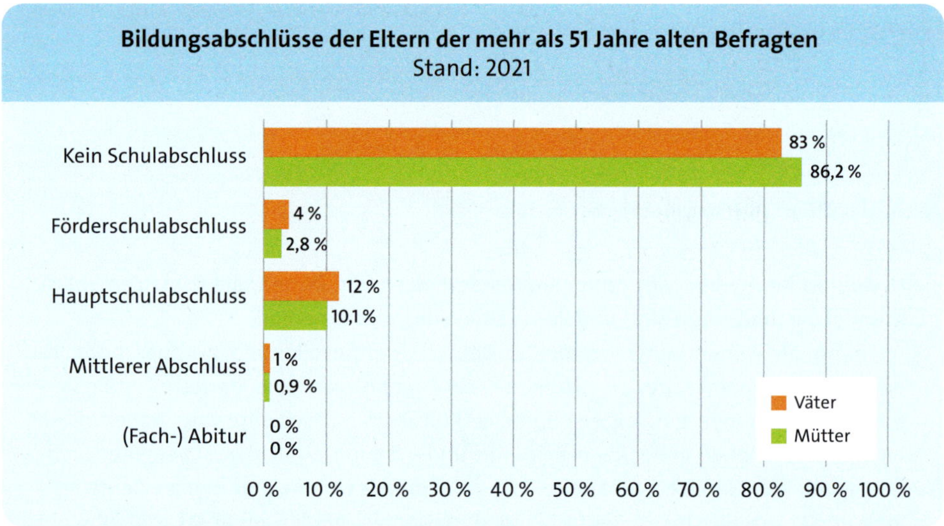

Nach: RomnoKher-Studie 2021: Ungleiche Teilhabe – Zur Lage der Sinti und Roma in Deutschland. In: www.mediendienst-integration.de, Abruf am 24.08.2022

c) Wurden Sie in der Schule diskriminiert?

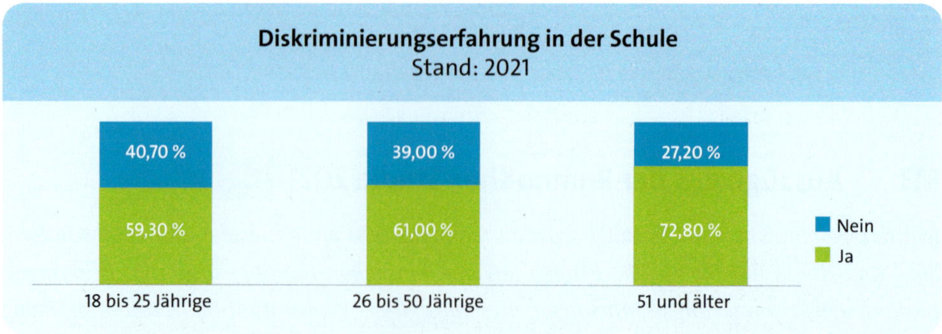

Nach: RomnoKher-Studie 2021: Ungleiche Teilhabe – Zur Lage der Sinti und Roma in Deutschland. In: www.mediendienst-integration.de, Abruf am 24.08.2022

Minderheitenschutz im Grundgesetz

Im Grundgesetz ist der Minderheitenschutz nicht ausdrücklich geregelt. Die „Väter und Mütter der Verfassung“ wollten diesen vielmehr mit der strikten Gleichbehandlung, der in Artikel 3 GG festgeschrieben ist, zum Ausdruck bringen.

M4 Der Staatsvertrag

Ministerpräsident Winfried Kretschmann und Daniel Strauß, Vorsitzender des Landesverbands Deutscher Sinti und Roma [Baden-Württemberg], haben am 28.11.2013 einen Staatsvertrag im Rahmen einer gemeinsamen Veranstaltung von Landesregierung, Landtag und Landesverband unterzeichnet. „Sinti und Roma sind ein Teil von Baden-Württemberg. Dieses Land ist unsere gemeinsame Heimat. Der Staatsvertrag enthält das klare Bekenntnis zur Anerkennung der baden-württembergischen Sinti und Roma und legt eine verbindliche Förderung der Minderheit fest“, sagte Ministerpräsident Winfried Kretschmann.

www.baden-wuerttemberg.de, 28.11.2013

Der Ministerpräsident Winfried Kretschmann und der Vorsitzende des baden-württembergischen Landesverbands Deutscher Sinti und Roma, Daniel Strauß, unterzeichnen am 28.11.2013 in Stuttgart den Staatsvertrag.

> Aufgaben 70081-86

1. Nenne deine Erfahrungen mit Vorurteilen gegenüber Minderheiten?
2. a) Beschreibe das in **M1** dargestellte Problem.
   b) Begründe mithilfe des Grundgesetzes, inwiefern die in **M1** beschriebene Situation eine Diskriminierung der Sinti und Roma (**M2**) darstellt.
   c) Erläutere ausgehend von **M1** mögliche Gefahren unreflektierten Sprachgebrauchs insbesondere im Zusammenhang mit Minderheiten.
3. In **M3** finden sich Auszüge aus der RomnoKher-Studie 2021.
   a) Analysiere die Grafiken **M3a-3c**.
   b) Nennt konkrete Vorschläge bzw. Maßnahmen, wie die Mehrheitsgesellschaft Diskriminierungserfahrungen (**M3c**) entgegenwirken kann.
4. Minderheitenschutz durch einen Staatsvertrag? Erläutere, inwiefern ein Staatsvertrag, wie z. B. zwischen dem Land Baden-Württemberg und den Sinti und Roma, eine Änderung im Umgang miteinander bewirken und dadurch zu einem besseren Minderheitenschutz führen kann (**M4**).

F zu Aufgabe 2b
Erläutere, weshalb der Minderheitenschutz nicht ausdrücklich im Grundgesetz geregelt worden ist.

H zu Aufgabe 3a
Geht arbeitsteilig vor. Tauscht anschließend die Ergebnisse untereinander aus.

H zu Aufgabe 3b
Überlege zunächst, welche Diskriminierungserfahrungen Kinder und Jugendliche in deutschen Schulen gemacht haben könnten.

Recherche vor Ort

Worum geht es?

Den Minderheitenschutz bei euch vor Ort könnt ihr mit einer Recherche am Beispiel der Situation der Sinti und Roma oder aber auch am Beispiel der Barrierefreiheit für Menschen mit Gehbehinderung erkunden. In einer Gemeinde- bzw. Stadtverwaltung gibt es viele Expert:innen, die euch fachkundig Auskunft geben können.

Geht dabei so vor:

1. Schritt: Problemstellung festlegen

Sammelt Fragen, die euch im Zusammenhang mit dem Thema „Sinti und Roma in Baden-Württemberg“ besonders interessieren.

↓ ↓ ↓

2. Schritt: Expert:innen entsprechend der Fragestellungen auswählen

Erstellt eine Liste mit Ansprechpartner:innen, z. B. Abgeordnete, Bürgermeister:in, städtische Verwaltung/Sachbearbeiter:innen, Polizist:innen etc. und deren Kontaktdaten.

↓ ↓ ↓

3. Schritt: Konkrete Aufgaben festlegen und auf Kleingruppen verteilen

Erstellt einen Plan über den organisatorischen (zeitlich und räumlichen) und inhaltlichen Ablauf der Recherche vor Ort.
Bildet Kleingruppen und verteilt die Zuständigkeiten, z. B. für rechtzeitige Terminabsprachen sorgen; Ansprechpartner:in über Vorhaben und konkrete Problemstellung informieren (E-Mail, Telefonat); klären, ob das Gespräch ggf. mitgeschnitten werden darf.

↓ ↓ ↓

4. Schritt: Recherche durchführen

Beachtet eine adressaten- und sachgerechte Kommunikation mit den Gesprächspartner:innen.

↓ ↓ ↓

5. Schritt: Ergebnisse in einer Präsentation umsetzen

Erstellt eine Präsentation und beachtet dabei den Bezug zur Fragestellung.

↓ ↓ ↓

6. Schritt: Präsentation und Methode bewerten

- Wurde das Thema angemessen präsentiert und die zuvor ausgewählte Fragestellung beachtet?
- Haben sich alle Gruppenmitglieder an die vereinbarten Aufgaben gehalten?
- Was sind Vor- bzw. Nachteile einer Recherche vor Ort?

(Wie) Werden Minderheiten geschützt?

Minderheiten

> M2, #nationale Minderheiten

Bevölkerungsgruppen, die in Deutschland leben und sich von der Mehrheit der Bevölkerung unterscheiden, genießen einen besonderen Schutz, wenn sie bestimmte Kriterien erfüllen. Dazu gehört u. a., dass sie ihre Traditionen pflegen, eine eigene Geschichte haben und ihre eigene Sprache sprechen. In Deutschland sind Sorben, Friesen, Sinti und Roma offiziell anerkannte Minderheiten. Damit genießen sie in der Bundesrepublik einen Minderheitenschutz, der ihnen garantiert, dass sie z. B. weiterhin ihre Sprache als offizielle Zweitsprache auch in der Schule verwenden dürfen und dabei vom Staat unterstützt werden – also z. B. indem das zweisprachige Schulwesen finanziert wird.

Übung
82000-986

Minderheitenschutz im Grundgesetz

> M4

Das Grundgesetz formuliert den Minderheitenschutz nicht ausdrücklich, sondern bringt diesen neben den Artikeln 1 (Menschenwürde) und 2 (Persönlichkeitsrechte) vor allem durch Artikel 3 (Gleichheit vor dem Gesetz) zum Ausdruck. Man kann daher auch von einem impliziten Minderheitenschutz im Grundgesetz sprechen. In einigen Landesverfassungen, z. B. in Schleswig-Holstein, Brandenburg und Sachsen ist der Minderheitenschutz aber enthalten, in anderen wiederum gibt es gesonderte Verträge, wie z. B. in Baden-Württemberg.

Übung
82000-987

Baden-württembergische Sinti und Roma

> M2-M4

Mit dem im Jahr 2013 unterzeichneten Staatsvertrag zwischen dem Land Baden-Württemberg und den baden-württembergischen Sinti und Roma wird dokumentiert, dass Sinti und Roma ein Teil von Baden-Württemberg sind und dies ihre Heimat ist. Zugleich legt der Vertrag eine verbindliche Förderung der Minderheit fest und konkretisiert damit den in Artikel 3 GG festgeschriebenen Minderheitenschutz auf Landesebene.

Übung
82000-988

Selbsteinschätzung

In diesem Kapitel hast du dich mit Grundrechten auseinandergesetzt. An Beispielen hast du gesehen, dass es in der Realität oftmals nicht ganz einfach ist, allen Grundrechten wirklich immer gerecht zu werden. Mithilfe der Tabelle kannst du einschätzen, wie fit du jetzt in diesem Thema bist.

Ich kann ...	Das klappt schon ...	Hier kann ich noch üben ...
... beschreiben, was unter Grundrechten zu verstehen ist.	👍 ✋ 👎	Kapitel 9.1: M2, M3, #Grundgesetz, #Grundrechte
... an einem Fallbeispiel die Verletzung von Grundrechten beschreiben.	👍 ✋ 👎	Kapitel 9.2: M1
... rechtliche Regelungen nennen, die es in unserer Rechtsordnung zum Schutz der Grundrechte gibt.	👍 ✋ 👎	Kapitel 9.1: #Grundrechte
... an einem Fallbeispiel einen Grundrechtekonflikt beschreiben.	👍 ✋ 👎	Kapitel 9.1: M4-M7, #Grundrechte im Konflikt
... die Bedeutung der Grundrechte vor dem Hintergrund des Minderheitenschutzes erläutern.	👍 ✋ 👎	Kapitel 9.2: M2-M4, #Nationale Minderheiten, #Minderheitenschutz im Grundgesetz

M1 Corona und Grundgesetz

Karikatur: Tommy Schwarwel, 26.04.2020

M2 Videoüberwachung und Alkoholverbote in Stuttgart

Stuttgart – Stadt und Polizei [wollen] gemeinsam die City sicherer machen. „Wir müssen jetzt alle Fragen ohne Tabus diskutieren und schon vor dem nächsten Wochenende erste Lösungen präsentieren", sagte Oberbürgermeister Fritz Kuhn (Grüne) am Montag. Nach Angaben der Stadt soll ein Leitungsgremium über Themen wie Videoüberwachung, Alkoholverbote oder Aufenthaltsbeschränkungen für öffentliche Plätze beraten.

Auch die Jugend- und Migrantenarbeit wie zum Beispiel Streetworker-Angebote und die Zusammenarbeit etwa mit Einzelhändlern und der Club-Szene würden diskutiert. Neben dem Gremium soll ein runder Tisch unter anderem Vertreter der Clubszene und des Einzelhandels zusammenbringen [...].

Dpa: Stuttgart berät über Videoüberwachung und Alkoholverbote. In: www.welt.de, 22.06.2020

In der Nacht [von Samstag, 20.06.] zum Sonntag [, 21.06.2020] waren Hunderte Menschen durch die zentrale Einkaufsstraße Stuttgarts gezogen, hatten Schaufenster zerstört und Geschäfte geplündert. Nach Angaben der Polizei waren 400 bis 500 Menschen an der Randale beteiligt.

Aufgaben

70081-87

1. Beschreibe eine Situation aus deinem Alltag, in der aus deiner Sicht möglicherweise ein Grundrecht verletzt wird.

2. a) Erläutere die Aussage der Karikatur (**M1**) vor dem Hintergrund der Bedeutung von Grundrechten in unserem Alltag.

b) Was denkst du? Gestalte eine kurze Stellungnahme aus deiner Perspektive, die sich an den Karikaturisten (**M1**) richtet.

3. a) Nenne die Grundrechte, die bei Videoüberwachung und Alkoholverbot auf öffentlichen Plätzen ggf. gefährdet werden (**M2**).

b) Erörtere ausgehend von **M2**, ob bzw. unter welchen Bedingungen Grundrechtseinschränkungen auch im Rechtsstaat legitim sein können.

Erläuterungen zu den Operatoren

Operatoren für die gesellschaftswissenschaftlichen Fächer (2016)

Hinweis: Die Anforderungsbereiche sind wechselseitig abhängig. Demzufolge schließt der Anforderungsbereich III die Anforderungsbereiche I und II, der Anforderungsbereich II den Anforderungsbereich I ein. Innerhalb der Anforderungsbereiche haben wir die Operatoren nach ansteigendem Schwierigkeitsgrad angeordnet.

Anforderungsbereich I: Reproduktion (Wiedergeben und Beschreiben)

Arbeitsanweisung in der Aufgabe	Was ist genau zu tun?	Was dir zusätzlich helfen kann
nennen	Du zählst knapp die gefragten Informationen oder Begriffe auf.	Wenn es Stichworte sein sollen, dann kann es sinnvoll sein, deiner Antwort eine Struktur zu geben: 1. ..., 2. ..., 3. .... usw.
beschreiben	Du gibst die wichtigsten Merkmale in ganzen Sätzen und eigenen Worten wieder. Das kann aus eigenem Wissen oder mithilfe von Bildern, Karikaturen, Statistiken... erfolgen.	Bei Bildern, Karikaturen, Grafiken kannst du folgende Formulierungen verwenden: *„Hier ist abgebildet ...“ – „Hier sehe ich ...“*
bezeichnen	Dieser Operator wird in erster Linie in der Geografie verwendet. Du drückst wichtige Sachverhalte in eigenen Worten aus, die dir z. B. in einer Karte, einer Tabelle oder einem Schaubild aufgefallen sind.	Achte darauf, möglichst exakt auf den Punkt zu bringen, was dir aufgefallen ist und dabei die entsprechenden Fachbegriffe zu verwenden. Dabei hilft dir z. B. die Legende einer Karte.

Anforderungsbereich II: Reorganisation und Transfer (selbstständiges Erklären, Einordnen und Anwenden)

Arbeitsanweisung in der Aufgabe	Was ist genau zu tun?	Was dir zusätzlich helfen kann
herausarbeiten	Du „filterst“ aus einem Material unter bestimmten Gesichtspunkten die entsprechenden Informationen heraus.	Achte darauf, welche Gesichtspunkte in der Aufgabenstellung genannt werden. Vermeide eine reine Inhaltswiedergabe. Gib bei Texten die Zeilen an, auf die du dich beziehst.
charakterisieren	Du findest heraus, worin die charakteristischen Merkmale bestehen und beschreibst das besonders Auffällige.	Du nennst die Merkmale und fasst die wichtigsten Auffälligkeiten zusammen. Verwende Belege.
erstellen	Du zeigst Zusammenhänge auf – oft mit einer Skizze oder einer Zeichnung.	Hierfür kannst du z. B. Pfeile, Tabellen oder eine Mindmap verwenden.
darstellen	Du zeigst Zusammenhänge auf. In der Regel schreibst du dazu einen eigenen, gegliederten Text oder entwirfst ein Schaubild.	Damit dein Aufschrieb oder dein Schaubild nicht ein Durcheinander von Sätzen oder Pfeilen wird, kann vorher eine Stichwortsammlung bzw. ein erster Gliederungsentwurf hilfreich sein.

Arbeitsanweisung in der Aufgabe	Was ist genau zu tun?	Was dir zusätzlich helfen kann
analysieren	Du wertest Materialien systematisch aus.	Es reicht nicht, alle Besonderheiten und Auffälligkeiten aufzuzählen, du musst diese auch sortieren und auswerten, indem du diese in Zusammenhang setzt.
ein-, zuordnen	Du stellst etwas in einen Zusammenhang, der dir durch die weitere Aufgabenstellung vorgegeben wird.	Achte darauf, auch zu erklären, warum das eine zum anderen passt. Als Vorarbeit kann es wichtig sein, zunächst zu beschreiben, was ein- oder zugeordnet werden soll.
begründen	Du untermauerst eine Aussage mit Gründen.	Formulierungen, die du verwenden kannst: *„Dafür spricht …“* – *„Ein Grund dafür ist …“*
erklären	Du gibst auf der Basis deines Wissens eine Antwort.	Hier sollst du die Gründe für etwas oder die Zusammenhänge von etwas aufzeigen. So kannst du eine Antwort auf die Frage geben, warum etwas so ist oder war. Formulierungen, die du verwenden kannst: *„weil …“; „deshalb …“; „daher …“; „dadurch …“*
erläutern	Du erklärst, warum etwas so ist, und nennst dabei Beispiele oder Belege.	Die hier besonders wichtigen Beispiele und Belege sollen deine Erklärung veranschaulichen, also verständlich machen, warum etwas so ist. Formulierungen, die du verwenden kannst: *„Dies zeigt sich daran, dass …“* – *„Dies wird belegt durch …“*
vergleichen	Du arbeitest aus zwei Materialien bestimmte Gesichtspunkte heraus (vgl. Operator herausarbeiten) und suchst nach Gemeinsamkeiten und Unterschieden, die du gewichtest. Am Schluss formulierst du ein Ergebnis.	Hier kann eine dreispaltige Tabelle hilfreich sein: Spalte 1: Merkmal, das du vergleichen möchtest Spalte 2: Material 1 Spalte 3: Material 2 Achte darauf, dass auch die Nennung von Unterschieden zu einem Vergleich gehört. Unterstreiche mit zwei verschiedenen Farben jeweils die Gemeinsamkeiten und Unterschiede.

Anforderungsbereich III: Reflexion und Problemlösung
(Umgang mit Urteilen und Abwägen von Handlungsmöglichkeiten)

Arbeitsanweisung in der Aufgabe	Was ist genau zu tun?	Was dir zusätzlich helfen kann
überprüfen	Du untersuchst, ob eine Aussage stimmig ist, und formulierst ein Ergebnis deiner Überlegungen.	Überlege dir, ob die Aussage Sinn macht, oder ob nicht. Du musst nicht abwägen, sondern kannst dich für eine Richtung entscheiden. Achte bei deiner Begründung auf die Kriterien.
beurteilen	Du nimmst Stellung zu einer Aussage von anderen oder einem Sachverhalt. Dabei geht es darum herauszufinden, ob diese Aussage überzeugend – also logisch und in sich stimmig – ist. Gib dabei die Gründe für dein Urteil an.	Nenne die Kriterien, mit denen du die Stimmigkeit überprüfst. Formulierungen, die du verwenden kannst: *„Ich halte die Aussage für überzeugend, weil …“ –* *„Weniger / nicht überzeugend ist, dass …“*
bewerten	Auch hier geht es darum, Stellung zu beziehen. Allerdings kannst und sollst du hier stärker das einbeziehen, was dir persönlich oder unserer Zeit heute wichtig ist.	Nenne die Kriterien, mit denen du die Stimmigkeit überprüft hast und achte darauf, dass du deine dir wichtigen Werte und die damit verbundenen Vorstellungen begründet zum Ausdruck bringst: Formulierungen, die du verwenden kannst: *„Ich halte das für richtig (bzw. falsch), weil …“ –* *„Damit habe ich Schwierigkeiten, weil …“ –* *„Die Menschen heute sehen das anders, da …“ -* *„Mir ist besonders folgender Wert wichtig …“ - „und deshalb …“*
erörtern	Dir wird ein Problem vorgegeben. Wie auf einer zweischaligen Waage kannst du das Problem abwägen. Lege die Gründe dafür in die eine Schale, die Gründe dagegen in die andere. Am Ende kommst du zu einem Ergebnis deiner Abwägung. Dabei hilft wieder der Blick auf die Waage: In welcher Waagschale finden sich die gewichtigeren Gründe?	Formulierungen, die du verwenden kannst: *„Dafür spricht …“ – „Dagegen spricht …“ –* *„Insgesamt komme ich zu der Einschätzung, dass …“*
entwickeln	**Du suchst nach einem Lösungsansatz für ein Problem.**	Achte darauf, dass sich dein Lösungsansatz mit Gründen oder Belegen aus den vorgegebenen Materialien untermauern lässt.
gestalten	Du stellst etwas her oder entwirfst etwas, zum Beispiel eine Rede, ein Streitgespräch zwischen zwei Personen.	Dabei ist besonders deine Kreativität gefragt. Achte aber darauf, die Aufgabenstellung im Blick zu behalten. Beachte ebenfalls: Wen willst du ansprechen? Was willst du mit deinem Produkt erreichen?

Ampelkartenabfrage

Ziele:
Festlegung auf eine eindeutige eigene Position; Ermittlung eines Meinungsbildes der Gesamtgruppe

Orte im Unterricht:
erste Meinungsabfrage, Einleitung der abschließenden Urteilsbildung

Ablauf:
Jeder Teilnehmer erhält eine grüne und eine rote Karte. Zu einer politischen Streitfrage (die als Entscheidungsfrage formuliert ist) oder einer kontroversen These positioniert ihr euch nach kurzer Bedenkzeit auf ein Zeichen des Lehrers, indem ihr entweder die grüne (Zustimmung) oder die rote Karte (Ablehnung) deutlich sichtbar hochhaltet. Enthaltungen oder Zwischenpositionen sind nicht zugelassen. Einzelne Teilnehmer (ggf. im Blitzlichtverfahren auch alle) werden aufgefordert, ihre Meinung mit ihrem **Hauptargument** zu begründen. Dieses Argument kann auch in der Vorbereitungszeit stichwortartig bereits auf der (laminierten) Karte notiert werden.

Unbedingt beachten:
Alle Teilnehmer müssen sich **gleichzeitig** positionieren. Ein Meinungswechsel und eine Diskussion sind während der Ampelkartenabfrage nicht vorgesehen.

Fish-Bowl-Diskussion

Ziele:
Perspektivübernahme, Erarbeitung, Artikulation und Argumentation unterschiedlicher Positionen; kommunikatives Handeln

Orte im Unterricht:
Phase der Urteilsbildung

Ablauf:
Eine Kleingruppe diskutiert in einem Innenkreis in der Mitte des Raumes ein Thema, während die übrigen Schüler in einem Außenkreis darum herumsitzen („Fish-Bowl"), die Diskussion genau verfolgen und den Diskutanten im Anschluss eine Rückmeldung zum Diskussionsverhalten und Argumentation geben. Ein Moderator im Innenkreis leitet die Diskussion. In der Diskussionsrunde steht ein Stuhl mehr als es Teilnehmer gibt. Den freien Platz kann jemand aus der Beobachtergruppe einnehmen, um Fragen zu stellen oder seine Meinung einzubringen. Danach verlässt er die Diskussionsrunde wieder.

Variante:
Der Zuschauer verbleibt in der Diskussionsrunde, dafür verlässt ein anderer Diskutant die Runde und macht seinen Stuhl für einen anderen frei.

Unbedingt beachten:
Fragestellung sollte möglichst offen sein und in der Diskussion verschiedene Richtungen ermöglichen.

Variante Sitzkreis

- Moderator
- Gruppensprecher
- freier Stuhl
- Schüler

Gruppenpuzzle

Ziele:
Arbeitsteilige selbstständige Erarbeitung und Präsentation von (Teil-) Inhalten

Orte im Unterricht:
Erarbeitung, Schaffung einer breiten Informationsbasis

Ablauf:
Ein Thema wird in unterschiedliche, möglichst gleichwertige Teilthemen/ -aufgaben (= Puzzleteile) unterteilt, die in Gruppen erarbeitet werden. Das Gruppenpuzzle arbeitet mit zwei Gruppenformen (Stamm- und Expertengruppe) und wird in drei Phasen durchgeführt:

1. In der ersten Phase werden die Schüler in Stammgruppen eingeteilt. Jedes Mitglied erhält eine Teilaufgabe (= Puzzleteil) einer Gesamtaufgabe, die es erarbeitet und für die es zum „Experten" wird.

2. In der zweiten Phase treffen sich alle „Experten", die dieselbe Teilaufgabe bearbeitet haben, in den sog. Expertengruppen, tauschen sich aus, klären offene Fragen und vertiefen ihr Expertenwissen.

3. In der dritten Phase kehren die Experten in ihre jeweilige Stammgruppe zurück und informieren die Mitglieder der Stammgruppe über ihre Erkenntnisse (= Zusammensetzung der Puzzleteile).

Unbedingt beachten:
Nach dieser Phase muss jedes Gruppenmitglied über alle Teilaspekte eines Themas (= Puzzleteile) informiert sein. Die Teilergebnisse sollten zu einem Gesamtergebnis zusammengeführt werden.

Mindmap

Ziele:
Anschauliche Strukturierung von Informationen oder Themen; Entfaltung eines Themas und Vernetzung mit bereits bestehendem Vorwissen

Orte im Unterricht:
Einstieg, (Beginn der) Erarbeitung eines Themas; Entfaltung eines Themengebiets, z. B. bei der Vorbereitung eines Referats, ggf. systematische Sicherung der Kernergebnisse einer Unterrichtsreihe

Ablauf:

1. Verwende ein unliniertes Blatt DIN-A4 (oder größer), lege es quer und schreibe das Thema der Arbeit groß in die Mitte des Blattes.
2. Sammle wesentliche Aspekte zum Thema und schreibe diese von den Hauptästen abgehend auf dein Blatt. Überlege genau, welche (Schlüssel-) Begriffe du hier verwendest, denn durch diesen Schritt strukturierst du dein Thema grundlegend.
3. Ergänze nun weitere Informationen zu den Teilaspekten, indem du kleinere Äste auf der zweiten (oder dritten) Gedankenebene anlegst.
4. Vervollständige abschließend deine Mindmap, indem du an jedem Ast passende Begriffe und Ideen ergänzt.

Unbedingt beachten:
Um das Mindmapping zu erlernen, empfiehlt es sich, in der vorgeschlagenen Weise vorzugehen. Mit der Zeit entwickelst du dann deinen eigenen Stil.

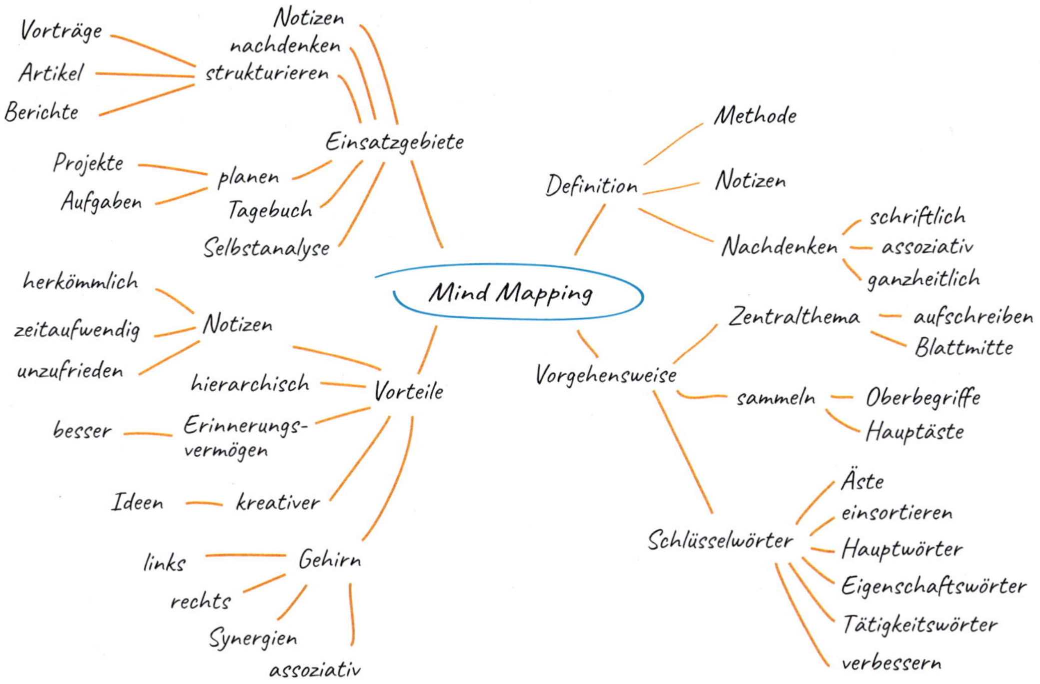

Nach: Ralf Senftleben, www.zeitzuleben.de, Abruf am 1.7.2015

Podiumsdiskussion

Ziele:
Perspektivübernahme, Erarbeitung, Artikulation und Argumentation unterschiedlicher Positionen; kommunikatives Handeln

Orte im Unterricht:
Phase der Urteilsbildung

Ablauf:
Zur Vorbereitung werden unterschiedliche Positionen zu einer bestimmten Thematik (in Gruppenarbeit) erarbeitet (Rollenübernahme). Ein Moderator (in der Regel die Lehrperson) führt thematisch in die Diskussion ein, stellt die teilnehmenden Figuren und ihre jeweilige Position kurz vor. Darüber hinaus gibt er die Regeln bekannt: Zunächst soll jeder Diskutant seine Position in einem kurzen Statement (max. zwei Minuten) vorstellen. Nach Abschluss dieser ersten Runde können die übrigen Teilnehmer darauf Bezug nehmen. Der Moderator wahrt absolute Neutralität, stellt im Verlauf der Diskussion Gemeinsamkeiten und Unterschiede in den Positionen heraus, fragt nach, präzisiert, macht auf Widersprüche aufmerksam und setzt neue Impulse oder provoziert, um die Diskussion weiterzuentwickeln. Er achtet auf eine gleichmäßige Verteilung der Redeanteile und zieht am Ende der Diskussion eine Bilanz.

Variante:
Die Zuschauer erhalten Rollenkarten und bewerten aus ihrer jeweiligen Position heraus die Diskussion.

Unbedingt beachten:
Da die Moderatorenrolle äußerst anspruchsvoll ist, sollte sie nur in erfahrenen Lerngruppen an einen Schüler übertragen werden. Auf ein entsprechendes Setting (Podium, Bühne) achten.

Pro-Kontra-Debatte

Ziele:
Perspektivübernahme, Erarbeitung, Artikulation und Argumentation unterschiedlicher Positionen; kommunikatives Handeln

Orte im Unterricht:
Phase der Urteilsbildung

Ablauf:
Einteilung der Klasse in Pro- und Kontra-Gruppen und Erarbeitung der jeweiligen Positionen. Die Gruppen benennen einen Diskutanten. Moderator gibt das Thema bekannt und führt im Publikum eine erste Abstimmung durch. Jeder Debattenteilnehmer stellt seine Position in einem Kurzstatement vor (max. 2 Minuten). Hier empfiehlt sich ein Wechsel zwischen den Pro-Kontra-Positionen. In dieser Phase wird noch nicht aufeinander Bezug genommen. In der folgenden freien Aussprache (max. 10 Minuten) tauschen die Teilnehmer ihre Argumente aus, nehmen aufeinander Bezug. Am Ende sollen Mehrheiten für eine bestimmte Position gewonnen werden. Nach der freien Aussprache geben die Diskutanten ein Schlussplädoyer (max. 1 Min.) ab und werben noch einmal für ihre Position. Im Anschluss wird eine Schlussabstimmung im Publikum, den Adressaten der Debattenteilnehmer, durchgeführt.

Unbedingt beachten:
Zuspitzung der Themenstellung auf eine Ja-Nein-Frage (Entscheidungsfrage). Da die Debatte eine hoch formalisierte Form der Diskussion ist, sollten die Regeln unbedingt eingehalten werden. (Zeitmanagement)

Positionierung im Raum, Meinungslinie

Ziele:
Festlegung auf eine eindeutige eigene Position; Ermittlung eines Urteilsbildes der Gesamtgruppe; ggf. Erhebung von Vorausurteilen (Meinungslinie)

Orte im Unterricht:
abschließende, kriteriengeleitete Urteilsbildung; ggf. Einleitung der Urteilsbildung

Ablauf:
Der Unterrichtsraum wird durch eine Linie (z. B. mit Krepp-Band markiert) durchschnitten. Nach einer Vorbereitungszeit positionieren sich alle Teilnehmer gemäß ihres eigenen Urteils auf der Linie. Einzelne Teilnehmer werden aufgefordert, ihre Meinung mit ihrem **Hauptargument** zu begründen.

Unbedingt beachten:
Alle Teilnehmer müssen sich **gleichzeitig** positionieren. Alle Positionen im Raum sind zugelassen. Ein Meinungswechsel und eine Diskussion sind während der Positionierung im Raum nicht mehr vorgesehen. Die Raumaufteilung sollte im Vorfeld visuell verdeutlicht werden.

Zustimmung gering — mittel — **Zustimmung** hoch

Tableset / Placemat

Ziele:
Erhebung von Vorkenntnissen/Vorstellungen, Entwicklung von Ideen

Orte im Unterricht:
Vor der eigentlichen thematischen Erarbeitung, im Rahmen der Möglichkeitserörterung

Ablauf:
Es werden 4er-Gruppen gebildet. Jede dieser Gruppen erhält ein quadratisches Papier (mindestens A3-Breite). Knapp die Hälfte der Fläche des Blattes wird durch ein aufgedrucktes Quadrat eingenommen, dessen Seiten immer den gleichen Abstand zum Blattrand aufweisen. In diesem Quadrat steht ein Begriff, eine Frage oder eine Aussage (zu Begriffen kann assoziiert, Fragen können beantwortet, Aussagen können erklärt oder beurteilt werden).

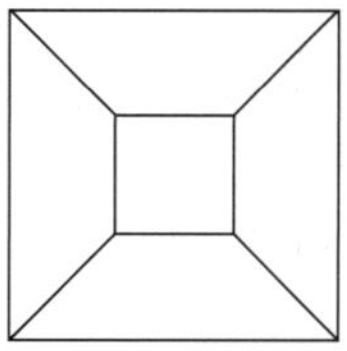
Table-Set für 4 Personen

Phase 1 – Jede/r Schüler/in bearbeitet die gegebene Aufgabe für sich selbst und trägt seine Lösung in das vor ihr/ihm liegende Seitenfeld des Papiers leserlich (stichpunktartig) ein.
Phase 2 – Das Quadrat wird im Uhrzeigersinn gedreht, sodass jedes Gruppenmitglied die Ansätze der anderen zur Kenntnis nehmen kann.
Phase 3 – In der Gruppe können Nachfragen gestellt und Klärungen herbeigeführt werden.
Phase 4 – Die Gruppe entwickelt auf der Grundlage ihrer Ideen aus Phase 1 bis 3 eine gemeinsame Lösung für die Aufgabe, die sie gut lesbar im inneren Quadrat festhält. Diese kann im Anschluss präsentiert und mit den anderen verglichen werden.

Variante:
Die Gruppen können auch unterschiedliche Aufgaben erhalten. In Phase zwei können die Gruppenmitglieder bereits Fragen oder weiterführende Ideen mit einer anderen Farbe in den anderen Feldern eintragen.

Unbedingt beachten:
Während Phase eins und zwei wird nicht gesprochen. Für die Phasen müssen klare Zeitvorgaben gegeben werden.

Register

Bildnachweis

AdobeStock / FSEID – S. 15; - / hope – S. 242 • Alamy Stock Photo / Kuttig-People – S. 113; - / Leila Cutler – S. 127 • Alternative für Deutschland (AfD) – S. 15 • Baaske Cartoons / Gerhard Mester – S. 273; - / Thomas Plaßmann – S. 188 • Bergmoser + Höller Verlag, Aachen – S. 177 (2), 196, 267, 280 • Bertelsmann Stiftung – S. 29 •BÜNDNIS 90 / DIE GRÜNEN / www.gruene.de – S. 15 • Care & Fair / Teppichhandel gegen Kinderarbeit e. V., Hamburg – S. 45 • CDU/CSU-Fraktion im Deutschen Bundestag, Berlin – S. 15 • © Deutsches Kinderhilfswerk e.V. – S. 44; - / H. Lüders – S. 44 • © Deutschlandradio / Georg Gruber – S. 190 • DIE LINKE – S. 15 • DIE ZEIT Verlagsgruppe – S. 91 • DIZ Süddeutsche Zeitung Photo, München – S. 86 • Dreamstime.com / Volodymyr Zakharov – S. 130 • © FDP – S. 15 • Fotolia / Marcel Schauer – S. 15; - / Sergii Figurnyi – Cover • Friedrich-Ebert-Stiftung, Jugend und Politik – S. 232 • GEPA The Fair Trade Company mbH, Wuppertal – S. 45 •Getty Images Plus / bananastock – S. 274; - / Creatas – S. 119; - / Digital Vision – S. 274; - / DigitalVision, BrandXPictures – S. 119; - / DigitalVision, Siri Stafford – S. 119; - / Ingram Publishing – S. 50; - / iStockphoto, Aitormmfoto – S. 118; - / iStockphoto, Antonio Diaz – S. 82, 122; - / iStockphoto, bernardbodo – S. 118; - / iStockphoto, bokan76 – S. 160; - / iStockphoto, BrianAJackson – S. 215; - / iStockphoto, Bunyos – S. 14; - / iStockphoto, DGLimages – S. 50; - / iStockphoto, gbh007 – S. 119; - / iStockphoto, George Rudy – S. 215; - / iStockphoto, Jacob Wackerhausen – S. 64, 147; - / iStockphoto, jacoblund – S. 20; - / iStockphoto, jonathanfilsko-photography – S. 123; - / iStockphoto, josefkuebers – S. 274; - / iStockphoto, kareln – S. 64; - / iStockphoto, KatarzynaBialasiewicz – S. 215; - / iStockphoto, Mariakray – S. 127; - / iStockphoto, Meinzahn – Cover; - / iStockphoto, monkeybusinessimages – S. 15, 50 (2), 64, 124, 142 (2), 167; - / iStockphoto, Natalia Maliseva – S. 119; - / iStockphoto, Nelly Senko – S. 119; - / iStockphoto, OlsenMatt – S. 64; - / iStockphoto, paulprescott72 – S. 39;- / iStockphoto, Photodjo – S. 127; - / iStockphoto, ReMa – S. 118; - / iStockphoto, Ridofranz – S. 118, 142; - / iStockphoto, shironosov – S. 118; - Plus / iStockphoto, simarik – S. 123; - / iStockphoto, stevanovicigor – S. 215; - / iStockphoto, the_guitar_mann – S. 215; - / iStockphoto, tommaso79 – S. 119; - / iStockphoto, tuaindeed – S. 175; - / iStockphoto, valzhina – S. 134; - / mikanaka – S. 274; - / Photodisc, Digital Vision – S. 50; - / Purestock – S. 119, 123, 142 • Humanium e. V., Bernau – S. 21, 44 • imago images / Jochen Tack – S. 41; - / Metodi Popow – S. 288 •Info-Portal Tübingen – S. 234 • Instagram / Daniela Katzenberger – S. 113 (2) • iStockphoto / Aacojim – S. 266; - / blaneyphoto – S. 147; - / Domenicogelermo – S. 266; - / falcatraz – S. 147; - / herkisi – S. 266; - / jaroon – S. 147; - / Steve Debenport – S. 167; - / vuk8691 – S. 279, 282; - / Weekend Images Inc. – S. 64 • Kostas Koufogiorgos, Stuttgart – S. 72 • Landeszentrale für politische Bildung Baden-Württemberg / Angelika Barth – S. 174 • LICHTGUT / Max Kovalenko – S. 40 • © Lena Lux Fotografie & Bildjournalismus – S. 247 • Mauritius Images / Alamy Stock Photo, Dmytro Sidelnikov – S. 106; - / Alamy Stock Photo, Scusi – S. 14 • © MEDIENDIENST INTEGRATION / CC BY-SA 3.0 – S. 259 • MPFS / Medienpädagogischer Forschungsverbund Südwest – S. 92 • NDR / ARD-Design, Hamburg – S. 86 • NesT - Neustart im Team – S. 265 • Marvin Neumann / Youtube – S. 90 • Rolf Oeser, Bad Vilbel – S. 40 (2) • picture-alliance / Angelika Warmuth – S. 14; - / AP Photo, Schalk von Zuydam – S. 36; - / Daniel Reinhardt – S. 81; - / dpa, epa Niedringhaus – S. 32; - / dpa-infografik – S. 37;- / dpaweb / dpa Report / Keystone, Urs Flueeler – S. 224; - / dpaweb, Maurizio Gambarini – S. 20; - / EPA, Kim Ludbrook – S. 38; - / Frisco Gentsch – S. 161 - / Jonas Schöll – S. 291; - / Kai Nietfeld – S. 90; - / Norbert Försterling – S. 194; - / Photoshot – S. 20; - / Tobias Kleinschmidt – S. 193; - / Ton Koene – S. 34; - / Ulrich Baumgarten – S. 28; - / Wolfgang Kumm – S. 224; - / ZB, euroluftbild.de, Werner Riehm – S. 194; - / ZDF, Sascha Baumann – S. 54; - / Zentralbild, Thomas Schulze – S. 20; - / ZUMAPRESS.com, Nasrullah Shirzada – S. 20 • Pressephotographie Klaus Franke, Mössingen – S. 246 • Rankin / Trunk Archive – S. 97 (2) • Reutlinger General-Anzeiger / Alexander Rabe, Reutlingen – S. 210 • RTL2 Fernsehen GmbH & Co. KG, Grünwald – S. 86 • RUGMARK FOUNDATION, Indien – S. 45 • Dietmar Schöning / FDP Tübingen – S. 235 • Oliver Schopf, Wien – S. 282 • Schwäbisches Tagblatt / Moritz Siebert – S. 269 • Schwarwel, Leipzig – S. 295 • Screenshot: Telegram, Grafik: BR – S. 93 • Seehaus e.V., Leonberg, https://seehaus-ev.de/ - S. 197 • Shutterstock / bokan – S. 167; - / frantic00 – S. 96; - / Marianoblanco – S. 30; - / Wallenrock – S. 50 • SPD-Parteivorstand, Berlin – S. 15 • Stadt Nürnberg / Cornelia Scharf – S. 46 (2) • Statista GmbH, Hamburg – S. 23, 42 • © Patrick Steinle – S. 224 • Stiftung Jugend und Bildung / Michael Hüter – S. 182 • Klaus Stuttmann, Berlin – S. 209 • © SWR / Peter Steffe – S. 224 • taz Verlags- und Vertriebs GmbH, Berlin – S. 86 • Daniela Tempert, Bamberg – S. 281 • terre des hommes – S. 31 • TransFair e. V., Köln – S. 45 • Helmut Treutlein / Foto: Markus Niethammer, Reutlingen – S. 231 • © Thomas Volkert, Nürnberg – S. 68 • www.reutlingen.de – S. 210 (2), 218 • ZDF, Mainz – S. 86